BESTSELLER

Javier Díez Carmona nació en Bilbao en 1969. Licenciado en Económicas, su verdadera pasión es la escritura. Ha sido premiado en más de cien certámenes literarios (fundamentalmente de relatos, pero también de poesía y teatro), ha participado en diversas antologías de narrativa breve y es autor de dos novelas juveniles. Su trilogía Justicia, publicada por Grijalbo y compuesta por *Justicia* (2021), *Solas* (2023) y *Venganza* (2023), tuvo una genial acogida por parte de la crítica y de los lectores.

JAVIER DÍEZ CARMONA

Venganza

DEBOLS!LLO

Papel certificado por el Forest Stewardship Council®

MIXTO
Papel | Apoyando la
silvicultura responsable
FSC® C117695
www.fsc.org

Penguin
Random House
Grupo Editorial

Primera edición en Debolsillo: septiembre de 2025

© 2023, Javier Díez Carmona
Autor representado por Bookbank S. L. & Reynolds Literary
© 2023, 2025, Penguin Random House Grupo Editorial, S. A. U.
Travessera de Gràcia, 47-49. 08021 Barcelona
Diseño de la cubierta: Penguin Random House Grupo Editorial
Imagen de la cubierta: Jose Luis Paniagua

Printed in Spain – Impreso en España

ISBN: 978-84-663-8814-6
Depósito legal: B-12.088-2025

Compuesto en La Nueva Edimac, S. L.
Impreso en Black Print CPI Ibérica
Sant Andreu de la Barca (Barcelona)

P 388146

A Javier Abasolo y Alexis Ravelo.
Volveremos a abrazarnos.

Y a Ane y Alma. Siempre

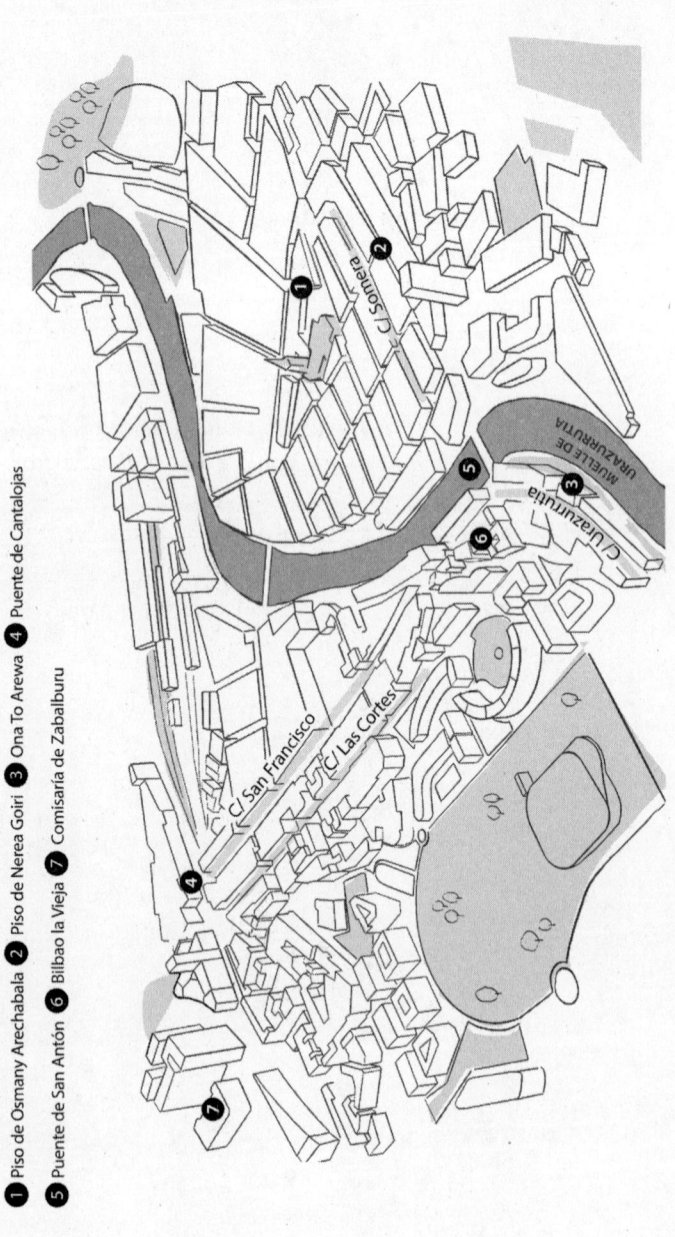

1 Piso de Osmany Arechabala 2 Piso de Nerea Goiri 3 Ona To Arewa 4 Puente de Cantalojas
5 Puente de San Antón 6 Bilbao la Vieja 7 Comisaría de Zabalburu

C/ Somera

MUELLE DE URAZURRUTIA

C/ Urazurrutia

C/ San Francisco

C/ Las Cortes

PRIMERA PARTE

VENGANZA

La calle observa a una mujer gastada,
y cansada de esperar,
deshojando a la noche.

Doctor Deseo,
«Fugitivos del paraíso»

LUNES

9 DE FEBRERO DE 2015

1

A través de la única ventana de la vivienda, la luz se filtraba con la desgana de cada jornada, luz de plomo y lluvia, luz de invierno, luz de rutinas y hastío.

Luz de Bilbao.

Osmany Arechabala dedicó unos minutos a estudiar el perezoso despertar de los muebles al entrar en contacto con ese resplandor que dibujaba perfiles huidizos en los que apenas eran reconocibles el incómodo sofá de manufactura sueca; la cocina encastrada a una de las paredes como una hedionda protuberancia; la mesa, donde un vaso replicaba el brillo ahogado del amanecer, y la guerrera de camuflaje colgada en el respaldo de la silla, un soldado vacío, derrotado, cuyas mangas, hundidas en el falso regazo del asiento, evidenciaban la aceptación de su fracaso.

Despacio, disfrutando a su pesar de cada crujido de los huesos, de la tirantez de unos músculos empeñados en recordarle el peso de los años, y del escozor de la piel allí donde las llamas se acercaron más de lo debido, abandonó la cama y trastabilló hasta la mesa. Llenó de agua el vaso, lo vació de un trago y volvió a llenarlo, como si necesitara apagar los rescoldos del incendio que pugnaba por reproducirse en sus entrañas. Bebió otra vez, lo devolvió a su lugar, al círculo impreso en el polvo, y se dejó caer en el sofá.

El móvil seguía enredado en los cojines, testigo mudo de unos acontecimientos que, estaba seguro, no tardaría en describir con todo detalle a los agentes de la Ertzaintza. Osmany sabía que esa era la función de unos aparatos por los que se desvive la mayor parte de la gente: delatar a sus propietarios, espiar sus conversaciones, recabar sus búsquedas, analizar sus gustos, seguir sus pasos, almacenar toda la información posible y vendérsela al mejor postor.

O entregársela a la policía si un juez así lo requería.

Con un suspiro de resignación, tomó el extremo del cargador, aún enchufado junto al brazo del sofá, y conectó el teléfono. Hubo un pitido, la pantalla se iluminó durante un segundo y la imagen de una pila hueca en cuyo interior subía y bajaba una línea cobriza le confirmó que no tenía batería. Lo dejó cargando, se incorporó con la premonitoria torpeza de un anciano y regresó al tabique contra el que se recostaba la cocina.

Cuando el café comenzó a llenar el ambiente de su indefinible aroma a hogar, la imagen de Rutherford volvió a dibujarse en su memoria. Pero no era la de su rostro enmarcado por la larga melena pelirroja, su mirada limpia, demasiado ingenua para pertenecer a una agente de la ley. No. En sus neuronas permanecía el eco de su cadáver, la sangre que no dejaba de manarle desde la frente, los espejos muertos de sus ojos, pendientes de la voracidad de un incendio que no tardaría en reducir a cenizas la carne y las esperanzas de una mujer cuya única aspiración era regresar a tiempo de recoger a la niña a la salida de clase. Osmany contuvo un suspiro, uno más, se sirvió el café, retiró de la silla la chaqueta de camuflaje que le acompañaba desde la olvidada batalla de Cassinga y tomó asiento frente a la mesa. Rutte, María López Rutherford, la agente de la escala básica de la Ertzaintza a quien sus compañeros miraban por encima del hombro a causa de sus reiteradas bajas, había demostrado más valor que la mayor parte de los hombres que el capitán Arechabala conoció a lo largo de su vida. Por eso estaba muerta. Por eso y porque el cubano acudió a ella cuando Nekane Gordobil se negó a seguir acompañándole en su absurda búsqueda de una compatriota a lo largo de la comarca de Las Encartaciones.

El móvil zumbó dos veces, dos temblores que repicaron entre los cojines del sofá como la nerviosa fricción de un grillo impaciente. Osmany lo tomó sin desenchufarlo y deslizó el dedo por la pantalla. Había una llamada perdida, un número conocido que dejó su huella en la memoria del celular a las once y media de la noche del sábado, solo unos minutos antes de que una bala atravesara el cráneo de Rutherford. Pero sobre el cristal también brillaba un mensaje de su nuera.

Desenchufó el teléfono, regresó a la silla y, consciente de su torpeza con esos aparatos que cualquier crío manejaba con más soltura que un juguete, se esforzó en abrir el SMS. Maider, su nieta, la hija que Camilo tuvo antes de ser asesinado, estaba enferma. O esa excusa esgrimió su madre durante toda la semana para impedir que la viera. Osmany sospechaba que los males de la pequeña no tenían relación ni con virus ni con bacterias, sino con la presencia en la vivienda de Abdoulayé Diop, el senegalés que ocupó en el lecho de Nerea Goiri el hueco que había dejado Camilo, con su mal talante y su facilidad para alzar la mano cuando la niña le importunaba. Pero, sin pruebas, no le quedó más remedio que aceptar la palabra de la madre. El sábado la llevó a las consultas externas del hospital de Basurto, y desde allí prometió a Osmany mantenerlo informado de lo que dijeran los médicos. Algo que aún no había hecho.

Maider se ha quedado en observación. Tiene una fisura en una costilla, de una caída. Seguramente mañana podamos volver a casa.

Leyó el mensaje una, dos, tres veces mientras la rabia, como una rata famélica, comenzaba a roerle las entrañas. Una fisura en una costilla. No se trataba de un constipado, una gripe, una enfermedad. Una costilla rota. Un golpe.

Un golpe de Abdoulayé.

O más de uno.

El sistema había fechado el mensaje el domingo a las 13.05. Casi diecinueve horas atrás. Diecinueve horas que la pequeña, un bebé de año y medio, pasó en la cama de un hospital mientras su abuelo dormía a pierna suelta. Dejó el móvil, apoyó la espalda contra la silla, notando cómo sus articulaciones perseveraban en sus quejas, y negó al vacío, como si con ese gesto infantil pretendiera excusarse ante el inexistente fantasma de Camilo.

Cuando llegó a casa en la madrugada del domingo, Osmany se encontraba al límite de su resistencia, una resistencia que estuvo a punto de quebrarse en cuanto dejó atrás el infierno desatado en el Karpin.

Una resistencia al límite no solo de lo físico.

El palacete se materializó de nuevo en la penumbra de la estancia, una mole oscura recortada contra el tapiz hosco de la niebla. Según Rutte, la finca donde ahora se ubicaba la reserva de vida salvaje del Karpin perteneció a una de las acaudaladas familias del valle. Por eso, entre los cercados donde hozaban ñus, ciervos, osos y tortugas, la mansión erigida por el patriarca sobrevivía abandonada a su suerte, perdiendo cada invierno trozos de tejado, cristales quebrados por la pedriza y restos podridos de tarima. Entonces, mientras esperaban a la Ertzaintza a la entrada del recinto, Rutherford seguía dudando de que la mujer desaparecida se encontrara allí, que un psicópata la estuviera torturando a escasos metros del lugar donde ellos conversaban sobre nimiedades.

Osmany no tenía ninguna duda. Por eso abandonó el coche. Por eso entró.

Ahogado en la culpa, en la sensación vagamente racional de haber causado la muerte de Rutte, se separó de la mesa y paseó en torno a la habitación como un felino enjaulado, uno de esos cuyos rugidos le acompañaron durante la angustiosa búsqueda del secuestrador y su víctima.

Tuvo suerte.

No, pensó mientras notaba cómo se le erizaba el vello de los brazos. No se trató de un golpe de fortuna. Tuvo a Rutherford. No supo cómo, aún seguía sin saberlo, pero la agente comprendió a tiempo que la ayuda solicitada por radio no existía. Que la prioridad del subcomisario Laiseka y del oficial Zabalbeitia, los únicos *ertzainas* que respondieron a su llamada, no era liberar a la secuestrada, sino aprovecharse de las circunstancias para eliminar al cubano, el molesto entrometido que, sin pretenderlo, se estaba acercando demasiado al lucrativo negocio de polvo blanco, chantaje y extorsión del que ambos participaban.

Trató de avisarle. No estaba de servicio y, aun así, había aceptado acompañarlo en algo semejante a una cómoda excursión campestre. Sin embargo, trató de avisarle. Desarmada, saltó el muro y corrió bajo la niebla hasta la ruinosa vivienda donde, en efecto, se encontraba la mujer desaparecida.

Lo consiguió.

Ahora estaba muerta.

Y aunque Osmany no apretó el gatillo, no ese gatillo en concreto, se sentía culpable.

Venció la tentación de tomarse otro café y volvió a enchufar el móvil sin dejar de dar vueltas a su futuro inmediato. Él no apretó el gatillo del arma que mató a Rutte, no, pero sí el de la Sig Sauer que acabó con la vida de sus asesinos, dos narcotraficantes con una larga trayectoria criminal a sus espaldas.

Dos oficiales de la Ertzaintza.

Permaneció largo rato estudiando la pantalla del teléfono, la señal de carga que parpadeaba en una esquina, los minutos resbalando sin prisa sobre el cristal mientras la certeza de estar mirando a la cara a un chivato digital corría a mezclarse con la furia avivada por el mensaje de su nuera. La única razón de su presencia allí, a ocho mil kilómetros de su hogar, era cuidar de Maider. Ahora que estaba seguro de los malos tratos infligidos por el novio de su madre, su deber era protegerla. Algo que no podría hacer desde la cárcel.

Había matado a dos oficiales de policía.

Nadie, ningún juez, ningún abogado, aceptaría que lo hizo en defensa propia.

No hubo testigos.

Antes del tiroteo del Karpin, la suboficial Nekane Gordobil era la única persona al tanto de sus sospechas, simples sospechas sin apenas base. La mujer secuestrada no podría testificar, porque estuvo inconsciente todo el tiempo. Y él había abandonado el escenario antes de la llegada de los equipos de emergencia.

¿Quién iba a creerle?

El reloj no dejaba de girar, los segundos volaban hacia un porvenir de celdas y barrotes, y tomar una decisión se le antojaba imposible. ¿Acabar con Abdoulayé al precio de acelerar su entrada en un presidio que ya se engalanaba para recibirlo? ¿O así solo empeoraría las cosas? ¿Podría la indiferencia, el hastío que sentía Nerea hacia su propia hija, parida tan solo para retener a Camilo, trocarse en odio y arruinar su vida y su futuro?

Poco a poco, la razón retomó las riendas de su mente, alterada por el recuerdo de Rutherford y la evocación de Abdoulayé. Explosiones demasiado cercanas, proyectos esbozados por la rabia, se fueron diluyendo en el océano de una calma turbia donde comenzó a imponerse la lógica de la obviedad. La única alternativa aceptable era acudir a la Ertzaintza, la misma Ertzaintza que pronto estaría tras su pista. A pesar de sus malas experiencias con el cuerpo, a pesar de haber estado a punto de morir asesinado por Laiseka y Zabalbeitia, policías, traficantes y peleles de alguien que movía los hilos en la sombra, alguien de quien solo conocía su existencia, había *ertzainas* en quienes podía confiar. Tenía que llamarles. Tenía que hablar con Nekane Gordobil, con Jon Larralde, y pedirles que velaran por su nieta. Y debía hacerlo antes de que comenzaran a fructificar las pesquisas abiertas tras los asesinatos del Karpin.

Antes de embarcar en el primer avión con destino a La Habana.

El móvil comenzó a sonar, como si también fuera capaz de adivinar sus intenciones.

Osmany no pudo evitar un ligero estremecimiento al descubrir la procedencia de la llamada.

La comisaría de Balmaseda.

MARTES

10 DE FEBRERO DE 2015

2

Abdoulayé Diop odiaba la lluvia.

Abdoulayé Diop odiaba Bilbao.

Abdoulayé Diop odiaba su vida.

No. Quizá no odiara su vida. Lo que Abdou odiaba con todas sus fuerzas era haberse visto obligado a regresar a esa vida que creía relegada al pasado. Odiaba las noches en vela vigilando a las putas, el temor a las peleas por el control de cada esquina, el frío que se filtraba por los poros y congelaba el tuétano de sus huesos, el alma y la esperanza. Odiaba esa protección brindada por una organización que solo buscaba su obediencia.

Odiaba a la mocosa que le arrebató lo poco conseguido tras largos años de dolor y miseria.

Pero, por encima de todo, Abdoulayé Diop odiaba al cubano.

Con un suspiro de desgana, se dejó caer sobre el sofá y trató de acomodarse en el hueco que le dejaba el cuerpo de Charles. Ajeno a la rabia, el dolor y las preocupaciones, el nigeriano roncaba ruidosamente mientras su enorme panza subía y bajaba al ritmo de su respiración. Abdou no pudo evitar que una efímera sonrisa diluyera la amargura de su rostro. Charles era así. Tan grande como fiel. Tan obtuso como simple. Tan torpe que, en ocasiones, daba la impresión de que era el propio Abdoulayé, el joven senegalés con aspecto de niño asustadizo, quien cuidaba de Charles Usman, el nigeriano de brazos de elefante y mirada fiera.

En realidad, al principio fue así.

Durante dos días.

Todo comenzó la noche de espíritus dormidos en que asaltaron la valla. Decenas, cientos de miserables llegados de cada rincón del continente se abalanzaron contra la alambrada que, como metáfora exacta de un continente rico y arrogante, separa Marruecos de Melilla. Era el primer intento para Abdoulayé. Había escuchado tantas historias de fracaso, de policías de idiomas diferentes machacando cuerpos lacerados por las concertinas, que aterrizar sobre la tierra de España le pareció, de alguna forma, antinatural.

Había cruzado.

No tuvo tiempo de alegrarse. El resplandor azul de las sirenas le recordó que seguía siendo un fugitivo, que siempre lo sería. A ciegas, se lanzó a una carrera sin destino, sin más norte ni objetivo que la huida. Una carrera que terminó al tropezar con un bulto que gimió bajo su peso.

Usman siempre mantuvo que no fue un gemido. «Solo las chicas gimen», afirmaba rotundo en su inglés cavernoso. Pero Abdoulayé oyó con toda claridad el quejido cuando cayó de bruces sobre su tobillo dislocado. El rugido de los Patrol de la Guardia Civil apremiaba con la promesa de más golpes, de prisiones sin barrotes y un abrupto regreso al pozo de donde trataba de escapar; sin embargo, algo en su interior le dijo que no podía abandonar a aquel gigante a tan solo unos pasos de lo que ambos anhelaban.

Años después, seguía sin saber cómo consiguió arrastrarlo lejos del alcance de las patrullas, cómo intuyó por dónde huir y por dónde perderse en cuanto los arrabales de la ciudad comenzaron a materializarse en la distancia. Pero lo hizo. Y aquel espontáneo gesto de solidaridad resultó ser la mejor de sus inversiones.

Ahora, mientras Charles Usman roncaba ocupando las tres cuartas partes de un sofá lleno de lamparones, Abdoulayé Diop buscaba a través de los cristales empañados alguna razón para sobrevivir a la desesperación de haber sido relegado al punto de partida.

No. El punto de partida era la misérrima aldea de Mbour, de donde huyó con solo quince años. El piso de Bilbao, los compañeros hacinados sobre colchones raídos, las mujeres recluidas en dormitorios transformados en jaulas solo eran una estación en el camino, un lugar donde, como antes en Córdoba, Madrid o Burgos, dejar pasar el tiempo a la espera de algo mejor.

El problema era que Abdoulayé Diop llegó a estar convencido de haber encontrado algo mejor, algo capaz de relegar al olvido tantas estaciones de paso.

En Melilla permanecieron el poco tiempo que Charles necesitó para contactar con Ona To Arewa, la organización que, en adelante, marcaría su futuro. Y comprendió el abismo que le separaba de su nuevo compañero. Usman no había emprendido el viaje como él, armado de ilusiones y ganas de caminar. El nigeriano formaba parte de algo grande y cada vez más poderoso. No se trataba de una mafia o, como mínimo, no se trataba solo de una mafia. Tampoco de una entidad benéfica, aunque durante el tiempo que pasó con ellos los vio practicar la caridad en múltiples ocasiones. Parecía, más bien, una gigantesca red de intereses comunes, una institución que protegía a los suyos con el celo de una madre bondadosa con los obedientes y severa con los más díscolos. Charles Usman le profesaba una fidelidad ciega que Arewa siempre correspondía. De ahí el correo nocturno que supo localizarlos en el garaje melillense donde se hacinaban con otros fugitivos, la veloz travesía del Estrecho, la habitación compartida en un barrio marginal de Córdoba y ese trabajo que, literalmente, no pudo rechazar.

Córdoba, Madrid, Burgos y, por fin, Bilbao. Ciudades anónimas de las que solo llegó a conocer cuatro calles saturadas de yonquis, puteros y mafiosos peleando por el control de cada esquina; destinos desconocidos donde dilapidar noches enteras vigilando a las muchachas que, en tanga y sujetador, seducían a los honorables ciudadanos empeñados en despotricar, en el refugio gris de sus trabajos, contra la invasión extranjera que desdibujaba la blanca línea de sus ciudades. Noche tras noche, el corpulento nigeriano y el acobardado senegalés pateaban las aceras recaudando el dinero obtenido gracias a la humillación, las vejaciones y la miseria de unas mujeres que se integraron en la organización sin saber que serían ellas quienes financiarían el sueño de los hombres. Peleas, redadas y amenazas se convirtieron en el pan nuestro de cada día, o de cada noche, de un Abdoulayé que no creía que el sexo apresurado que le permitían disfrutar con cualquier chica de su elección fuera un pago suficiente a sus desvelos.

Harto de los ronquidos, del hedor que exudaban las paredes y los gritos procedentes del piso de abajo, se incorporó y caminó hasta la ventana. A las siete de la mañana, solo el resplandor sucio de las farolas rasgaba una noche reacia a despedirse. La lluvia era un fugaz recuerdo impreso en la incertidumbre de los charcos, brillantes bajo la luz de los pocos vehículos que atravesaban la calle. La ría, tan cercana que su olor era perceptible desde la habitación, les separaba de la otra orilla, la de los bilbaínos de bien, los turistas ansiosos de *pintxos* y *kalimotxo*, y los policías de sonrisa en ristre, policías idénticos y, sin embargo, diferentes de los que patrullaban con gesto despectivo las calles de esa África en miniatura emigrada a una ciudad empeñada en darle la espalda.

Allí, en la orilla correcta del Nervión, en el Casco Viejo de Bilbao, estaba la vivienda donde se resumía su modesto paraíso, uno del que acababa de ser expulsado por culpa de una niña que no dejaba de llorar.

Por culpa de la amenaza latente del abuelo.

El maldito cubano.

La mujer que le acogió en su edén de setenta metros cuadrados era tan frágil que estuvo a punto de partirse cuando, una mañana de fortuna, tropezó con ella al doblar la esquina. Aquel golpe inesperado derivó en unas breves sonrisas de disculpa y vergüenza, un café y una larga conversación que le sirvió para descubrir que Nerea Goiri era un inacabable catálogo de miedos e inseguridades, una persona necesitada de amor y compañía que, paradójicamente, vivía con una niña a la que nunca quiso y un suegro a quien no soportaba.

Abrirse camino a través de sus anhelos, jugar con sus complejos y ocupar el vacío dejado por el fallecido fue muy sencillo. No tardó en instalarse en su piso y adueñarse de una vivienda cuya propietaria se desvivía por satisfacer sus caprichos. Tampoco en librarse de la mirada inquisitorial del suegro para alcanzar, por fin, el sueño que llevaba lustros persiguiendo.

Ona To Arewa aceptó sin problemas su salida. Que Diop no contara con demasiadas simpatías en su seno facilitó las cosas. Por supuesto, no necesitaron recordarle que el silencio era la única garantía para su integridad. El silencio… y la fidelidad si acaso en un futuro improbable precisaban de sus servicios. Abdoulayé juró lealtad y discreción, dedicó a un emocionado Charles Usman un abrazo más sincero de lo que hubiera creído y atravesó el puente que separa la Pequeña África bilbaína de la ciudad de turistas y triunfadores. Se instaló en el piso de Nerea Goiri, se dejó mimar por la mujer y, durante unos pocos meses, estuvo seguro de haber alcanzado la felicidad.

Pero la niña no dejaba de llorar.

Maider nunca dejaba de llorar.

Quizá fuera lógico que una pequeña de un año se pasara el día berreando, que la casa oliera a papilla y pañales sucios, que le tirara del pantalón cuando intentaba descansar o que le despertara cada noche en protesta por haber sido desterrada de la cama de su madre. Sí, quizá fuera normal, pero Abdou no había atravesado a pie la mitad de un continente para ejercer de niñera de una mocosa insoportable.

Tuvo mala suerte. Como siempre. Fue una simple bofetada, una de tantas repartidas sin ninguna consecuencia, pero el azar y la mesita donde apoyaba los pies se conjuraron para que la cría terminara en el hospital con una costilla rota.

Y de vuelta al punto de partida.

A la maldita estación de paso.

Usman se agitó en sueños y el sofá crujió bajo su peso. Abdou le estudió con el agotamiento en los recuerdos y algo parecido a la desesperación en las pupilas. Nerea le juró que no le delataría, que se mantendría firme en la versión de una caída accidental, pero también le rogó que, por el momento, abandonara la vivienda. Por eso llevaba dos días patrullando las calles cada noche, custodiando el laboratorio de coca instalado en la planta baja del edificio, tiritando en las esquinas donde chicas medio desnudas atraían a cerdos de magra billetera, vigilando a los argelinos, a los colombianos y a los *ertzainas*. Dos días para convencerse de que no soportaría mucho más. A pesar de la sonrisa acogedora de Charles Usman, a pesar de la aquiescencia de los jefes, más resignados a su regreso que satisfechos con su presencia, Abdoulayé se sentía atrapado por las garras de un destino que se negaba a soltarlo.

Y todo porque el abuelo de esa mocosa malcriada era

un veterano de la guerra de Angola. Un soldado condecorado por Fidel Castro a quien su nuera temía más que a la propia policía. Pero no dejaba de ser un viejo, alguien que debería limitar su existencia a marchitarse en el primer geriátrico que le aceptara. Pensar en lo que había perdido por temor a un simple anciano hacía que se le revolvieran las tripas.

Aunque, en el fondo, Abdoulayé Diop sabía que regresar al piso de Nerea era difícil. Algo en la mirada de Osmany Arechabala le decía que sería mejor no enfrentarse a él.

3

Aunque ya no llovía sobre Balmaseda, los cristales del mirador mostraban indecisos trazos de humedad, como si un anciano los hubiera esbozado, con su frágil pulso, sobre una pizarra de vidrio. Miren Ruiz de Heredia llevaba horas allí, la taza vacía de un café entre los dedos y grandes bolsas cárdenas bajo los ojos. Hacía tres días que la veterana oficial de la Ertzaintza apenas lograba descansar, desde la aparición de cuatro cadáveres carbonizados en el centro de acogida de fauna silvestre del Karpin.

Cuatro cadáveres. Tres compañeros y su asesino.

El frío se colaba a través de las ventanas a pesar de que, tras el divorcio, dedicó buena parte de sus ahorros a reformar una vivienda demasiado grande para ella sola. Los dos hijos mayores vivían en el extranjero; la pequeña prefirió mudarse con su padre. Y Ruiz de Heredia se sumergió por completo en el trabajo, entregó a la policía su tiempo, su espacio y sus recuerdos como forma de blindarse contra la felicidad de años atrás, los niños trepando por la espalda de Ramiro, el desvencijado «cuatro latas» jadeando cada fin de semana, el lecho compartido y los gritos infantiles inventando cacofonías en cada rincón.

A falta de familia, había trabajo.

Y en estos momentos había mucho trabajo.

Los cuerpos abrasados de sus compañeros volvieron a proyectarse en la gigantesca pantalla que las nubes dibujaban sobre el cielo de la villa, una imagen que se negaba a desaparecer a pesar de la fuerza con la que apretaba los párpados y sacudía la cabeza en una negación absurda. Dejó la taza sobre la mesa, se cerró la bata y se dirigió al dormitorio acompañada en todo momento por la misma secuencia: el esqueleto del gigantesco palacete siseando bajo el agua que lanzaban los bomberos; las camillas sobre las que unos restos irreconocibles moldeaban las mantas; armas desfiguradas por el fuego, embolsadas como pruebas de una certeza en la que no creía; la furgoneta negra con un asiento sucio de la sangre de la única superviviente. Notas de color ceniza en un lienzo donde algo parecía artificial.

Al parecer, los *ertzainas* fallecidos llegaron hasta el viejo caserón siguiendo el rastro de una mujer desaparecida. Según los primeros indicios, el secuestrador acabó con dos de los agentes antes de que el tercero lograra abatirlo. A partir de ahí el rastro se complicaba. Todo indicaba que el último, tras poner a salvo a la secuestrada, regresó a la vivienda en un intento vano de ayudar a los demás.

Y ya no pudo salir.

Incapaz de librarse del sabor de la duda en su garganta, se desprendió del pijama y se metió en la ducha. Se frotó con fuerza mientras obligaba a su cuerpo a permanecer bajo el chorro de agua fría a pesar del castañeteo de los dientes. Cerró el grifo, se envolvió en la toalla y, todavía chorreando, se asomó al espejo del lavabo a la caza de algo que era incapaz de definir. Al otro lado solo había una mujer de más de cincuenta años, arrugas de amargura y pómulos algo hundidos, mirada triste y labios trémulos. Una mujer abandonada por su familia.

Una oficial de la Ertzaintza en busca de respuestas.

Solo tres de las víctimas, dos policías y el criminal, presentaban heridas visibles de bala. El cuarto debió de morir abrasado en aquel intento de rescate suicida. Las únicas huellas de vehículos que pudieron recoger en el interior del parque pertenecían a la furgoneta negra. En el exterior, donde dejaron sus coches los agentes, tampoco se apreciaba nada relevante.

Claro que llovió durante buena parte de la noche. Incluso cayeron algunos copos de una nieve que no llegó a cuajar.

Pero Miren Ruiz de Heredia no terminaba de creerse que el violador hubiera acabado con los *ertzainas*. No, desde luego, sin ayuda.

La autopsia iba a tardar. El estado de los cuerpos y la necesidad de enviar muestras a laboratorios externos la demoraría más de la cuenta. También los informes de balística, complicados porque el calor deformó las armas y los proyectiles. Pero Miren, responsable de la investigación en ausencia de comisario y subcomisario, no pensaba quedarse de brazos cruzados.

Había demasiadas lagunas en la versión oficial.

La teoría de un héroe que, tras salvar a la víctima, regresaba al infierno para rescatar a dos compañeros que presentaban sendas heridas de bala en la cabeza no le cuadraba lo más mínimo.

Ni que nadie pidiera ayuda por el intercomunicador.

Ni que acudieran solos al escenario de un secuestro.

Ni que una de las víctimas fuera una agente desarmada, de baja por motivos de salud.

Demasiadas dudas. Demasiadas incongruencias.

Y, a la espera de la fría objetividad de los datos forenses, solo dos hilos de los que tirar. Dos testigos.

Por un lado, el viejo cubano que denunció la desaparición de la mujer secuestrada. Quizá la última persona viva que vio a María López Rutherford, la agente fuera de servicio, antes de que cayera acribillada.

Por el otro, Bonifacio Artaraz, un ex guardia civil que dirigía una empresa de seguridad, alguien habituado a las armas y a los sistemas de vigilancia. La Ertzaintza, gracias a los interrogatorios realizados en Biañez, el barrio aledaño al Karpin, lo había ubicado en el escenario donde asesinaron a los agentes. Y no solo allí.

Miren Ruiz de Heredia terminó de vestirse, confrontó su mirada con la del espejo y se permitió una seca sonrisa de satisfacción. En la imagen difuminada por la humedad no quedaba rastro alguno de la mujer apagada por la ausencia de los suyos. En el brillo oscuro de sus pupilas solo era perceptible la voracidad de una oficial que jamás cerraba un caso sin resolver.

4

Osmany Arechabala echó un vistazo al rincón de la encimera donde estuvo la urna de Camilo. La cocina del piso de Maider y Nerea en la calle Somera, una estancia oscura y alargada cuya única ventana se asomaba a un pequeño patio interior, acogió los restos de su hijo el tiempo que tardó en decidirse a arrancar la urna de aquella esquina llena de grasa y regueros de agua sucia. Negó con la cabeza, cerró la puerta a la nostalgia y regresó al dormitorio principal.

Nerea estaba sentada en la cama de matrimonio, las piernas muy juntas y la cabeza inclinada sobre la cuna de Maider. Parecía absorta en el sueño de su hija, una madre pendiente de la respiración acompasada del bebé, pero el cubano sabía que aquella imagen de cariño era una forma de evitar que se cruzaran sus miradas. No le sorprendió. Su nuera era incapaz de afrontar las consecuencias de sus actos. Por eso, porque temía su reacción, le ocultó durante días que Maider tenía una costilla rota, que permaneció en observación en el hospital de Basurto el tiempo que los médicos juzgaron necesario para confirmar que la pequeña laceración de su pulmón no tendría mayores consecuencias. No se lo dijo hasta que le resultó imposible mantener la mentira.

Arechabala no se creyó en ningún momento la versión de una caída accidental; ni él ni los sanitarios con quienes habló en el hospital. La desaparición de Abdoulayé, la pareja de Nerea durante los últimos meses, no hizo más que confirmarlo. Pero Bilbao es una ciudad pequeña, y el cubano había aprendido a moverse por sus calles más oscuras, a diferenciar al simple camello del intermediario, a reconocer de un solo vistazo a la víctima y al sicario. Sabía que el novio de su nuera formaba parte del segundo grupo. Que sobrevivía en la Europa de promesas brillantes y lúgubres realidades parasitando la sumisión de las mujeres que engalanaban las esquinas nocturnas de la ciudad con sus pieles y su tristeza. Forzado a exiliarse de la vivienda de Somera, era probable que se hubiera reintegrado al difuso grupo de proxenetas de los que nunca hablaba pero cuya existencia conocía.

Y Arechabala estaba dispuesto a dar con él.

Aunque antes tenía otras obligaciones.

—Me voy a un mandado en Balmaseda. Tardaré un par de horas.

Nerea Goiri alzó la cabeza y, por primera vez esa mañana, le miró directamente a los ojos.

—¿A Balmaseda? ¿Qué se te ha perdido a ti en ese pueblo?

Osmany se encogió de hombros mientras demoraba la respuesta. No quería explicarle que la Ertzaintza le había citado en relación con los crímenes que referían los avances de todos los telediarios. Solo deseaba pasar el mal trago y, también, ganar algo de tiempo para resolver el problema planteado por Diop antes de regresar a su bohío de Santa Clara.

—Nada, en realidad. Solo es ir y volver.

Nerea buscó refugio en el perezoso trajín de la calle a través de la ventana. Osmany aprovechó para acariciar con la yema de los dedos el cabello revuelto de la niña, depositar un beso furtivo en su mejilla y despedirse con algo semejante a un gruñido. En la sala, los cristales del balcón le saludaron con pequeños torrentes de una lluvia sucia de hastío. Con un suspiro confirmó que en esa ciudad el agua nunca dejaba de caer. Se quitó la guerrera militar, la arrojó de cualquier modo en el sofá y, del que fue su dormitorio en los primeros días de su estancia en Bilbao, rescató un chubasquero comprado en un bazar. Se lo puso, capucha incluida, y abandonó el edificio ignorando al camello que, como siempre, hacía guardia junto a la puerta.

En el tren, con los párpados cerrados y una desagradable sensación de angustia en la boca del estómago, pasó revista a los sucesos de tres días atrás, el estruendo de los disparos, el frío de la nieve sobre la piel de su rostro, el calor del incendio y la mirada noble de Rutherford, esos ojos que le estudiaban con aparente ingenuidad. Notó que algo se removía en su interior, que una bocanada de bilis y amargura buscaba su garganta, y se obligó a pensar en otra cosa. Pero no podía. El traqueteo que hacía golpear su frente contra la ventana era el mismo de entonces. Y María López Rutherford volvía a personificarse en el envés de sus párpados, un fantasma de cuya ausencia era responsable.

Abrió los ojos y su propio perfil, distorsionado por la lluvia, le devolvió un saludo desganado. El río Kadagua rugía al saltar sobre los restos de presas de otro siglo, las ramas desnudas de los árboles se agitaban bajo el vendaval y la oscuridad no se rendía al amanecer. El mismo paisaje de la última semana, el recorrido lento y melancólico que unía Bilbao con la villa de Balmaseda, con la vivienda de la que faltaba Rutte, con la comisaría a la que no tenía ganas de volver.

Le quedaban cuarenta minutos de trayecto, tiempo de sobra para revisar una vez más su propia versión de los hechos, para convencerse de su verosimilitud y asegurarse de no dejar cabos sueltos a los sabuesos de la policía.

El tren se detuvo en La Quadra, un apeadero azotado

por la ventisca donde solo era perceptible la soledad y el brillo difuso de alguna farola al otro lado del río. Y se reafirmó en la inutilidad de sus proyectos. No podía hacer nada contra la tecnología, contra el rastro dejado por su smartphone en los escenarios donde afirmaría no haber estado. Si no levantaba sospechas durante el interrogatorio, era posible que los agentes no pidieran a los jueces una orden para rastrear su móvil. Era posible, sí. Pero poco probable.

Tenía que irse. Tenía que comprar un billete de vuelta a Cuba, regresar a la compañía de los viejos camaradas, y dejar a Maider a cargo de Nerea. Quedarse equivalía a terminar en la cárcel, y desde ahí sería incapaz de proteger a su nieta. Se iría, sí. Pero antes se aseguraría de que Abdoulayé Diop jamás volviera a acercarse a la pequeña. Y aunque el cuerpo le pedía ir a buscarlo en compañía de la Heckler & Koch que escondía bajo el colchón de su piso alquilado, comprendió que lo mejor sería pedir ayuda a sus nuevos amigos. Al fin y al cabo, tanto Gordobil como Larralde eran policías, aunque el segundo acabara de jubilarse.

5

—Entonces ¿está seguro de que el coche que vio nuestro testigo cerca del Karpin la noche del sábado no era el suyo?

Bonifacio Artaraz clavó sus ojos en los de la *ertzaina* y respondió muy despacio, como si su credibilidad dependiera de la lentitud de sus palabras:

—Completamente. Ya le he dicho que por la tarde estuve en Ranero. Y de ahí volví directo a Balmaseda.

—Pero nadie le vio, ¿no es cierto? No había nadie en la vivienda, ni se cruzó con ningún vecino…

—Nadie. —Se recostó contra el incómodo respaldo de la silla y cruzó los brazos en un gesto de hastío tan falso como la piedra que coronaba el alfiler de su corbata—. Vivo solo. Mis hijos se marcharon hace años, y por la zona de La Calzada no suele andar gente por la noche. Además, hacía muy malo. Lo siento, pero no recuerdo haberme cruzado con nadie. Metí el coche en el garaje, cené algo y me acosté. No puedo decirle nada más.

Miren Ruiz de Heredia revisó la pantalla del ordenador en busca de razones que justificaran sus sospechas. Conocía a Bonifacio Artaraz casi desde siempre. Ambos eran de Balmaseda, y a pesar de que Boni tenía diez o doce años más, lo habitual en un pueblo pequeño como aquel era cruzarse en cada esquina. Su relación profesional comenzó en

1995. Ella fue destinada a la comisaría de su pueblo, y Artaraz, tras colgar el uniforme de la Benemérita, era propietario de una empresa de seguridad privada: Baraz, Vigilancia y Escolta. En aquellos tiempos en los que ETA decidió recompensar con un balazo en la nuca a todo aquel que defendiera postulados diferentes a los suyos, el gobierno subcontrató la custodia de políticos y concejales a firmas como Baraz. Y aunque la colaboración entre la Ertzaintza y las empresas de seguridad privada fue imprescindible en la ingente labor de proteger a miles de cargos electos, a Ruiz de Heredia jamás le gustó Artaraz. Quizá se tratara de una reacción automática frente al machismo nada disimulado del hombre, frente a la amable prepotencia con la que se dejaba caer por comisaría envuelto en un halo de falso salvador. Pero era consciente de que debía esforzarse para impedir que sus prejuicios la llevaran a conclusiones precipitadas, algo que no le estaba resultando sencillo.

—De acuerdo. Volvamos a Ranero. El sábado por la tarde, agentes desplegados en la zona le vieron subir en dirección a las cuevas de Pozalagua. Documentaron su regreso a las diez y media de la noche. ¿Me puede decir qué hacía usted en la explanada de Pozalagua el sábado 7 de febrero, mientras en los alrededores se desarrollaba un operativo policial?

Otra vez la desgana. El desdén en el rictus de los labios. Y un suspiro de agotamiento, como si fuera la quinta vez que se veía obligado a responder a la misma pregunta.

Sin embargo, era la primera vez que Ruiz de Heredia la planteaba.

—Me gusta pasear por ahí, coger el Land Rover y perderme por las pistas forestales. No hacer nada, no hablar con nadie. Estar solo.

—Pero el sábado llovía. Y nevó a ratos. Aun así, usted permaneció junto al aparcamiento de las cuevas más de seis horas. ¿Puedo saber qué hizo durante todo ese tiempo?

Bonifacio se encogió de hombros e improvisó un mohín de desdén.

—Ya se lo he dicho. Nada. Olvidarme de los problemas del trabajo. Mirar el paisaje. No pensar.

—Mira, Boni, ya vale de tonterías. —Artaraz retrocedió en el asiento, sorprendido por el cambio de actitud de la oficial y la inesperada brusquedad de sus palabras—. Sabemos que subiste a Ranero para espiarnos. Un violador confeso te ordenó interceptar nuestra frecuencia y mantenerle al tanto de lo que hacíamos. Le llamaste hasta en siete ocasiones. —El tono de la *ertzaina* se endurecía a la velocidad a la que el inculpado se encogía en el asiento—. Ayudaste a escapar a un asesino. ¿Sabes lo que significa eso?

—¡No! —Artaraz se incorporó de un salto y apoyó las palmas sobre la mesa. En su voz no quedaba ni un ápice de arrogancia. Ahora, las excusas brotaban a trompicones, regadas por finas gotas de saliva que no lograba contener—. ¡Yo no sabía qué estaba pasando! Me engañaron. Es cierto que hice un montón de llamadas, sí. Pero no tengo nada que ver con esos hijos de puta.

—Eso se lo tendrás que explicar al juez. —Miren abandonó el asiento y se acercó tanto al interrogado que pudo notar el calor de su piel contra su rostro—. Lo que yo quiero saber es qué coño hacías en el Karpin mientras tres compañeros eran asesinados. —El aliento de la oficial, a café macerado de insomnio y hiel, le taladró las fosas nasales. Fue consciente de que aquello no era una investigación como otra cualquiera. Aquel no era un crimen más a resolver. Los muertos eran policías. Amigos. Intentó mantener la compostura—. Estaría dispuesta a jurar que tú no los mataste. Demasiado viejo para enfrentarte a tres *ertzainas*. —Si fue un intento de herirlo, acertó de lleno—. Pero estuviste allí. Lo sé. No puedo probarlo, todavía no, pero lo demostraré antes o después. ¿Piensas decirme de una puta vez qué coño viste?

Jon Larralde lanzó un último vistazo al dormitorio, se aseguró de que Alicia seguía dormida, sacudió la cabeza con melancolía y regresó a la cocina. Extrañaba Choroní. Solo habían pasado tres semanas en aquella aldehuela del Caribe venezolano, un lugar al que jamás habría viajado por propia iniciativa, y ya lo añoraba con la misma intensidad con la que maldecía la humedad eterna de ese Bilbao que poco antes le parecía la mejor ciudad del mundo. Cuando su amigo Antonio Arzamendi les invitó a pasar unos días en la vieja casita de pescadores comprada un año antes, el oficial de la Ertzaintza estuvo a punto de rechazar su ofrecimiento.

Pero aceptó.

Y ahora extrañaba Choroní.

El pitido del microondas anunció que la leche estaba caliente. Desde la encimera, el smartphone le contemplaba con el ceñudo gesto de quien se siente rechazado siendo solo un mensajero. Algo de eso había. Durante esas primeras vacaciones de recién jubilado se empeñó tanto en desconectar que dejó el móvil en Bilbao. Al fin y al cabo, Alicia llevaba el suyo, suficiente para atender las continuas quejas de su padre y de su hijo. Por eso no sabía nada. Por eso, cuando lo enchufó y los mensajes comenzaron a desfilar por la pantalla, sintió cómo el frío le envolvía en un abrazo que nada tenía que ver con la persistencia del invierno.

A pesar del cansancio, casi no pegó ojo en toda la noche.

Durante horas, se dedicó a revisar los wasaps de los diferentes grupos de la Ertzaintza donde estaba incluido, leyó las noticias, las decenas de noticias enlazadas por sus antiguos compañeros, y estudió con una mezcla de incredulidad y rabia los vídeos de los telediarios. Por fin, se dejó caer sobre el colchón, cerró los ojos y consiguió dormirse.

Ahora, en la soledad de la cocina, saboreaba sin ganas su remedio de desayuno mientras, sobre la mesa, el teléfono se empeñaba en recordarle que era cierto, que las imágenes de pesadilla que le habían perseguido durante el breve espacio de su sueño eran reales. Tan tétricas como las inventadas por su mente.

Mujeres desaparecidas. Fosas llenas de cadáveres. Asesinos huidos. Y, por encima de todo, tres compañeros muertos. Asesinados por un criminal cuyo cadáver se encontró entre los escombros de una mansión incendiada.

Una vez más, a caballo entre la irrealidad y la desesperanza, revisó cada uno de los mensajes de los chats, expresiones de dolor, de furia y ansias de venganza, de callada solidaridad e incredulidad manifiesta. Algunos de sus viejos camaradas le escribieron directamente. Pero solo una le había llamado. Nekane Gordobil, suboficial de la comisaría de Zabalburu, la última en la que prestó servicio.

Quince llamadas perdidas.

Devolvió la taza al fregadero con un gesto de disgusto, trató de achacar a la leche el sabor agrio que le trepaba por la garganta y pulsó el botón de rellamada.

Solo habían transcurrido cinco días desde que Osmany traspuso por primera vez la puerta de la comisaría de Balmaseda. Cinco días durante los que habían sucedido tantas cosas que el concepto de tiempo se alteraba en su mente, empeñada en alargarlo hasta el infinito. El soñoliento cuartelillo de un pueblo todavía más soñoliento que conoció en su primera visita hervía ahora de ruido y actividad. Una furgoneta de la televisión autonómica hacía guardia en la esquina de enfrente. Uniformados de gesto sombrío entraban y salían de unos cubículos que Arechabala conoció vacíos. Al estruendo de los teléfonos, los portazos o el chapoteo de las suelas húmedas sobre el linóleo, se imponían los gritos de impaciencia, las maldiciones y las preguntas repetidas de uno a otro extremo del local. El agente que tomó sus datos y le indicó dónde debía esperar no se molestó en disimular que su mera presencia en el epicentro de una investigación que traspasaba los límites de lo personal le convertía en sospechoso. Sin decir una palabra, se parapetó tras las páginas de una de las revistas sindicales que constituían la única lectura disponible en la mesita anexa a su silla, y se dispuso a esperar dando vueltas una y otra vez a su coartada.

La puerta que daba el acceso al despacho del subcomisario se abrió para dejar salir a un individuo de rostro desencajado y traje mal abotonado. A Osmany le pareció que había envejecido años desde que le conoció en su oficina de Bilbao, solo una semana antes. Bonifacio Artaraz le dedicó un distante saludo con el mentón y se perdió en la oscuridad de la mañana.

La *ertzaina* que le invitó a acompañarle era una mujer alta, de pómulos marcados y gravedad en el tono. Se presentó como Miren Ruiz de Heredia, y aunque llevó la conversación en tono correcto, amable incluso, a Osmany no le costó entender la razón del aspecto derrotado de Artaraz a su salida.

La oficial no perdió el tiempo en prolegómenos. No le interesaba la cadena de acontecimientos que desembocaron en los hallazgos de Ranero. Ella solo quería saber qué sucedió después.

Aunque antes tenía otra pregunta.

—Señor Valdés, me consta que hasta hace relativamente poco tiempo era usted militar.

—Correcto, sí. Toda mi vida serví al ejército de Cuba.

—Por tanto, sabe usted manejar un arma.

—Bueno… —se removió en el asiento y esbozó una sonrisa en apariencia sincera—, sé manejar muchas armas. Aunque desde los tiempos de Namibia solo las usé para hacer prácticas de tiro, ya usted sabe.

La *ertzaina* asintió, marcó algo en un cuaderno que mantenía recostado sobre el teclado del ordenador y cambió de tema.

—De acuerdo. El sábado por la tarde, acompañado de la agente Rutherford, denunció la desaparición de una mujer. ¿Podría decirme, con la mayor exactitud posible, qué hicieron a continuación?

—Cómo no. Verá, cuando salimos de allá, Rutte y yo estábamos muertos de hambre. No comimos nada en todo el día y ya eran, no sé, las seis de la tarde, o algo así. —Ruiz de Heredia hizo un gesto de conformidad—. Bajamos al pueblo y nos tomamos un pincho de tortilla en un bar medio vacío, uno que hay junto a un parquecito, que está lleno de fotos de su equipo de fútbol.

—Lo sabemos. Hemos hablado con el propietario.

Arechabala hizo caso omiso a la interrupción.

—Cuando salimos, Rutte quiso llevarme a Balmaseda, pero no la dejé. —Las cejas arqueadas de la oficial eran exactamente lo que Osmany estaba esperando—. Es muy lento todo por acá. Hasta Balmaseda hay que subir el puerto, volver a bajar... No sé, más de media hora. Y luego ese tren maldito que tarda otra hora en llegar a Bilbao. ¡Pero si solo son treinta kilómetros! —A Ruiz de Heredia no le sorprendió escuchar de boca de un extranjero la queja que los habitantes de la comarca llevaban toda la vida repitiendo—. Así que me quedé a esperar el autobús, que por lo menos va directo. Pero un conductor que me vio en la parada me dijo que a esa hora ya no había guaguas, y como él iba para Bilbao, se ofreció a llevarme. Es muy amable la gente de por acá.

—¿Puede decirme cómo se llamaba ese conductor?

—No, no se lo pregunté —respondió Osmany, aguantando con estoicismo la mirada de la oficial.

—¿Y el coche? Marca, modelo, matrícula…

Se encogió de hombros improvisando un mohín de disculpa.

—Era blanco —contestó—. Perdone usted —añadió, consciente de la forma en que las mandíbulas de Ruiz de Heredia se esculpían bajo la piel de los pómulos—, yo nunca supe de carros. Ni siquiera manejo, de modo que no le puedo decir gran cosa. Era un carro blanco, ni viejo ni nuevo. Olía a tabaco, aunque el hombre no fumó en todo el rato. Me dejó en el centro, junto al campo de fútbol, y desde ahí fui caminando hasta la casa.

Tras sonsacarle a trompicones algún otro dato sobre aquel buen samaritano, vagas descripciones de un individuo de mediana edad, con poco cabello y muy parco en palabras, Ruiz de Heredia se dio por vencida.

—De acuerdo. Llegó a su casa, ¿sobre qué hora?

—Serían las ocho. Quizá las ocho y media. No estoy seguro.

—¿Volvió a salir?

—No, qué va. Estaba helado. Desde donde me dejó el carro hasta mi apartamento me empapé de lluvia. Me hice la cena y me acosté muy pronto.

—¿No habló con nadie? ¿Tampoco por teléfono?

—No. Por la mañana vi que tenía una llamada perdida de Rutte, pero no me dejó mensaje.

La *ertzaina* asintió sin separar la vista del cuaderno, de los círculos concéntricos que llevaba tiempo repitiendo con asombrosa regularidad. Sabían cuál era la última llamada de Rutherford. Y si los datos preliminares de la autopsia, imprecisos debido al estado del cadáver, eran ciertos, la hizo poco antes de su muerte. Pero Arechabala no mentía. No contestó.

—¿Y no se le ocurre por qué trató de localizarlo a esas horas? Según los registros, eran las once y media de la noche.

Osmany negó sin alterar la expresión taciturna que llevaba ensayando desde que se levantó por la mañana.

—Ni idea. Pensé que querría comentar algo de lo que encontramos allá arriba, en Ranero. Pero no le di más vueltas. No volví a pensar en ello hasta que puse el noticiero.

La *ertzaina* cerró con delicadeza la tapa de su libreta, le dedicó una mirada de cansancio y esbozó algo parecido a una mueca de hastío.

—De acuerdo. Ha sido usted muy amable. Por ahora, hemos terminado, pero es posible que tengamos que volver a hablar con usted en el futuro. No tendrá pensado ningún viaje, ¿verdad?

—Ninguno —mintió Osmany, exhibiendo la más inocente de sus sonrisas.

A la mujer que decía llamarse Nadia Ivánova le resultaba divertido que quienes contrataban sus servicios, hombres siniestros embutidos en un cinematográfico aire de dureza, se citaran con ella en lugares anónimos, desiertos y alejados de todo, como si creyeran que una asesina a sueldo aceptaría encontrarse con un desconocido sin haberlo investigado a fondo: quién era, dónde vivía y, sobre todo, en qué consistían esos negocios que precisaban proteger con ayuda de un fusil de mira telescópica.

Esa cita tendría lugar en un aparcamiento habilitado bajo el viaducto de la circunvalación de Balmaseda, junto a un campo de fútbol cerrado a cal y canto, rodeados de camiones y todoterrenos salpicados de lodo. Como siempre, Nadia llegó dos horas antes. Recorrió con su Audi las calles de la pequeña villa, buscó la ubicación de la comisaría y paseó por el centro peatonal y a lo largo del río Kadagua estudiando, más por fidelidad a sus rutinas que por auténtica desconfianza, las posibles vías de fuga en el improbable caso de que las cosas se torcieran. Por fin, regresó al coche, lo estacionó cerca del lugar de la reunión y esperó la llegada del Mercedes de Salvador Somoza.

Era la segunda vez que Somoza la contrataba. La primera, cinco años atrás, se resolvió con un trágico atropello en el arcén de una carretera desierta. Rápido, limpio, inapelable. Por eso, porque conocía al viejo sargento de la Guardia Civil, porque la imprescindible labor de documentación sobre su vida, sus rutinas y sus posibles socios y enemigos estaba hecha, aceptó quedar de un día para otro. Y por eso no le sorprendió que el lugar elegido fuera Balmaseda, el pueblo más cercano a Villasana de Mena, donde el narcotraficante tenía su chalet.

Lo que no esperaba era encontrarse con aquel rostro hinchado, con los profundos cercos violáceos que rodeaban sus pequeños ojos oscuros, ni con el aparatoso vendaje que le cubría la nariz.

Somoza no perdió el tiempo en explicaciones que ella no necesitaba. Desde el teléfono de prepago con el que la había contactado le envió la fotografía de un militar. Tendría unos cuarenta años y miraba a la cámara con una timidez extraña al color de su uniforme.

—Es la única foto que he podido conseguir, pero ahora rondará los setenta. Es cubano, no tiene ninguna relación con nuestras fuerzas armadas. Está retirado.

Ella alzó la mirada y en su voz bailó un timbre burlón que el hombre prefirió achacar a que, en ocasiones, le traicionaba el acento.

—¿Necesitas mi ayuda para eliminar a un viejo?

—Su edad no debe importarte. Tengo mis motivos. ¿Piensas aceptar, o estamos perdiendo el tiempo?

Ella asintió y él le entregó un abultado sobre que se apresuró a guardar en el bolso, cerca de la Glock 17 de la que nunca se desprendía.

—Con la pasta van todos los datos que necesitas. Tengo un poco de prisa con este tema, de modo que si lo agilizas, el segundo pago será más generoso de lo que hemos hablado.

Somoza desapareció en el interior de su vehículo, e Ivánova le dio la espalda para ir en busca de su Audi. Un matrimonio que paseaba refugiado bajo un mismo paraguas la saludó con un gesto de cabeza, quizá sorprendidos de no conocer a esa mujer de unos cuarenta años, media melena castaña y sonrisa bondadosa. Bajo su chaquetón tres cuartos asomaba una larga falda y llevaba unas botas de tacón bajo. Probablemente pensaran que se trataba de un ama de casa camino del supermercado. Jamás se les habría pasado por la imaginación que llevara una automática en el bolso que sujetaba contra el pecho, ni mucho menos que estuviera planeando la forma de asesinar a un anciano a quien no conocía.

6

—Acompañar tú banco. Luego dormir.

Abdoulayé Diop consiguió esbozar una sonrisa de agotamiento. Usman y él entraron en España a la vez. Juntos recorrieron sus carreteras desiertas y las calles más mugrientas de sus ciudades. Juntos vigilaron el trabajo de las muchachas, carceleros de fingido buen corazón. Y juntos comenzaron a chapurrear el castellano. Pero mientras que a Abdou los casi cinco años que llevaban ejerciendo el proxenetismo a lo largo del país le ayudaron a expresarse de forma más o menos correcta, Charles seguía utilizando infinitivos y monosílabos cada vez que tenía que conversar con alguien que no fuera nigeriano. De hecho, un francófono como Abdou prefería escuchar su ronco inglés, del que algo llegó a aprender en las lejanas playas de Saly, a verse obligado a descifrar los parcos mensajes telegrafiados en su incomprensible español.

Sin embargo, esa frase la entendió a la primera.

«Luego dormir».

—Venga ya, Charles. ¿De verdad no puedes ir solo? Tengo mucho sueño.

Usman negó con la cabeza, murmuró algo que no llegó a escuchar y arrojó en su regazo un pequeño documento que Abdou cazó al vuelo. Una tarjeta de residencia a nombre de un tal Ibrahim Asare.

—Cambiar nombre, meter dinero.

Abdoulayé estudió a su amigo con los ojos muy abiertos, como si los torpes movimientos del nigeriano pudieran ayudarlo a desentrañar el misterio de sus palabras. Usman dejó escapar un suspiro de frustración e insistió en hacerse entender:

—Para meter dinero, enseñar carnet.

—De acuerdo.

—Carnets diferentes. Muchas. —Sus manos aleteaban en torno a la habitación, como si cientos de tarjetas de residencia flotaran en el ambiente cargado que los rodeaba.

—Claro.

—Pero ese no yo.

El senegalés fijó su atención en la fotografía grapada sobre el pequeño cartoncillo al que un sello de la Dirección General de la Policía aparentaba legitimar, y entendió lo que su compañero pretendía decirle. Los del banco debían identificar a quienes hacían ingresos en efectivo. Quién sabe, quizá solo a los extranjeros que hacían ingresos en efectivo. Por eso la organización disponía de decenas de tarjetas de residencia falsas, robadas o duplicadas, que entregaban a quienes enviaban a blanquear el dinero ganado por las chicas. Pero la que Usman acababa de darle pertenecía a un individuo joven y muy delgado que se enfrentaba a la cámara como un reo sin esperanza. Por muy indolente que fuera quien le atendiera tras la ventanilla, jamás se creería que aquel muchacho acobardado fuera Charles Usman.

Tampoco se parecía demasiado a Diop. Pero podía pasar por el titular. Al fin y al cabo, los blancos seguían pensando que todos los negros eran iguales.

En cualquier caso, lo que Abdoulayé pudiera pensar no tenía la menor importancia. Las peticiones de Charles no eran peticiones; eran órdenes vomitadas contra su cansancio, su desgana o su agotamiento. De modo que, exagerando la pereza de cada movimiento, se incorporó para seguir al nigeriano al frío de unas calles donde nunca dejaba de llover.

Jon Larralde hizo ademán de salir, pero una enfermera le indicó con un gesto que no era necesario, de modo que tomó asiento en el sillón reservado a las visitas, sacó el móvil y, cuando la doctora abrió el blusón de Nekane Gordobil dejando sus pechos a la vista, se pegó a él como si en el interior de la pantalla habitara un mundo más interesante que el real.

Como haría cualquier adolescente.

La suboficial no pudo evitar una risita.

—Hombre, Jon, no me imaginaba que estuvieras enganchado a las redes sociales...

—Cosas de mi mujer. —Larralde no alzó la cabeza, cohibido aún por la desnudez de su antigua compañera—. El chaval lleva ya cuatro años en Estados Unidos. Cuatro putos años de posgrado que me están saliendo por un ojo de la cara. Alicia le llama todos los días, pero además se ha empeñado en que me abra una cuenta en el rollo este.

—¿No pensará en serio que va a controlarlo a través de Instagram?

Ahora fue Larralde quien hizo un amago de carcajada, pero al comprobar que los médicos seguían buceando en la herida de Gordobil, devolvió la mirada al brillo artificial de su smartphone.

—No, claro que no. No es tan ingenua. Pero, a veces, la sensación de control también cuenta.

Nekane guardó silencio mientras su hija Izaro, sus amigos y el recuerdo de esa noche que jamás debió existir regresaban a su mente. Sin embargo, otros recuerdos, otras sospechas, se ocuparon de desplazarlos en cuanto se quedaron solos y Larralde recuperó su lugar al pie de la cama.

—Mira, Nekane, sigo creyendo que es imposible que Arechabala se cargara a los del Karpin.

—Sí, yo también. Pasé toda la semana con él. Me pareció un buen hombre. Pero… no sé. Los sitios, las horas… Todo cuadra. Sé que tú confías en él, aunque, sinceramente, sigo sin saber por qué.

Larralde no necesitó repasar qué podía contar sobre Osmany Arechabala. Que era un jubilado del ejército cubano que llegó a Bilbao para ayudar a su nuera recién enviudada. Que presenció el asesinato de la pareja de Antonio Arzamendi. Que por eso le conocía.

Nada importante.

Porque no pensaba desvelar a nadie lo sucedido desde entonces. Ni tan siquiera a la suboficial Gordobil, que le contemplaba con el ceño fruncido y un velo de desconfianza en el semblante.

—¿En serio sospechas que un viejo pudo matar a tres agentes y marcharse de rositas, así, sin más?

Nekane apretó con fuerza los párpados antes de responder.

—Ni siquiera llego a sospecharlo. Es una sensación, un pálpito. Ya lo sabes: los datos dicen una cosa, pero tu instinto se empeña en lo contrario.

—Ya. El problema es que el instinto es mucho más torpe que los datos.

Nekane asintió, volvió la cabeza contra la sábana y dejó que su respiración recuperara el ritmo que debería ser normal para un pulmón al que acababan de extirpar una buena porción de tejido alveolar. Larralde la tomó de la mano y permaneció mudo el tiempo que ella fingió descansar. Sin embargo, sus palabras habían invocado a una nube que se negaba a pasar de largo, una nube que amenazaba con descargar litros de incertidumbre sobre su tranquilidad de jubilado. No pudo contener un suspiro de desánimo, casi un gemido, que hizo que la suboficial abriera los ojos y le estudiara con un interrogante en la mirada.

—Bueno, Nekane. Estoy seguro de que tienes una teoría. Siempre tienes una. ¿Por qué no me la cuentas?

A través de los cristales de la comisaría, Miren Ruiz de Heredia siguió la figura de Osmany Arechabala, quien, encogido dentro de una capa de plástico transparente, se perdía bajo el diluvio que azotaba Balmaseda. Eran casi las nueve y media, pero las farolas seguían encendidas, y su luz frágil rebotaba en los charcos como el eco de un invierno empeñado en alargarse hasta el infinito. Regresó a su cubículo, cerró el cuaderno lleno de garabatos y se desplomó contra el respaldo de la silla, frustrada y agotada a partes iguales.

Sin los resultados definitivos de las autopsias, aquellos interrogatorios no pasaban de ser palos de ciego, formas de sentirse útiles sin saber si estaban buscando a un criminal capaz de asesinar a cuatro personas y desaparecer sin dejar huella o, por el contrario, todos los implicados murieron en el tiroteo y el incendio posterior. No había ninguna evidencia de que una quinta persona se encontrara en el lugar de los hechos. La declaración de Arechabala parecía lógica. Y por muy mal que le cayera Bonifacio Artaraz, su modelo de Land Rover era uno de los más extendidos entre los ganaderos de la comarca, por lo que demostrar que el testigo vio el suyo parecía poco probable.

No obstante, las horas cuadraban con demasiada exactitud.

7

La sucursal estaba hasta los topes.

Olía a sudor, a humedad. Olía a ropa sucia, a calcetines una y otra vez reutilizados, a botas empapadas en lodo y cemento, a especias y frituras. Los clientes hablaban a voz en grito, saludaban al vecino, protestaban por el precio de la tarjeta, se quejaban de la espera y colapsaban el acceso con despreocupadas charlas en idiomas incomprensibles. El timbre de los teléfonos, el inacabable zumbido de los servidores, el tableteo metálico de las impresoras y los gañidos que brotaban del hilo musical se unían a la algarabía de quienes entraban, quienes salían y quienes debían permanecer anclados a su puesto de trabajo, parte inamovible de un caos que, en realidad, no era tal. Aunque algunos esperaban a ser atendidos en las mesas alineadas contra la pared, por los tres jóvenes envejecidos de rutina que escondían su hastío tras montañas de carpetas, la mayor parte de quienes anegaban la oficina del Banco de Crédito Monetario de la calle Zabala, una de las arterias principales de esa parte de Bilbao nacida en África, hacían cola frente a la caja, donde un hombre sin cabello ni sonrisa doblaba la papada sobre el teclado llevando a cabo los abonos y los reintegros con la rutinaria desgana de una máquina obsoleta. En el despacho que quedaba a su espalda, un individuo de melena balear, moreno Baqueira y corbata de Armani negaba con mudos aspavientos a una mujer de aspecto frágil con la necesidad engastada en el gesto suplicante de los labios.

Al final de la larga hilera de depositantes, Abdoulayé Diop avanzaba lentamente en dirección a la ventanilla, una mano temblorosa aferrada al sobre que escondía en el interior de la chaqueta. Desde la calle, apoyado en el cristal que hacía de pared, Charles Usman seguía sus movimientos mientras apuraba el tercer cigarrillo de la mañana. No había llegado a decírselo, pero Diop sospechaba que llevaba tiempo preocupado. Aunque los nigerianos solían callar cuando el senegalés entraba en la habitación donde comían, dormían, se reunían y se follaban a las mujeres, sabía, por los susurros y los silencios, que se encontraban a las puertas de algo grande. Algo muy grande. Aquella célula minúscula, formada por una decena de sicarios y un puñado de mujeres esclavizadas, iba a recibir la visita de uno de los principales líderes de Ona To Arewa, sombras de nombre difuso enclavadas en la imprecisa línea que separa la realidad de la leyenda. Y Usman se ocuparía de la seguridad del *olori*, el líder, durante su estancia en la ciudad.

Abdou sabía que, más que orgulloso, su amigo estaba atemorizado por semejante responsabilidad. Pero lo cierto era que los miedos de Usman le importaban bien poco.

Porque él también comenzaba a asustarse.

De sí mismo.

La fila se movió, alguien abandonó el banco refunfuñando algo ininteligible y Abdoulayé apretó los dedos contra el sobre de papel de estraza que Charles le había entregado en el momento de acceder a la oficina. En su interior —no paraba de confirmarlo a cada momento—, un abonaré con un número de cuenta escrito a bolígrafo, y ocho tacos de arrugados billetes de cincuenta.

Cuarenta mil euros en metálico.

Un par de pasos más. Una mujer encogida bajo el peso del hiyab buscó la puerta con el bolso oprimido contra el pecho, y Diop aprovechó para contar las personas que le precedían. Cinco. Cinco consultas, cinco movimientos de efectivo, cinco posibles reclamaciones le separaban del momento en que debería entregar el dinero, el documento de ingreso y la identificación falsa al empleado de tez enrojecida que, probablemente, ni se molestaría en levantar la vista para cotejar su rostro con el de la foto.

Contener los nervios era imposible.

No es que temiera ser descubierto, no. Lo que temía, lo que lamentaba, era verse obligado a desprenderse del tesoro que Charles acababa de depositar entre sus manos.

Cuarenta mil euros.

¿Qué se puede hacer con cuarenta mil euros?

Comprar muchas cosas. Coches, ropa de lujo, licores, vacaciones.

Se puede comprar la libertad, la de uno mismo.

Sacudió la cabeza y negó con una sonrisa más triste que resignada. El magrebí que ocupaba la ventanilla la abandonó contando un magro fajo de billetes, y él regresó a la obcecada realidad. El dinero pertenecía a Ona To Arewa. Y nadie robaría jamás a Arewa.

Nadie se atrevería.

Solo cuatro personas le precedían. Llevaba quince minutos en el interior de la sucursal, pero le parecía mucho más, tiempo dedicado a soñar despierto, sin descuidar la silueta vigilante de Charles más allá de la cristalera, con futuros exagerados para el exiguo poder de aquel dinero: deportivos, casas, fiestas inacabables, horas de ocio sobre arenas vírgenes de mares exóticos, mujeres no tan vírgenes, atardeceres y pantallas de plasma. Pero la espera también le permitía inventar futuros más cercanos e improbables. Llegó a verse corriendo por las calles con el sobre escondido en el interior de los pantalones, saltando sobre la ciénaga de la ría, perdiéndose entre las calles del Casco Viejo, cuyos comercios bostezaban con las persianas entreabiertas, en busca del pasaporte que, junto a otras muchas de sus cosas, permanecía en la casa de su amante. Invisible entre los viajeros que anegaban los andenes del metro, se descubrió camino de la estación de autobuses, rumbo a Irún, Francia, la libertad. Todo lo vivió, todo lo degustó y lo descartó durante los minutos transcurridos en aquella espera inacabable. Frente a él solo quedaba una anciana vestida de oscuro, el cansancio apoyado en un bastón brillante de tan pulido. A eso se reducían sus sueños, al breve espacio de tiempo que tardaría en cederle su sitio en la ventanilla.

La mujer recogió la libreta que le tendía el empleado, la guardó con torpeza en un bolso grande y ajado, y comenzó el lento regreso hacia la puerta envuelta en una dignidad que solo los años son capaces de moldear. Y Abdoulayé Diop tropezó con la mirada del administrativo, una mirada desganada que se le antojó certera e inquisitiva. Titubeó al dar el primer paso, al inclinarse sobre el mostrador y bucear en el fondo de la chaqueta. Depositó la tarjeta de residencia en la bandeja, extrajo del sobre el abonaré y un resplandor inesperado llamó su atención.

No habría necesitado girarse hacia el ventanal para confirmar la procedencia de esos destellos azulados que salpicaban las paredes de la sucursal, pero lo hizo. El coche de la Ertzaintza avanzaba con la parsimonia de quien no tiene prisa ni destino, una patrulla rutinaria, conocida e ignorada por todos los vecinos del barrio. Pero Charles Usman pareció pensar que su presencia allí, un negro de dos metros y ciento veinte kilos, vigilando la puerta de una oficina bancaria, podría animar a los agentes a fingir que hacían su trabajo. De modo que se giró hacia el interior de la oficina, dedicó a Abdou un gesto que el otro tradujo al instante

(«Te espero en el kebab») y, con las manos en los bolsillos, desapareció calle abajo.

—¿Y el dinero?

La voz del cajero le arrancó de una ínfima parálisis que sintió eternizarse. A su espalda intuyó un insulto poco velado, bufidos de impaciencia por parte de quienes tenían prisa por volver a ningún sitio y, poco a poco, comenzó a ser consciente de que la realidad no tenía nada que ver con ese fogonazo que la desaparición de su sombra había hecho vibrar en su cerebro. El empleado del mostrador le estudiaba con un papel arrugado entre las manos. Diop le había entregado el abonaré y la documentación, pero seguía sin desprenderse del dinero.

—¿Quieres hacer un ingreso o no?

Abdou asintió sin palabras, una telaraña de cemento adherida a la garganta. Rebuscó en el interior de su chaqueta y, sin perder de vista el vacío de la calle, le entregó uno de los tacos.

Solo uno.

Ruido de teclas martilleando. El rumor de la máquina devorando los billetes, otra vez el teclado y, por fin, un bufido de disgusto.

—En el abonaré pone cuarenta mil euros. Supongo que has querido escribir cuatro mil, ¿no es eso? —Alzó el papel por encima de su cabeza y le señaló la cifra—. ¿Quieres ingresar cuatro mil euros?

—Sí. Eso, sí.

—Pues traes cinco mil.

No dijo nada. Dejó que el hombre terminara de escribir en su ordenador, que escaneara aquel NIE que no era suyo, y se inventó una firma sobre la pequeña tableta digital del mostrador. Recogió los mil euros sobrantes, el abonaré impreso con una cifra que podría ser una sentencia, cerró los brazos sobre el sobre, agachó la cabeza y abandonó la sucursal.

«Te espero en el kebab».

Tantas noches compartidas en el camino hasta Bilbao, tantas guardias, tantos desayunos grasientos, tantos locales vacíos donde la carne giraba en torno a su propio eje, los llevaron a entenderse sin necesidad de hablar, sin necesidad apenas de mirarse. El nigeriano había decidido buscar refugio en el local donde acostumbraban a comer antes de que Diop conociera a Nerea Goiri, un antro situado al inicio de la calle San Francisco. Tomó aire y calculó las distancias. Usman no podría verlo si, al dejar atrás la calle Zabala, doblaba hacia la izquierda, cruzaba la trinchera del ferrocarril por el puente de Cantalojas y descendía a la carrera por Hurtado de Amezaga en dirección al centro de Bilbao, al metro y a esa libertad que hablaba el mismo francés que él.

Aunque no lo conseguiría sin su pasaporte.

Buscó con la mirada al compañero al que acababa de traicionar entre quienes se refugiaban de la lluvia bajo los aleros de los edificios. Le temblaban las piernas, el sudor se confundía con la máscara que el sirimiri imprimía en su rostro, y la presión de sus dedos sobre el dinero se acentuaba invocando un valor que nunca tuvo. Cruzó el puente y solo entonces, cuando la Pequeña África y la amenaza latente de Ona To Arewa quedaron a su espalda, comenzó a correr.

Osmany Arechabala se subió la cremallera del chubasquero, agachó la cabeza para negar el rostro a la ventisca y, con las manos en los bolsillos, caminó a paso ligero por la calle Bailén. Durante la hora larga que el tren necesitó para cubrir los treinta kilómetros que separan Balmaseda de Bilbao analizó, otra vez, los posibles escenarios del futuro inmediato. Intentó convencerse de que la Ertzaintza no sospecharía de su implicación en los crímenes del pasado fin de semana, pero fue inútil. En algún lugar de aquella extraña reserva de vida silvestre debía quedar algún rastro de su paso. Quizá sus botas impresas en la carrocería del monovolumen de Rutherford o en el barro que rodeaba la mansión. Quizá sus huellas dactilares en algún rincón sin calcinar del gigantesco salón que evocaba un crematorio. Quizá las balas, no tan deformadas por el calor como para ser inidentificables. Pero, más temprano que tarde, la policía exploraría teorías diferentes a la bendecida por la prensa. Y el militar cubano que estuvo con Rutherford poco antes de su muerte tenía todos los boletos. Por eso, cuando abandonó el vagón para aflorar al frío de la calle, la decisión estaba tomada.

Esa misma tarde se acercaría a una agencia de viajes para comprar en efectivo ese billete a La Habana que tanto anhelaba y, en cierto modo, temía. Dándole vueltas a la idea, se detuvo frente a la oficina del Banco de Crédito Monetario que ocupaba una de las cuatro esquinas de la plaza Circular, la única que dejaban libres el BBVA, la BBK y la Laboral Kutxa. La esencia del capitalismo vasco concentrada en una plazoleta anegada de vehículos. Esquivando metáforas manidas, atravesó el amplio portalón de la sucursal en busca de respuestas a unas preguntas que no sabía cómo plantear porque, hasta entonces, jamás debió preocuparse por el dinero. Pero Antonio Arzamendi le había convencido para abrir allí una famélica libreta de ahorro a la que no daba uso, y ahora no sabía si guardar en ella los casi cien mil euros que escondía en su apartamento. La idea era que Maider, como única heredera, los cobrara cuando él corriera a reunirse con Lydia y con Camilo. Depositarlos a nombre de la niña significaría asumir el riesgo de que su madre se los gastara antes de que cumpliera los dieciocho. Por si eso fuera poco, aún debía hacer llegar a Vladimir Valenzuela el dinero que encontró en la casa de su hija. Pero había tanta gente esperando frente a las ventanillas que desistió.

Ya volvería en cuanto supiera con certeza la fecha de su viaje.

Con quien tenía que hablar era con Jon Larralde. Si sus cálculos no erraban, el oficial recién jubilado ya habría terminado sus vacaciones en Venezuela. Y Osmany confiaba que tanto él como la suboficial Gordobil le ayudaran a proteger a su nieta de Abdoulayé Diop.

El recuerdo de Nekane vino acompañado de un agrio regusto a fracaso. En su llamada del día anterior solo recibió como respuesta un seco «Estoy en el hospital, no tengo ganas de nada», que le dejó confuso y preocupado. Sabía que la *ertzaina* tenía algún tipo de problema familiar, pero ignoraba su índole o su gravedad. Y en el tono de la mujer creyó leer una acusación nada velada.

Bien pensado, era difícil que pudiera contar con Gordobil.

Empapándose bajo una llovizna que seguía sin dar tregua, cruzó el puente del Arenal y buscó refugio en el Casco Viejo, el único lugar hogareño de ese Bilbao con el que no lograba ponerse de acuerdo. Recorrió despacio los adoquines de las calles peatonales salpicando en los charcos, tropezando con los paraguas de las señoras detenidas frente a los escaparates, sintiendo una nostalgia inesperada de un lugar donde nunca quiso vivir pero que, en el momento de la despedida, se le enredaba en la memoria, como en los años de ruido y uniforme se le enredaron Bukavu, San Petersburgo, Managua, Odesa o Luanda, ciudades de chozas raídas o avenidas señoriales, de calles de lodo y ganado o monstruosos palacios erigidos a mayor gloria del zar, de modernos muelles donde anclaba la flota soviética o de ruinas jamás retiradas tras la devastación de un terremoto. Heridas en la memoria que ya no causaban dolor sino añoranza.

Descubrir que echaría de menos la ciudad donde su hijo encontró la muerte no llegó a sorprenderlo. Estaba acostumbrado a lidiar con sus propias incongruencias. Pero era a Maider, su sonrisa y la curiosidad perpetua de sus grandes ojos oscuros, a quien extrañaría cada día del resto de su vida. Atravesó la plazuela de Santiago y el cantón que conducía al piso de su nuera, y el recuerdo de la niña le hizo detenerse y dar la vuelta. No podía presentarse ante la pequeña con las manos vacías ahora que contaba con los dedos de una mano los días que faltaban para abandonarla. Confirmó que llevaba dinero en el bolsillo y retrocedió en busca de una juguetería.

—Pero ¿qué pasa? ¿Qué haces?

Abdoulayé Diop respondió con un gruñido. Estaba agotado tras la veloz carrera entre el puente de Cantalojas y el piso de Nerea Goiri, la cuarta planta de aquel portal avejentado donde, hasta dos días antes, creyó haber encontrado su propio paraíso. Nerea le abrió sorprendida, ilusionada por su inesperado regreso, pero también asustada. Osmany Arechabala podía aparecer en cualquier momento. Sin embargo, Abdou no tardó en calmar sus temores y rasgar sus esperanzas.

—Me voy. Tengo prisa, mucha —dijo—. Cojo mis cosas y me largo.

—¿Adónde? —La mujer le siguió hasta el dormitorio con los brazos recogidos contra el pecho, y alarmada al comprender que la separación impuesta por sus miedos no sería, como ella confiaba, temporal.

—Fuera. No sé. Encontré trabajo. Tengo prisa.

—¿Encontraste trabajo y no sabes dónde? —insistió sin despegarse de su espalda—. ¡Abdou, por favor! Deja lo que estás haciendo y contéstame de una vez.

Diop cerró la puerta del armario donde guardaba lo que no se quiso llevar al edificio compartido con los miembros de Ona To Arewa, se giró hacia Nerea y dejó escapar un largo suspiro de frustración. Desde el hueco del sofá, Maider rompió a llorar, y su llanto se filtró en el repentino silencio abierto entre ambos. Olía a pañales sucios, a sábanas sin airear, a desidia y vacío. Nerea le estudiaba con los ojos muy abiertos sobre esa nariz larga y afilada que meses atrás le resultó divertida y ahora se le antojaba repulsiva. Las arrugas destacaban sobre los labios apretados, años de amargura que le contemplaban sin disimular el temor a la soledad. Y fue incapaz de recordar en qué momento llegó a pensar que aquello, la casa desvencijada, la amante ansiosa de compañía, la imposición de un bebé que no dejaba de quejarse, las cervezas del supermercado devoradas frente a la hastiada monotonía del televisor, podía compensar la tortura de sus últimos años.

Él se merecía mucho más.

—¡Déjame en paz, puta! —Nerea retrocedió golpeada por la rabia de sus palabras—. Me voy. Cojo mi ropa y me voy. ¡Fuera de mi vista! Vete con la cría de mierda y no me molestes.

Se obligó a esperar hasta que la mujer salió sollozando del dormitorio. Entonces comenzó a llenar su vieja bolsa de deporte con prendas de ropa, un par de zapatillas, el pasaporte y un cargador de móvil que tomó de la mesilla. Confirmó que Nerea seguía en el sofá, llorando por un hombre que nunca la quiso, antes de sacarse de la chaqueta el sobre con los siete tacos de billetes, treinta y cinco mil euros que escondió en lo más profundo del petate, disimulados entre calcetines y camisetas. Añadió los mil que le había devuelto el empleado de la sucursal, se incorporó y dejó escapar una breve carcajada.

Era feliz. Por primera vez en mucho tiempo, se sentía feliz.

Nerea le dedicó una última mirada de súplica cuando regresó al salón, un desesperado intento de retenerlo a su lado apelando a la piedad. Ya no le importaba que su suegro estuviera a punto de llegar, o que Maider buscara la protección de su cuerpo cada vez que Diop estaba en casa. Solo importaba el vacío, la soledad de un porvenir sin más compañía que una niña parida para retener a otro hombre que jamás llegó a amarla. Ignorando sus ruegos, Abdoulayé hizo ademán de pasar por su lado cuando algo le hizo detenerse. Una sonrisa iluminó su rostro, la sonrisa traviesa del muchacho que trama una diablura. Recreándose en el momento, dejó en el suelo la bolsa, se quitó la chaqueta y la arrojó al sofá. Esperanzada, Nerea buscó con la yema de los dedos el cuerpo intuido bajo la camiseta, pero su brazo se quedó en el aire cuando el senegalés recogió la guerrera que Osmany había dejado tirada entre los cojines. Sabía que aquella prenda, recuerdo de sus tiempos en África, era importante para el cubano. Por eso decidió llevársela. Porque robarla era una forma de vengarse de aquel individuo cuya presencia le había obligado a abandonar su sueño de vivir como un millonario: sin dar un palo al agua y con una mujer blanca satisfaciendo todos sus caprichos.

En realidad, pensó mientras se dirigía a la puerta, lo que tenía ahora era mejor, mucho mejor, de lo que jamás pudiera ofrecerle Nerea Goiri. Disponía de una cantidad de dinero con la que nunca se habría atrevido a soñar, y la promesa de la libertad impresa en el primer billete de autobús que pudiera adquirir. Todo gracias a las veladas amenazas de Arechabala y a la obtusa torpeza de su amigo Charles Usman.

Sin embargo, cuando al abrir la puerta tropezó con una pétrea figura que le bloqueaba el paso, Abdoulayé Diop comprendió que, para su desgracia, Charles Usman no era tan torpe.

8

—¡Qué cargado te veo, Arechabala!

Osmany se detuvo frente a la línea de buzones, dedicó a la vecina una mirada compungida y sus labios se curvaron en una especie de sonrisa avergonzada. Un enorme oso de peluche desbordaba sus brazos, el vidrio travieso de sus ojos asomado sobre los hombros del viejo militar. Doña Aurora, una anciana que rondaba los ochenta y disfrutaba acosándolo con miradas de fingida coquetería, dejó escapar una risita antes de dedicar al peluche una inocente caricia.

—¡Qué suerte tiene Maider de tener aquí a su abuelo!

Era una frase bienintencionada, halagadora incluso, pero Osmany sintió en la garganta un sabor a cobardía que desdibujó la sonrisa recién esbozada. La suerte de Maider estaba a punto de acabar. La única alternativa posible tenía forma de celda, de modo que se obligó a componer la repetida expresión de vecino amable, se tragó la bilis y el orgullo, y se ofreció a ayudar a la mujer con las bolsas del supermercado.

—Gracias, hijo. A ver cuándo nos ponen de una vez el ascensor, que subir hasta el cuarto me fatiga más cada día que pasa. Y con las bolsas, ni te cuento.

—No hay problema.

—Un momento, cariño, deja que mire si hay cartas.

Osmany, con las dos bolsas en una mano y el peluche aprisionado bajo el otro brazo, se resignó a esperar a que la vecina sacara del buzón un grueso taco de coloridos folletos de propaganda que se dedicó a repasar mientras seguía al cubano por las escaleras repitiendo esas quejas que Arechabala se sabía de memoria: que si la calle estaba siempre sucia, que si los jóvenes del botellón lo dejaban todo hecho un asco, que si los camellos que se pasaban las veinticuatro horas del día apostados en el portal habían terminado por convertirlo en un mercadillo tan ilegal como evidente…

—¿Y tú de dónde vienes a estas horas? ¿No habrás salido a dar un paseo con este tiempo?

—No, claro que no. —Osmany conocía lo suficiente a doña Aurora para saber que una simple negativa no bastaría para refrenar su ansia de cotilleo—. Salí a hacer un mandado. Al banco. Estaba lleno de gente y me demoré un poco. Y luego, ya tú sabes… —señaló el juguete con un gesto de la cabeza y dedicó a la mujer un guiño que esta agradeció—, vi a este amiguito en un escaparate y tuve que comprárselo a la pequeña.

—Si es que cómo sois los hombres. Siempre dando caprichos a los niños. Si yo te contara…

Así, acompañado por la voz de Aurora, un rumor de fondo no muy diferente al sonido de los coches en la calle o al motor de la nevera en la cocina subió hasta el cuarto acompasando su ritmo al de la anciana. A pesar del incesante monólogo de la mujer, en torno a los dos todo era silencio. No se oía el sonido de ningún televisor, el gemido de las cañerías o los repetidos borbotones de las bajantes, las tripas casi al descubierto del viejo edificio. Tampoco los gritos de Maider, ya fueran de queja o alegría, ni las repetidas protestas de su madre. Solo silencio.

Demasiado silencio.

—Bueno, doña... —Osmany dejó las bolsas en el rellano, se cambió el oso de mano y buscó el llavero con la derecha—, acá le dejo las compras. Buen día.

—Estoy segura de que le va a encantar el peluche, ya verás.

A pesar de la obvia despedida del cubano, doña Aurora siguió sus pasos, incapaz de perderse la carita de felicidad de la pequeña cuando recibiera su regalo.

Resignado a una presencia de la que siempre resultaba difícil desembarazarse, Osmany introdujo la llave en la cerradura, giró y, en el momento en que se filtró el primer resquicio de luz, algo le hizo detenerse.

Olía a sangre.

Olía a muerte.

El instinto no le dejó tiempo para pensar y tomó la delantera. Arechabala empujó la puerta hasta que se estrelló contra la pared con un chasquido de madera y yeso, y se precipitó al interior palpándose la cadera en busca de una pistolera que no estaba ahí, porque aquella no era la selva del Congo, no era Nicaragua, tampoco Namibia, y quienes yacían a sus pies no eran guerrilleros abatidos por un ataque inesperado.

No. No eran soldados, no eran rebeldes, no eran guardias.

Tampoco había enemigos a la vista. Solo dos cadáveres encogidos sobre sí mismos, dos grandes manchas carmesíes expandiéndose sobre el parquet y, a su espalda, los alaridos de la vecina rebotando contra su cordura.

La pesadilla perfecta.

Todavía rogaba a ese dios en el que jamás creyó que solo se tratara de eso, de una pesadilla de la que en breve conseguiría despertar, mientras se arrodillaba ante el cuerpecito de Maider y con una mano temblorosa trataba de frenar el flujo que manaba de la yugular recién seccionada.

El líquido se filtraba entre sus dedos, resbalaba denso sobre su piel y caía al suelo en pesadas gotas cuyo eco bastaba para acallar los sollozos de doña Aurora y sus propios gemidos de angustia. Aunque una parte de sí mismo sabía que la niña estaba muerta, que todo era inútil, siguió presionando la herida que le atravesaba el cuello de lado a lado hasta que la vecina le tendió una tela, una pieza de ropa con la que trató de vendar esa garganta de la que nunca volverían a brotar gorjeos de alegría ni llantos de lástima infantil. No supo cuánto tiempo permaneció así, velando el cadáver de su nieta, con la absurda esperanza de verla separar esos labios amoratados para llamar a su abuelo, con la absurda esperanza de que un bebé de año y medio pudiera sobrevivir tras haber sido degollado. Solo fue capaz de regresar a una realidad que su cerebro se negaba a asimilar cuando sus ojos se cruzaron con los cristales vacíos del oso de peluche, con la mirada inerte de aquel juguete que, desplomado junto a la entrada, parecía pedir a su dueña que se levantara para jugar con él. Solo entonces supo que sus anhelos eran tan vanos como los de aquel muñeco de fibra sintética.

Solo entonces aceptó que Maider estaba muerta.

Asesinada.

Delante de sus narices.

Poco a poco, la habitación, los objetos que le rodeaban, los sonidos conocidos de la calle y los lamentos de doña Aurora volvieron a formar parte de un universo reducido al rostro inerte de su nieta. El suelo estaba lleno de coloridos papeles esparcidos por todas partes. Le costó recordar que eran los folletos de propaganda que la vecina acababa de recoger de su buzón. Entre sus manos, apelmazada por la misma sangre que adhería sus dedos entre sí, sujetaba una chaqueta. Acuclillada junto a él, la anciana dejaba que las lágrimas resbalaran por las mejillas y cayeran sobre la piel de Nerea Goiri, la madre de la niña, asesinada de la misma forma. Como él, la vecina chapoteaba en la sangre que brotaba del cuello del cadáver y, como él, parecía fuera de este mundo, más allá de una realidad demasiado cruel para ser cierta. Osmany buscó de nuevo la tez rígida de Maider y cerró los ojos invocando un odio que se negaba a aparecer.

El dolor le llenaba por completo.

No oyó el sonido del portal al cerrarse cuatro plantas más abajo, ni los pasos que trepaban por la vieja escalera. Tampoco un susurro de voces, ni el jadeo contenido de los intrusos. Pero no le sorprendió ver a dos desconocidos irrumpir en el salón y encañonarlo con sus pistolas.

9

—Espera, espera, José. —Nekane Gordobil separó el teléfono de la oreja, lanzó a Larralde una mirada que este no supo descifrar, una mirada de miedo, dolor e incomprensión, y manipuló la pantalla con dedos temblorosos—. Jon Larralde ha venido a visitarme al hospital. Voy a poner el altavoz para que él también lo oiga, ¿vale?

Las últimas palabras se perdieron en algún lugar del espacio que separaba la habitación de donde se encontraba el oficial José Méndez, el compañero habitual de Nekane en la comisaría de Zabalburu. Gordobil accionó el manos libres y sujetó en alto el móvil para que Larralde no se perdiera ni una palabra de la historia.

—Jon, no imaginaba que estuvieras aquí. ¿No andabas de vacaciones por el Caribe, o así?

—Sí, pero ya he vuelto. Déjate de hostias, Méndez, y dime qué pasa. No sé qué le has contado a Nekane, pero está más blanca que el puente de Calatrava.

—Empieza por el principio, José.

La voz de Gordobil era cada vez más débil. Jon sabía que la convalecencia de la *ertzaina* sería larga, y sus problemas para respirar dificultaban la conversación. Aun así, tuvo la impresión de que aquel tono desfallecido no tenía relación con sus heridas.

—De acuerdo. Supongo que Nekane ya te ha puesto al día de lo de la semana pasada.

—Sí, claro. Por eso estoy aquí.

—De lo que le sucedió a ella, no. De lo que estuvo haciendo por Balmaseda con tu amigo cubano.

Larralde asintió con un gesto, como si Méndez pudiera verlo desde el otro lado de la línea, mientras dedicaba a Gordobil una mirada de sorpresa.

—Verás… —prosiguió Méndez, como si efectivamente le estuviera viendo—. Esta mañana, una patrulla se ha desplazado al Casco Viejo respondiendo a la llamada de una vecina. Decía que alguien se había precipitado desde una ventana, pero los compañeros se han encontrado con algo muy distinto. —Una pausa para tragar saliva y tomar aire en busca de las fuerzas precisas para terminar el relato—. Había dos cuerpos sin vida. Y también estaba vuestro amigo el cubano. Osmany Arechabala.

—¿Muerto?

La pregunta salió de la boca de Larralde sin poder contenerla. Sonó envuelta en el temor de lo inevitable, en la certeza de que es imposible no quemarse cuando se juega con fuego, una certeza que no evita el dolor de la quemadura.

—No. Estaba intentando reanimar a la niña.

Más dolor. Mucho más dolor. Porque la muerte de un viejo soldado, aunque se trate de un amigo, no es equiparable al asesinato de un ser inocente.

Y Larralde no tardó en comprender de qué niña se trataba.

—Joder, Méndez. La cría no será Maider, ¿verdad? La nieta de Osmany.

Esta vez fue el propio Méndez quien, desde el dormitorio del piso de Somera donde una pequeña legión de *ertzainas* se afanaba en rastrear cada pulgada del parquet, asintió sin despegar los labios.

—¿Y la otra? Has dicho que había dos víctimas.

—Su madre. Nerea Goiri. Degollada de un solo tajo. Igual que la pequeña.

El silencio se adueñó de ambos lados de la línea. Silencio de duelo e incomprensión, de preguntas sin respuesta y de recuerdos sucios de tristeza. Larralde evocó el gastado salón de aquel piso donde, en torno a unas pizzas y unas cervezas, cuatro vejestorios divagaron sobre grupos criminales. Ajena a todo, Maider dormía en una cuna arrinconada bajo la ventana, su rostro mostrando esa paz que la conversación de los hombres se empeñaba en negar. De vez en cuando, Arechabala le dedicaba una mirada furtiva, momentos fugaces en los que la expresión férrea del viejo capitán de las FAR quedaba desdibujada bajo un repentino velo de ternura.

—¿Dónde está Osmany?

—Tranquilo, Jon. Siéntate. —Incapaz de adivinar cómo sabía Méndez que acababa de incorporarse en busca de su chaqueta, Larralde regresó al asiento destinado a las visitas. Desde su cama, Gordobil estiró un brazo y enlazó una mano con la suya—. Está aquí. Estoy en su piso, creo que no os lo había dicho. Acabo de interrogarlo, pero no ha servido de mucho.

—¿Está en *shock*?

—No, qué va. —El bufido del oficial bien pudo oírse perfectamente en los pasillos del hospital de Basurto—. Pero me ha dicho que no es asunto nuestro. Que él se ocupa. Que se va a cargar al asesino y después se entregará en comisaría.

—No le hagas caso. —A pesar de que los silbidos de su pulmón conferían a su voz un timbre distinto del habitual, tanto Larralde como Méndez sabían que ni Nekane se creía sus propias palabras—. Es comprensible que hable así, pero no creo que lo haga.

—Sobre eso no tengo ninguna duda.

—¿Qué pasa, pues? —Larralde se acercó al móvil, intrigado por el tono de la respuesta—. ¿Nos estás ocultando algo?

—A eso iba. Cuando he hablado con tu amigo, no le ha importado decirme el nombre del asesino. Abdoulayé Diop. Era la pareja de la madre de la niña y, por lo visto, la maltrataba.

—Cierto. Por eso me llamó la semana pasada.

Méndez confirmó que lo sabía. La propia Gordobil se lo había explicado.

—También me ha dicho que piensa encontrarlo antes que nosotros. No se corta un pelo, el tío.

—Osmany es una buena persona, José. —Larralde no dejaba de atusarse la barba, incapaz de disimular una preocupación nacida de unas imágenes que, meses después, todavía seguían poblando sus pesadillas—. Pero en un momento de desesperación cualquiera puede hacer una locura.

—Ya. Pero en este caso no va a poder. —Mientras en el hospital sus compañeros intercambiaban una mirada de sorpresa, Méndez se incorporó y, pegado al móvil, atravesó el pasillo de la vivienda hasta llegar a la cocina, donde un técnico de la Científica se afanaba en buscar huellas—. Cuando he llegado a la vivienda, Osmany seguía aferrado al cadáver de la niña —continuó—. Según los compañeros, no se había movido de ahí en todo el tiempo. De modo que había algo que aún no sabía. ¿Recordáis a la vecina que dio la voz de alarma? Lo que dijo fue que alguien se había caído por la ventana. —Evitando tocar el marco o el alféizar, se asomó y contempló el estrecho patio interior, un espacio de nueve metros cuadrados sucio de restos de grasa de los extractores, de varios calcetines desparejados caídos de los tendederos y del charco de sangre dejado por el cuerpo que dos sanitarios acababan de retirar—. Pues se trataba de Abdoulayé Diop. Por lo visto, se ha suicidado después de matar a la mujer y a la niña.

10

El rugido del Kadagua se colaba por la puerta abierta del balcón, una voz ronca que no dejaba de martillear contra sus miedos. El río volaba en busca del abrazo del Nervión, y a su paso quedaban restos de árboles desgajados, plásticos ondeando de las ramas más cercanas a la orilla como harapientos trofeos a la desidia, y el recuerdo de una carnicería que comenzó, precisamente, en el lecho de un río embravecido.

Desde el balcón, Bonifacio Artaraz seguía el curso de las aguas evocando las imágenes del fin de semana mientras la voz de su esposa, fallecida veinte años atrás, se empeñaba en recordarle que se lo había advertido.

Furioso consigo mismo, con el río, con la lluvia y con el incansable fantasma de su mujer, se metió dentro y cerró deseando casi que los cristales salieran volando con la fuerza de su rabia. Sin embargo, no sucedió nada. La puerta encajó perfectamente en el marco, el rumor de la calle se amortiguó hasta desaparecer, y la ira se diluyó en el pozo de un temor que amenazaba desbocarse.

Cuando encendió la cafetera, su dedo temblaba tanto que ya no tenía sentido seguir achacándolo al frío de la mañana. Estaba asustado. Mucho. La cárcel le asustaba. Le asustaban las celdas repletas de camellos, atracadores, proxenetas y terroristas que, tarde o temprano, descubrirían que el recién llegado fue guardia civil. Pero, por encima de todo, le aterraba la exposición pública. El juicio, la presión mediática, los periodistas huroneando en su vida y su pasado. Saber que todo el mundo esconde esqueletos en el armario no le serviría de consuelo si se llegaba a hacer público que el honorable Bonifacio Artaraz, dueño de una empresa creada para proteger a ciudadanos amenazados por la violencia etarra, compaginó su labor en la Benemérita con el lucrativo negocio del tráfico de drogas.

¿Qué pensarían sus hijos? ¿Qué diría el espectro de su esposa, que jamás llegó a sospechar la procedencia de un dinero que gastaban con deleitada moderación?

Cuando el café comenzó a brotar, Boni cerró los ojos y trató de hacer memoria. El interrogatorio al que le acababa de someter Ruiz de Heredia le había pillado por sorpresa. Cogido en falta como un niño, solo pudo negar una y otra vez haber estado en los alrededores del Karpin aquella noche, una mentira improvisada en la que creyó por un momento. Que algún vecino viera pasar frente a su ventana un Land Rover desvencijado no probaba nada en un municipio montañoso donde todos los aldeanos tenían un vehículo similar. Y antes de subir tuvo la precaución de cambiar su smartphone por un viejo móvil de tarjeta sin conexión a internet, un teléfono difícil de rastrear.

Aun así, como el miserable que le encargó seguir los pasos de la Ertzaintza no se había molestado en protegerlo, la supuesta dificultad de aquel rastreo quedaba en agua de borrajas. En cuanto los datos de la compañía telefónica confirmaran la presencia en el Karpin de aquel número cuyo propietario ya no era una incógnita para los responsables de la investigación, sabrían que les había mentido.

¿Cómo demostrar, entonces, que no tuvo nada que ver con las muertes de aquella noche?

No. No podía esperar tanto.

Comenzaba a anochecer sobre Balmaseda cuando la oficial Miren Ruiz de Heredia dejó el informe preliminar de las autopsias encima del emitido por los técnicos del laboratorio, se reclinó contra el respaldo de la silla, cerró los ojos y trató de reconstruir los hechos que aquellos folios asépticos esbozaban con la cruel frialdad de su lenguaje.

Tres de los cuatro cuerpos presentaban heridas de bala incompatibles con la vida, como afirmaba en su jerga absurda el análisis forense. El violador, el subcomisario Txema Laiseka y la agente María López Rutherford estaban muertos antes de que las llamas redujeran sus cuerpos a los despojos carbonizados que se negaban a abandonar sus pesadillas.

El problema era el oficial Peio Zabalbeitia, de quien se sospechaba que murió abrasado en un intento suicida de ayudar a sus compañeros. Ahora, tanto el informe clínico como el pericial apuntaban en otra dirección.

Aunque todavía estaban a la espera de que un par de laboratorios especializados les enviaran el resultado del análisis de las muestras, todo apuntaba a la presencia de algún factor acelerante sobre la carne calcinada del hombre.

Por otro lado, los técnicos habían sido capaces de separar, de entre los cientos de trozos de vidrio esparcidos tras la explosión de las puertas de los balcones, cristales con una forma y un grosor diferentes cuya procedencia no tardaron en determinar.

Miren negó con la cabeza sin molestarse en separar los párpados. Una botella rota cerca del cadáver y la presencia en su cuerpo de un líquido inflamable bastaban para llegar a una conclusión que desmentía las sospechas iniciales.

A Peio Zabalbeitia le arrojaron un cóctel molotov.

Cuando abrió los ojos, el pequeño habitáculo donde se

comprimía la mesa, el ordenador y la mayor parte de su vida tardó en definirse, como si la oficial regresara de un sueño muy profundo y no de un breve lapso de concentración. Pero por un momento llegó a sentirse así, viajando en sueños a la mansión abandonada del Karpin, a la noche del sábado, a la absurda imagen de un criminal solitario acabando con la vida de tres *ertzainas* utilizando al mismo tiempo una pistola y un cóctel molotov.

A pesar de que el recurrente insomnio de las dos últimas noches comenzaba a pasarle factura, Ruiz de Heredia no tenía ninguna intención de abandonar la comisaría y regresar a una vivienda donde nadie la esperaba. No conseguiría dormir sabiendo que no disponía de una sola certeza en el caso más personal de su carrera.

Bueno, eso no era del todo cierto. Tenía una certeza, la de que sus tres compañeros cayeron en una emboscada preparada con antelación.

La certeza de que ellos, y no la mujer secuestrada, eran el objetivo.

Regresó al informe de balística, al recuento y la descripción de los proyectiles encontrados, deformes y casi irreconocibles, en los cuerpos de las víctimas, en las paredes, en los escasos muebles consumidos por el incendio.

Todos tenían un calibre de 9 milímetros.

No había ni un cartucho, ni un solo perdigón. Y, sin embargo, era obvio que el violador subió hasta el Karpin con una escopeta de caza, que apareció a su lado calcinada, retorcida y cargada.

Los técnicos llegaron a recoger hasta treinta y seis proyectiles. Treinta y seis balas de 9 milímetros Parabellum, el calibre habitual de la Ertzaintza, el mismo de la otra arma encontrada en el escenario.

Con todo, y a pesar de la minuciosidad de un registro que los técnicos de la Científica prolongaron durante un par de días, solo fueron capaces de dar con dos cargadores utilizados, los dos dentro de sendas pistolas: la Sig Sauer del violador y la Heckler & Koch de uno de los *ertzainas*.

Dos armas que en total efectuaron veinticinco disparos.

¿De dónde salieron las once balas restantes?

Agotada, volvió a cerrar el informe, se recostó en la silla y se frotó los párpados con la yema de los dedos. Y al separar las manos de los ojos y alzar la mirada no pudo contener un grito.

El difunto subcomisario Txema Laiseka acababa de entrar en su despacho.

11

Eran los únicos clientes del bar, algo lógico en la desapacible noche de un martes de invierno, pero, aun así, José Méndez hablaba en voz tan baja que Jon Larralde se veía obligado a inclinarse sobre la mesa para entender las palabras del oficial.

—He hablado un buen rato con Nekane. —Larralde asintió sin decir nada. Méndez y Gordobil eran muy buenos amigos. Llevaban tanto tiempo juntos en el cuerpo que su relación trascendía con creces los límites del trabajo—. No le parece descabellado pensar que el cubano pudiera tirar por la ventana del patio al asesino de su nieta. Aunque me ha recomendado que te pregunte a ti. Tú lo conoces mejor.

Larralde se aferró a su mutismo con la misma tozudez con la que agarraba el vaso de cerveza. Cuando aceptó citarse con su antiguo subordinado no tenía pensado responder preguntas, sino plantearlas.

Méndez parecía pensar exactamente lo contrario.

—Venga, Jon. Cuéntame todo lo que sepas de ese Arechabala.

—En realidad, no puedo decirte nada nuevo. —Méndez no se esforzó lo más mínimo en disimular su escepticismo—. Osmany fue testigo del asesinato de Rosa Villate, la novia de Arzamendi, un colega de la infancia. Y, vete a saber por qué, se cayeron bien. Hemos quedado unas cuantas veces para echar unos zuritos por el Casco Viejo, y un par de días para comer. Nada que me haga sospechar que un viejo de casi setenta años pueda arrojar por la ventana a un chaval de veintipico.

—Pero sabes que fue militar, ¿no?

—La hostia, pues claro. Si lo sabe hasta la Virgen de Begoña. No es que vaya por la vida escondiendo su pasado. —Con una mano alzada, pidió al camarero otra cerveza—. Creo que ha vivido mucho más de lo que Arzamendi o yo llegamos a saber. Ha estado en el Congo, en Namibia, en Nicaragua, en la URSS, en Checoslovaquia… bueno, así la sigue llamando él. Ha sido asesor militar en un montón de sitios. Pero hoy en día solo es un tipo al que alguien le ha robado a la nieta meses después de que otro malnacido se cargara a su hijo.

Méndez asintió y guardó silencio. Larralde tenía razón: Arechabala era la víctima. Los cuerpos que yacían en el Anatómico Forense pertenecían a una niña que aún no había cumplido los dos años y a su madre. El cubano era la única familia de ambas, la única persona dispuesta a llorar por esas dos muertes tan salvajes como injustas. E incomprensibles.

Pero él tenía que averiguar si su dolor lo había convertido en un asesino.

Algo que dudaba.

—Jon, si te soy sincero, estoy casi seguro de que lo sucedido en ese piso fue exactamente lo que vimos al llegar: un doble crimen machista y un suicidio. Les rajó la garganta con un cuchillo de cocina y se tiró al vacío con él todavía en la mano, supongo que acojonado por lo que había hecho. —Larralde acarició el vidrio helado de la cerveza que el camarero puso sobre la mesa—. Sabemos que el senegalés maltrataba a la niña. Acababan de darle el alta en el hospital, donde la ingresaron con una costilla rota y hematomas por todo el cuerpo.

—Dice Nekane que Osmany la llamó por eso, para que echara un vistazo de forma no oficial.

—Ya. Me lo contó la semana pasada. El problema es que ella no vio nada raro. Se equivocó. Y convenció a Arechabala de que todo estaba en orden.

Ambos devolvieron la atención a sus bebidas, pendientes de recuerdos recientes y dolorosos, como el tono desmayado de la suboficial Gordobil susurrando al vacío que quizá su error fuera la causa de aquel desenlace.

—De todos modos —Méndez parecía seguir el hilo del racionamiento de Larralde, como si los pensamientos de ambos corrieran en el mismo sentido—, el cubano sabía lo que pasaba. Su nuera le llamó desde el hospital. Que Nekane metiera la pata no ha tenido nada que ver en todo esto.

Otro trago. Otro momento de silencio. Diez segundos. Veinte. No quedaba nada que añadir.

—¿Tenéis algún indicio, alguna prueba, de que Osmany se cargara al tal Diop? ¿De que, cuando apareció en el piso con la vecina, se estaba preparando una coartada?

—Todo lo contrario. —Méndez cambió de postura en la silla, sacó el móvil del bolsillo, consultó un mensaje y una sonrisa de nostalgia suavizó la expresión de su rostro—. Tenemos pruebas de que es casi imposible que lo hiciera. Ya pediremos a Renfe las grabaciones y lo que haga falta, pero según la marca de la canceladora en su billete, llegó a Bilbao a las diez y cincuenta y cinco.

—De Balmaseda, ¿no? Estuvo con los compañeros, hablando de lo del fin de semana.

—Exacto. —Méndez devolvió el teléfono al bolsillo, sacó la billetera e hizo un gesto al camarero—. También nos enseñó el tíquet de una juguetería. Le compró un peluche a la pequeña. —Se le atascó la voz en la última palabra, rasgada por un dolor en tercera persona que no le era indiferente—. Lo pagó en una tienda de Bidebarrieta a las once y catorce minutos.

—¿A qué hora se recibió la llamada en emergencias?

—A las once y nueve.

—Joder. Si sabes desde el principio que no ha sido él, ¿qué cojones haces interrogándome en un bar a estas horas?

—Pura curiosidad. —Méndez se incorporó, dejó un billete sobre la nota que acababa de llevarles el camarero, guardó la cartera y posó una mano amiga sobre el hombro de Larralde—. Cuídate, Jon. Disfruta de tu jubilación.

—De tu puta madre voy a disfrutar un día de estos —gruñó Larralde cuando la silueta del oficial se perdía más allá de la puerta, esculpida en sirimiri por la luz de las farolas.

Hacía frío en el mirador. Una galería acristalada como aquella no era el mejor lugar para pasar una noche de febrero. Largas gotas de lluvia resbalaban por los vidrios inventando analogías que Miren Ruiz de Heredia trataba de evitar. A su izquierda, el viento zarandeaba los pequeños arbolitos del jardín, y la sombra agigantada de sus ramas corría por el techo multiplicada en miles de fragmentos de negro y almíbar. Pero ni la hastiada persistencia de la fina lluvia, ni el aliento del vendaval que descendía del Kolitza molestaban a la mujer. Pertrechada de una gruesa bata, tomó asiento en la butaca que llevaba ahí desde el nacimiento de su primer hijo, dejó sobre la mesita auxiliar una copa de rioja bien cargada y permaneció unos minutos inmóvil, pendiente del brillo de las farolas sobre la plaza desierta, la silueta recia de la iglesia, la línea medieval de las viviendas y la oscuridad que devoraba el monte y se lanzaba contra la villa con el ansia de un depredador. Por fin, resignada a que su cerebro se negara a descansar, tomó un largo trago, devolvió la copa a su lugar y recostó la cabeza en el respaldo.

Laiseka. No pudo evitar que sus labios se curvaran en una sonrisa de desdén al recordar su sorpresa, su miedo incluso, cuando lo vio entrar en su despacho. Por supuesto, no se trataba del subcomisario Txema Laiseka, acribillado y calcinado en la masacre del Karpin. Pero su hijo mayor se le parecía tanto que, por un momento, creyó hallarse frente a la reencarnación de un hombre asesinado.

Conteniendo un suspiro de frustración, tomó un sorbo y se dispuso a dejar la copa de nuevo sobre la mesa, pero antes de que llegara a rozar siquiera la madera la devolvió a sus labios y la apuró de un trago largo y ansioso. Después se incorporó y comenzó a pasear de un lado a otro como un animal encerrado en la jaula de sus dudas.

La conversación mantenida con el hijo de Laiseka era (debía ser) estrictamente confidencial. Así se lo pidió él, y así sería, aunque lo desvelado por el joven podría dar un vuelco inesperado a la investigación del asesinato del padre.

O quizá no.

Hugo Laiseka no había cumplido los treinta años. Como su padre, era *ertzaina*, agente de la escala básica en la comisaría de Laudio. Se parecían físicamente, pero también en la forma de hablar, en los gestos y las pausas, en los breves momentos de reflexión entre frase y frase.

Aunque, en el caso del hijo, tal vez esos silencios se debieran a la dificultad de expresar en alto una sospecha que le llevaba corroyendo desde mucho tiempo atrás.

—En casa siempre hemos vivido bien. —Su voz era suave, levemente aflautada, aunque arrastraba un lejano timbre de cansancio. O pena—. Muy bien. Éramos cuatro hermanos, y el de mi padre era el único sueldo que entraba en la familia; sin embargo, jamás nos faltó de nada. —Agachó la cabeza y concentró la mirada en su regazo, donde los dedos se cruzaban unos con otros, un nido de gusanos peleando por un cadáver. Miren parpadeó sorprendida por la extraña asociación de su mente—. Era lo normal, o eso pensaba entonces. Pero ahora que sé cuánto se gana en el cuerpo comienzan las preguntas.

—¿Ahora?

—Sí. No, no ahora, sino hace unos años, cuando me mudé a Vitoria y comprendí que el sueldo de *aita* no podía pagar tantos lujos.

—¿Qué tipo de lujos?

Hugo Laiseka se encogió de hombros, dedicó una mirada nerviosa al cubículo vacío, como buscando posibles espías de una confesión que no le apetecía hacer, y volvió a negar con la cabeza.

—No sé. De todo tipo. Está el chalet de Villasana. Ya sé que allí el suelo es barato, pero nuestra casa es la hostia. —Se permitió una sonrisa antes de desviar de nuevo la mirada—. También tenemos un apartamento en Andalucía, en Chipiona. Doscientos cincuenta metros cuadrados en primera línea de playa.

—Eso no significa nada.

—Ya. Pero solíamos ir al apartamento con *ama* durante las vacaciones escolares, cuando *aita* no podía acompañarnos. Cuando él libraba, viajábamos por ahí. Los seis.

—¿Dónde es «por ahí»? —Ruiz de Heredia comenzaba a ser consciente de que ella no podría permitirse algunas de las cosas enumeradas por Laiseka hijo.

—Por todas partes. —El *ertzaina* agitó los brazos en un amplio círculo, como si pretendiera abarcar la inmensidad del globo terráqueo—. Hemos estado en las Maldivas y en las Seychelles. En Japón. Hemos hecho cruceros por el Caribe y por el mar Báltico. No sé… Entonces no lo pensé, era un crío. Y mis hermanos, más.

Un golpe en la puerta les hizo guardar silencio. Un compañero abrió, entregó un informe a la oficial y se despidió no sin antes lanzar un vistazo de extrañeza al hijo del subcomisario. Miren guardó la carpeta sin tan siquiera mirarla y esperó a que el sonido de los pasos se diluyera en el vacío de una comisaría donde los agentes comenzaban a dar por terminada la jornada, antes de interpelar de nuevo a Hugo Laiseka.

—Bien. Me gustaría que fueras al grano. No tengo muy claro qué pretendes contarme.

—Quiero saber quién mató a mi padre. Quiero saber por qué murió mi padre. —Frenó con un gesto la respuesta de la oficial, apoyó los brazos en la mesa y, tras un largo resoplido de frustración, se animó a seguir hablando—: Supongo que como responsable de la investigación habrá muchas cosas que te cuesta hacer encajar, ¿verdad? —Ni siquiera prestó atención al gesto afirmativo de Ruiz de Heredia—. ¿Por qué no dijo nada a los agentes con los que estaba ahí arriba, en Ranero? ¿Por qué fue a rescatar a una mujer secuestrada acompañado solamente de otro oficial? ¿Por qué no pidieron ayuda? ¿Por qué permitió que estuviera con ellos una agente fuera de servicio y desarmada? —Ella asentía a cada pregunta, ecos de cuestiones planteadas una y mil veces antes de que el informe de balística las diluyera en unas certezas diferentes—. ¿No te da la impresión de que no querían que los demás supieran qué iban a hacer?

—¿Qué quieres decir?

—Esta mañana he acompañado a *ama* al banco, a por el certificado de saldos que tenemos que llevar a la notaría. Ya sé que es muy pronto —Miren rechazó con un ademán la justificación no requerida—, pero tú no conoces a mi madre... Bueno, el caso es que *aita* tenía cuenta en el BCM. Como no hay oficinas ni en Balmaseda ni en Zalla, solía ir a Bilbao, a la oficina principal en Gran Vía. Nos ha atendido el director. Ha tomado nuestros datos, ha buscado algo en el ordenador y nos ha preguntado qué queríamos hacer con el contenido de la caja de seguridad.

La única ventana del apartamento donde cama, cocina y fregadero se apretujaban unos contra otros, fingiendo un hogar donde solo había espacio para un dormitorio, se asomaba a un patio de persianas cerradas y un retal de cielo bosquejado entre los tejados. Pero a esas horas de la noche, ni siquiera el cielo se percibía en la densa oscuridad cerrada sobre el edificio. Ni el cielo, ni la silueta del cubano que, con la frente apoyada en el cristal, escudriñaba las sombras sin ser consciente siquiera de lo que hacía.

Desde el momento en que tropezó con el cadáver de su nieta, las horas habían transcurrido envueltas en una densa bruma de irrealidad: rostros desconocidos de semblantes circunspectos le interrogaban, algunos con lástima, otros con amabilidad, con desconfianza los menos. Imágenes en blanco y negro de ambulancias aparcadas en la zona peatonal, de camillas transportadas sin urgencia. Llamadas, muchas llamadas al celular, Carlos Puebla cantándole a Emiliana en una secuencia que no dejó de repetirse hasta que se le agotó la batería, porque Arechabala fue incapaz de descolgar ni una sola vez. Y, sobre todo, dolor. Un dolor vivo, afilado como la hoja de un cuchillo que no cesaba de hurgar en sus entrañas, un dolor que no sintió ni cuando Lydia se apagó en una cama del hospital, ni cuando la voz de su nuera al otro lado del teléfono le comunicó la muerte de Camilo. No hay paz para los culpables, y Osmany no podía dejar de sentirse responsable de la muerte de la pequeña y de su madre. Al final, las pesadillas que le venían persiguiendo terminaron por hacerse realidad. Y el asesino, un cobarde que solo se sentía fuerte maltratando a niñas y mujeres, se había suicidado. Saberlo por boca del policía que le interrogó solo sirvió para hundirlo aún más en un dolor para el que ya no tenía ni el mezquino consuelo de la venganza.

Las horas pasaron tan despacio que cuando los primeros reflejos de un alba mortecina tiñeron de gris la bóveda de nubes, Osmany había tenido tiempo de repasar cada paso dado desde su llegada a Bilbao, cada minuto transcurrido espiando el cauce del Nervión, donde su hijo Camilo apareció desmadejado. Frente a la ceguera de su mirada se dibujaron los rostros de Rosa Villate, inmune a sus torpes intentos de reanimarla; de María López Rutherford, enarbolando siempre una sonrisa; de Nekane Gordobil, convaleciente ahora en el hospital de Basurto. Pero, sobre todo, fueron la delgada faz de su nuera, arrugada en un permanente gesto de amargura, y la carita de Maider, sus gorjeos de alegría y las risas que el abuelo se empeñaba en arrancarle, las que se negaron a abandonarlo entre los delirios de aquella vigilia inacabable. Demasiadas muertes de personas queridas, o conocidas, en el poco tiempo que llevaba allí, como si su presencia hubiera sido el desencadenante de tanto dolor. Una conclusión sin más lógica que la irracionalidad provocada por la pérdida. Una conclusión asentada con firmeza en el lodazal de su culpa: Rutherford, Nerea y la niña no habrían sido asesinadas, ni Gordobil resultado herida, de no haberse cruzado las cuatro en el camino de Osmany Arechabala.

MIÉRCOLES

11 DE FEBRERO DE 2015

12

Sobre la encimera de la cocina, los folletos de propaganda teñían de tragedia lo que debería ser la imagen hogareña de cada madrugada. Aurori, como la llamaban sus amigas a pesar de que ya había cumplido los ochenta años, tomó asiento en la única silla de la estancia, se apoyó sobre la mesa y dejó que las lágrimas volvieran a regar la piel cuarteada de sus mejillas.

A su edad, doña Aurora había perdido a muchos de quienes, en uno u otro momento, recorrieron a su lado una parte del camino. Los padres, dos de sus tres hermanas, el marido fallecido veinte años atrás e, incluso, uno de sus cinco hijos, una herida para la que jamás dio con cura alguna. Pero desde que descubrió los cadáveres degollados de sus vecinas, la madre y la niña, algo más allá del dolor nublaba su mente con imágenes dantescas. Una sensación entremezclada de tristeza, abatimiento y miedo, mucho miedo. Los agentes que la interrogaron insistieron en que no corría ningún peligro; el asesino se había suicidado y no había criminales sedientos de sangre acechando tras las puertas. Pero daba igual, no había forma de conjurar un temor empeñado en crecer y reproducirse como las termitas en la madera podrida de los arcones.

Los asesinos siempre regresan.

Apenas logró pegar ojo en toda la noche. Maider y Nerea, sus gargantas seccionadas, la piel lívida y un frío urente que emanaba de los poros surgían de la nada, de las esquinas más oscuras del dormitorio, del interior del armario cerrado o de debajo de la cama, la rodeaban y trataban de articular palabras inconclusas que no eran sino gorjeos escupidos por las tráqueas exhibidas bajo la carne sajada. Entonces se despertaba envuelta en sudor, abandonaba el lecho y paseaba nerviosa entre la habitación y la cocina, de ahí al baño y vuelta a la cocina, la salita y de nuevo a la habitación, los ojos anegados en lágrimas de terror y furia. Pensaba en Maider, en su pequeño cuerpo encogido bajo el abrazo del abuelo, en la desesperación de aquel hombre mientras, de forma absurda, trataba de insuflar algo de vida a una niña a la que solo el Creador podría resucitar, y la pena barría su entendimiento. Sin embargo, al apagar la luz, en la oscuridad del dormitorio se materializaba un horror que no lograba controlar.

Despacio, como se hace todo cuando se ha cruzado la barrera de los ochenta, se sacudió las lágrimas de las mejillas, buscó la cafetera y sus ojos tropezaron con los folletos que sacó del buzón minutos antes de que el mundo se tambaleara bajo sus pies. Manchas oscuras salpicaban las esquinas, restos marrones de la sangre de sus vecinas. Recordó el impacto de la escena cuando siguió al cubano al interior del apartamento, la respiración suspendida y la publicidad resbalando de entre sus manos, regando de falsas promesas los charcos carmesíes que rodeaban los cadáveres. Y la amable contrariedad del policía que la ayudó a separarse del cuerpo de Nerea y la invitó a llevarse esos papeles que, según él, alteraban el escenario, como si la tragedia de la que había sido testigo se desarrollara en un teatro. Haciendo fuerza contra la mesa, consiguió incorporarse y caminar hasta la encimera. Bajo el fregadero, en un armario sin espacio para nada más, guardaba el cubo de la basura. Sacudió la cabeza en una negación sin sentido, lo sacó, hizo un frágil montón con la propaganda y, antes de tirarla, se fijó en un documento diferente. Era una hoja pequeña y alargada, con anotaciones hechas a bolígrafo y a impresora, encabezada por un logotipo vagamente familiar. Tardó muy poco en darse cuenta de que aquello no era suyo, y algo más en comprender que se trataba de un justificante de ingreso en una cuenta bancaria. Pero no llegó a leerlo. El sonido de pasos en el rellano hizo que se concentrara en escuchar, un reflejo tan interiorizado que los vecinos acostumbraban a subir de puntillas para escapar a su inocente curiosidad. Y cuando identificó el crujido de la cerradura y el suave gañido de las bisagras estuvo a punto de dejar escapar un gemido de terror.

En la puerta había un camello.

Era un muchacho muy joven, de tez aceitunada y una pose chulesca con la que pregonaba al mundo su mercancía. La mujer que decía llamarse Nadia Ivánova aflojó el paso y dedicó una furtiva mirada a la fachada, al estrecho cantón contra el que se derramaba el edificio, al balcón de la cuarta planta, donde una maceta vacía asomaba peligrosamente entre los barrotes de la barandilla, y al portal oscuro y alargado por donde acababa de perderse su objetivo. Según los datos que le había pasado Somoza, ahí vivía la única familia del cubano: su nuera viuda y su nieta. Pero ella sabía que no era cierto, que ya no vivían en ningún sitio. Comenzó a sospecharlo el día antes, cuando, recién instalada en un hotel próximo a la ría, se acercó al Casco Viejo para familiarizarse con el lugar y las rutinas de su víctima. Allí tropezó con los vehículos policiales que colapsaban la calle peatonal. Poco después, un rápido vistazo a

93

las noticias en internet bastó para confirmárselo: una mujer y su hija degolladas en lo que parecía un crimen machista rematado con el postrero suicidio del criminal.

A Nadia Ivánova no le gustaban las casualidades; menos aún, verse involucrada en otro asesinato. En modo alguno quería pensar en la posibilidad de que hubiera más sicarios contratados para hacer su trabajo, o alguno semejante. Detestaba que cualquiera se cruzara en su camino. Y, sobre todo, le repugnaba saber que, ahí mismo, alguien había asesinado a una niña de año y medio.

Mientras paseaba a lo largo de la calle deteniéndose en cada escaparate, haciendo ondear la bolsa de plástico que sujetaba con una mano agarrando con la otra la correa del bolso como una de esas señoras precavidas, sopesó una a una sus sospechas: desde que se tratara del crimen machista del que hablaban los informativos hasta que Somoza hubiera optado por una vía alternativa para empezar una limpieza que ella debería terminar, pasando por la inquietante suposición de que aquel viejo de casi setenta años hubiera acabado con la vida de los tres. O, aún más inquietante, que tras sorprender a un sicario degollando a su familia hubiera sido capaz de eliminarlo.

Solo eran teorías. Y aunque seguía sin decantarse por ninguna de ellas, sí fue capaz de llegar a una conclusión: debía terminar su encargo y desaparecer lo antes posible.

Olía a muerte.

No era una frase hecha, nacida del dolor y la derrota. Osmany Arechabala sabía que era real. Se trataba de un olor fácilmente reconocible, olor a sangre y carne cruda que anegaba la estancia en penumbra, restos incorpóreos de vidas destruidas adheridos al suelo y las paredes, flotando como las motas de polvo que no dejaban de girar sobre el haz de luz filtrado a través de las persianas. Era el olor que le perseguía desde casi siempre, desde que los combates entre los barbudos y la Guardia Nacional llegaron a Las Villas, desde que se enroló en el ejército y ese hedor que igualaba a blancos y negros, hombres y mujeres, revolucionarios, soldados y civiles, comenzó a invadir sus pesadillas.

El olor al cadáver de su nieta impregnando muebles y parquet.

A pesar de su larga experiencia bélica, a pesar de tener el estómago vacío tras veinticuatro horas sin probar bocado, Osmany sintió que un retortijón le abrasaba las entrañas y una oleada de vómito se precipitaba por su garganta. Consiguió llegar a tiempo al cuarto de baño para, doblado sobre la taza del váter, dejar escapar en una dolorosa sucesión de arcadas un fino hilo de bilis que resbaló de entre sus labios ensuciándole la barba y el dorso de una mano. Esperó todavía unos segundos acuclillado, saboreando la magnitud de una tortura de la que los agudos pinchazos de su vientre no eran tan siquiera una antesala, antes de incorporarse y buscar el lavabo con la fragilidad de un anciano. Clavado sobre la pila, el espejo le devolvió la imagen de una realidad que su formación militar y los años de instrucción se empeñaban en negar: no era más que un viejo, un viejo incapaz de proteger a una niña de año y medio del cobarde que se acostaba con su madre. Temblaba en el momento de abrir el grifo y dejar que el agua se llevara los restos de una náusea que nada tenía que ver con el olor. Cerró y, mientras se secaba, no pudo evitar preguntarse cómo era posible que aquellas fueran las mismas manos que días atrás trazaron un sendero inapelable entre su pistola y la frente de un asesino. Devolvió la toalla a su lugar, pero esta resbaló y cayó al suelo, desde donde le lanzó una mirada de desdén, como si aquel paño necesitado de un lavado pudiera reconocer a un perdedor. No fue capaz de recogerla. Abandonó el baño, regresó a la sala y tropezó con la mujer.

Doña Aurora solo llevaba una bata de felpa encima del camisón. Su ralo cabello blanquecino flotaba sobre las sienes como si no se hubiera peinado en meses y, a través de las abultadas bolsas de sus ojeras, se vislumbraban unas pupilas apagadas como luciérnagas al amanecer. No se asustaron ni se sorprendieron al tropezar el uno con la otra. La anciana, porque, venciendo sus miedos, se había asomado a hurtadillas y había visto al cubano vomitando en el lavabo; Osmany, porque nada le importaba. Tampoco se saludaron. Ambos estaban más allá de cualquier muestra de cortesía.

—Está prohibido entrar. —Aurori señaló la puerta abierta, la cinta con el anagrama de la Ertzaintza que Arechabala había arrancado sin contemplaciones.

Él se limitó a encogerse de hombros.

—Qué tontería, ¿verdad? —Nerviosa, escondió las manos en el pozo de los bolsillos y agachó la mirada. Pero su espíritu de hurón era más poderoso que cualquier inquietud—. ¿Qué haces aquí?

—Vine a por mis cosas.

—¡Ah! Todavía guardabas algo en el piso. Pero te mudaste hace unos meses, ¿no?

Ni siquiera la impertinente curiosidad de la vecina consiguió sacudir el vacío que le embargaba.

—Vine a por mi guerrera. La dejé ayer acá. —Lanzó un vistazo al sofá e improvisó un hastiado gesto de extrañeza—. Supongo que Nerea la guardó en algún armario. O se la llevó la policía, no sé.

—¿Tu chaqueta militar? ¿Esa que parece de Rambo?

Osmany asintió sin molestarse en mirarla. Aunque no había visto ninguna película de Stallone, sabía a qué se refería. Pero no estaba preparado para la respuesta.

—La llevaba puesta el muerto.

—¿Cómo?

Doña Aurora retrocedió, asustada ante la repentina ferocidad de su rostro. Nunca, en los meses que llevaba compartiendo descansillo y cotilleo con el suegro de Nerea Goiri, habría imaginado que aquel semblante afable pudiera reflejar un odio tan intenso.

—¿No lo viste? Estaba en el patio. —Aspiró hondo, quizá cogiendo fuerzas ante lo que se avecinaba—. Bueno, yo lo vi desde la ventana del portal, la de ahí. Llevaba una chaqueta de esas de Rambo. Pero bueno, que igual no era la tuya. Los jóvenes visten muy raro hoy en día, qué voy a saber yo...

Si el infierno dispusiera de un sótano donde arrojar a quienes no tuvieran expiación posible, hasta allí le empujarían las palabras de la anciana. Abdoulayé Diop se materializó frente a su ceguera, arrogante en su insignificancia, acobardado en presencia del viejo y agigantado en su ausencia, el macho alfa de una colonia de bacterias. La guerrera de las Avispas Negras descansaba en el sofá, y Diop no dudó en ponérsela, quizá con intención de robarla, tal vez solo para burlarse del capitán jubilado. Nerea debió de decirle que se la quitara. Posiblemente Maider se colgara de los faldones gritando «aitite, aitite» con su lengua de trapo. Y un cobarde de la calaña de Abdoulayé no pudo soportar la rebelión de las mujeres.

Doña Aurora permanecía en silencio, atenta a la tormenta que se desataba en la faz agrietada del cubano. El odio había dejado paso a la tristeza, y esta al yermo de una mirada que parecía otra cosa. A pesar de haber dedicado buena parte de su existencia a espiar a los vecinos, sus idas y venidas, sus disputas, sus alegrías y, también, esos secretos escondidos tras la máscara de un hermetismo que era capaz de descifrar con la fina habilidad de un ladrón de guante blanco, la mujer jamás había sido testigo de tanta rabia acumulada, de tanto dolor, de tanta desesperación.

Por eso se sintió obligada a sacarlo de dondequiera que se encontrara.

—Arechabala. —Como no dio señales de haber escuchado, alargó un dedo hasta rozarle una mano demasiado fría—. Arechabala, esto se te cayó ayer.

Osmany ni siquiera llegó a distinguir el papel que Aurori se empeñaba en introducir en el hueco de su puño. Solo vio las manchas marrones que lo veteaban, restos de sangre seca de su nieta o de su nuera, el color azulado de las líneas y un dibujo vagamente reconocible en una esquina.

—Me lo llevé sin querer. Estaba con los folletos que se me cayeron al entrar. Aquel policía tan desagradable... —Dejó la frase en suspenso, ahogada una vez más por el recuerdo, y regresó a los caminos de la rutina, a las frases banales que dan sentido a la existencia—: Es del banco donde estuviste por la mañana.

Se trataba de una frase sin sentido. Aquel papel no podía ser suyo. Pero, poco a poco, imágenes de otro universo, de una dimensión donde las niñas no eran degolladas en el interior de sus hogares, comenzaron a abrirse camino en su memoria. Recordó que había tratado de quitarse de encima a la vecina diciéndole precisamente eso, que venía del banco. Confesar que regresaba de la comisaría tras ser interrogado por la Ertzaintza no era una opción. Y, además, era cierto que se acercó a la sucursal del BCM para hacer una consulta, pero desistió a la vista del gentío que se apretujaba en su interior.

Aquel justificante de ingreso no le pertenecía.

¿Podía ser de Nerea?

Incapaz aún de controlar el temblor de las manos, lo desdobló y, tratando de no rasgarlo, se lo acercó a los ojos. Una nube velaba su visión, como si las lágrimas hubieran formado una costra en sus pupilas, pero aun así no tardó en darse cuenta de que el documento, con el membrete del Banco de Crédito Monetario, no era de su nuera. El titular de la cuenta era una empresa cuyo nombre no le sonaba de nada. Impreso en una esquina aparecía el montante de la operación, cuatro mil euros. En el mismo cuadro, garrapateada a bolígrafo, otra cifra decía cuarenta mil. Como concepto, abonaré. Un sello de tinta morada, una firma ininteligible y un número que parecía algún tipo de referencia completaban el documento. Nada más. Ninguna prueba de que aquel ingreso, fechado el mismo día de los asesinatos, perteneciera a las víctimas o al verdugo.

¿Era de Abdoulayé Diop? ¿Disponía el africano de cuatro mil euros para ingresar en la cuenta de una empresa desconocida? ¿De cuarenta mil? ¿Guardaba relación aquella cifra con el doble crimen?

No lo sabía. Pero de una cosa estaba seguro: tenía que poner a cargar su celular.

Años atrás, durante el poco tiempo que duró su proceso de divorcio, Miren Ruiz de Heredia llegó a convencerse de que la Ertzaintza había sido el único amor de su vida. Sus repetidas ausencias, el lecho vacío donde se acostaba su esposo, las recriminaciones de los niños porque jamás les ayudó con los deberes, porque casi nunca desayunaban juntos, los planes cancelados cada fin de semana, tuvieron relación, siempre, con el trabajo. No necesitó que su marido se lo echara en cara durante aquellos meses efímeros y eternos, ni que el silencio de sus hijos cuando se hicieron adultos le recordara su abandono. Su fidelidad a la Ertzaintza estaba por encima de cualquier otra consideración.

Por eso sabía que traicionarla no sería sencillo.

Sin embargo, tal vez Hugo Laiseka tuviera razón. Tal

vez, traicionar a sus superiores, obviar el procedimiento y actuar a espaldas de sus compañeros fuera la mejor manera de protegerla.

—Quiero descubrir qué sucedió, quién lo mató. Quiero verlo arder en el infierno. Pero también quiero mantener a salvo el nombre de *aita*.

Volviendo a la noche anterior, a la expresión compungida, infantil casi, del hijo del subcomisario asesinado, Miren comprendió que le iba a resultar casi imposible. Su padre guardaba ochocientos cincuenta mil euros en una caja de seguridad. Nada menos que ochocientos cincuenta mil euros en metálico, en billetes de quinientos, de doscientos, de cien y de cincuenta. Una cifra, una forma y una escenografía capaces de barrer por sí solos cualquier atisbo de honorabilidad del muerto. Laiseka andaba metido en algo sucio, muy sucio y, probablemente, muy grande. Algo que, comenzaba a pensar, había terminado por costarle la vida.

—Por favor, no cuentes nada todavía. Vamos a investigar. Los dos. Yo te ayudaré en todo lo que pueda. Pero vamos a cazar a ese hijo de puta sin pringar al cuerpo.

Quizá fuera un tiro al aire, una jugada desesperada, pero a Hugo le bastó mencionar el honor de la Ertzaintza para conseguir, por el momento, la complicidad de Ruiz de Heredia. Ella no iba a mover un dedo para proteger a un corrupto. Proteger a la Ertzaintza era otra cosa.

Seguía dando vueltas a todo aquello, la mirada perdida en las paredes lisas de su remedo de oficina, cuando le avisaron de que Bonifacio Artaraz quería hablar con ella.

Y aquella entrevista merecía toda su atención.

—Vamos a ver. —Miren se echó hacia atrás, cruzó las piernas con un desdén tan exagerado que incluso Artaraz, mucho más nervioso que el día anterior, fue consciente de su significado, y ensayó una sonrisa desganada—. Vienes a confesar que ayer me mentiste a la puta cara. Pero, claro, ahora pretendes que te crea.

El ex guardia civil separó los brazos con las palmas abiertas hacia arriba en un gesto universal de rendición.

—Es así, te lo juro. Me asusté. No fui capaz de asimilar lo sucedido, y reconozco que lo que hice podría dar lugar a muchas sospechas.

—Muchísimas.

—Por eso me guardé que seguí a Laiseka hasta el Karpin.

—Más sospechoso todavía.

—Lo sé, lo sé. Por eso estoy aquí. Para aclararlo todo.

Ruiz de Heredia le dejó hablar. Tras su conversación con el hijo del subcomisario, las teorías oficiales empezaban a tambalearse. Cierto que hacían agua desde el principio, pero ahora la actuación de sus compañeros muertos la noche del sábado le recordaba más a un contubernio clandestino que a una operación policial.

Y Bonifacio Artaraz podía ser una pieza clave en el esclarecimiento de lo sucedido.

Sin embargo, algo de lo que estaba diciendo comenzaba a chirriarle.

—Espera, espera. Vamos a recapitular, que igual te has pasado con la inventiva. —Artaraz inició una tímida protesta, pero la oficial le hizo callar con un gesto de su mano izquierda—. Veamos... Seguiste al subcomisario hasta el Karpin por simple curiosidad, ¿no? —Él encogió los hombros, afirmando, negando o haciendo ambas cosas al mismo tiempo—. Aunque, por si acaso, llevabas en el coche un equipo de visión nocturna. Vale. Voy a fingir que tiene sentido. —El rostro de Bonifacio había mutado del gris ceniciento con el que entró en el despacho a un granate lechoso que se intensificaba con cada palabra que pronunciaba la *ertzaina*—. Entonces viste a los agentes saltar el muro del

Karpin y decidiste hacer lo mismo. Oíste disparos, una explosión, viste el incendio y te piraste sin dar aviso, ¿no es eso? —El hombre asintió sin despegar los labios, aceptando el delito cometido con la esperanza de que no le imputaran ningún otro—. Pero justo antes de que empezara el tiroteo, escuchaste música caribeña. —Miren se apoyó en la mesa y clavó la mirada en el desmayado lienzo de su rostro—. ¿Qué pasa? ¿Estaban de fiesta o qué?

—Yo creo que se trataba de un móvil. Que era la melodía de un teléfono.

—Ya. Una canción que no conocías, pero sabes que era caribeña, ¿no? ¿De qué tipo? ¿Salsa? ¿Bachata? ¿Merengue?

—No lo sé.

—¿Sabrías identificarla si volvieras a oírla?

—Supongo que sí.

En su tono era patente la inseguridad.

—De acuerdo. Seguiré fingiendo que te creo. —Tecleó en el ordenador, dejó que Artaraz se revolviera un poco más en su silla y se concentró en algo que sabía desde casi el principio de la investigación—. A ver, esto es importante: ¿a qué hora escuchaste esa melodía?

Boni Artaraz no necesitó hacer memoria. Cada dato, cada detalle de esa noche estaba impreso a fuego en su cerebro.

—Debían de ser las once y media.

Miren no respondió. Permaneció en silencio estudiando la pantalla, releyendo el registro de llamadas de María López Rutherford, confirmando que la última, la que hizo al número de un jubilado cubano de aspecto inocente, fue a las once y media de la noche.

Minutos antes de ser asesinada.

Día sí, día también, la hilera de gente esperando —algunos pacientemente, otros no tanto— frente al puesto de ventanilla llenaba la oficina, alcanzaba la puerta y saltaba a la calle, donde en ocasiones parecía reproducirse como las cabezas de una hidra, duplicarse a pesar de sus esfuerzos por hacerla retroceder.

Carmelo Iriondo llevaba menos de dos años como cajero en la sucursal del Banco de Crédito Monetario de la calle Zabala, una de las arterias más largas y desastradas de ese Bilbao lejano a la imaginación de la mayor parte de sus vecinos, y ya había pedido el traslado tres veces. No se trataba de racismo, como insinuaban muchos de sus conocidos cada vez que se desahogaba en su compañía con una copa de rioja. O, al menos, eso quería creer. No. Lo cierto era que aquella oficina era muy complicada. A diferencia de la de Zabalburu, de la que solo la separaba la trinchera del ferrocarril, en la de Zabala todo era un caos. Los clientes gritaban, intentaban explicarse en un español ininteligible, y tardaban siglos en completar la transacción más sencilla. Los compañeros que atendían en mesa se desentendían de los problemas de la ventanilla sin importarles que quienes esperaban en la fila lanzaran miradas de odio e incomprensión a las sillas vacías de sus inexistentes clientes. El director se pasaba el día encerrado en su despacho, y solo salía para visitar negocios que acostumbraban ser los bares situados al otro lado de la playa de vías, en la orilla noble de la ciudad. Iriondo tomaba aliento y añoraba los buenos años pasados en la oficina de Zabalburu, donde todos ayudaban a todos y la sucursal funcionaba como una máquina bien engrasada. Pero tras la jubilación de Antonio Arzamendi, el director, Carmelo fue destinado a ese continente en miniatura donde la gestión del día a día parecía encomendarse por entero al último mono de la plantilla.

La complejidad del asunto no se limitaba solo a las dificultades de comunicación. Directrices dictadas por gente que no había atendido en su vida a un depositante restringían horarios y calidad del servicio, enfureciendo a una clientela que, invariablemente, descargaba su ira en la única persona que les atendía. Leyes aprobadas con la intención de controlar la evasión fiscal y el blanqueo de capitales provocaban enfrentamientos al límite de la violencia física con autónomos, comerciantes y buscavidas empeñados en no dar cuenta a Hacienda de sus actos ni de sus beneficios. Y Carmelo se enfrentaba en solitario a todo aquello mientras sus compañeros comentaban el último partido del Athletic y el director seguía parapetado en su despacho, tan metido en el ordenador que era imposible confirmar si redactaba informes o veía porno con una mano bajo la mesa.

Tragó saliva por segunda vez y volvió a revisar el NIE que acababa de entregarle la mole de dos metros y más de cien kilos de músculo que le estudiaba con la tranquila amabilidad de un *dementor*. Trató de sacudirse la sequedad de la garganta, revisó la fotografía del joven de facciones anoréxicas que encabezaba el documento, confirmó que era imposible que perteneciera al gigante que, frente a él, rezumaba rabia por cada poro, y decidió que ser apaleado en público por un energúmeno no formaba parte de sus funciones.

—Entonces es tu tarjeta, ¿verdad?

La voz parecía salir de las entrañas de un volcán. Un volcán a punto de entrar en erupción.

—Sí.

—De acuerdo. —Iriondo esperó a que el ingresador terminara de contar el dinero, anotó el número del NIE, confirmó que el sistema le devolvía una imagen ya escaneada del mismo documento, y se lo devolvió al cliente—. Treinta y seis mil euros. Una firma, por favor.

Charles Usman estampó un trémulo garabato bajo la imagen del carnet que le devolvió la tableta del mostrador, cogió el abonaré y se encaminó a la salida sin molestarse en esquivar a las mujeres que esperaban a su espalda. Carmelo le vio marchar y aprovechó para secarse las gotas de sudor que comenzaban a formársele en la frente. ¿Qué habría pasado si le hubiera retenido el ingreso por falsedad documental? Mejor no darle más vueltas. Aunque, viendo la lentitud con la que el africano cojeaba hacia la puerta, llegó a pensar que incluso él, a sus cincuenta años, sería capaz de correr más rápido.

13

Desde que decidió instalarse en Choroní, el sudor formaba parte del día a día de Antonio Arzamendi. Acostumbrado a la fría humedad de Bilbao, el calor viscoso del Caribe se le hacía extraño, duro y agradable. Todo era agradable en torno a la vivienda arrinconada junto al puerto pesquero donde había elegido disfrutar de su jubilación. Todo, salvo la ausencia de Rosa. Ella no llegó a inaugurar esa casita comprada con la ilusión de dos enamorados primerizos. En Venezuela, los recuerdos que le acompañaban remitían a excursiones tomados de la mano, cuerpos desnudos en playas desiertas, libertad y sueños. Sí, Choroní, con su pequeño puerto, sus casitas de patios amplios y grandes ventanales, su playa y la vista relajante del Caribe, era el mejor antídoto contra el dolor. A pesar de los mosquitos. A pesar del calor.

Incluso a pesar del zumbido de su móvil, empeñado en obligarlo a levantarse sin que lo intempestivo de la hora le importara lo más mínimo.

—Diga.

—Antonio, carajo, no me dirás que todavía andabas de roncadera, ¿no?

Arzamendi se dejó caer sobre la cama, cerró los ojos y trató de poner en orden las ideas. Quizá se debiera a los últimos coletazos de la pesadilla de cada noche, adheridos a los axones de sus neuronas, pero aquella voz, aquel tono, sonaba tan irreal que daba miedo. Consultó la hora. Aún no eran las seis de la mañana, y el horizonte ya comenzaba a teñirse de morado sobre el lomo del océano. Solo habían pasado doce horas desde que Jon Larralde le llamó para explicarle, con la voz quebrada de las tragedias, que la nuera y la nieta de Arechabala habían sido asesinadas. Y ahora la voz de Osmany atravesaba el espacio y le interpelaba con ese acento jovial, jocoso incluso, extraño en un individuo de sesenta y siete años.

Mucho más extraño en un abuelo que acababa de perder a su nieta.

—Osmany. ¿Qué tal estás? Ayer me llamó Larralde. Me contó… bueno, ya sabes.

—Sí, compay. Ya imaginaba, sí. Tranquilo.

Encerrado en la oscuridad de su apartamento, con las persianas bajadas, la cama deshecha y un indefinible aroma a naufragio anegando la estancia, el cubano trató de mantener el tono del principio. Aunque la hiel regara de odio cada gota de saliva, aunque un jardín de cristales rotos anidara en su garganta, intentó por todos los medios que sus palabras no dejaran entrever desesperación.

Casi lo consiguió.

—Prefiero no hablar mucho de ello, ¿sabes? —Arzamendi asintió desde otro continente, y Osmany comprendió el sentido de su silencio—. Pero quería pedirte un favor.

—Lo que quieras.

—Mira, tengo en la mano un papelito que parece de tu banco.

—¿Qué tipo de papel?

Por millonésima vez desde que doña Aurora se lo entregó, Arechabala fijó la mirada en el documento. Era un rectángulo blanco con cuadrículas azules, acartonado en las esquinas por el marrón mustio de la sangre. En la parte superior estaba impreso el logo del BCM. Trazando una diagonal en grandes letras de color azul claro, a modo de marca de agua, se podía leer: «Justificante de ingreso». Y en cada una de las cuadrículas había cifras y nombres que Osmany entendía solo en parte.

—Es el papelito que te dan cuando metes dinero. Pero quiero que me aclares unos datos.

—Sin problemas. Pero, oye, ¿esto tiene algo que ver con la pequeña?

—Sí. —La respuesta salió veloz, espontánea como las verdades, pero necesitó hacer acopio de todas sus fuerzas para terminar la frase—: Era del asesino.

Y regresó a la secuencia que llevaba todo el día repasando: el olor a sangre al otro lado de la puerta, los cuerpos derrumbados sobre el parquet, su desesperación y el intento tardío de detener la hemorragia con el único trapo que encontró: la chaqueta de Abdoulayé. Doña Aurora llorando a su lado, la llegada de la Ertzaintza y, de forma nebulosa, la figura gastada de la anciana recogiendo del suelo papeles desperdigados por ella misma. Entre ellos debía de estar aquel que no le pertenecía. Un documento que solo pudo caerse de la cazadora del asesino cuando él la cogió del sofá.

—Larralde me dijo que el hijoputa ese se suicidó.

—Sí. Pero, Antonio, necesito saberlo todo, ¿sabes? Necesito que no queden cabos por atar.

—Claro, perdona, perdona. Pregunta.

—Mira. —Con un dedo cada vez menos tembloroso fue pasando por los rubros cuya explicación necesitaba—. Arriba del todo, junto al nombre del banco, hay un número: cero, cero, cuatro, ocho, dos, uno, tres.

—Ese es el código del operador. —Sin separarse del auricular, abrió la puerta, salió a la calle y tomó asiento en el poyo de piedra que corría a lo largo de la fachada. Dos pescadores empujaban sin ganas una barca, el mar rompía despacio contra el muelle y lejos, muy lejos, una larga línea violeta anunciaba la llegada del alba—. Indica en qué oficina y en qué puesto se ha hecho el ingreso. El doble cero siempre es el puesto de caja. La sucursal, cuarenta y ocho doscientos trece, es la de la calle Zabala.

—¿Te sabes de memoria todos los números de las oficinas?

—Hombre, no. Pero de las de Bilbao, casi todas. Además, la de Zabala es la más cercana a la de Zabalburu, donde curré un montón de años. Si no lo han cambiado, en ventanilla está Carmelo, un buen amigo. Trabajamos juntos mucho tiempo. No le hizo gracia que le trasladaran a Zabala.

Osmany tomó nota de preguntar dónde quedaba aquella calle.

—Vale. Acá pone: «Titular: Bilrottesa». ¿Qué es eso?

—La cuenta pertenece a Bilrottesa. Parece una empresa, aunque no me suena de nada. Una sociedad anónima, por eso termina en «S. A.». ¿El individuo que salía con tu nuera tenía algún tipo de empresa?

Osmany negó de forma rotunda.

—Tener una empresa implica trabajar, ¿no es cierto, compay? No, te aseguro que Diop ni trabajaba ni tenía intención de hacerlo.

—Entonces ese papel no será suyo.

—Yo creo que sí. —No dio tiempo a Arzamendi a indagar por las razones de su sospecha. Tampoco tenía ganas de explicarlas—. «Importe: Cuatro mil euros».

—Pues eso. Alguien ingresó cuatro mil euros en la cuenta de una empresa llamada Bilrottesa. Sería un pago, o algo así.

—Ya. Oye, Antonio, ¿escribís en estos papeles antes de imprimirlos? Quiero decir, con bolígrafo, ya tú sabes.

Desde la orilla del Caribe, Arzamendi se encogió de hombros al tiempo que negaba.

—No. No es lo normal. El dinero va a una máquina que lo cuenta, el cajero confirma el importe y mete un abonaré en la impresora. Y ya está. ¿Por qué? ¿Tiene el total escrito a boli en la misma casilla?

—Sí. —Se guardó mucho de explicarle que la cifra escrita a mano era diez veces mayor que la impresa por la máquina—. ¿Cómo lo supiste?

—A veces, si el ingreso lo hace un trabajador de la empresa titular de la cuenta, vienen así. Nos piden abonarés en blanco y luego los traen con el total ya escrito, para confirmar que la cantidad está bien. Algunos también desglosan por billetes y monedas.

—De acuerdo. —Deslizó suavemente la yema de uno de los dedos por encima de las cifras, la impresa a máquina y la garrapateada en color azul. Cerró los ojos, dejó a su imaginación regresar al punto donde nacían sus sospechas y los volvió a abrir sin atreverse a confirmar ninguna de sus dudas—. «Concepto: Ingreso de efectivo».

—Sí. Ahí, si el cliente quiere, se puede escribir algo: el nombre de quien hace el pago, algún dato relevante para la contabilidad de la empresa… Lo que quieran. Si pone «Ingreso de efectivo» es que no quisieron poner nada. Es lo que sale por defecto.

—Ya. Y otro numerito, abajo del todo: uno, cero, cero, dos, uno, cinco, uno, cero, dos, ocho.

—Esa es la fecha. Diez de febrero de dos mil quince, a las diez y veintiocho. Ayer mismo.

—Media hora antes de que matara a mi nieta. —A Arzamendi le pilló por sorpresa la abrupta forma en que se rasgó la voz del cubano, como una ceiba incapaz de soportar el paso de los años—. Ingresó cuatro mil euros a una empresa desconocida, volvió a casa, degolló a Maider y a su madre, y se tiró por la ventana. —No fue una frase completa, sino una sucesión de jadeos, de chasquidos de algo roto que lucha por recomponerse—. ¿Por qué? No entiendo por qué.

—Igual no fue él. Igual ese justificante no es suyo.

—Ya. En cualquier caso, no tenemos modo de saberlo, ¿verdad?

—Quizá sí. —Arzamendi era consciente de estar entrando en terreno pantanoso, de estar avivando hogueras de esperanza con el dudoso combustible de la ilegalidad. Pero ¿acaso Larralde y Arechabala no se saltaron meses atrás muchas normas para dar con el asesino de su novia?—. Cuando se ingresan más de dos mil quinientos euros hay que entregar el carnet de identidad. Si quien hace el ingreso no es cliente del BCM, el sistema te obliga a escanearlo; de lo contrario, no se puede seguir con la operación.

—¿Y tu amigo el de Zabala puede buscar ese documento?

—Sí, puede. Otra cosa es que quiera.

—Convéncele. Convéncele y me llamas ahorita.

Cuando colgó, Antonio permaneció aún unos minutos contemplando el amanecer desde su banco de piedra. Y dando vueltas a las últimas palabras del cubano, a su tono y a la forma en que se le erizó la piel al escucharlo, supo por qué los soldados a su mando no dudaban en seguirle durante los interminables meses que duró la batalla de Cuito Cuanavale.

Cuando los pasos se detuvieron frente a la puerta de la habitación de Nekane Gordobil, su marido le soltó la mano, a la que permanecía aferrado desde su llegada, y ensayó una sonrisa de bienvenida. Cerca de las dos de la tarde, cuando los celadores ya habían retirado los platos vacíos y una cierta calma comenzaba a instalarse en los pabellones del hospital de Basurto, solía aparecer su hija Izaro, la carpeta oprimida contra el pecho, una expresión de culpa y alivio deformando su rostro aniñado. Lluís dedicó a su esposa una mirada de complicidad y comprendió que estaba equivocado. La seriedad con la que la suboficial vigilaba la puerta era prueba suficiente de que no era su hija quien estaba al otro lado.

—Policía —susurró Nekane, retomando el contacto de su mano.

La mujer que entró sin molestarse en llamar no vestía de uniforme. Gordobil no la conocía, pero supo que se trataba de una oficial de la Ertzaintza. Y que su visita tenía relación con Osmany Arechabala.

Acertó.

—Tenemos motivos para sospechar que Arechabala pudo estar en el recinto del Karpin la noche de los asesinatos —soltó Miren Ruiz de Heredia, directa al grano, después de hacer las debidas presentaciones, de invitar a Lluís a que abandonara la habitación y de preguntar someramente por el estado de la paciente—. Si no me equivoco, tú le acompañaste durante toda la semana, ¿no es cierto?

Nekane no respondió de inmediato. Recostada contra la almohada, recordó los viajes por Las Encartaciones en su compañía, sus sospechas, su obcecada insistencia. Y el momento en que le presentó a María López Rutherford.

Rutte estaba muerta.

—¿Qué motivos tenéis para pensar eso?

—Un testigo afirma haber escuchado una canción ahí, en el Karpin, en plena noche. —La oficial esbozó una risita nerviosa—. Está cogido por los pelos, claro, pero él insiste en que la canción le recordó al Caribe. Si, por casualidad, se trataba de la melodía de un móvil, esa fue la hora en la que Rutherford hizo su última llamada.

—¿A quién llamó?

Pregunta superflua. Estaba segura de la respuesta.

—Al número de Osmany Arechabala.

—Ya. Pero si le llamó fue porque no estaba con él, ¿no?

—Cierto. Y eso nos descoloca un poco.

—«Emiliana es una cubana que en el albergue es fundamental».

—¿Cómo? —Ruiz de Heredia se inclinó sobre el lecho, convencida de haber oído mal.

—La canción. La del teléfono de Osmany. ¿No la conoces? —Tarareó un poco en voz baja, como si se avergonzara de estar añadiendo clavos al ataúd de un sospechoso—. A mí sí me suena. No sé, como a cosa vieja, de hace muchos años.

Miren siguió la melodía con los labios, dejando pasar el aire entre los dientes sin emitir sonido alguno, y de pronto descubrió que sí, que la conocía, no sabía si de la radio, de sus padres o de alguno de los programas musicales que en los años setenta fingieron dotar de modernidad a la televisión pública.

—«Si no fuera por Emiliana, ¿nos quedaríamos con las ganas?».

—«De tomar café» —completó Nekane con una risita extemporánea. Una risa que se desvaneció apenas se asomó a sus labios—. ¿Ya habéis pedido al juzgado la geolocalización de su móvil?

—Hace una hora. A ver cuánto tardan. ¿Se te ocurre algo más que pueda ayudarnos en este caso?

Gordobil dejó caer la cabeza sobre la almohada y negó con un suspiro de frustración.

—Nada. No soy capaz de asimilar lo sucedido. Osmany y yo estábamos buscando a una compatriota suya que llevaba años sin dar señales de vida y, de repente, el único día que no puedo acompañarlo, pasa lo que pasa. No hago más que darle vueltas y no consigo comprenderlo. Lo siento.

Ruiz de Heredia asintió y, en un momento de debilidad, permitió que sus dedos rozaran la mano de su compañera herida. No esperaba gran cosa de esa visita, de modo que no podía decir que se sintiera decepcionada.

Pero «Si no fuera por Emiliana»...

A pesar de que la pernera de los pantalones y los calcetines quedaban empapados a cada paso que daba, Charles Usman siguió cojeando a lo largo de la calle de Las Cortes, desde la intersección con Zabala hasta el lugar donde, sin más explicación, cambiaba de nombre para llamarse Olano o Miribilla. Ignorando a los escasos transeúntes que se diluían bajo la sombra de sus paraguas, las persianas a medio abrir de los tugurios o a las mujeres apostadas en las esquinas, caminó de uno a otro lado absorbiendo la lluvia en un intento inútil de calmar la ira que le abrasaba.

Algo se había roto para siempre. Algo más profundo, íntimo y doloroso que los meñiques de sus pies, amputados con unas oxidadas tijeras de podar, los testículos hinchados a patadas o la piel abrasada de sus axilas.

Se habían roto sus creencias. Su fe inquebrantable.

Se había truncado su futuro.

Había tenido un fallo, sí. Un único fallo. Confió, y fue traicionado. Pero mientras avanzaba calle arriba, los brazos en jarras y las piernas arqueadas, Usman no dejaba de preguntarse si su pecado fue confiar en Abdoulayé Diop o confiar en la organización.

No le recibieron como a un héroe.

Cuando regresó jadeante al edificio donde vivían, donde custodiaban a las mujeres y el dinero, donde se preparaba la cocaína, se impartían órdenes y, en ocasiones, se dictaban sentencias, no esperaba un premio por su rápida reacción ante la tardanza de Abdoulayé. Era consciente de su error. Era consciente de que, para sus compañeros, el senegalés siempre fue un advenedizo a quien convenía vigi-

14

A Miren Ruiz de Heredia le daba la sensación de que en La Escrita siempre había oscuridad. Eran cientos, quizá miles las veces que había atravesado aquel puerto de curvas enrevesadas que separa los valles de Karrantza y Villaverde. Lo había cruzado cuando la nieve tapizaba el asfalto de incertidumbre y también en los días más tórridos, los pinares crujiendo de hastío y sequedad. Pero la mayor parte de las veces la carretera trepaba en busca de unas nubes que descansaban cerca de la cima, las ruedas gemían sobre el pavimento encharcado y la niebla se acercaba a los cristales con el ansia de un adicto. La ascensión al puerto de La Escrita podía convertirse en una experiencia invernal en los días centrales del verano.

En febrero la niebla era una muralla casi infranqueable para los faros del vehículo, la lluvia no daba tregua a los limpiaparabrisas y el termómetro del salpicadero rozaba los cero grados y bajando.

Mientras el joven agente que iba al volante se esforzaba en intuir el trazado de cada curva, la oficial permanecía sumida en el mutismo. Las preguntas se agolpaban en su cabeza sin orden ni concierto, sin sentido aparente y, por supuesto, sin respuestas a la vista. Mujeres solas encerradas en viviendas aisladas en la montaña, víctimas propiciatorias para sádicos y asesinos; *ertzainas* escondiendo en cajas de seguridad más dinero del que podrían llegar a cobrar en toda su vida; operaciones de las que no se informaba al resto de los compañeros, y una melodía de aire caribeño como prólogo a la muerte de los agentes. Miren tomó nota mental de cotejar la canción que, según Gordobil, servía de melodía de llamada en el móvil de Arechabala con los recuerdos de Artaraz. Por lo demás, nada de lo que la suboficial herida le contó durante su visita al hospital parecía de interés. Nada contradecía las declaraciones del cubano. Negó con la cabeza y cuando, de entre la niebla, surgió el cartel que anunciaba la cima del puerto, se desprendió de todas sus preguntas. De todas menos de una: ¿cómo podía una mujer sola vivir en aquel lugar?

—Lola y yo nos enamoramos de la casa en cuanto la vimos. —Agurtzane Loizaga miró con nostalgia al otro lado de las cristaleras, al paisaje invisible bajo la bruma, luego acercó el azucarero a Miren Ruiz de Heredia y se cerró la bata sobre la garganta—. Era primavera, claro. Hacía sol, se veía todo el valle. En invierno es muy diferente.

La oficial se echó una cucharadita en el café y lo removió sin ganas. Aunque no le apetecía, aceptó para evitar la incómoda imagen de un interrogatorio policial. Loizaga era la mujer que hallaron desnuda e inconsciente en la furgoneta del violador, la víctima a quien sus compañeros trataban de rescatar cuando encontraron la muerte. Aunque los médicos habían confirmado que sus heridas sanarían por sí solas, las consecuencias psicológicas eran más difíciles de evaluar. Que la mujer hubiera decidido regresar al aislamiento de su chalet podía ser una buena señal. O todo lo contrario.

—Verás, ya sabemos que estabas inconsciente cuando llegaron los *ertzainas*. Pero a veces la inconsciencia es una especie de letargo durante el que nuestro cerebro es capaz de percibir cosas, aunque las olvide o las bloquee. Por eso te vuelvo a preguntar lo mismo que ya te preguntaron mis compañeros el otro día: ¿recuerdas algo?, ¿tienes la sensación de haber visto algo, de haber oído algo, por raro que fuera?

Agurtzane negó esbozando una sonrisa que era todo tristeza.

—Nada. Cuando el cerdo ese me obligó a subirme con él, estaba muy borracha. Me violó allí, en el suelo de esa casa abandonada. Y se puso a azotarme con el cinturón. Sobre todo, entre las piernas. —Devolvió su taza a la mesa y aprovechó para enlazar las rodillas con los brazos—. Perdí el conocimiento. Me desperté en la ambulancia. El resto me lo habéis contado vosotros.

La *ertzaina* prefirió no hurgar en el sufrimiento de una víctima que no podía ayudarlos. Si violador y policías se mataron entre ellos, o si, como se desprendía del informe de balística, hubo más personas involucradas en el tiroteo, ella lo ignoraba.

—Espero que les den una medalla.

—¿Cómo?

—A los agentes que murieron por rescatarme. Son unos héroes. Espero que se les reconozca públicamente.

—Estoy segura de ello.

Sin embargo, pensaba Miren en el momento de esbozar una torpe despedida, ciertos detalles apuntaban a que el subcomisario estaba lejos de merecer una medalla.

Y no le hacía gracia pensar que la responsabilidad de arrebatársela quizá fuera suya.

Carmelo Iriondo cerró la caja fuerte, se lavó las manos y la cara y regresó al puesto de ventanilla. Hacía media hora que la sucursal del BCM de Zabala estaba cerrada al público, tiempo que él aprovechaba para hacer el arqueo, guardar el dinero y terminar con las remesas pendientes, acumuladas entre ingresos y reintegros inaplazables. En las mesas de gestión, alineadas entre la caja y la entrada, sus compañeros discutían sobre qué multimillonario en calzoncillos chutaba mejor una pelotita, como si los turgentes glúteos de los futbolistas fueran más importantes que el teatro interpretado cada mañana frente a sus cegueras. Aunque el patio estaba vacío y ya no se escuchaba la diaria retahíla de gritos, quejas y protestas, el director permanecía encerrado en el oasis de su despacho, ajeno al devenir de una oficina que parecía conducirse por sí sola. Iriondo cerró la aplicación financiera, se aseguró de que, como siempre, nadie le prestaba atención, y se conectó a las cámaras de vigilancia.

—Pero eso no puedo hacerlo, Toño —protestó cuando, desde el otro lado del océano, Arzamendi se lo sugirió—. Las cámaras se usan solo cuando hay alguna diferencia en el arqueo. O si un juez pide las imágenes. No me parece correcto.

—Tampoco es correcto coser a comisiones a ancianas que sobreviven con una pensión de quinientos euros y perdonárselas a cualquier gilipollas con trescientos mil euros en la cuenta. Y es lo que hacemos a diario. —El empleado no tuvo más remedio que asentir y esbozar una sonrisa. La frase era suya. Él se la repitió muchas veces a Arzamendi durante los años compartidos en la oficina de Zabalburu—. Escucha, Carmelo, hay cosas que no te he contado, pero mi amigo el cubano se saltó más de una norma para ayudarnos a detener al asesino de Rosa.

Se hizo el silencio, y Arzamendi comprendió que había ganado. Carmelo y Rosa eran amigos desde siempre, desde que, treinta años atrás, pasaron juntos las pruebas de acceso al Banco Monetario.

—De acuerdo. Haré un par de capturas...

—No, ni se te ocurra. Busca las imágenes y haces una foto con el móvil. Por si acaso.

Y allí estaba, retrocediendo en el sistema de seguridad como hacía siempre que faltaba dinero en el recuento final. Pero en esta ocasión no buscaba una operación concreta. Buscaba a una persona.

Dar con el ingreso de cuatro mil euros del día anterior fue muy sencillo. Le bastó con acotar en el sistema la fecha y el importe. Se trataba de un abonaré a favor de Bilrottesa. Aunque aquella cuenta estaba abierta en la oficina principal de Gran Vía, cada semana pasaba por Zabala algún extranjero para hacer un ingreso, siempre en metálico, siempre cantidades importantes. Un negocio que trabajaba en efectivo para defraudar la mayor cantidad posible de IVA. Lo normal. En el justificante traían apuntado a mano el importe y el número de cuenta, entregaban el dinero y un NIE al que Iriondo no hacía el menor caso, firmaban y se marchaban sin decir palabra. Pero el de ese día hizo algo raro. Traía cinco mil euros y en el abonaré ponía cuatro mil. No. Cuatro mil no. Cuarenta mil. Lanzó otra mirada sobre su hombro, temeroso de que al director le diera por salir al reino de quienes trabajaban, vio que seguía inmóvil en su nirvana y buscó los detalles de la operación. Según el documento de identidad, que el sistema obligaba a escanear cuando el ingreso era superior a dos mil quinientos euros, se llamaba Ibrahim Asare, había nacido en Acra, Ghana, en 1990, y estaba domiciliado en Alicante. Iriondo hizo una foto, buscó la hora en la aplicación de las cámaras y confirmó que el joven con aspecto de hurón asustadizo que le entregó el dinero no era el de la fotografía del NIE.

No le sorprendió lo más mínimo.

Otra foto a la pantalla, tratando de captar los rasgos de aquel hombre que, él lo ignoraba, llevaba treinta horas muerto. Guardó el teléfono y, por pura rutina, metió en el sistema el número del NIE. Se acordaba perfectamente de haberlo escaneado él mismo, lo que significaba que era la primera vez que acudía a una oficina del BCM a ingresar más de dos mil quinientos euros. Pero pudo no haber sido la última.

La respuesta del ordenador hizo que se arrepintiera de haberse dejado convencer por Arzamendi.

Ibrahim Asare había realizado otro ingreso importante, sí. En esa misma sucursal. Aquella misma mañana.

Treinta y seis mil euros.

Carmelo no necesitó acudir al programa de seguridad para recordar los ojos enrojecidos, inyectados en odio o en dolor, del gigante que efectuó la operación, pero lo hizo. Y mientras fotografiaba la pantalla, ajeno a que las cámaras grababan cada uno de sus movimientos, no pudo evitar constatar que ambos importes, entregados por dos personas diferentes que exhibieron el mismo carnet, sumaban cuarenta mil euros. La cifra que debería haber ingresado aquel muchacho de mirada perdida y manos temblorosas.

15

La lluvia cesó cuando Osmany salía de la tienda, de modo que pudo caminar rumbo a su casa sin mojarse el chaquetón recién comprado. Tampoco es que le importara. Lo único interesante de esa prenda eran los bolsillos. Su guerrera había desaparecido con el cadáver de Abdoulayé Diop, con la sonrisa de su nieta y los últimos rescoldos de su propia vida. Y en los chubasqueros adquiridos por un euro en el bazar de Somera no podía guardar la pistola sin que se notara. Por eso no tuvo más remedio que salir de compras. Porque la experiencia le había demostrado que llevar la Heckler & Koch sujeta por dentro a la cinturilla del pantalón y lejos de sus dedos era una mala idea.

El agua salpicaba bajo sus botas evitando los inevitables paraguas de quienes desconfiaban del aspecto plomizo de las nubes, atravesaba Bidebarrieta camino de la minúscula plazuela de Santiago, donde su nieta siempre se empeñaba en que la alzara hasta la fuente para fingir que bebía como las niñas mayores. Y el dolor, ese dolor que borboteaba en su vientre, ascendió por la garganta y salió en una especie de gemido que nadie escuchó. Cerró el puño en el interior del bolsillo, buscando el contacto con un arma que no estaba allí, y repasó la teoría que sus ansias de venganza venían construyendo desde que habló con Arzamendi.

Algo no cuadraba en aquel documento bancario.

Si los que iban a la sucursal a ingresar en la cuenta de una empresa llevaban escrito a boli el importe total, ¿por qué en el de Abdoulayé ponía cuarenta mil y no cuatro mil? ¿Un error de escritura? ¿Un cero de más? ¿O el senegalés había robado treinta y seis mil euros? Pero, en ese caso, ¿por qué tenía el abonaré y no el dinero?

¿Por qué suicidarse después de apropiarse de semejante cantidad?

¿Y por qué arrojarse al patio por la ventana de la cocina si allí mismo, en el lugar donde cometió los crímenes, tenía el balcón?

Había algo detrás de aquellas muertes, algo más allá de una brutal discusión doméstica, de los celos del senegalés, de su proverbial cobardía de macho herido.

Había algo más.

Había alguien más.

Terminó de rodear la catedral, entró en la calle Correo, donde vivía desde que decidió abandonar la casa de su nuera, y estuvo a punto de chocar con una mujer que caminaba distraída, más atenta al brillo de los escaparates que a otros posibles peatones. Osmany no se fijó en su revuelta melena castaña, sus ojos huidizos, la amable simetría de su rostro, ni en la amplia gabardina oscura en cuyos bolsillos hundía las manos. De haberlo hecho, podría haber sospechado del bulto del bolsillo izquierdo, más prominente que el derecho, como si la mujer apretara el puño contra algo. Pero el cubano caminaba sumergido en su zozobra, sacudido por una tempestad que velaba sus sentidos y anulaba cualquier instinto que no fuera el de la venganza.

Nadia Ivánova decidió no separarse del escaparate. Recortada contra el cristal, la silueta del objetivo se alejaba lentamente, pero era mejor no precipitarse. Sabía que Arechabala vivía ahí mismo, cincuenta metros más allá. Que al llegar a su portal se detendría para buscar las llaves, dando la espalda al mundo y sus peligros. La parte izquierda de la calle la ocupaba por entero la fachada trasera de la catedral, una mole de piedra ciega como la Iglesia. A la derecha, dos comercios cerrados, dos abiertos pero vacíos, y ningún viandante a la vista.

Una profesional no necesita nada más.

Tal y como había anticipado, Osmany se detuvo frente a la puerta, buscó en el pantalón, palpó sorprendido sobre ambos muslos y entonces recordó que, al comprar la parka, había guardado las llaves en uno de sus bolsillos interiores. Dejó escapar una sonrisa de preocupación, como siempre que algún olvido inexplicable le recordaba el peso de la edad, abrió la chaqueta para bucear en el envés del forro, y un repentino ruido de tacones activó una alarma en su cerebro. Unos pasos de mujer se precipitaban sobre él, pasos cercanos, tan próximos que no tuvo tiempo de girarse, ni de improvisar un gesto de defensa. Unos brazos rodearon su cuello, el inesperado peso de un cuerpo le hizo perder el equilibrio y solo la cercanía de la pared impidió que tanto él como Katy Díaz dieran con sus huesos en el suelo.

—Pero qué carajo...

Katy no dijo nada. No necesitaba decir nada. Bastaba ese abrazo rudo, incondicional, para expresar todo el dolor, todo el afecto, toda la solidaridad de la dominicana. A su lado, Borja Maruri esperaba en silencio, seguro de que una palmada en la espalda o un gesto de barbilla bastaban para transmitir al cubano lo mismo que el abrazo de su novia. La mujer del escaparate pasó junto a ellos sin prestarles atención, y la calle volvió a quedar desierta, única testigo de unas muestras de afecto que Osmany creía rechazar y, sin embargo, necesitaba.

—Te hemos llamado un montón de veces.

Arechabala asintió y desvió la mirada. Pasado el primer momento de emociones, condolencias y lágrimas mal enjugadas, paseaban por el Casco Viejo compartiendo recuerdos, anécdotas y camaradería. Borja Maruri y Katy Díaz, el abogado economista y la mujer obligada a prostituirse que se conocieron gracias a él, formaban parte del limitadísimo círculo de las amistades labradas en aquella ciudad de la que renegaba, junto a Jon Larralde, Antonio Arzamendi y, tal vez, Nekane Gordobil.

—Aterrizamos ayer. Te acuerdas de que estuvimos una semana en República Dominicana, ¿verdad?

—¿Y qué tal les fue?

—Bien, muy bien. Pero, oye, no vamos a hablar de eso, ¿no?

—¿Por qué no? Seguro que es más divertido que esto.

Borja no pudo evitar soltarle un cariñoso puñetazo, un gesto que el cubano no tuvo fuerzas para corresponder. Katy se colgó de su brazo, reclinó la cabeza contra el hombro y así siguieron durante unos minutos, paseando sin rumbo como una familia que no era tal.

—¿Cuándo es el funeral?

Osmany se detuvo, sorprendido al comprobar que no conocía la respuesta. Desde que tropezó con los cadáveres había sido incapaz de pensar en algo que no fuera su dolor, su fracaso y, más recientemente, sus ansias de venganza. Sobre la mundana inmediatez de lo material no sabía nada.

—Ya os avisaré.

—Si podemos hacer algo, ya sabes dónde estamos.

—Ahora que lo dices... —Desprendiéndose del abrazo de Katy, rebuscó en el bolsillo trasero del pantalón y sacó su vieja libretita de papel café, donde solía apuntar, además de teléfonos de amigos y datos de enemigos, ideas cazadas al vuelo en cuanto comenzaban a revolotear entre sus neuronas. Pasó despacio las páginas hasta dar con la que buscaba, la arrancó y se la entregó a Maruri—. Ocúpate de esto.

—¿Que me ocupe de qué?

En la hoja solo había un nombre garrapateado a lápiz con la asimétrica letra del cubano: «Bilrottesa».

—De esto que me pasó Arzamendi. Necesito saber qué es esta empresa, qué hace, dónde está, quiénes son sus dueños, dónde viven… Bueno, lo que haces siempre, ya tú sabes.

—Pero ¿por qué?

Osmany se encogió de hombros.

—No estoy seguro, pero cuando me informes te digo más. Ahora, si me disculpáis —de otro de los grandes bolsillos del gabán sacó su celular, que llevaba un rato empeñado en que «Emiliana es una cubana que en el albergue es fundamental», miró quién era y se despidió sacudiendo la mano libre—, tengo que volver a mi apartamento. Llámame en cuanto averigües algo.

Y, sin añadir nada más, se perdió tras una de las esquinas del Casco Viejo dejando a su espalda la música de Carlos Puebla, miradas de incomprensión y, flotando sobre la ciudad, la muda promesa de una tormenta inminente.

—¿Aló? Antonio, ¿me oyes, pues?

Arzamendi dejó que sus labios se curvaran en una sonrisa que diluyó las arrugas de su rostro.

—Alto y claro, Osmany. Oye, te recuerdo que esto es un móvil, no un *walkie-talkie*.

—Entendido. ¿Qué tienes para mí?

Las bromas habían terminado antes de empezar.

—Te comento. Mi amigo de la oficina de Zabala me ha pasado algunos datos sobre la empresa a la que ingresaron esos cuatro mil euros. Según la ficha del cliente, se dedica al transporte de mercancías. No sabemos nada más.

—Correcto. ¿Alguna idea sobre el dinero?

—Al parecer, se trata de la operativa normal de esta cuenta. Cada semana tiene varios ingresos importantes en efectivo. Por lo que ha podido comprobar Carmelo, siempre los hacen desde las sucursales de Zabala, Atxuri y Zabalburu.

—No conozco tanto Bilbao, Antonio.

Arzamendi extendió el brazo y trazó un mapa imaginario sobre el brillante lienzo del Caribe, como si los ocho mil kilómetros que los separaban no impidieran al cubano seguir sus explicaciones.

—La oficina de Atxuri está en una esquina del Casco Viejo, nada más cruzar el puente de San Antón.

—El puente que sale de Bilbao La Vieja.

—Exacto. La de Zabala queda al otro lado. Subiendo desde el puente de Cantalojas, el que cruza las vías hacia Zabalburu. Y la de Zabalburu ya la conoces. Justo enfrente de la comisaría de la Ertzaintza, en la plaza.

—Entonces —aunque no podía ver a su amigo, la mente de Arechabala se esforzaba en trazar su propio plano—, ¿dirías que son las tres oficinas más cercanas al barrio ese donde mataron a mi chico? Y a tu novia —añadió tras un ligero titubeo.

—De hecho, son las únicas del BCM en la zona. ¿Por qué?

Osmany detuvo su nervioso caminar y trató de orientarse. Cuando descolgó, estaba con Katy y Borja en Bidebarrieta, una calle repleta de comercios y transeúntes saltando de tienda en tienda. Pero, pendiente de las palabras de Arzamendi, no había prestado atención a sus propios pasos y ahora se encontraba en un lugar desconocido. En vez de comercios, las fachadas exhibían las puertas cerradas de bares de aire nocturno, nadie caminaba sobre los adoquines que salpicaban restos de lluvia y, al final, donde comenzaba una pendiente cada vez más pronunciada, se intuía el rumor de los coches que giraban al tropezar con los bolardos que delimitaban la zona peatonal. No recordaba haber pasado nunca por allí.

—Verás —oteó en todas direcciones, presa de una inquietud indefinida que conocía desde siempre—, el malnacido de Abdoulayé no solía hablar de lo que hacía antes de irse *pa'l* apartamento de mi nuera, pero yo no nací ayer. No sé dónde vivían, pero llegó a Bilbao con otros africanos que vendían droga, o vendían mujeres, o hacían las dos cosas.

—Bueno, según Iriondo, los movimientos de la cuenta parecen los típicos de empresas que blanquean dinero: ingresos en metálico y salidas vía transferencia. Pero tendría que investigar más.

—Pues dile que investigue.

—De acuerdo. —Un momento de silencio para asumir, una vez más, que era imposible hacer oídos sordos a las órdenes del cubano—. Tengo algún otro dato que te interesará.

—Seguro que sí.

—Ya te comenté que para meter más de dos mil quinientos euros hay que presentar un carnet, que se escanea y se archiva en la base de datos. —Un gruñido fue toda la respuesta que obtuvo de su amigo—. Pues la persona que llevó esos cuatro mil euros decía llamarse Ibrahim Asare. Te acabo de mandar una copia del documento por WhatsApp.

Osmany notó el zumbido de su celular al recibir un mensaje, pero no hizo ademán de separarlo de la oreja.

—No creo que sirva de mucho. O es falso, o se lo robaron a alguien.

—Puede ser. De hecho, no se parece mucho al tipo que llevaba la pasta.

—¿Tienes una foto y llevas acá media hora floreando?

—Primero tenía que explicártelo todo, para que te hagas...

—¡Mándamela ya, carajo!

Mientras esperaba a que los nerviosos dedos de Arzamendi le enviaran el archivo, Osmany volvió a estudiar el vacío de la calle. ¿Había oído pasos donde no había nadie a la vista? ¿Había percibido algún movimiento indefinible que su cerebro no llegó a procesar, alguna sombra, algún aroma diferente al de la calle mojada y los orines que resbalaban en busca de las alcantarillas? No lo sabía. Pero, por si acaso, dio media vuelta para regresar por donde había llegado.

Se apresuró a abrir el mensaje en cuanto sintió la vibración. Ahí estaba, captado por la cámara de la ventanilla. Abdoulayé Diop.

—¿Le conoces?

—Es el senegalés.

Arzamendi esperó que añadiera algo más, un juramento, una amenaza fuera de lugar, un desagradable rechinar de dientes, pero a través del auricular no percibió sonido alguno, ni siquiera una respiración. Demasiado silencio. Tanto, que estuvo tentado de guardarse lo siguiente.

—¿Sigues ahí?

—Sí.

—Una última cosa, pero muy importante. —Arechabala notó cómo sus hombros se erguían, cómo su cuerpo se enderezaba a pesar de que en ningún momento fue consciente de que se había ido arrugando hasta replicar, punto por punto, la estampa de un anciano fracasado—. Esta mañana, alguien ha estado en la misma oficina haciendo un ingreso con el mismo carnet.

—¿El que llevaba Diop, el de ese tal Ibrahim?

—Sí. Y ha ido a hacer exactamente lo mismo. Un abonaré en efectivo en esa cuenta, la de Bilrottesa.

—¿De treinta y seis mil euros?

Ahora fue Arzamendi quien tardó en responder.

—¿Cómo lo sabes?

—En el papelito que te leí ayer escribieron a mano «cuarenta mil». Pero Diop ingresó cuatro mil. Creo que se quedó la diferencia.

Antonio cerró los ojos para no ver el brillo del océano, un marco de ensueño para una pesadilla que comenzaba a abarcar en su totalidad.

—¡Joder! Por eso le mataron. A él y a las testigos.

—Estamos de acuerdo.

La ausencia de la pistola quemaba en el bolsillo de ese chaquetón comprado, precisamente, para camuflar el arma.

El móvil vibró. Dos veces. Dos imágenes remitidas por su amigo desde Choroní. Osmany sintió una aguda punzada en el pecho mientras su dedo resbalaba con torpeza sobre el icono para desvelar el rostro ancho de un individuo de nariz roma, frente amplia y ojos surcados de miles de gruesas venitas en el momento de recoger el carnet que le devolvía el empleado. Un rostro de brea y hormigón armado. Un rostro que quedó cincelado en la memoria de Arechabala con la nitidez de los recuerdos más odiados. La segunda fotografía estaba tomada desde la puerta de entrada. En ella se le veía de cuerpo entero. Y aunque la postura no parecía natural, los brazos en jarras y ligeramente encorvado, destacaba entre el resto de los clientes como una montaña en el centro de una estepa.

¿Cuánto habría tardado semejante monstruo en partirle el cuello a Abdoulayé?

A ciegas, sintiéndose a años luz de lo que le rodeaba, cerró el WhatsApp y cortó la comunicación. La parte de su cerebro que siempre había funcionado por instinto reconoció el entorno amigable que le rodeaba, la plaza a la que se abría el metro, las prisas y el bullicio. Incluso tomó nota, sin haberse percatado, de que había visto antes a la mujer de aspecto amable que pasó a su lado exhibiendo una sonrisa de resignación. Pero Osmany permaneció muchos minutos detenido en plena calle, el móvil apagado entre las manos, la cara de quien podría ser el asesino de Maider y de su madre impresa en el punto de mira de su mente.

En Choroní, sentado en el banco de piedra adosado a la fachada, Antonio Arzamendi hacía algo parecido. Inmóvil, el teléfono muerto en el regazo, contemplaba la respiración ondulante del Caribe mientras una mezcla de emociones —pena, dolor, miedo— giraban en torno al eco de la conversación recién concluida. No supo si fueron horas o minutos los que permaneció allí, pendiente del mar y sus ausencias, pero en cuanto regresó del pozo de los recuerdos abrió la agenda del móvil y buscó el número de Jon Larralde.

16

—Por si quedaba alguna duda.

—Creo que, tras el informe de balística, ya no quedaba ninguna.

—Sí, supongo. —El técnico de la Científica no supo disimular que la interrupción no le había hecho ninguna gracia—. En cualquier caso, hemos encontrado nuevas evidencias.

Miren Ruiz de Heredia se reclinó sobre la mesa y dejó el bolígrafo sobre el cuaderno. Aquel bloc de anillas y un Bic roído seguían siendo sus herramientas favoritas a la hora de ordenar las ideas, aunque la creciente informatización de los procesos la hacía parecer cada vez más obsoleta a ojos de los más jóvenes.

—De acuerdo. Vamos con ellas.

—Empezamos con las huellas. En el Karpin encontramos muchas. La lluvia había creado un fangal en torno a la furgoneta donde estaba la única superviviente, lo que, por un lado, nos vino bien porque se marcaron un montón de pisadas y, por el otro, nos jodió bastante porque se marcaron un montón de pisadas.

—Comprendo.

—Hemos conseguido aislar algunas. Es difícil estar seguros de nada, porque muchas de las huellas corresponden a los compañeros que se acercaron a auxiliar a la víctima antes de que acotáramos el perímetro. Pero, aparte de eso, hemos podido confirmar la presencia de dos hombres y una mujer que no calzaban las botas de la Ertzaintza.

Hizo una breve pausa para dedicar a la oficial una sonrisa de suficiencia, quizá esperando un gesto de sorpresa, admiración o enhorabuena. Como el rostro de Miren no reflejó nada semejante, prosiguió con cierto desencanto:

—Las huellas de mujer son de Agurtzane Loizaga. En su declaración nos dijo que la obligó a desnudarse dentro del palacio, por lo que cuando salió del vehículo iba calzada.

—Por lo tanto, Rutherford no se acercó al vehículo.

—Eso parece. Sobre las otras, unas tienen que ser del secuestrador, por pura lógica, ya que sus zapatos se pulverizaron en el incendio. Pero, como mínimo, hubo otra persona, y sus huellas se hundieron mucho en la tierra. Por desgracia, ninguna está entera.

—Aclárame eso.

—Hay rastro de punteras, de talones, y también de un lado de las suelas. Profundas pero incompletas. Quienquiera que fuera, caminaba a trompicones, se bamboleaba de uno a otro lado de forma insegura, como si estuviera borracho.

—O hubiera inhalado una buena cantidad de humo.

—Exacto. Y cargaba un peso.

Ahora sí, Ruiz de Heredia dejó escapar una sonrisa de satisfacción que el de la Científica acogió con la solícita satisfacción de un perro tras recibir la caricia de su dueña.

—¿Podríamos compararlas con la suela de posibles sospechosos?

El técnico negó con gesto dubitativo.

—No lo creo. Ninguna está completa. En algún lado hemos encontrado bien marcada la forma del tacón; en otros, parte de la puntera. Pero ni siquiera nos atrevemos a

asegurar que se trate del mismo calzado. Sí nos han servido para descartar las botas de la Ertzaintza, pero tanto como para establecer una identificación mínimamente válida…
—sacudió de nuevo la cabeza y se mordió el labio inferior—, no lo creo.

—Vale. —En su voz no había nada de la decepción intuida en la expresión de su compañero. De hecho, la oficial estaba muy lejos de sentirse decepcionada—. ¿Algo más?

—Sí. Siempre hay algo más.

Efectivamente, siempre había algo más. Cuando el técnico abandonó su despacho y Ruiz de Heredia pudo regresar a los garabatos de su cuaderno, se permitió una breve sonrisa al constatar que, por mucho que los delincuentes se preocuparan de pensar en el crimen perfecto, indescifrable, ellos tenían medios, tenían conocimientos y tenían tiempo suficiente para aportar algo más, algún indicio, alguna prueba que les ayudara a conducir a los culpables ante un tribunal. Podían ser las huellas, pero también el modo en que un proyectil taladra una pared; la muesca casi irreconocible de un piano arrasado por el fuego; la forma en la que un cuerpo se encoge al recibir un impacto de bala o las imágenes dantescas que imprime en el suelo cuando el fuego comienza a consumirlo; incluso, la distancia que mediaba entre un asesino y su arma, o el cristal carbonizado de una botella de licor.

Siempre había algo.

Según los de la Científica, era casi imposible que el violador efectuara los disparos que acabaron con la vida de Rutherford y del subcomisario Laiseka. Su cadáver estaba delante de los restos de un mueble, un piano usado como parapeto durante el tiroteo, algo que podían asegurar gracias a los pocos fragmentos de madera que lograron rescatar y reconstruir, todos ellos taladrados a balazos. El secuestrador estaba delante, no detrás.

Por la posición de los proyectiles que encontraron incrustados en la pared concluyeron que la mayor parte de los disparos provenían del lugar donde yacía Laiseka.

Pero el arma reglamentaria del subcomisario no había sido disparada.

Alguien más participó en la refriega. Alguien que cargó con Loizaga desde el edificio en llamas hasta la furgoneta aparcada junto a la entrada.

¿Era posible? Revisando una a una las explicaciones de los técnicos, repasando el informe de balística y las autopsias preliminares, Miren tuvo que concluir que sí. Era posible.

Pero ¿era lógico? No. No era lógico que un criminal salvara la vida de la mujer a la que pretendían rescatar los policías asesinados.

¿Entonces?

Con un suspiro de desgana, dejó a un lado el cuaderno, repleto de flechas, nombres tachados y ratones dibujados con rabia y frustración, se aseguró de que ninguno de sus compañeros cotilleaba a través del cristal de la puerta, y buscó en los cajones hasta dar con la carpeta donde escondía esas sospechas que, por el momento, no quería desvelar a nadie. Solo se trataba de información obtenida a partir de webs de la administración y de empresas de informes comerciales. Datos públicos que le abrasaban la garganta.

Laiseka manejaba mucho más dinero de lo que podría llegar a ganar en toda su vida un funcionario público. Lo sabía su hijo, y lo sabía ella. Lo habitual en esos casos era que la mayor parte de esos ingresos irregulares, los que no se amontonaban en billetes de quinientos euros en la caja de seguridad de un banco, se hubieran convertido en inmuebles. Y seguir la pista de un inmueble era mucho más sencillo que bucear en el efectivo gastado en vacaciones de lujo o caprichos efímeros. Sin embargo, según el registro de la propiedad, el subcomisario solo era dueño del chalet de

Villasana donde vivía con su esposa y con Oier, el más joven de sus hijos. Pero Hugo le habló de más viviendas; una en Cádiz, como mínimo. De modo que se conectó a una web de informes comerciales y dejó escapar una sonrisa de triste satisfacción cuando el nombre de Laiseka apareció asociado a tres empresas constituidas en Burgos veinte años atrás. Tres firmas ligadas al sector inmobiliario de las cuales era el administrador único.

Así escondió los beneficios de lo que quiera que hiciera.

No tardó en conseguir las notas simples de las fincas inscritas a nombre de las tres sociedades: un piso de doscientos cincuenta metros cuadrados en la provincia de Cádiz; una vivienda unifamiliar en Liébana; quince plazas de garaje repartidas entre Madrid, Sevilla y Barcelona, y cinco locales comerciales en diferentes municipios de la provincia de Madrid.

Ninguna de ellas estaba hipotecada.

No le sorprendió descubrir que Peio Zabalbeitia, el oficial que murió junto a Laiseka, practicaba el mismo juego. A su nombre solo encontró un apartamento en Balmaseda. Pero, curiosamente, también él administraba una sociedad anónima dedicada, según el registro mercantil, a la compra y alquiler de bienes inmuebles. Una sociedad que poseía un chalet en Cadaqués, seis lonjas en Barcelona, un piso en el paseo de Recoletos de Madrid y otro en Marbella.

Ninguna de sus propiedades estaba hipotecada.

El caso de María López Rutherford era diferente. La agente era propietaria, al cincuenta por ciento con su esposo, de un piso en Balmaseda hipotecado por Laboral Kutxa.

Nada más. Ninguna sociedad fantasma con sus datos, ningún patrimonio inesperado, ningún atisbo de riqueza cuyo origen quisiera camuflar.

Miren soltó las hojas cuando comenzaron a temblarle entre los dedos. Recordó a Rutte, empeñada en exagerar sus dolores de espalda para prolongar esas bajas que le permitían pasar más tiempo con su hija, y confirmó que el patrón que marcaba las vidas y, seguramente, las muertes de sus superiores no se repetía en el caso de la agente.

Pero, entonces ¿qué hacía el sábado en el Karpin?

¿Por qué mataron a María López Rutherford?

Karim tenía muy claro que la presencia de la policía no era buena para el negocio. Por eso llevaba desde el día anterior lejos de su esquina favorita de la calle Somera.

Sucedió muy temprano. Llevaría tres cuartos de hora esperando la visita de los más madrugadores, universitarios de aire bohemio que llegaban a la facultad envueltos en el olor dulzón de la marihuana, cuando el primero de los vehículos policiales irrumpió a toda velocidad desde La Ribera. Pero él fue más rápido. Agazapado bajo la capucha de la sudadera, se perdió por el cantón poco antes de que el auto se detuviera frente a la puerta.

No iban a por él.

Tardó unas horas en enterarse de lo sucedido. En torno a las seis, cuando decidió regresar a su puesto de trabajo con la profesionalidad de todo comercial que se precie, se encontró con dos furgonetas, un coche patrulla y otros dos vehículos sin distintivos. Entonces escuchó, en los corrillos de ancianas angustiadas formados en el centro de la calle, que una mujer y su hija habían sido asesinadas por un tipo que después se arrojó por la ventana. De modo que no tuvo más remedio que, a regañadientes, abandonar el lugar con la esperanza de que ningún otro contratiempo le impidiera regresar al día siguiente.

Y así fue. En Somera reinaba la ruidosa calma de siempre, camiones descargando bidones de cerveza, cláxones, transportistas gritando a peatones y viceversa, música brotando de la tienda de tatuajes, de los pocos bares abiertos a esas horas, ladridos y motores esperando en un ralentí ensordecedor. Ni rastro de la policía. Tampoco de los periodistas que montaron guardia durante toda la tarde y buena parte de la noche, cámaras que llenaron los noticiarios con imágenes del portal donde solía instalar su tienda clandestina. No había clientes a la vista, pero eso no le preocupaba. Quienes probaban su mercancía siempre regresaban en busca de más. Sobre eso no tenía la menor duda.

La calle, poco a poco, se fue vistiendo de sus galas de mediodía. Terminaron sus recorridos las furgonetas de reparto, se abrieron las tabernas que permanecían cerradas, y olores a cebolla pochada, kebab y champiñones se mezclaron con los de hachís, tabaco y alcantarillas. El negocio despertaba, y las dudas de Karim comenzaron a esfumarse, volutas de incertidumbre mezcladas con el aire húmedo de la mañana.

Entonces apareció él.

Karim estaba apoyado en la pared de la zapatería anexa, a cuyos dependientes les preocupaba más el vacío de la tienda que la cercanía del camello, buscando vídeos porno en el móvil cuando, al alzar la cabeza, tropezó con sus ojos a solo unos centímetros de los suyos.

No lo había visto llegar. No escuchó sus pasos ni sintió la proximidad del olor que ahora inundaba sus fosas nasales, olor a sudor y rabia, a senectud y adrenalina.

Olor a odio.

«Menuda gilipollez», pensó tratando de incorporarse del todo para, como mínimo, estar a la altura del otro, que seguía mirándole en completo silencio.

—¿Qué pasa, viejo? ¿Tengo monos en la cara?

—¿Me conoces?

Karim chascó la lengua con desprecio, un desprecio más fingido que real.

—Pues claro. Vives aquí, en este portal.

Osmany Arechabala asintió sin separarse un milímetro del muchacho.

—Vivía. Ahora, acá, vive mi nieta. Bueno, vivía.

No necesitó nada más para comprender de quiénes se trataba. También a ellas las había visto entrar y salir en innumerables ocasiones.

—Vaya, tío, lo siento. Pero ¿qué tiene eso que ver conmigo?

—Necesito hacerte unas preguntas.

—Oye, a mí no me líes, ¿vale? Alguna vez hemos entrado en el portal a pasar unas piedras, pero a los pisos no hemos subido en la puta vida, no me jodas. Además, el hijo de puta que hizo eso se suicidó, ¿no?

Osmany esbozó una sonrisa. Una sonrisa débil, casi imperceptible bajo el desorden de su barba. Una sonrisa que bastó para convencer a Karim de que el viejo estaba loco.

—Solo una pregunta. ¿Has visto alguna vez a este hombre?

El muchacho no tuvo más remedio que prestar atención al móvil que Arechabala sostenía frente a sus pupilas. De hecho, lo separó un poco para poder estudiarlo con calma. La imagen que flotaba en la pantalla parecía captada por una cámara de seguridad. En ella, un individuo de rostro grueso miraba al frente con la expresión de quien se asoma a un volcán en erupción. Todavía estaba procesando la expresión torturada de aquella faz cuando Osmany cambió la foto para enseñarle la tomada junto a la puerta, donde se apreciaba perfectamente su altura y la anchura de sus hombros.

—Ayer.

—¿Cómo dices?

—Ayer. Ayer por la mañana le vi entrar en el portal. Salió poco después.

La fuerza con la que el cubano le empotró contra el escaparate de la zapatería le pilló por sorpresa. Intentó zafarse, pero no pudo moverse ni un milímetro.

—¿Qué pasa?

—¿No se te ocurrió que pudo tener algo que ver con lo que pasó aquí? ¿No se te ocurrió avisar a la policía?

—¡Yo qué sé! —La presión sobre sus hombros cedió y Karim pudo buscar una postura más digna—. Yo me enteré por la tarde de lo de las muertas. Y el que se las cargó está fiambre, ¿no? Ese tipo solo era uno que subió a buscar una bolsa.

Osmany le soltó por completo y dio un paso atrás, momento que el joven aprovechó para recomponerse la ropa, cruzar los brazos y alzar el mentón en una chulería completamente fuera de lugar. Los tres o cuatro curiosos que se habían detenido esperando una pelea siguieron sus caminos, quizá decepcionados, quizá aliviados.

—Subió sin nada y bajó con una bolsa. ¿Cómo era esa bolsa?

—Que te den por culo, viejo.

—Perdona por el empujón. —Hurgó en su bolsillo y sacó un billete que coló en el de la sudadera del muchacho—. ¿Cómo era esa bolsa?

—De esas de deporte. Roja y azul brillante. Muy hortera.

—De acuerdo. Una última cosa: ¿a qué hora le viste salir?

Karim demoró la respuesta lo poco que tardó en sacar el billete del bolsillo y confirmar que no lo había soñado: quinientos euros del ala.

—La hora exacta no la sé. Pero tú llegaste diez minutos después.

17

A las tres de la tarde, Carmelo Iriondo ya había cuadrado
la caja, archivado la documentación y liquidado los asuntos pendientes de cada jornada. El director y los compañeros de las mesas de gestión seguían inclinados sobre los te-
clados, como si entre chascarrillos de fin de semana, críticas
a los jugadores del Athletic y cafés repetidos con amigos y
clientes no hubieran podido terminar a tiempo sus queha-
ceres. Puro teatro destinado a que sus superiores los vieran
conectados a sus terminales fuera de la jornada laboral.
A Iriondo le resultaba divertida esa forma de confundir
sumisión con eficiencia, pero procuraba abstenerse de cualquier comentario. Él terminaba su labor en el tiempo esti-
pulado en su contrato, cerraba las cajas y salía a disfrutar
de la libertad y su familia.

Excepto hoy.

Arzamendi había vuelto a llamarle. Necesitaba más datos sobre Bilrottesa, sobre su operativa y, a poder ser, sus
apoderados. Y Carmelo no supo negarse. Por eso seguía
ahí, retrocediendo en los extractos de la empresa el lapso
que el terminal le permitía. Confirmando que, si el departamento de prevención de blanqueo de capitales sirviera
para algo, esa cuenta debería estar en su punto de mira.

Para empezar, todos los ingresos se realizaban en efectivo.

Ni a través de TPV, ni con tarjeta, recibos o transferencias. Metálico, abonarés de importes elevados realizados casi siempre en las sucursales de Atxuri, Zabalburu y Zabala. Sin embargo, según la ficha de cliente, las oficinas de Bilrottesa se encontraban en un edificio industrial del Puerto de Bilbao.

Y luego estaban los cargos. Porque el dinero no permanecía más de un par de días en la cuenta. Al poco de entrar, salía vía transferencia.

Vía dos transferencias, para ser exactos.

La secuencia de movimientos se repetía de forma invariable en todo el periodo que pudo analizar. El dinero entraba en billetes y poco después era transferido a dos beneficiarios distintos, siempre los mismos, siempre en la misma proporción.

Una de las transferencias, equivalente al treinta y cinco por ciento del importe del abonaré en metálico, se enviaba a un banco cuyo nombre no le sonaba de nada. El beneficiario era una empresa desconocida: SLTSA.

Una rápida consulta a la base de datos le permitió confirmar que la entidad financiera tenía su sede en Andorra.

Ninguna sorpresa.

La segunda de las transferencias, por el sesenta y cinco por ciento del metálico, se enviaba a favor de JIT DUSTCH, a un número de cuenta de un conocido banco online holandés. Iriondo no pudo contener una sonrisa. Tanto el banco como el propio Estado holandés acababan de ser reconvenidos por la Unión Europea debido a su laxitud a la hora de aplicar la normativa internacional de prevención de blanqueo de capitales.

Todo era demasiado burdo. De una u otra forma tenían que haber saltado las alarmas en el departamento de auditoría.

¿Laxitud en el cumplimiento normativo también en el BCM?

¿O se trataba de otra cosa?

—¿Qué pasa, Carmelo? ¿Qué andas buscando?

No pudo evitar un respingo. La voz había sonado tan cerca de su oreja que comprendió que el director llevaba tiempo espiando por encima de su hombro sin que él, sumergido en mares de piratas financieros y paraísos fiscales, se hubiera percatado.

—Nada, nada. —Se giró exhibiendo su mejor sonrisa de inepto, el triste ventanillero que solo servía para actualizar libretas y repartir calendarios—. El otro día tuve una diferencia y estaba echando un vistazo, a ver si aparece.

En el rostro de su jefe, bronceado a pesar de lo avanzado del invierno, se dibujó una mueca de escepticismo.

—¿Y cuándo tuviste esa diferencia? ¿En octubre?

Iriondo tragó saliva y, con el rabillo del ojo, confirmó que esa era la fecha del extracto que brillaba en la pantalla. Octubre de 2014.

—No, claro. Ni me he fijado. El puto ratón, que no va bien. —Otra sonrisa bobalicona para confirmar que, en realidad, no servía ni para actualizar libretas.

—¿Has encontrado algo?

—Qué va. Pero tampoco pasa nada. Eran veinte euros. Los contabilizo y a otra cosa.

—Vale. —Por un momento creyó que iba a añadir algo, pero se contuvo—. Pues cierra y vete a casa.

Eso hizo. Apagó el ordenador, cogió la chaqueta y abandonó la oficina, ahogado en el sudor que resbalaba desde sus axilas. Parecía obvio que alguien del banco protegía a esa empresa, una blanqueadora de capitales de manual. Mientras cruzaba el puente de Cantalojas seguido por el sirimiri y las miradas hastiadas del sempiterno grupo de inmigrantes sin trabajo que ocupaban los bancos de la plaza, recordó que la cuenta de Bilrottesa no pertenecía a su oficina, sino a la principal de Gran Vía. Si alguien la mantenía a salvo de la supervisión del departamento de prevención del blanqueo, ese alguien no estaba en Zabala.

O quizá no solo en Zabala.

Cuando llegó a la parte de San Francisco que miraba al lado correcto de Bilbao, al de las corbatas flotando bajo rostros lívidos de tan blancos, se detuvo al resguardo de un alero, sacó el móvil y buscó el número de Arzamendi.

Miren Ruiz de Heredia regresó a su cubículo, dejó sobre la mesa el café de máquina y arrancó el ordenador para seguir navegando en busca de respuestas a preguntas que no conseguía plantear con claridad.

O que no se atrevía a plantear con claridad.

Hugo Laiseka, el hijo del subcomisario, había aparecido a última hora de la mañana con un buen fajo de papeles en la mano y un punto de desesperación en la mirada. Miren le comprendía, aunque se sentía incapaz de decir algo que pudiera consolarlo. Hugo no solo había perdido a su padre. Ahora, esa investigación a la que no podían renunciar amenazaba con arrebatarle incluso la memoria del hombre bueno que él recordaba. La oficial cogió las hojas y esperó hasta que el joven salió de comisaría para comenzar a revisarlas.

Se trataba de los extractos bancarios de su padre. Hugo había dado con las claves de su banca online y había impreso los movimientos de sus dos cuentas durante los últimos siete años, lo máximo que, al parecer, permitía la aplicación. Ruiz de Heredia se sumergió en ellos en busca de alguna pauta, alguna señal que le aclarara el origen de la inesperada fortuna de Laiseka.

Sin embargo, no había nada. Algo lógico, dado que el subcomisario no se había molestado en esconder el acceso a sus cuentas al resto de la familia.

En una de las libretas se ingresaba la nómina del Gobierno Vasco, se cargaban los recibos habituales de la casa, había pagos con tarjeta en supermercados, gasolineras y tiendas conocidas y reconocibles, así como una transferencia mensual de quinientos euros a la otra, usada exclusivamente para ese modesto ahorro.

A decir del hijo, en los últimos siete años habían viajado en familia a las Seychelles, a Nueva York y a Kenia, donde hicieron un largo safari fotográfico. Pero en las cuentas no había ni un solo pago con tarjeta, ni una transferencia a hoteles o agencias de viaje que justificara semejantes gastos.

Tampoco importaba. Profundizar en las cuentas del subcomisario Laiseka o del oficial Zabalbeitia ya no iba a ofrecer ninguna novedad.

¿Y Rutte?

El café se quedó frío en una esquina de la mesa mientras saltaba de una a otra página web, de una a otra base de datos de empresas de informes comerciales, registros y boletines oficiales en busca de lo que se había convertido en su gran obsesión. Pero fue incapaz de encontrar nada, absolutamente nada, sobre María López Rutherford. La agente que murió junto a sus dos superiores no tenía nada que ocultar.

O lo ocultaba mucho mejor que ellos.

Frustrada, se separó de la pantalla, tomó un trago que estuvo a punto de escupir y sintió que el agotamiento la derrotaba. Los párpados le pesaban y su respiración se volvió más profunda y regular, como si el cuerpo la estuviera obligando a un descanso que no pensaba permitirse.

¿Cuánto tiempo le quedaba? Sí. ¿Cuánto tiempo faltaba para que la Consejería de Interior designara un nuevo comisario, aunque fuera provisional, para Balmaseda? ¿Y si decidía encomendar la resolución de aquel caso a la macrocomisaría de Erandio? Fuera cual fuese la decisión adoptada por los políticos, ella se vería relegada a un segundo plano. Incluso podría quedar fuera de la investigación.

No tenía tiempo para descansar.

Como respondiendo a su impaciencia, alguien golpeó el

cristal de la puerta y un joven agente entró haciendo on-dear una cuartilla impresa por las dos caras como si de una bandera se tratara.

—Ya tenemos la identificación de los números de teléfono.

—De acuerdo. ¿Y?

La sonrisa del muchacho se descolgó de sus labios de-jando en su boca un profundo rastro de sorpresa.

—¿Cómo?

—Vienes tan contento porque has descubierto algo, ¿no?

—Yo no... Bueno, no sé. —Ahora su rostro era un poe-ma, la lírica de la vergüenza teñida de grana—. Me han mandado los datos y te los traigo.

—Vale. Y del rastreo del móvil del cubano, ¿sabemos algo?

—A mí nadie me ha dicho nada.

Ruiz de Heredia dejó que el agente terminara de balbu-cear, depositara la hoja sobre la mesa y saliera encogido sobre sí mismo antes de permitirse una risita y recoger el informe.

Aunque desde casi el principio disponían del registro de llamadas de los móviles de los agentes asesinados, hubo algún número que no pudieron identificar en un primer momento. Descartados los de familiares, amigos y compa-ñeros, quedaban pendientes unos pocos; entre ellos, la últi-ma llamada efectuada por cada uno.

Habían encontrado enseguida la hecha por Rutte. El nú-mero lo tenía la propia Ertzaintza en un borrador de denun-cia preparado por el subcomisario Laiseka contra Osmany Arechabala por el allanamiento de una vivienda abandona-da en Pandozales. Aunque la denuncia no llegó a tramitarse, el móvil seguía ahí, a la vista de los investigadores, que ya disponían de ese dato cuando interrogaron al cubano.

A Miren le preocupaba otro número. Otros dos, para ser exactos. La última llamada del subcomisario fue al móvil del oficial que murió a su lado, pero antes hizo otras dos a sen-dos teléfonos que no habían podido identificar. Curiosamente, Zabalbeitia marcó esos mismos dos números antes de ser asesinado. Ambos. En el mismo orden. Uno de ellos, el penúltimo, seguía siendo una incógnita. Una secuencia de dígitos sin titular conocido. Un móvil de tarjeta, de esos que solo conservaban aquellos que tenían algo que ocultar.

Nadie les contestó.

Solo unos segundos después, ambos marcaron el otro. No pudieron contactar con nadie en el teléfono anónimo y, sobre la marcha, llamaron a otro. Al mismo.

¿Alguien diferente? ¿Otra forma de contactar con la persona a la que no pudieron localizar en el primero?

No lo sabía. Y el nombre que figuraba a la derecha del número tampoco le aclaró gran cosa: Construcciones y Reformas Lunespaña.

Un sábado por la noche, poco antes de iniciar la operación de rescate de una mujer secuestrada, oficial y subcomisario llamaron a una empresa de albañilería.

A pesar del aparente sinsentido de aquella conclusión, Miren dejó escapar una sonrisa.

En el ordenador, la página web del registro mercantil permanecía abierta en la pantalla de búsqueda. Construcciones y Reformas Lunespaña, constituida en Madrid hacía más de veinte años, le devolvió a un esquema conocido, el mismo que ocupaba buena parte de las páginas del cuaderno abierto sobre la mesa. Además de obras y saneamientos, su objeto social era la compra y alquiler de inmuebles residenciales. Tenía una administradora única: María Luisa Regúlez Usandizaga.

La oficial se recostó en la silla, la mirada fija en aquel nombre que temblaba ligeramente sobre el cristal, y dejó escapar el aire que, sin darse cuenta, había retenido mientras analizaba las implicaciones de aquel dato. No necesitó buscar el nombre en la base de datos, ni teclearlo en la barra del buscador. La administradora única de esa firma domiciliada en Madrid era, como ella, de Balmaseda. Dos años mayor, una diferencia que en una villa pequeña como esa se diluía en las plazas, el patio y las verbenas. María Luisa no era la más popular de las jóvenes del pueblo. Era tímida, tenía muy pocos amigos y apenas se dejaba ver por los bares, saturados siempre de humo y rock and roll. Pero durante años protagonizó las tertulias que comadres y correveidiles desplegaban en los bancos adosados a la fachada de la iglesia. Justo desde que comenzó a salir con un joven y prepotente guardia civil destinado al cuartelillo de Balmaseda.

Salvador Somoza.

No se dio cuenta de cómo su mano derecha se dedicaba a trazar círculos concéntricos sobre la página abierta del cuaderno, ni del repetido tañer de la puntera de su bota contra la pata de la mesa. Estaba en otro sitio, en las montañas cubiertas de escarcha de Karrantza, en la subida a Ranero y el puerto de La Escrita. En su mente, el Patrol del subcomisario Laiseka y el Passat conducido por Zabalbeitia rompían la noche rumbo al refugio de un secuestrador mientras ellos sacaban el móvil y marcaban un número desconocido sin que nadie respondiera al otro lado. Imaginó con toda nitidez sus rostros de frustración, tal vez de sorpresa, y los vio llamando de nuevo. ¿A una empresa de reformas? ¿A María Luisa Regúlez? No. Negó con un gesto y dejó caer el bolígrafo sobre la libreta. Conocía a María Luisa. Estaba segura de que no la llamaron a ella.

También conocía a su marido.

Ya sabía a quién llamaron.

Pero ¿por qué?

18

La mujer que decía llamarse Nadia Ivánova dejó el periódico a un lado, tomó un sorbo de su refresco y, tras confirmar que Osmany Arechabala seguía sin salir, lanzó un vistazo a los jóvenes turistas que llenaban el bar de un angustioso silencio de cabezas reclinadas sobre los smartphones. Llevaba dos horas apostada en el local más cercano al portal de su objetivo, el único desde el que se podía vigilar con calma la calle que doblaba por detrás de la catedral, y el cubano no daba señales de vida.

Era normal. En su vida, en su trabajo, las esperas largas, infructuosas la mayor parte de las veces, eran una constante. De modo que ese no era el problema. El problema era que había cometido el error de matar el tiempo leyendo el diario que descansaba sobre la barra. Leyendo una noticia que no debería haber leído. Lo supo en cuanto vio el titular. Supo que, si no daba marcha atrás, si no devolvía el periódico a su lugar en la barra, sería incapaz de controlarse.

La leyó.

Y el rostro afilado por el odio de Orna Shoher, la soldado israelí que se ganaba la vida asesinando a desconocidos, afloró tras la bondadosa máscara de Nadia Ivánova, sus ojos brillando con una luz tan extraña que el único de los jóvenes que en ese momento alzó la cabeza y tropezó con su mirada volvió a refugiarse a toda velocidad en la pantalla de su móvil.

Se trataba de la crónica de una sentencia. Un juez había declarado inocentes a tres salvajes que violaron a una muchacha durante unas fiestas patronales. La penetraron reiteradamente por todos sus orificios, la abandonaron en un banco del parque y se llevaron su cartera, pero ni siquiera eso sirvió para que se les condenara. Según el tribunal, no había señales de que la mujer hubiera intentado defenderse, por lo que no se podía concluir que el «acto sexual» hubiera sido forzado.

Orna sabía perfectamente que, de haberles plantado cara, sus violadores no se habrían limitado a follársela.

Arechabala seguía sin aparecer. Llevaba encerrado en su domicilio desde el mediodía, cuando las calles se vaciaron y la lluvia arreció para recuperar un espacio que le pertenecía desde siempre. Y ella continuaba ahí, vigilando a través de la ventana mientras intentaba que el sándwich, el café y el refresco le duraran lo máximo posible.

Sin embargo, esa noticia que no debería haber leído la hizo regresar veinte años atrás, la transportó al mundo y a la época de la joven soldado que brillaba en todas las pruebas impuestas a las reclutas, destacando como una excepcional francotiradora.

Y también la hizo regresar a la violación.

Orna nunca supo de dónde surgió la leyenda —repetida absurdamente por los pocos que conocían sus orígenes— de que fue expulsada del Tzahal por su crueldad hacia los palestinos. Ella estaba en contra de todo acto de crueldad. Si uno, dos o doscientos palestinos se interponían en la expansión del Estado judío, se les eliminaba y asunto resuelto. Torturar y humillar a prisioneros, como hacían muchos de sus compañeros, no iba con su forma de ser. Un militar no puede ser un sádico, debe ser eficiente. La soldado Shoher nunca llegó a entrar en combate, pero su eficiencia con el fusil de larga distancia estaba fuera de toda duda en el campo de entrenamiento.

Su mirada se desvió de nuevo a la noticia, a la foto de tres miserables abrazándose a la salida del juzgado, tres machos convencidos de que el cuerpo de una mujer no es más que un trozo de carne del que disponer cuando les viniera en gana. Algo en lo que no se diferenciaban del general Seagal.

Fueron dos. El general Seagal llegó acompañado de un soldado a quien no conocía, un armario de músculos trenzados con cables de acero. La violaron en un descampado a la salida del cuartel, el lugar al que aún la remitían sus pesadillas. Fue largo. Fue humillante. Fue doloroso, muy doloroso, porque Orna trató de defenderse. Pero lo peor llegó al final. El glorioso general Seagal, héroe del Yom Kipur, le pisó la cabeza, se inclinó sobre ella, desnuda, desmadejada, incapaz de mover uno solo de sus miembros y, exhibiendo una amplia sonrisa de babas y prepotencia, le recordó que sería inútil denunciarlo. Él era intocable, y ella, una puta con ganas de trepar que disfrutaba provocando a sus superiores.

Un movimiento percibido con el rabillo del ojo consiguió arrancarla de aquella lejana noche que no dejaba de perseguirla. Una silueta embozada en un largo abrigo oscuro abandonaba el portal del cubano y se perdía por la curva de la catedral en dirección contraria a su puesto de observación. Recogió el bolso, reconfortada por el peso de la Glock, y salió tras él manteniendo en todo momento la distancia. El hombre caminaba despacio, las manos en los bolsillos y la cabeza reclinada, de modo que Shoher era incapaz de confirmar si se trataba o no del objetivo. Aceleró hasta recortar la distancia que los separaba, pero sabía que algo iba mal. En ella. La sangre retumbaba contra sus sienes como un torrente desbocado, la mano temblaba sobre la culata del arma, su respiración era cada vez más acelerada. La imagen del general Seagal, el tono chirriante de sus amenazas, el dolor en sus pechos y en su vientre se reproducían frente a ella mientras rozaba el gatillo con la yema de los dedos a la vez que se aproximaba al individuo a pesar de que la calle estaba llena de gente. Comprendió que no estaba actuando como una profesional, sino como una recluta inexperta a la que acabaran de violar. Pero todo en su cuerpo se conjuraba para arrastrarla allí donde su cerebro sabía que no debía ir. Entonces, el hombre giró un poco la cabeza y ella descubrió que se había equivocado.

No era Arechabala.

Se detuvo allí mismo, en mitad de la calle, sin importarle que los viandantes que se veían obligados a esquivarla le dedicaran miradas de recelo. Temblaba tanto que le costó soltar el arma, sacar la mano del bolso y cerrar la cremallera. Y, una vez más, se odió por dejarse derrotar de esa manera. El general Seagal y su perro amaestrado seguían adueñándose de su alma, aunque ya no pudieran hacerlo de su cuerpo. Ambos llevaban muertos veinte años. El soldado apareció en la cuneta de una carretera desierta con una cuchillada en el corazón; al general lo encontró su esposa, sentado en el sofá de su chalet, delante de la televisión encendida, con un orificio de bala en la frente. Y aunque la información que se filtró a los medios hablaba de un atentado palestino, y el ejército aprovechó la excusa para perpetrar una nueva matanza en Gaza, Orna Shoher sabía que los servicios secretos pronto descubrirían la verdad. Arma y munición israelíes, un solo proyectil, un puesto de observación a casi un kilómetro de la ventana del domicilio del general.

Eficiencia.

Incluso por teléfono era sencillo percibir las notas de preocupación que salpicaban la voz de Jon Larralde.

—Que entiendo que estés jodido, Osmany. Claro que sí. Pero no quiero que hagas ninguna gilipollez.

—Tranquilo, compay. No voy a hacer nada de eso que dices.

—Antonio me ha llamado dos veces, ¿sabes? —El cubano asintió desde la invisibilidad de su minúsculo apartamento. Sabía perfectamente que Arzamendi le contaría a su amigo lo mismo que le había dicho a él—. Dice que no te crees que el asesino haya sido el novio de tu nuera. Está seguro de que planeas algo de lo que terminarás por arrepentirte.

—No, compay. Ya me arrepentí de muchas cosas. Ese tiempo ya pasó.

Larralde soltó un bufido y comenzó a andar en círculos por el dormitorio, donde se había encerrado para hablar sin la presencia de su esposa. No habría necesitado esa respuesta para saber que el cubano tramaba algo.

—Escucha. Antonio me ha contado esa teoría tuya, la de que el senegalés robó a algún tipo de mafia que envió a un gorila para recuperar la pasta y cargarse al chorizo. Reconocerás que está cogida por los pelos.

Osmany no respondió. No quería compartir con nadie, y mucho menos con un *ertzaina*, por muy jubilado que estuviera, que el camello de Somera había confirmado sus sospechas.

—Pero, aun así —Larralde se obligó a seguir hablando, sorprendido por el silencio de Arechabala—, lo he comentado con José Méndez. No sé si le conoces. Es el compañero de Nekane. Un buen policía y, además, buen amigo de la suboficial. Se lo va a tomar muy en serio, te lo digo yo.

Osmany contaba con ello. Si Arzamendi se lo decía a Larralde, era lógico que este pasara la información a sus excompañeros. Pero que lo hiciera tan pronto podía estropear sus planes. De todos modos, consiguió disimular lo que sentía.

—Gracias, Jon. Pero no hacía falta. Pensaba acercarme mañana por la comisaría para hablar con Méndez. Le conozco, sí. Él me interrogó allá, en el piso de Maider.

Larralde detuvo su nervioso caminar en torno a la cama y se concentró en su reflejo sobre la ventana del patio, en la barba descuidada, la cabellera canosa y las bolsas formadas bajo los ojos. Se preguntó qué aspecto tendría Osmany un día después de haber descubierto el cuerpo degollado de su nieta. Se preguntó si sus palabras eran sinceras.

Creía que no.

—¿Y qué pensabas decirles? ¿Que un colega te ha mandado un par de fotos obtenidas ilegalmente de la cámara de seguridad de un banco? ¿En las que sale un tío haciendo un ingreso?

—No, claro que no. —Ahora le tocaba improvisar, porque buscar ayuda policial no figuró en ningún momento entre sus planes—. Pero conocía un poco a Diop. Antes vivía por allá, en algún lugar del otro lado de la ría, con los mismos con los que llegó a Bilbao. Nunca lo dijo, pero estoy seguro de que tienen algo que ver con la prostitución. O con las drogas. Pensaba denunciar eso y añadir que sospechaba que uno de ellos los mató por algún tema de drogas. Remover la mierda para ver qué sale, vamos.

—Bueno, pues ya te he hecho el trabajo, así que déjalo en manos de los profesionales y trata de descansar. Imagino que llevarás tiempo sin dormir.

Después de colgar, Osmany se dejó caer sobre el colchón y clavó la mirada en el techo de la caja de cerillas donde vivía. Estaba cansado, sí. Los ojos le dolían después de tantas horas de vigilia, y notaba los párpados pesados, dos gruesas cortinas empeñadas en caer sobre una ventana que no conseguía cerrar. Pero el dolor era peor. La ausencia de Maider, el recuerdo de sus iris oscuros brillando de alegría en cuanto el abuelo cruzaba el umbral de la puerta le rasgaba por dentro. La tarde caía sobre la ciudad con su velo de lluvia e invierno y, a no mucho tardar, las mujeres arrastradas a Europa por las mafias saldrían a exhibir la mercancía de sus pieles a pesar del viento y el frío. Si sus suposiciones eran ciertas, si Diop formaba parte de un grupo de proxenetas, era posible que el asesino de su nieta se pasara de vez en cuando a vigilar a las muchachas. Y el dolor se confundió con el odio en el momento en que sus dientes se cerraron haciendo resonar un chasquido en el vacío del dormitorio.

Al cargador de su Heckler & Koch solo le faltaban dos balas.

Ya no llovía en Balmaseda, aunque la humedad flotaba sobre el cauce del Kadagua como un ánima descarriada. No se trataba solo de una licencia poética con la que el cerebro de Miren Ruiz de Heredia buscara evadirse de las sombras que amenazaban la investigación. Largos jirones de niebla se formaban y se desvanecían frente a ella inventando formas que en su imaginación eran siempre amenazantes. Frustrada consigo misma porque aquel paseo vespertino, en vez de tranquilizarla, estaba consiguiendo afilar sus nervios, aceleró y cruzó el puente del ambulatorio para regresar a la parte vieja de la villa.

Tenía motivos para sentirse inquieta. Minutos antes de abandonar la comisaría había recibido la confirmación oficial. Debido a la importancia de la investigación en curso, y dado que el comisario pensaba seguir de baja hasta que le jubilaran por incapacidad con el sueldo intacto y solo cincuenta años, el subcomisario de la macrocomisaría de Erandio ocuparía su lugar durante el tiempo que se tardara en designar al candidato definitivo.

Aunque sabía que algo así sucedería tarde o temprano, conocer el nombre de su próximo superior fue un mazazo inesperado. Miren coincidió con él en la academia de Arkaute. Compartieron destino en un par de ocasiones, hasta que la oficial solicitó el traslado a la comisaría de su villa natal. Suficiente para reconocer en Basagoiti a un trepa sin escrúpulos, un pelota y un misógino con quien era imposible trabajar. Al menos en su caso, y en el de la mitad de la humanidad.

Entregar la comisaría a Basagoiti significaba arrebatarle el caso. Ni más ni menos. Y ella no podría hacer nada por impedirlo.

A no ser, claro, que lo sucedido en el Karpin quedara aclarado antes de su llegada.

Y en ese punto su mente se estancaba en un bucle de edificios en llamas, *ertzainas* con mucho más dinero del que podrían ganar en toda su vida, melodías caribeñas y llamadas a guardias civiles retirados.

¿Qué motivo podrían haber tenido Laiseka y Zabalbeitia para hablar con Somoza minutos antes de afrontar la detención de un violador armado? Si ni siquiera pidieron refuerzos a sus compañeros, ¿para qué llamaron al exsargento?

Se detuvo al otro lado de la pasarela. A su izquierda, encogido en la noche, un edificio bajo y alargado protegía el descanso de sus vecinos con persianas y cerrojos. Un bloque de viviendas como cualquier otro, como el de enfrente, como los colindantes. Pero Miren recordaba perfectamente la bandera española que, muchos años atrás, ondeaba sobre su puerta, y el lema «Todo por la Patria» escrito sobre el dintel superior. Allí vivió Somoza hasta que, con el cierre del cuartel, se trasladó al de Villasana, a solo quince kilómetros de distancia. Eso fue en el 91, pero el sargento siguió dejándose ver por la villa, donde todo el mundo le conocía.

¿Qué tenían en común los oficiales muertos, Somoza y el tiroteo del Karpin? Descartada en principio la opción de preguntar al propio sargento retirado, decidió regresar a las webs de los registros mercantil y de la propiedad en busca de algún indicio sobre la posible existencia de negocios conjuntos.

A nombre de María Luisa, la esposa de Somoza, encontró tres sociedades limitadas, propietarias cada una de un buen puñado de viviendas repartidas entre Madrid, Barcelona y diferentes localidades turísticas del Levante y Andalucía. El sargento administraba otras dos empresas, dedicadas ambas a la compra y alquiler de inmuebles. No fue ninguna sorpresa comprobar que todas seguían el mismo patrón, el mismo que había descubierto al analizar los casos de Laiseka y Zabalbeitia. La única propiedad a nombre del matrimonio era una vivienda unifamiliar en Villasana de Mena, aunque las imágenes obtenidas de la red le confirmaron que una palabra como «palacete» sería más adecuada para describirla de forma más o menos fiel.

Atravesaba la calle Bajera camino de la plaza y su vivienda cuando se topó de bruces con algo semejante a una respuesta. O, como mínimo, con alguien a quien podría considerar un nexo entre el tiroteo y Somoza.

Bonifacio Artaraz.

Le sorprendió encontrarlo a la puerta de un bar, una cerveza mediada sobre el barril que hacía las veces de mesa, el cabello enmarañado y una sudadera debajo del chubasquero abierto.

El dueño de Baraz siempre vestía, y se peinaba, de forma impecable.

Lo que le sorprendió aún más fue ver que estaba bebiendo solo. Y que no parecía la primera cerveza. Ni la segunda.

Antes de fundar su empresa de seguridad privada, Artaraz fue guardia civil. En Balmaseda. Y tuvo que coincidir con Somoza.

—¿Somoza? Sí, recuerdo a un compañero que se apellidaba así. Pero nada más. Hace años que no sé nada de él. Desde que dejé el cuerpo. ¿A qué viene eso, agente?

—Oficial, Boni. Sabes perfectamente que soy oficial de la Ertzaintza. —El tono despectivo de Artaraz la había pillado desprevenida, aunque solo se tratara de una forma zafia de desviar su atención—. Salvador Somoza era sargento, por lo que estoy segura de que un guardia como tú —remarcó la palabra «guardia» en el mismo tono utilizado por el hombre— tuvo que tener mucho trato con él.

Artaraz se encogió de hombros con la hosquedad de un niño sorprendido en plena travesura, tomó su vaso, lo vació de un trago y se limpió los labios con el dorso de la mano. Estaba mucho más borracho de lo que Ruiz de Heredia pensó en un primer momento.

—De acuerdo. Vamos a dejarlo. —A punto estuvo de que se le escapara una carcajada al ver el alivio que asomó al rostro de Bonifacio—. Un día de estos te pediremos que nos acompañes a comisaría para volver sobre el tema. Procura estar sobrio y hacer memoria. Puede ser muy importante.

Cuando se dio la vuelta, Miren se permitió esbozar esa risita que a duras penas había contenido delante de Artaraz.

La expresión de su cara era casi una confesión.

19

La luz mustia de las farolas iluminaba las bolsas de basura hacinadas en los rincones, los charcos que anegaban las aceras y las carrocerías de los pocos vehículos que, cerca de las doce de la noche, se animaban a atravesar el degradado corazón de la ciudad. Hacía frío. El viento de febrero escarchaba las fachadas, los termómetros se hundían en los abismos de sus ceros y, en los breves espacios en que la muralla de nubes lo permitía, la luna regaba unas calles donde nadie, o casi nadie, osaba aventurarse.

Osmany Arechabala sabía que, a pesar de todo, ellas estarían ahí. Como cada noche. Luciendo sus pieles oscuras para deleite de clientes improbables, exhibiéndose detrás de unas faldas con menos tela que un pañuelo, mostrando los pechos erguidos por la presión de sujetadores que no eran más que una metáfora de la prisión en la que vivían. Muchachas de mirada huidiza y hambre en los costillares que pasearían a lo largo de la acera esperando la llegada de quienes, entre ansias mal contenidas y efluvios de fracasado, pudieran al menos ofrecerles durante unos escasos minutos el calor del habitáculo de sus autos.

Osmany buscó refugio junto a la entrada de un portal, detrás de un contenedor de basuras donde se alimentaba una famélica legión de gatos callejeros. En el bolsillo de su nuevo chaquetón, la Heckler & Koch le llamaba con un timbre conocido. Era el ansia por entrar en acción, la necesidad de abrir fuego contra los esclavistas del *apartheid*, contra los aplicados alumnos de la Escuela de las Américas, o contra el asesino a sangre fría de una niña de poco más de un año. Protegido de miradas indiscretas por las sombras de los edificios, pendiente de las cámaras que la Ertzaintza había atornillado en cada esquina, siguió barriendo la calle con la mirada a la espera de los miserables que controlaban a las mujeres.

Uno de ellos podía ser el asesino de su nieta.

Unos metros por detrás, Orna Shoher no tuvo ningún reparo en reconocer que el cubano sabía hacer las cosas. Sin aspaviento alguno, sin agacharse en busca de ángulos imposibles, sin caminar agazapado tras los pocos vehículos estacionados, había sido capaz de encontrar un hueco donde detectarlo era casi imposible, mimetizado entre las tinieblas de un portal y un contenedor de basuras.

Casi imposible.

Para Orna, aquella silueta, más oscura que las sombras que lo rodeaban, dibujaba un blanco perfecto.

La mujer no sabía qué buscaba su objetivo en aquella calle consagrada a la prostitución y las drogas. Ignoraba a quién esperaba, por qué trataba de esconderse, qué vigilaba. No era asunto suyo. Quince metros en diagonal la separaban de terminar su trabajo, cobrar y regresar a su tranquilo retiro, a salvo del mundo y de la persecución implacable del Mossad. Aparte de las jóvenes que, sin ganas ni esperanza, caminaban unos metros a lo largo de la calle antes de recostarse en la fachada, no había nadie a la vista. Y dudaba que ellas llegaran siquiera a comprender el significado del ruido que haría la bala al atravesar el cráneo del cubano. De modo que abrió el bolso, metió la mano en busca de la Glock, ya con el silenciador puesto, y volvió a sacarla a toda velocidad.

Pasos, muy cerca de ella. Pasos de hombre acercándose rápidamente.

El intruso no tardó en materializarse, mal esbozado por la luz de la última farola. Era un individuo alto y musculoso, rapado al cero y con una cruz dorada colgando del lóbulo de una de sus orejas. «Un putero de manual», pensó dando un paso atrás para dejarlo pasar, confiada en que no tardaría en escoger una chica y alejarse de su línea de tiro.

Lo que no esperaba era que se detuviera justo frente a ella.

—¿Cuánto cobras?

—¿Cómo?

—Venga, no te hagas la estrecha. Las putas que vais de marujas me ponéis cachondísimo, no como estas negras de mierda que no tienen media hostia. ¿Cuánto por una mamada?

—Te estás equivocando. Lárgate y déjame tranquila.

Para su sorpresa, el hombre no se movió. Permaneció allí, estudiándola con ojos lascivos mientras con una mano se sobaba el paquete y alargaba la otra en dirección a uno de sus pechos.

—¡Que me dejes en paz! —Intentó contener la voz para no delatarse, pero el recuerdo lejano del cuartel, del general Seagal y de su dócil ayudante comenzaba a imponerse a su frialdad de sicaria—. Pírate antes de que llame a la policía.

—¿Sabes, zorra? —Orna fue demasiado lenta a la hora de interpretar la tranquilidad de aquel tipo, su sonrisa de suficiencia—. Si no me dices cuánto cobras, me lo haces gratis y asunto resuelto.

—¡Que te...!

No tuvo tiempo de añadir nada. Alguien la agarró por detrás, dos brazos agarraron los suyos doblándoselos hasta hacerla gemir, una rodilla se le clavó en la espalda y la hizo caer de rodillas, el rostro frente a la entrepierna del putero, que comenzaba a bajarse la bragueta.

El bolso, con la cremallera abierta, estaba tirado en el suelo, enlazado aún al brazo aprisionado por su agresor. En el interior, la pistola refulgía en la oscuridad, a solo unos centímetros de su mano.

Una mano que era incapaz de mover.

—Venga, puta. —Terminó de sacarse la polla y la blandió ante sus labios, enhiesta como un soldado ansioso por destrozar inocencias—. Ya te he dicho que las que vais de marujas sois las que más dura me la ponéis. Abre esa boquita y hazme una buena mamada, y a lo mejor mi colega y yo te dejamos divertirte un rato.

Era tarde para intentar seguir siendo Nadia Ivánova, la profesional que jamás dejaba rastro de su paso. Ni siquiera se molestó en preguntarse cómo era posible que no hubiera oído llegar al segundo gorila. Porque ya no se encontraba en esa calle mugrienta de Bilbao. Estaba en Israel, en un descampado cercano a su cuartel, y la sangre que palpitaba en su cerebro le decía que el momento perfecto para vengarse de sus violadores era antes de ser violada.

No necesitó planearlo. De hecho, era como si estuviera programada para hacerlo. Bastaba con meterse en la boca el orgulloso miembro del primer imbécil, arrancárselo de un mordisco y dejarse caer hacia delante usando como eje los brazos que la mantenían aprisionada, para luego clavar los tacones en los testículos del otro gilipollas. Antes de que fueran conscientes de lo que sucedía, ambos tendrían un proyectil de 9 milímetros alojado en el cerebro. Nadie, jamás, volvería a abusar de Orna Shoher.

Tomó aire, acercó la boca abierta al glande que goteaba frente a ella y de pronto escuchó la voz:

—¿Qué haces, chavalo?

No hubo respuesta. Ningún grito airado, ningún gesto de bravuconería, ninguna invitación a no meterse donde no le llaman. Y, en el silencio, Orna leyó el terror, el pánico que provocaba el hombre que acababa de interpelarlos con un acento fuera de lugar.

Arechabala —no podía tratarse de ningún otro— tenía un arma, probablemente apoyada en la nuca del chulito que mantenía sus brazos sujetos a la espalda.

El que tenía enfrente dio un paso atrás. El otro hizo amago de soltarla, pero en el último momento le dio un empujón y salió corriendo tras los pasos del primero. Orna rodó hacia la calzada, sucia de lluvia y restos líquidos que brotaban de las bolsas de basura, se rozó la rodilla con la esquina de la acera y maldijo varias veces en hebreo antes de que el cubano la ayudara a incorporarse. La rabia estuvo a punto de hacerla salir corriendo detrás de sus agresores, pero un segundo de lucidez fue suficiente para detenerse.

La suerte seguía de su lado.

Nadie, ninguna de las mujeres huidizas que hacían la calle, parecía haberse percatado de lo sucedido. Estaban solos: él, guardando una pistola en el bolsillo de su chaqueta; ella, recogiendo el bolso con el gesto azorado de una mujer indefensa a quien acababan de salvar.

—Gracias, muchísimas gracias. Si no llega a ser por usted…

Se colgó el bolso del hombro, perfectamente alineado al pecho de Arechabala, se llevó una mano al cabello, al mechón que caía sobre sus ojos y, con la otra, buscó el mortífero tacto de la Glock.

Nada. En el bolso no había nada.

—¿Buscaba esto?

Orna se mordió el labio con tanta fuerza que estuvo a punto de rasgarlo. Su objetivo, el hombre cuya muerte le habían encargado, la estaba apuntando con su propia arma.

—Verá, cuando me agaché para ayudarla a levantarse, vi que tenía el bolso abierto. Y, claro, se me ocurrió preguntarme: ¿por qué una mujer a la que no conozco lleva todo el día siguiéndome? ¿Y por qué lleva este fierro y este silenciador?

Ella no dijo nada, pero viendo la decisión que brillaba en los ojos del cubano, comprendió que ese individuo sería capaz de sacarle todo lo que quisiera.

El reloj de la pantalla del móvil marcaba las dos de la madrugada. Salvador Somoza lo cogió gruñendo improperios, cagándose en silencio en la madre que había parido al imbécil que tenía los huevos de despertarlo a semejante hora. Jadeando, abandonó el dormitorio con el teléfono entre las manos. Tras la operación de nariz, le costaba respirar, le costaba conciliar el sueño y le costaba ser paciente, aunque, en realidad, esa nunca fue una de sus virtudes. Por eso, cuando descolgó y la voz gangosa de Bonifacio Artaraz se filtró a través de la línea, estuvo a punto de colgar. Pero algo se lo impidió. El otro hablaba de forma tan rápida y deslavazada que no le quedó más remedio que prestar atención porque, entre sus palabras, comenzó a filtrarse algo que sonaba a amenaza. Según Boni, la Ertzaintza comenzaba a atar los cabos que unían a Laiseka y Zabalbeitia con Artaraz y con él mismo. Pero ese no era el problema. El problema era que se lo estaba diciendo entre sollozos, aterrado ante la posibilidad de que su pasado como camello del sargento llegara a ver la luz.

El problema era Bonifacio Artaraz.

No hay traidor más probable que un cobarde.

SEGUNDA PARTE

JUSTICIA

La ciudad está a tus pies,
no está mal para empezar.
Ahora viene lo mejor,
vas a hacerla bailar.
Vas a hacerla bailar.

Doctor Deseo,
«En el punto de mira»

JUEVES

12 DE FEBRERO DE 2015

20

La cita era en el despacho de la titular del Juzgado de Primera Instancia número 11 de Bilbao. Allí, en torno a una mesa que brillaba de tan limpia se habían citado la propia jueza, un fiscal, el responsable de la comisaría de Zabalburu y José Méndez, uno de sus oficiales. Y aunque en el ambiente flotaba la expectación de las grandes citas, había muchas dudas, muchas cuestiones sin resolver que empañaban el optimismo previo a una de las operaciones más importantes a las que se había enfrentado la Ertzaintza en mucho tiempo. Una operación inesperada, repentina y para cuya preparación solo disponían de unas horas.

—Te lo vuelvo a preguntar, Sabino. —La jueza Susana Herralde era quizá quien más incómoda se sentía—. ¿Estás seguro de que no necesitas apoyo de la brigada de intervención? ¿No se trata de algo demasiado grande para tu gente?

El comisario Sabino Lasa negó de la forma más vehemente posible. La ocasión de detener a uno de los principales líderes de una mafia internacional no era algo que se le presentara todos los días. Él, desde luego, no iba a ceder a nadie aquel honor.

—Seguro. Según el chivato, se trata solo de un tipo, acompañado por uno o dos guardaespaldas. Le sorprenderemos. Para cuando quiera darse cuenta, estará en el calabozo.

La jueza Herralde devolvió la mirada al parco informe que descansaba sobre la mesa, unos pocos folios con más vaguedades que certezas en los que basar un operativo en el centro de Bilbao. Su preocupación era tan patente que el fiscal se sintió obligado a intervenir.

—Estamos de acuerdo en que todo está siendo muy precipitado. —De entre todos los fiscales de la Audiencia, Antonio Galdós era el que menos le gustaba a Méndez. Disimulaba muy mal sus ambiciones, su desprecio hacia lo que no reportara beneficios a su carrera. Y su amargura porque, cerca ya de los cuarenta, aún no había conseguido su anhelada plaza en la Fiscalía del Tribunal Supremo. Además, era madridista confeso, algo que un fanático del Athletic difícilmente podía soportar. Por eso, y por su impecable peinado con raya a un lado, todos le conocían como Toni Kroos—. Pero no hay ningún motivo para no llevar a cabo esta redada. Tenemos la oportunidad de detener a un delincuente perseguido en varios países de distintos continentes, sin ningún costo y apenas riesgo. No podemos desaprovecharla.

Méndez se vio obligado a asentir. Quizá la clave estuviera ahí. No habían prometido al traidor nada descabellado. Incluso aunque la operación fuera un fiasco, el coste para la Ertzaintza seguiría siendo cero, algo que el comisario Lasa remarcó con énfasis excesivo:

—No nos jugamos nada, Susana.

—Siempre hay algún riesgo. —El largo cabello oscuro de la jueza le rozó el cuello en el momento de negar con la cabeza, y Méndez volvió a sorprenderse de lo joven que parecía. Si no recordaba mal, acababa de cumplir cuarenta y cinco, aunque no aparentaba más de treinta. Era una de las magistradas que más se implicaban en su trabajo con la policía y, además, era madre de dos niños—. Estamos hablando de delincuencia organizada, de individuos armados y peligrosos. —Toni Kroos hizo ademán de añadir algo, pero ella no se lo permitió—. Oficial Méndez, usted será el responsable de la operación, ¿no es cierto? —José no se molestó en asentir, ella lo sabía perfectamente—. ¿Le importaría resumirnos la secuencia de los hechos?

—De acuerdo. —Se removió incómodo en la silla y cruzó una mirada de complicidad con el comisario—. Ayer, en torno a las once de la mañana, un nigeriano que dice llamarse Charles Usman pidió ser recibido por el comisario. La compañera que lo atendió prefirió pasármelo a mí. Supongo que creyó que se trataba de alguna chorrada.

—Pero no era ninguna chorrada, ¿no? —La jueza remarcó la última palabra, dejando patente su malestar por el vocabulario del oficial.

Méndez tragó saliva antes de continuar:

—Bueno, venía pidiendo protección. Llegó a España hace unos años gracias a la ayuda de un grupo de apoyo mutuo... que, claro, de apoyo mutuo no tenía nada. Una vez aquí, descubrió que se trataba de una organización criminal. Prostitución, drogas, blanqueo de capitales... Lo típico.

—¿Y por qué nos pide protección?

—Verá, al parecer, para pagar las deudas que había contraído durante el viaje, trabajaba vigilando a las chicas. Pero debió de meter la pata, y un par de chavalas consiguieron escaparse. De ellas no se sabe nada. Pero a él lo castigaron de mala manera. Le amputaron dos dedos de los pies con unas tijeras de podar y le quemaron las axilas con un soplete. También le dieron una buena paliza, claro. Está asustado, y tiene ganas de vengarse. Por eso ha decidido traicionarlos.

La jueza regresó a su parco dosier. Más que concentración, la expresión de su rostro mostraba recelo, un recelo que Méndez compartía.

—Me parece demasiado fácil —añadió.

—Puede ser. Pero es posible que todo tenga relación. La dureza del castigo debe estar relacionada con la llegada a

Bilbao de uno de sus jefes. Quizá les toque justificar la ausencia de las chicas. Y puede que ese superior no sea precisamente magnánimo. De ahí la rabia, y las torturas.

—De acuerdo. ¿Qué sabemos de la organización? Sinceramente, oficial, en estos papeles no pone casi nada.

—Seguimos recopilando información. Hemos contactado con compañeros de la Interpol que nos han ayudado bastante. Ona To Arewa no es una organización como tal, sino una red de diferentes células, nadie sabe cuántas, que operan de forma autónoma bajo un liderazgo común. Recuerda un poco a un sistema de franquicias.

Susana Herralde dejó las hojas sobre la mesa y buscó la mirada del oficial.

—Es decir, un poder central que dicta las directrices básicas y tiene algún mecanismo de control de sus... franquiciados, por llamarlos de alguna manera.

—De control y de recaudación, por supuesto —intervino el fiscal, al que no le hacía mucha gracia verse fuera de la conversación.

—El caso es que, según Usman, mañana mismo llega a Bilbao uno de los jefes de lo que podríamos denominar la casa matriz. Uno de los *olori*, según él. No cree que se trate de una visita rutinaria. Deber ser por algo más grande, más importante.

—Doy por hecho que el grupúsculo de Bilbao llevará tiempo controlado, ¿no, Sabino?

El comisario necesitó aclararse la garganta.

—No lo sé —respondió—. Tenemos controlados a muchos camellos y proxenetas de todas las nacionalidades. Pero, hoy por hoy, no podemos afirmar que alguno de ellos forme parte de Ona To Arewa.

—Sin embargo, este individuo, Usman, ya os habrá dicho quiénes son, dónde se esconden, a qué se dedican, cuántos sicarios hay, cuántas chicas.

Herralde sabía que estaba planteando una cuestión retórica, porque nada de eso aparecía en el informe.

Ante el repentino mutismo de su jefe, fue Méndez quien se atrevió a responder:

—Eso es lo primero que le pregunté, pero se negó a soltar prenda; según él, por su propia seguridad. Hasta que la Fiscalía no active su protocolo de protección, debe seguir viviendo con ellos para no delatarse. Y tiene miedo de que metamos la pata y comiencen a sospechar.

—Veo que tiene a la policía en muy alta estima.

—Eso parece. —Un bufido del comisario, una risita del fiscal y Méndez se apresuró a seguir hablando—: Lo importante es detener a la cúpula. Luego nos llevará hasta la célula. Para eso sí vamos a necesitar a la caballería.

—Sigo creyendo que se trata de una casualidad demasiado oportuna —señaló la jueza, cuyo tono dejaba patente su recelo.

—Ya. —Fue Toni Kroos quien se apresuró a responder—. Pero ante la posibilidad de desmantelar una red criminal, nuestra obligación es actuar. Cuando se me convocó para llegar a un acuerdo con el delator, enseguida me di cuenta de que los beneficios serían mucho mayores que los posibles costes de seguir fingiendo que nos creíamos todo lo que nos contaba.

—¿Por ejemplo? —preguntó Herralde.

—Es imposible que un peón reclutado a la fuerza para vigilar el trabajo de las putas sepa cuándo y dónde van a reunirse los líderes de una organización tan compleja. —Méndez acompañó sus palabras de un lento tañido de uñas contra la mesa—. Usman no será un dirigente, pero igual sí un lugarteniente, o un sicario de confianza caído en desgracia. Tengo que decir que el fiscal compartía mi opinión, pero aun así consideró oportuno ofrecerle amnistía y protección a cambio de que nos entregara a sus jefes.

—Con muchos matices, pero creo que estamos de acuerdo —convino la jueza—. La operación puede seguir adelante. Ofreced a Usman la protección que precise, y el sobreseimiento de las posibles causas que puedan abrirse contra él por su relación con esta mafia. Tenéis mi apoyo para llevar a cabo este operativo, a pesar de que todo me está pareciendo demasiado improvisado. Espero no tener que arrepentirme.

Cuando Orna Shoher terminó el desayuno, el restaurante del hotel estaba desierto. Se había levantado mucho más tarde de lo acostumbrado y, tras apurar hasta el límite la ducha, la pereza y la desgana, llegó al comedor un minuto antes del horario de cierre. No quedaba gran cosa en el bufet, pero tampoco tenía hambre. Algo le quemaba por dentro, algo con sabor a muerte. Un encargo. Orna solo había fallado un encargo en toda su vida, y no fue culpa suya, sino del Mossad. Cinco años atrás, mientras seguía por las calles de Madrid a un colombiano que valía mucho más muerto que vivo, se dio cuenta de que la habían localizado. Se trataba de dos individuos de tez morena y rasgos afilados a los que jamás llegó a ver juntos, dos profesionales cuya presencia detectó por puro azar. Y ni los bares con doble entrada, ni las calles repletas de compradores ansiosos de rebajas ni el laberinto endemoniado de unos grandes almacenes la ayudaron a sacudirse su compañía.

Había que ser muy bueno para librarse de dos agentes del Mossad.

Orna Shoher era muy buena.

El monstruoso intercambiador de Nuevos Ministerios, una roñosa lata de sardinas que traqueteaba jadeante sobre las vías y mucha intuición bastaron para esquivar al mejor servicio de inteligencia del mundo. Y aunque perdió el trabajo y tuvo que devolver el anticipo, no se culpó por ello. Todo lo contrario.

Ahora era diferente.

Un viejo de casi setenta años. El trabajo era tan sencillo que estuvo a punto de sugerir a Somoza a alguien más barato. Viéndolo desde la perspectiva de su reciente humillación, comprendió que esa prepotencia explicaba muchas cosas; la experiencia militar del cubano, otras muchas. También la suerte, la mala suerte, había jugado un papel importante en su fracaso. De no ser por los cabrones que intentaron violarla, el trabajo ya estaría hecho y ella, camino de su casa con un sobre lleno de billetes en la guantera de su Audi.

Pagó en la recepción y bajó al aparcamiento para recoger su coche. Buscó «Balmaseda» en el GPS y, mientras se dejaba guiar por la voz mecánica del navegador, regresó al momento en que Arechabala le impidió librar al mundo de dos pedazos de escoria como los que en Israel destruyeron su vida y sus sueños.

Una razón que añadir a su rabia.

Y eso por no hablar del paseo, casi amable, que le obligó a dar en su compañía; la sencilla elegancia con la que fingió creerse la monserga que le explicó ella sobre su vida; la tranquilidad con la que él le habló de la suya, de su nieta y de su presencia en la calle de Las Cortes a esas horas de la madrugada, y la firmeza con la que exigió la identidad del hombre que la había contratado.

Viajaba tan absorta en la derrota, que la voz que justo entonces susurraba «Ha llegado a su destino» le pareció tan prematura como el final de su carrera militar. Pero ahí estaban: los camiones mal aparcados junto al campo de fútbol, el viaducto que los protegía de la lluvia, la rotonda de acceso al centro de Balmaseda, y el Mercedes de Salvador Somoza.

Todo igual que en su primera cita.

—Me han mordido. —Sobraban los prolegómenos. Somoza sabía que no había cumplido con el encargo—. El objetivo me ha visto y sabe quién soy. En estas condiciones, lo único que puedo hacer es devolverte el primer pago y desearte suerte.

El sargento se limitó a masticar un chicle con la triste cadencia de una vaca. Orna pensó que parecía cualquier cosa menos el capo de una organización de narcotraficantes. Recostado contra la carrocería del vehículo, protegido del sirimiri por el puente de la variante, vestía un desgastado abrigo de cuero negro que se curvaba hacia el infinito a la altura de la barriga. A pesar de los nubarrones que teñían de sombras el mediodía, llevaba gafas de sol por encima del aparatoso vendaje que le cubría la nariz. Sus labios, hinchados todavía, eran como largas frutas moradas a punto de reventar. Sabía que se trataba de un individuo peligroso, pero no lo parecía.

—Comprendo. —Su voz seguía siendo gangosa, ronca y nasal a partes iguales—. Pero quiero que te quedes el anticipo. Y que te ganes otro tanto.

—¿Por qué?

—Tengo otro trabajito que ofrecerte. Más fácil todavía.

Al volante de su Audi, Orna se adentró en las calles de Balmaseda mientras pasaba revista a lo que sabía de Somoza, que no era mucho: años atrás llegó a controlar buena parte del tráfico de heroína del norte de la Península, lucrativa labor que compaginó con el trabajo de guardia civil, una tapadera perfecta para evitar sustos por parte de las autoridades; además de su nombre, su dirección en Villasana de Mena y el rostro de su esposa.

Ahora, Osmany Arechabala sabía lo mismo que ella.

Recordó la sencillez con la que la desarmó el cubano, el gesto pétreo de su rostro mientras calculaba si la información proporcionada por la sicaria valía el precio de su vida, la calma con la que la despidió, como si de una conocida se tratara. Aceleró pensando que, si quería cobrar por el nuevo encargo de Somoza, tendría que darse prisa.

21

—¿Este tío? ¿En serio? ¿Este?

Osmany no respondió. Algo en la expresión de José Méndez en el momento de tomar el móvil y ampliar la fotografía que ocupaba la pantalla había hecho saltar las alarmas de su mente antes incluso de que el tono de la pregunta le confirmara que acudir a la policía no había sido una buena idea.

Fue Jon Larralde quien contestó:

—Estamos seguros, José. Ese hijo de puta mató a la nieta de Osmany, a la madre y al senegalés. Te lo acabamos de contar con pelos y señales. ¿Hay que repetírtelo o qué hostias pasa?

Méndez hizo caso omiso al exabrupto de Larralde. Seguía pendiente de la imagen, el primer plano de Charles Usman tomado por la cámara de vigilancia de una sucursal bancaria. Era él, no cabía duda. Era el hombre que acababa de pactar su libertad con la Fiscalía a cambio de entregarles a uno de los *olori* de Ona To Arewa.

Acababa de pactar su libertad.

El oficial dejó el móvil sobre la mesa, cerró los ojos y los mantuvo así a pesar de que sentía sobre la piel el fuego de las miradas de Larralde y Arechabala. Todo encajaba a la perfección en un puzle que nada tenía de casual, como insinuó la jueza en un par de ocasiones. El acuerdo firmado con la Fiscalía en presencia de un abogado de oficio convocado de forma urgente incluía el sobreseimiento de cualquier causa, presente o futura, relacionada con su pertenencia a la célula que acababa de entregarles. Méndez no había tenido ocasión de leerlo y, en cualquier caso, el lenguaje jurídico siempre daba lugar a miles de interpretaciones, pero, según el fiscal Kroos, por ahí iban los tiros. El nigeriano estaba buscando un doble triunfo. Por un lado, que la Ertzaintza le protegiera de su propia organización, furiosa porque uno de sus sicarios había estado a punto de perder treinta y seis mil euros la víspera de la visita del *olori*. Por otro, que la justicia se viera obligada a dejarle en libertad si se descubría el triple crimen. Trató de tranquilizarse pensando que lo más probable era que aquella apuesta le saliera mal. Incluso aunque en el acuerdo no se hubiera hecho la lógica salvedad con los delitos de sangre, ningún juez consideraría que el asesinato de Maider y su madre fue consecuencia de su relación con Arewa. Quizá el de Abdoulayé, sí. Pero el caso de las mujeres era diferente.

Tenía que ser diferente.

—Este individuo ha estado aquí esta misma mañana. Nos va a entregar a la cúpula de la mafia para la que trabaja a cambio de protección.

Osmany hizo ademán de incorporarse y abandonar el pequeño despacho sin dedicar al *ertzaina* ni siquiera una mirada de desprecio, pero Larralde le sujetó de la muñeca y le obligó a permanecer en su sitio. No le resultó sencillo.

—Espera, Osmany, joder. Espera un poco. ¿Qué cojones nos estás contando, José?

Méndez necesitó tragar saliva antes de lanzarse a narrar los sucesos de las últimas horas. Sabía que se trataba de información confidencial, pero Larralde era un compañero, y el abuelo de la niña acababa de aportar una prueba que cambiaba por completo la perspectiva de la inesperada delación de Usman. Cada palabra le rasgaba la garganta, y la necesidad de levantarse en busca de un vaso de agua se había convertido en una urgencia. Aun así, se obligó a terminar su relato antes de afrontar la incredulidad, la furia que desfiguraba el rostro del cubano.

—Entonces, la policía ha hecho un trato con el asesino de mi nieta.

—No. Bueno, sí, pero un trato que no afecta para nada a lo que acabáis de contarme. Los delitos de los que se puede librar tienen que ver con el proxenetismo y el tráfico de drogas. En cuanto confirmemos, por vías oficiales —dedicó una parca mirada a la foto de Usman que todavía brillaba en la pantalla del móvil del cubano—, que es el responsable de esas muertes, se acabó el trato. Puedes estar seguro.

Arechabala prefirió no decir nada. Nunca. No volver a hablar con ese policía que pactaba con criminales, no volver a contar con una justicia que consideraba el asesinato de una niña moneda de cambio en la consecución de objetivos más mediáticos y fructíferos. En silencio, se maldijo una y mil veces por haberse dejado derrotar por los temores que le asaltaron la noche anterior.

Todo por culpa del fantasmagórico narcotraficante que había puesto precio a su cabeza.

Entonces, cuando Nadia Ivánova, o comoquiera que se llamara, desapareció entre las tinieblas de una calle iluminada por el frágil resplandor que salía de los clubes abiertos a esas horas, comenzó a plantearse en serio dejar la detención del asesino de su nieta en manos de la Ertzaintza.

Había razones para pensar que quizá no tuviera tiempo de localizarlo antes de que el tal Somoza enviara a otro sicario.

Y la suerte no le iba a durar eternamente.

La mujer demostró ser una profesional; una profesional de probada fidelidad a sí misma. En cuanto comprendió que el cubano no tenía intención, por el momento, de descerrajarle un tiro en la nuca, no tuvo inconveniente en explayarse sobre el guardia civil jubilado que había requerido sus servicios. Un guardia civil jubilado con la nariz recién operada, datos ambos que cuadraban con lo que Osmany ya sabía. O suponía. Por eso no dudó de sus palabras, por eso no le sorprendió nada de lo escuchado. Nada, salvo la celeridad con la que Somoza había reclutado a una asesina para eliminarlo.

Y ahí, en esa urgencia por enviarlo a cantar el manisero, radicaba su cambio de actitud con respecto a la Ertzaintza. Algún día, más pronto que tarde, alguien encontraría el camino hacia su cráneo desde la mira de un AK-47 o un Galil SAR. Era algo con lo que convivía desde que, con solo diez años, ayudó a incorporarse a un miliciano argentino que se acababa de romper un brazo en plena batalla de Santa Clara. Lo sabía, lo había interiorizado, asumido, como se asume la certeza del final. Pero que el asesino de Maider quedara sin castigo era algo inasumible. De modo que llamó a Jon Larralde y le pidió que concertara una reunión con el oficial que le interrogó el día del crimen, cuando la sangre de su nieta todavía goteaba desde su pechera y la noción misma de la realidad estaba distorsionada por el dolor.

Ahora estaba seguro de haber cometido un error.

—Mira, siguiendo el juego a Usman podremos detener a la cúpula de una organización criminal muy peligrosa. —Méndez hizo todo lo posible por sonar convincente y comprensivo a un tiempo, aunque el rostro granítico del cubano era como un muro inabordable—. Liberaremos a decenas de mujeres que llevan años secuestradas y prostituidas. ¿Lo entiendes? Mujeres vendidas cada noche a un montón de babosos que las utilizan como envoltorios de usar y tirar. Podemos salvar a muchísimas chicas de la esclavitud. ¿De verdad piensas que no merece la pena tratar con este tipo de gentuza? —Aunque Arechabala persistía en su obcecado mutismo, el *ertzaina* creyó ver algo, un destello tenue en sus pupilas, una arruga menos en el entorno de los labios apretados, que le animó a continuar por el mismo camino—: Escucha, te juro que, si demostramos que ese cabronazo asesinó a Maider, cumplirá íntegra su condena, me importa una mierda el trato que haya firmado con la Fiscalía. No negociamos con la vida de nadie, que quede claro. —Osmany movió un poco la cabeza, un frágil gesto de conformidad, quizá de resignación—. Ahora, la prioridad son esas mujeres, por eso aceptamos negociar con él. No me lo llevo a Ondarroa de vacaciones. Va a estar vigilado cada minuto del día y de la noche hasta que detengamos a sus jefes. Entonces iremos a por él. Y pagará por lo que le hizo a tu nieta, te lo aseguro.

Tras cruzar con Larralde una mirada de conformidad, Méndez dio por terminada la reunión. En un impulso que le extrañó incluso a él, pasó un brazo sobre los hombros del cubano y, sin dejar de hablar, le acompañó hacia la salida.

—Entiendo lo que debes estar pensando, pero confía en nosotros. No vamos a permitir que se vaya de rositas. Drissi —añadió dirigiéndose a la joven agente de uniforme que esperaba junto a la puerta—, ¿hay algún vehículo disponible para acompañar a Arechabala hasta su casa?

—No, compay, tranquilo. Prefiero caminar. Solo espero que tengas razón y ese hijueputa pague por lo que le hizo a mi nieta.

—Te lo prometo, Osmany. Te lo prometo.

Antes de marcharse, los sanitarios recordaron a Nekane Gordobil que en aquella fase de hospitalización domiciliaria no debía intentar nada diferente a lo que haría en la habitación del hospital. Ellos acudirían cada dos días a revisarle la herida, hacerle las curas pertinentes y cambiarle el vendaje.

Debía comportarse exactamente como lo que era: una mujer a la que acababan de extirpar un trozo de pulmón.

Siguió con la mirada la estela de sus pasos, feliz de estar de regreso en casa, sorprendida por la rapidez con la que mejoraba su herida, agradecida de vivir en un lugar donde al sistema sanitario le preocupaba más el estado de cada enfermo que el de sus cuentas corrientes. Le costaba respirar, pero no tendría más remedio que acostumbrarse. El dolor remitiría, los ejercicios de rehabilitación ayudarían, pero había cosas que no tenían solución. Por eso, desde el sindicato habían comenzado a tramitar la solicitud de baja permanente por incapacidad total. Nekane imaginó un futuro sin madrugones, sin obligaciones, sin patrullas por calles repletas de suciedad y miedo, sin redadas en tugurios oscuros, sin pistola ni uniforme, y no fue capaz de asegurar cuál de las sensaciones divergentes que tiraban de su mente era la más poderosa.

Lluís se despidió de los enfermeros, arrojó a la pila de ropa sucia el contenido de una bolsa con el membrete del Servicio Vasco de Salud, y tomó asiento junto a su esposa. Izaro estaba en clase, y la paz de la vivienda y la presencia de Nekane invitaban a dejar pasar el tiempo cogidos de la mano, sin hablar y sin pensar en lo que no llegó a suceder por tan solo unos centímetros. Pero ella debió recordarle que, cuando regresara su hija, la comida tenía que estar preparada, la lavadora puesta y la casa recogida. De modo que, con un suspiro de resignación y el alma atribulada por el exceso de responsabilidades, su marido abandonó la alcoba y Nekane se quedó sola, con tiempo para reflexionar y, por primera vez desde el apuñalamiento, con la mente lúcida y despierta.

Rutherford, Arechabala, Zabalbeitia, Laiseka, Loizaga. Nombres, rostros que durante su convalecencia parecían irreales, casi fantasmagóricos, regresaron definidos con la claridad de su mente analítica, libre de drogas destinadas a mantenerla viva y atontada. También Miren Ruiz de Heredia, la oficial que la interrogó cuando las siluetas de sus recuerdos eran borrones sin matices ni color. Gordobil respondió a todas las preguntas que le hizo, desde luego, pero ahora comprendía que sus respuestas no serían de ninguna utilidad en la investigación. Porque las preguntas no estaban bien planteadas. La oficial de Balmaseda estaba empeñada en saber qué sucedió el sábado en el Karpin, pero Gordobil no estuvo allí, no sabía nada, no podía ayudarla. Para entender lo sucedido, las preguntas de la *ertzaina* deberían haber retrocedido en el tiempo. Unos pocos días. Unas cuantas décadas.

Como hacían sus recuerdos en el momento de tomar el móvil.

—¿Miren Ruiz de Heredia? Soy Nekane Gordobil. ¿Te acuerdas de mí?

—Claro, compañera. —La voz sonaba cansada a través del auricular. Nekane consultó el reloj para confirmar que solo eran las doce del mediodía—. ¿Qué tal estás?

—Mucho mejor, gracias. En casa, así que igual te paso mi dirección para la próxima visita.

—¿Va a haber una próxima visita o qué? —replicó la oficial, en un leve tono irónico.

—Estoy segura. Oye, antes de nada, déjame hacerte una pregunta: ¿ya habéis geolocalizado el teléfono de Osmany?

—No. —Más que una respuesta fue un gañido desganado—. Me acaban de decir que el juez ha rechazado nuestra petición. En su opinión, no hemos justificado debidamente la razón. Por lo visto, su señoría opina que la llamada de Rutte al móvil de Arechabala es prueba suficiente de que no estaban juntos en el Karpin.

—Superlisto, el juez.

—Ni te cuento… En fin. Vamos a reenviarla argumentando mejor, a ver si dejamos de perder el tiempo.

—Si quieres saber mi opinión, estoy segura de que Osmany estuvo allí.

—Yo también. Pero necesito probarlo. Y, sobre todo, necesito comprenderlo.

—Por eso te llamaba. —En Balmaseda, Miren echó mano de su boli y su cuaderno. Al otro lado de la línea, Nekane tomaba aire en inspiraciones breves y fatigosas—. Osmany me preguntó si conocía casos de *ertzainas* involucrados en tráfico de drogas.

«Bingo», se dijo la oficial.

—Le dije que no, y no insistió en el tema —continuó Gordobil—. Seguimos curioseando en la desaparición de la cubana que andaba buscando y terminamos hablando con un antiguo guardia civil de Balmaseda, uno que ahora tiene una empresa de seguridad.

—¡No jodas! ¿Bonifacio Artaraz?

—Sí. ¿Por qué?

—Nada, nada. Sigue, por favor.

—Pues a mitad de la conversación, y sin que viniera a cuento, Osmany le preguntó si en los ochenta hubo tráfico de drogas en Balmaseda. Artaraz lo negó enseguida, pero ese tipo miente muy mal. Y lo curioso es que no tenía ningún motivo para mentir en semejante tontería.

—No. En teoría, no.

—Luego hablé con el primer comisario que tuvo Balmaseda.

—No llegué a coincidir con él. Pablo Ibarretxe, ¿no?

—Ese. Me confirmó que sí. Se trapicheaba en Balmaseda, como en todas partes. Y nos dio a entender que la Guardia Civil estaba al tanto.

Ruiz de Heredia siguió garrapateando el bloc, improvisando un veloz gráfico de números y flechas que le permitiera retener todo lo que estaba escuchando. Pero donde Gordobil dijo «Guardia Civil», ella escribió «Somoza».

Somoza vivía en Burgos. A quince kilómetros de distancia, pero en la provincia de Burgos. La Ertzaintza no tenía competencias fuera de Euskadi, y pedir colaboración a la Guardia Civil era, de momento, impensable. No disponía de nada tangible a lo que agarrarse.

—Laiseka y Zabalbeitia ya estaban destinados allí. Llevan en esa plaza desde su apertura. Y encontramos una foto de Zabalbeitia que te va a gustar.

—¿Sabes una cosa? Creo que nos vamos a entender muy bien.

José Méndez aparcó el coche frente al portal, detuvo el motor y pidió a Hiba Drissi que esperara en el interior. Abrió la puerta trasera y, con un gesto de la barbilla, invitó a Charles Usman a salir. No tenía ánimos para hablar, para mirarlo ni, casi, para compartir el mismo aire del habitáculo. Por eso esperó un rato de espaldas mientras el nigeriano bajaba del vehículo cojeando ostensiblemente. Por eso y porque, en algún lugar oscuro de su alma, confiaba en que intentara escapar.

Sin embargo, Usman no hizo ningún movimiento extraño, nada que pudiera justificar un balazo por la espalda. Se limitó a esperar, con la falsa mansedumbre de un lobo amaestrado, a que el *ertzaina* le condujera a la que, durante algún tiempo, sería su morada.

—¿Por qué aquí?

El oficial se encogió de hombros. Estaban en el balcón de la vivienda, un cuarto piso desde donde, muy abajo, se divisaba una envidiable panorámica del puerto, un par de viejos pesqueros amarrados al abrigo de los diques, y la incansable batalla de las olas contra los bloques de hormigón plantados en mitad de sus dominios.

—Ondarroa está lejos de Bilbao. Es un lugar al que solemos traer testigos para mantenerlos aislados. Y a salvo.

Acceder a este piso sin ser visto por la patrulla que pondremos en la puerta es imposible. Se trata del último bloque de la carretera y tenemos controlados a todos los vecinos. En la nevera tienes lo necesario para un par de días. En cuanto detengamos a tus jefes, vendré a buscarte para que cumplas con la segunda parte del trato. Hasta entonces, no puedes salir. Espero, por tu bien… —no pudo evitar acercarse a él haciendo chirriar los dientes con cada palabra, como en una manida escena de cualquier película barata; una de humor, más bien, pues el nigeriano, inmutable, le estudiaba desde treinta centímetros más arriba—, que no nos hayas engañado. Porque si mañana no pillamos a los líderes de tu puta secta iremos a por ti. ¿Queda claro?

—No engañar. Ellos llegar.

Méndez abandonó el piso franco dando un portazo que hizo crujir el marco de la puerta. Bajó de dos en dos las escaleras a pesar de que el ascensor seguía detenido en el cuarto. Saludó, sin detenerse, a los agentes que harían el primer turno de guardia frente a la casa, se subió al vehículo y condujo camino de Bilbao, tan absorto en su rabia y sus temores que ni se percató de que Drissi le estaba hablando. Tanto el comisario Lasa como la jueza y el fiscal habían convenido en que la implicación de Usman en los asesinatos de la calle Somera quedaba fuera del pacto firmado horas antes. La operación debía seguir como estaba programada, lo mismo que la desarticulación de la cúpula de Bilbao en cuanto el nigeriano los guiara hasta ellos. Después le encerrarían de por vida. Ningún abogado defensor se atrevería a invocar el espíritu del acuerdo firmado con la Fiscalía para impedir procesarlo por el asesinato de una niña y su madre. De modo que Méndez siguió acelerando, ansioso por recortar los minutos que le separaban de la operación del día siguiente, ansioso por tener las manos libres para dedicarse por entero a la agradable labor de hacer picadillo a Charles Usman.

22

A pesar de la niebla que se filtraba por los cantones en busca de destripadores a los que proteger, cada jueves los bares de Balmaseda se llenaban de familias con ganas de anticipar unas horas el fin de semana, parroquianos de las tascas y trabajadores hastiados que demoraban el regreso a la rutina del hogar. Cuadrillas de octogenarios trataban de hacer durar sus vinos lo máximo posible, jóvenes pendientes del inevitable partido de fútbol voceaban acodados en las barras, y grupos en busca de tranquilidad vaciaban sus cervezas en los locales más alejados de las calles principales, los que se abrían en las esquinas de la plaza de los Fueros o en la de San Severino.

Fue allí, en una solitaria taberna cercana al edificio del ayuntamiento, donde Bonifacio Artaraz se refugió para dejar pasar el tiempo, harto del frío desdén de su chalet, harto de pasear a lo largo del cauce de un río cuyo rugido le traía recuerdos que prefería evitar. Llevaba cuatro días sin presentarse en la oficina, pero eso era lo de menos. Desde la disolución de ETA, Baraz, Vigilancia y Escolta se precipitaba a toda velocidad hacia una muerte anunciada. De hecho, la gestoría ya había preparado la documentación necesaria para su liquidación formal, unos papeles que pensaba firmar en cuanto regresara a la torre de Bilbao donde tenía su sede.

Tampoco le importaba llevar dos días borracho. El alcohol le ayudaba a no pensar.

Claro que hacer las cosas sin pensar podía ser un error.

Tomó un trago, echó un largo vistazo a la cerveza consumida a medias, la cuarta que tomaba en la soledad de aquella mesa arrinconada junto a los baños, la devolvió a la mesa y, con mucho esfuerzo, logró incorporarse y alcanzar el aseo sin tropezar con las cajas amontonadas en la entrada. Orinó contra la tapa del retrete, demasiado ebrio para prestar atención a lo que hacía o para comprender la razón del cerco oscuro que se dibujaba en sus pantalones. En realidad, su cerebro solo era capaz de procesar los difusos ecos de la última llamada a Salvador Somoza.

¿Le había amenazado? ¿A Somoza? Las pocas neuronas capaces de sobrevivir al océano de alcohol donde naufragaba su cordura insistían en que no, en que él jamás haría eso, en que no se atrevería. Sin embargo, entre los repetidos fogonazos que restallaban en su mente como sucedáneos de los recuerdos, le parecía verse a sí mismo jurando a través del teléfono que estaba dispuesto a tirar de la manta, que si no impedía que se removiera la mierda de esos años, lo contaría todo.

Absolutamente todo.

No. No era posible que hubiera hecho eso. Nadie amenazaba a Salvador Somoza.

Cuando regresó, había alguien en su mesa. Su vaso seguía ahí, repulsivo y deseable a un tiempo, pero esta vez la silla la ocupaba una mujer de mediana edad, sonrisa bondadosa y un discreto abrigo oscuro que, al verlo llegar, cerró el bolso y le dedicó una mirada de sorpresa.

—¡Oh! Perdone. ¿Estaba usted aquí? Lo siento. Es que no había nadie cuando he llegado. Pero ya me voy. Y disculpe.

Boni le respondió con amabilidad, o eso creyó, aunque

de su boca solo brotaron un par de balbuceos ininteligibles. Regresó al asiento, tomó la cerveza y dio otro trago ávido sin apartar la mirada de la mujer, preguntándose, en un último destello de inteligencia, por qué abandonaba el bar si había más mesas libres. Pero como no era asunto suyo, apuró la caña y pidió otra al camarero.

Orna Shoher salió al frescor de la plaza con la satisfacción del trabajo bien hecho iluminando su semblante. Desde las calles de los bares llegaba el murmullo de la fiesta de cada jueves, pero la explanada a la que se asomaban la iglesia y el ayuntamiento se veía desierta, libre de curiosos y transeúntes. Volvió a cerciorarse de que el bote de sulfato de talio estaba bien cerrado, se acomodó el bolso bajo el brazo y cruzó el puente camino del aparcamiento de la estación.

Inodoro, insípido, incoloro. El veneno tardaría unas horas en comenzar a actuar. Para entonces, Artaraz estaría en la cama, por lo que los primeros síntomas le sorprenderían dormido. Pero si seguía en la calle, obstinado en cerrar los últimos bares de la noche, lo más probable era que tanto él como los posibles testigos los confundieran con los efectos del alcohol.

No importaba.

Ya nada importaba para Bonifacio Artaraz.

La calle presentaba el aspecto triste de siempre, la misma imagen de congoja que Arechabala conoció meses atrás, cuando la atravesó por vez primera en busca del piso donde Katy Díaz era obligada a prostituirse. La oscuridad maquillaba los detalles, las grietas que recorrían las fachadas como arrugas de un rostro envejecido, las manchas impresas en las aceras, mezclas solidificadas de jugos de basura, tetrabriks derramados por dipsómanos sin futuro, orines humanos y caninos, o ratas destripadas en las alcantarillas. Con todo, no lograba ocultar la lóbrega tristeza que flotaba en el ambiente, una tristeza que quizá emanara de su interior. Tres mujeres de labios carmesíes deambulaban sin rumbo por la calzada, una imagen que Osmany reconoció de todas las ciudades por donde le llevó su periplo revolucionario, ya fueran elegantes capitales de vastos imperios comunistas o raídos villorrios de países depauperados por el capitalismo. La utilización del cuerpo de la mujer como desaguadero de las miserias de los hombres no renegaba de sistemas, épocas ni continentes.

Escondido entre las mismas sombras de la noche anterior, Osmany escuchaba el eco de los tacones repicando en el silencio mientras la rabia se extendía, inexorable, por cada una de sus terminaciones nerviosas, por cada poro y cada latido. Allí comenzó todo. Un sicario a sueldo de una organización criminal asesinó a Maider y a Nerea para recuperar el dinero recaudado por aquellas esclavas del siglo XXI. Hacer pagar a Charles Usman por el asesinato de la niña no era posible. Por el momento. Pero el ejecutor no siempre era el único culpable.

Con las manos en los bolsillos, acariciando sendas culatas de su Heckler & Koch y de la Glock con silenciador arrebatada a la sicaria, dejó pasar el tiempo pendiente de cada alteración en la disposición de las sombras, de la anciana que salía a depositar una pequeña bolsa de supermercado al pie de un contenedor, de los coches que pasaban sin detenerse, de los que llegaban a detenerse y del que, cuando arrancó, llevaba a una de las chicas en el asiento del acompañante. Aparecieron más mujeres, tres, cuatro más, y todas ocuparon su espacio en el escaparate de aquella carnicería a cielo abierto. Osmany no fue capaz de distinguir de dónde procedían, si de los clubes que, un poco más arriba, teñían de neones mugrientos las paredes, o de alguno de los muchos portales que protegían a cal y canto sus secretos. Pero aquello pronto dejó de importarle, justo cuando, por los gestos de las muchachas, supo que el recién llegado era uno de los encargados de vigilar la mercancía, velar por la rentabilidad del negocio y recaudar unos billetes cuya desaparición podía desencadenar un reguero de cadáveres inocentes. Aquel tipo no era Usman, que seguía custodiado por la Ertzaintza, pero a él ya le valía. Encañonarlo en las costillas debería bastar para obligarle a que lo condujera ante sus jefes. Una vez allí, el viejo capitán Arechabala dispondría de dos cargadores casi intactos… y muy pocos alicientes para seguir vivo.

El chulo pasó por delante de las chicas, intercambió unas palabras con la primera, dio un par de sonoras palmadas en el trasero de otra y desapareció calle abajo. Osmany salió de su escondite, cerró con rabia el dedo en torno a uno de los gatillos y echó a andar en dirección contraria. Cualquier cosa que intentara aquella noche pondría sobre aviso a los líderes de la organización, la detención de los cuales propiciaría la liberación de decenas de jóvenes en África y Europa.

A pesar de que podía sentir cómo el odio, macerado en un dolor que apenas le permitía respirar, hervía en sus entrañas, sabía que la vida de esas mujeres era mucho más importante que cualquier anhelo de venganza.

VIERNES

13 DE FEBRERO DE 2015

23

Poco a poco, a medida que la envolvía la soledad de una carretera por donde no circulaban más vehículos, Orna Shoher fue olvidando la frustración que la perseguía desde que ese cubano de apariencia inocente la encañonó con su propia arma. La facilidad con la que acababa de ejecutar el segundo encargo no bastaba para que desapareciera la amargura de haber sido cazada en el primero. La sensación de fracaso era como un parásito empeñado en recordarle los riesgos inherentes a vivir matando. Tal vez se tratara de la edad, quizá de la distancia que la separaba de Israel, de la guerra continua y la humillación que la marcó para siempre. O puede que la comodidad de los últimos años, la tranquilidad de una vida anónima en una ciudad rural donde los únicos sobresaltos los provocaban las nevadas, comenzaran a minar el desprecio que sus agresores le enseñaron a sentir por la raza humana. Ahora, en lapsos cada vez más largos y felices, disfrutaba de la existencia. No tenía ganas de morir.

Lo de matar era diferente.

Aunque quizá no tanto.

Ya no.

El asesinato de Bonifacio Artaraz no era más que una bonita cifra en metálico a cobrar en cuanto se descubriera su cadáver. No sentía lástima ni remordimientos por esas ejecuciones encargadas por mafiosos que necesitaban protegerse de otros mafiosos, de testigos incómodos o de colaboradores que ya no lo eran. Tampoco disfrutaba con ellas. No dejaba de ser un trabajo delicado que requería la máxima profesionalidad.

Hacía mucho tiempo que Orna Shoher no sentía el ansia de matar.

La noche se cerraba en torno al A3 de 300 CV y maletero con fondo falso, y Somoza quedaba atrás, un lienzo recién pintado, oloroso a disolvente y decepción, pero finiquitado. En cuanto alguien encontrara el cuerpo de Bonifacio Artaraz, inerte sobre su lecho o tirado en una esquina de cualquier baño al que hubiera corrido a vomitar, regresaría en busca de un sobre repleto de billetes. Y después se refugiaría durante una larga temporada en la tranquilidad de su piso en la pequeña ciudad de Burgos.

Un pitido a su derecha bastó para echar por tierra sus proyectos.

El móvil que descansaba en el asiento del acompañante, un modelo de aspecto anticuado que nunca usaba, se iluminó llenando el habitáculo de esa luz fría que anticipa tormentas y fracasos. Orna se detuvo en el arcén de la recta desierta que atravesaba el centro de la nada, cogió el teléfono y notó cómo el aparato danzaba sobre el temblor de sus dedos. Se obligó a asirlo con más fuerza, se recostó en el asiento y, tras confirmar que no había vehículos a la vista, pulsó el enlace que parpadeaba en la pantalla.

Y los pilares que mantenían en pie su reducido mundo se desplomaron.

Una vez más.

Las imágenes no dejaban lugar a dudas: una de las cámaras de vigilancia de su piso mostraba nítidamente el vestíbulo. La sombra era solo el eco de un movimiento que no debería estar ahí, un perfil indefinido resbalando desde la entrada hasta el interior de la vivienda. Pero los sensores no tardaron en conectar la segunda de las cámaras, la que, desde el techo del salón, abarcaba la estancia por completo. Ahí pudo estudiar con relativa calma, desde la distancia, a los encargados de encerrarla para siempre en una prisión reservada a los palestinos. Eran dos hombres. Aunque se protegían con guantes y capuchas, Orna sabía que no eran ladrones. Tampoco actuaban como tales. Despacio, de forma metódica y profesional, registraban cada cajón, cada rincón de la habitación cuidando de no dejar rastro de su paso. Los objetos que sacaban del armario y el tresillo regresaban a su lugar manteniendo el orden y la ubicación. En la cocina, el salón y el dormitorio, los vio escanear la superficie de mesas y sillas con algo que parecía un iPhone. No pudo evitar una sonrisa desganada. Probablemente sabían, con una certeza del noventa y nueve por ciento, que Nadia Ivánova, la propietaria del apartamento que estaban allanando, era Orna Shoher. Pero, por si acaso, necesitaban cotejar sus huellas dactilares con las que guardaban de su época en el ejército, durante esa vida anterior a que la violara un héroe nacional.

El Mossad jamás cometía errores.

Aunque, sorprendentemente, aquella irrupción en su casa era uno de los gordos.

Incapaz de apartar la vista de la pantalla, Orna trató de sobreponerse a un revés que la dejaba más desguarnecida que ninguno de los asestados hasta la fecha. Trató de pensar. En aquel piso guardaba parte del dinero en efectivo ganado en los últimos años. La otra la tenía escondida en una caja de seguridad del banco donde mantenía abierta una raquítica cuenta, además de un par de pistolas, silenciadores y algún que otro complemento necesario para ejercer su profesión. Ya podía darlo todo por perdido. Que sus perseguidores no pudieran acceder a la caja de seguridad no significaba que ella pudiera hacerlo. Y regresar a Burgos era lo mismo que entregarse voluntariamente.

Aun así, seguía libre. El Mossad se había precipitado al forzar la entrada en el apartamento para buscar sus huellas. Y gracias a esa duda, o a esa impaciencia, había detenido su avance hacia el desastre en lo alto del puerto de La Mazorra, una estepa de soledad a cincuenta kilómetros de su hogar. Sin saber todavía qué hacer, dio la vuelta y acometió las cerradas curvas por donde la carretera regresaba a Bizkaia y Las Encartaciones.

Todo lo que le quedaba se encontraba dentro del A3 que devoraba los kilómetros mientras sus halógenos barrían unas tinieblas que el lejano resplandor del amanecer no se atrevía a diluir. Una maleta con ropa, algo de efectivo y, en el falso fondo del maletero, otro juego de pasaporte y carnet de conducir, tres armas, muchos cargadores y el talio sobrante de su último trabajo. Eso, y una libertad que no pensaba entregar sin pelear.

Aunque confiaba en no tener que llegar a ese extremo.

Como asesina profesional, Orna Shoher solía trazar más de un plan. En su rol de fugitiva era todavía más metódica, más detallista. Siempre mantenía abiertas tres, cuatro o cinco vías de escape ante una eventual emboscada. Había previsto una cantidad ingente de refugios posibles, de huidas planificadas al milímetro, de identidades impresas en documentos de países diferentes, tantas que el bueno de Ahmed, el hábil falsificador de Saint-Denis que llegó a convertirse en algo semejante a una amistad, no quiso cobrarle por sus últimos encargos. Y aunque la mayor parte de esa documentación estaba ahora comprometida por la intromisión de los hombres del Mossad, Orna sabía que sería capaz de esconderse una vez más, de dejar pasar el tiempo hibernando en espera de una nueva primavera.

Solo había un problema.

El dinero.

Para escapar, necesitaba más, mucho más de lo que guardaba en el coche.

De hecho, calculaba que necesitaría más de lo que Salvador Somoza le debía por librarle de Bonifacio Artaraz.

Reflejada sobre la luna delantera, una sonrisa se abrió paso entre sus dudas.

24

Borja Maruri apartó un momento la vista de su iPad, miró fugazmente la promesa de tormenta que brillaba en la extraña oscuridad a esas horas de la mañana y regresó al archivo donde guardaba el resultado de sus pesquisas, a la web del registro mercantil y las de informes comerciales.

El café se enfriaba sobre la mesita que flanqueaba el sillón cuando Katy entró en el salón y se dejó caer en el sofá.

—¿Qué pasa?

La mujer echó un último vistazo a la pantalla del móvil y escondió las piernas bajo su cuerpo antes de responder.

—Que estoy harta. Llevo toda la mañana intentando hablar con el policía que lleva lo de la nieta de Osmany.

—Méndez.

—Ese. Necesito saber cuándo podremos enterrarlas. El pobre Osmany no está para esas cosas, de verdad. Recién hablé con la funeraria y lo tenemos todo más o menos montado.

—¿Entonces?

—Pues que cuando por fin me pasaron con ese Méndez, me dice que la jueza ordenó repetir la autopsia. Que no sabe cuándo podremos darles tierra.

Borja devolvió la atención a la página que estaba consultando y frunció el ceño. Quizá Osmany «no estuviera para esas cosas», como decía Katy, pero no creía que la razón fuera solo la tristeza. Lo conocía lo suficiente para saber que el árido encargo que le mantenía ocupado, investigar a una empresa de la que jamás había oído hablar, tenía relación con el doble crimen. Por alguna razón que se le escapaba, el cubano no se tragaba la versión del crimen machista con suicidio. Que la jueza pidiera una segunda autopsia parecía confirmar sus sospechas.

—No te habrá dicho quién es la jueza, ¿verdad?

—Su nombre, no. Pero seguro que un abogado tan prestigioso como tú es capaz de adivinarlo. —Katy le acarició el brazo con la yema de los dedos y Maruri pudo sentir cómo el vello se erizaba bajo su contacto—. Ha dicho que desde el Juzgado de Instrucción número once han pedido una segunda autopsia.

—Herralde. La conozco, sí. —Dejó la tableta sobre la mesa, tomó el café y se perdió en el paisaje de su novia, embutida en un grueso pijama de felpa. Por fin, devolvió la taza a su lugar sin haber dado un sorbo y acertó a preguntarse, una vez más, cuándo conseguiría no dejarse arrastrar por el deseo en presencia de esa mujer—. Le gusta marcar el terreno a la policía, pero es buena. Muy buena.

Eran las once y media de la mañana, y Susana Herralde comenzaba a impacientarse. Llovía, como siempre, y, como siempre, la plaza Elíptica, una rotonda alargada en el corazón financiero de Bilbao, estaba atestada de vehículos empeñados en torturar a los vecinos a base de bocinazos, invadir el carril de los autobuses y colapsar los cruces ante la impotencia de los municipales, resignados a un día más de caos en una ciudad tan pequeña como saturada. La furgoneta donde esperaba se encontraba estacionada en una zona de carga y descarga, por lo que los agentes que la acompañaban tenían que dedicar más tiempo a discutir con repartidores y guardias de tráfico que a la vigilancia propiamente dicha. Una vigilancia cuyo peso no recaía en ellos, sino en los muchos *ertzainas* que, camuflados entre el gentío, sitiaban el lugar de la reunión.

Lo cierto es que la jueza sintió una punzada de decepción cuando se enteró de que los supuestos delegados de Ona To Arewa se hospedarían en el lujoso hotel Carlton. Ella había imaginado una operación nocturna en algún edificio decrépito de Las Cortes, furgonetas policiales iluminando las fachadas, sombras armadas y a la carrera, mujeres liberadas por los agentes y arrogantes proxenetas arrodillados sobre la acera, las manos en la cabeza y la certeza de unas condenas muy largas flotando entre la niebla. Pero, una vez más, confirmó que los mafiosos no se dedicaban a ganar dinero para luego vivir con estrecheces.

La Ertzaintza había corroborado tantos puntos de la declaración de Charles Usman que su inesperada delación parecía fuera de toda duda. Una supuesta delegación comercial camerunesa había reservado tres suites, entre ellas la imperial, de doscientos cincuenta metros cuadrados, para esa noche. Los datos aportados por los cinco componentes de la delegación, incluidos los números de pasaporte, parecían falsos. Según el director del hotel, en el momento de la reserva, realizada vía telefónica por alguien que hablaba castellano sin ningún acento, insistieron en que las suites estuvieran disponibles a primera hora de la mañana, ofreciéndose incluso a pagar también la noche anterior. Desde el aeropuerto les confirmaron que los cinco nombres figuraban en la lista de pasajeros del vuelo Madrid-Bilbao que debía aterrizar en Loiu a las diez de la mañana.

Ahí comenzaban los problemas.

Los agentes enviados a la terminal para iniciar el seguimiento de los sospechosos descubrieron que ninguno de ellos viajaba en el avión que, sorprendentemente, llegó puntual al aeródromo vizcaíno. Y aunque el comisario Lasa, sentado junto a ella en el asiento trasero de la furgoneta, insistió en mantener la calma y el operativo, la jueza estaba casi convencida de que todo había sido un fiasco.

—Tranquila. —Sabino Lasa no daba su brazo a torcer—. Se trata de criminales perseguidos en medio mundo. Que reservaran un vuelo y luego decidieran viajar por carretera, en diferentes coches e incluso por rutas distintas, no sería tan raro. Sigamos esperando.

Herralde asintió sin dejar de buscar, a través de la ventanilla, algo capaz de justificar el optimismo del comisario. Pero allí, en las calles colapsadas de vehículos, no había nada.

A sus pies, muy abajo, el puerto de Ondarroa dormía la modorra de media mañana. Los pocos barcos amarrados junto a los diques cabeceaban esperando a los pescadores; en el aparcamiento del otro lado de la dársena los coches daban vueltas en busca de huecos improbables, y la playa, separada de la ría por un largo dique, era un erial desierto contra el que las olas rompían en ruidosas acometidas. Un paisaje tranquilo, casi relajante, que no conseguía templar los nervios de Charles Usman.

Pasado el momento de rabia, el terror, como una alimaña ponzoñosa, había ido adueñándose de cada nervio, de cada músculo, de cada poro de su piel. Un terror denso que no nacía precisamente de su roma imaginación. Usman sabía cómo se pagaba a los traidores. Que se hubieran limitado a amputarle los meñiques de los pies era una prueba incuestionable de que los jefes solo lo consideraban un inútil. De haber sospechado algún tipo de connivencia con Abdoulayé Diop, la tortura habría sido más larga. Mucho más larga. Usman lo sabía porque, cada vez que le correspondió el honor de ejecutar alguna de las sentencias dictadas por la organización, el reto al que se enfrentaba era, invariablemente, que la víctima viviera lo máximo posible.

Y no era algo sencillo de conseguir.

Llevaba asomado a la ventana desde primera hora de la mañana, desde que el rumor de los vecinos en la escalera le arrancó de un duermevela donde las pesadillas se sucedían una tras otra, a cuál más siniestra. El sonido de pasos, el murmullo del ascensor, el tintineo de llaves o el golpe de una puerta al cerrarse se conjuraban para acrecentar la sensación de encontrarse al borde de un precipicio. Pero se trataba de los ruidos normales, cotidianos, de cualquier comunidad de vecinos que empezaba su actividad diaria. Aun así, Usman podía sentir cómo una punzada helada le aguijoneaba el vientre cada vez que el eco de unas voces juveniles, o el pausado taconeo de una anciana atravesando el descansillo, se filtraba a través de las paredes.

La tripulación de los pocos barcos que se hicieron a la mar esa madrugada de cielos plomizos estaba compuesta casi por completo por senegaleses, como pudo confirmar en cuanto los escuchó saludarse a grito pelado. Desde su atalaya era sencillo distinguir los rostros afables de los marineros que, antes de embarcar, se abrazaban entre grandes aspavientos, reían y hablaban en voz tan alta que la sonoridad de su francés rozaba los cristales de su ventana, tras los cuales el nigeriano no dejaba de maldecir a Diop y a todo Senegal. Todos iguales, como escupían con desprecio los españoles. Tan iguales que cualquier advenedizo con una pistola podría mezclarse perfectamente entre esos pescadores que haraganeaban por el muelle sin que ningún policía notara la diferencia. Tanto, que debajo de su ventana podía estar reuniéndose un grupo de sicarios de Ona To Arewa y nadie se daría cuenta.

Borja Maruri cerró otra pantalla, escribió algo en el cuaderno que mantenía junto a la tableta y dedicó unos minutos a revisar sus anotaciones, una especie de árbol genealógico que coronaba el nombre de «Bilrottesa» y luego se reproducía en diferentes ramas de las que colgaban fantasmagóricos nombres de sociedades dedicadas a las más diversas actividades.

En teoría.

Según los datos obtenidos del registro mercantil, Bilrottesa, acrónimo de Bilbao Rotterdam, S.A., era una empresa de transporte constituida cinco meses atrás con un capital social de tres mil euros, el mínimo legal, cuyas propietarias eran otras dos firmas dedicadas a actividades anexas al transporte de mercancías: Ulmasa y Oronsa. El nombre del administrador único, Abdalá Huseín, tampoco le dijo nada.

O, más bien, le dijo mucho.

Si Bilrottesa llevaba poco tiempo en activo, sus matrices no le iban a la zaga. Tanto Ulmasa como Oronsa habían sido constituidas hacía menos de un año. Como en el caso de la primera, el capital de ambas pertenecía a otras sociedades limitadas. Su administrador único era el mismo Abdalá Huseín, de quien fue incapaz de encontrar dato alguno en internet.

Podía tratarse de un empresario extraordinariamente discreto. Podía, sí. Pero Maruri apostaría lo que fuera a que se trataba de un pobre diablo a quien ofrecieron quinientos euros por acompañar a la notaría y al banco al cerebro de la trama. Un hombre de paja para firmar los contratos, solicitar las claves de la banca electrónica y, tras entregárselas al auténtico dueño de la empresa, regresar a la miseria de su vida hasta que se requirieran de nuevo sus servicios. Al parecer, y según las fechas que el abogado había ido anotando en su cuaderno, más o menos cada seis meses.

Desde el piso de abajo le llegó la voz de Katy entonando un bolero que parecía una invitación a sumergirse bajo las sábanas, pero, abducido por uno de sus rompecabezas favoritos, no llegó a escucharla. Necesitaba profundizar en aquella red de tapaderas superpuestas en una agotadora secuencia de pistas falsas y sociedades sin más objeto que servir de pantalla a las siguientes. Tenía que identificar a los administradores ficticios, separarlos de quienes movían los hilos, quienes creaban y dejaban morir empresas sin una actividad real. Tenía que sacar a la luz al cerebro de aquella trama, porque, aunque Osmany se negó a decirle nada, estaba relacionado con el asesinato de Maider y de su madre.

Arrojó el cuaderno al sofá, volvió a coger la tableta y se sumergió en el océano de la red.

La presencia del comisario en uno de los vehículos no era óbice para que todo el mundo supiera que el responsable del operativo era el oficial José Méndez. Por eso sintieron algo semejante a una inyección de adrenalina cuando su voz se filtró a través de los intercomunicadores:

—Sospechosos entrando en la recepción. A vuestros puestos.

Méndez abandonó el salón de la planta baja, desde donde llevaba toda la mañana vigilando el mostrador, y caminó despacio hacia la entrada. Una pareja joven accedió al hotel desde la calle. Un hombre de unos cuarenta años descendía las escaleras estudiando las molduras del techo como si no hubiera reparado nunca en ellas, y dos mujeres de semblante duro y vaqueros ajustados aparecieron por el lado contrario.

—¿Son ellos? ¿Lo habéis confirmado?

El oficial no se molestó en responder a las preguntas del comisario Lasa, más nervioso que los *ertzainas* que cerraban el cerco sobre los sospechosos. Su superior debería saber que el aspecto físico del *olori* era una incógnita, no solo para Charles Usman, sino también para las policías de todo el mundo. Fue una de las cosas que más les sorprendió mientras, sobrepasados por la magnitud de lo que tenían entre manos, desbordados por la velocidad a la que corría el escaso tiempo disponible, recopilaban datos a marchas forzadas. Nadie pudo ofrecerles una fotografía, ni brindarles una descripción fiable. De hecho, la opinión más extendida entre los diferentes expertos a los que acudieron era que, como confederación de pequeñas células independientes, Ona To Arewa no tenía un solo caudillo, sino una amplia cúpula de dirigentes sin escrúpulos, rodeado cada cual de una limitada camarilla de sicarios de fidelidad probada. Algo que fomentaba la imagen de un líder omnisciente, un gran hermano que siempre lo veía todo.

El hombre trajeado que acababa de dejar su *trolley* frente al mostrador y se afanaba en sacar el pasaporte del bolsillo de la chaqueta tenía todos los boletos para ser uno de ellos. De alguna forma que Méndez sería incapaz de describir, emanaba poder. Se notaba en sus movimientos, en la sonrisa que dibujaba pequeñas arruguitas en las comisuras de sus labios, en la rectitud de su peinado y en el respeto con el que lo miraban sus dos acompañantes, embutidos ambos en sendos trajes de color oscuro que no lograban contener los músculos de sus antebrazos ni disimular los bultos, perceptibles para quien supiera mirar, de sus sobaqueras. Méndez ordenó mantener las posiciones y dio un par de pasos en su dirección.

No había tenido tiempo ni de reconocer el idioma en el que hablaban cuando uno de los guardaespaldas se dio la vuelta y descubrió al oficial acercándose con el sospechoso sigilo de un felino.

Y se llevó la mano al interior de la chaqueta.

«¿Y si me largo?», pensaba el nigeriano sin perder de vista el rutinario quehacer de los pescadores en el muelle. Desde allí no le resultaría difícil alcanzar la frontera con Francia, llegar a París y perderse en sus suburbios para comenzar una vida diferente, lejos de la permanente amenaza de la organización. La cabeza apoyada en el cristal, la mirada perdida en el embate de las olas contra los espigones, Charles Usman se vio obligado a aceptar que la libertad todavía quedaba lejos. No tenía dinero. Carecía de documentación. Y estaba encerrado en aquel piso de noventa metros cuadrados cuya llave solo poseía un *ertzaina* que no aguantaría una sola bofetada. Se permitió una sonrisa desganada al confirmar, una vez más, que una pistola y una placa bastaban para endiosar a individuos a los que podría aplastar con una sola mano. Nada nuevo, por supuesto. Sin embargo, que su futuro dependiera de tipos como ese no le hacía ninguna gracia.

El ruido de una puerta al cerrarse le arrancó de esos sueños que estaba muy lejos de cumplir y le devolvió a un presente de temores y desvelo. Contuvo la respiración pendiente de los pasos que descendían al trote por las escaleras, y solo se permitió un breve suspiro de alivio cuando el silencio envolvió el edificio con una capa de calma tensa. En todas las horas que llevaba ahí dentro había comprobado que en el piso vecino vivía mucha gente, que siempre había alguien entrando o saliendo, algo lógico, por supuesto, pero el ruido de tacones en el descansillo, el sonido de las llaves o el gemido de unos goznes mal engrasados exacerbaban su nerviosismo hasta el límite de la histeria.

Tenía que aprender a relajarse.

Hiba Drissi fue la más rápida.

Aprovechando que, como parte del teatrillo con el que pretendían pasar desapercibidos, su compañero la enlazaba de la cintura, la joven agente había accedido al hotel con la mano en la espalda y la Heckler & Koch reglamentaria sujeta por la culata. Por eso, cuando la torpeza de Méndez le hizo delatarse, no tardó un segundo en encañonar al guardaespaldas.

—¡Quieto! ¡Policía!

En un abrir y cerrar de ojos, los tres hombres se vieron rodeados por una decena de agentes de paisano que les apuntaban con gesto amenazante en medio de un ininteligible batiburrillo de órdenes cruzadas y gritos de nerviosismo. La mujer que atendía la recepción fue la primera en dar un paso atrás y alzar los brazos, aterrada ante el veloz despliegue de la Ertzaintza. Obedeciendo unas órdenes que, más que entender, intuían, los escoltas se llevaron las manos a la cabeza, se arrodillaron sobre el impoluto suelo del vestíbulo y permitieron que uno de los policías les quitara las pistolas. Pero el que parecía ser el líder no se movió. Con la mirada clavada en Méndez, permaneció en pie, rodeado de esa extraña aureola de dignidad que formaba parte de sí mismo. Una chulería que el *ertzaina* no estaba dispuesto a tolerar. De modo que, tras devolver la pistola a la sobaquera, se le acercó exagerando la furia de sus pasos. Entonces se fijó en el pasaporte que, a requerimiento de la recepcionista, había dejado encima del mostrador, en el ridículo dibujo de un águila sobre fondo negro y, a su alrededor, las palabras «Diplomatic Passport» y «United States of America».

Había llegado al final.

Maruri abandonó el sillón, abrió la ventana del balcón para que el aire frío del mediodía refrescara la estancia, estiró los brazos hasta notar un reconfortante crujido de las vértebras y regresó al cuaderno donde sus notas, estructuradas en esquemas de distintos colores, ocupaban casi cuatro páginas. Había tardado, sí, pero había llegado al final.

Aunque el final no era lo que esperaba.

Podían crear innumerables sociedades instrumentales. Todas las que quisieran. Siempre había un principio. Y después de toda una mañana hozando entre páginas web y ficheros antiguos como un jabalí hambriento, haciendo llamadas y recordando favores pendientes, Borja había encontrado un nombre al inicio de aquella inextricable maraña.

El problema, pensó mientras salía a la terraza en busca de unas respuestas que la red se negaba a ofrecerle, era que el honorable señor don Javier Aritzazeta Ugarte, sempiterno decano del ilustre Colegio de Abogados de Bilbao y fundador de uno de los bufetes más prestigiosos del territorio, llevaba ocho años muerto.

Usman creyó escuchar algo en el rellano, pero no se inmutó. Era imposible estar siempre en tensión, saltar a cada susurro, cada rumor de pasos, cada palabra intuida al otro lado del tabique. Sobre todo cuando los vecinos eran tan ruidosos como los que le habían tocado en su efímero presidio. Si la operación policial contra los dirigentes de Ona To Arewa había salido bien, el tal Méndez no tardaría en regresar con la oferta definitiva de la Fiscalía que, junto al sobreseimiento de cualquier cargo relativo a su relación con la organización, debería incluir alguna forma de garantizar su seguridad y su anonimato. Ahora, repasando la tensa conversación mantenida con el fiscal de cabello engominado, el oficial mequetrefe y el orondo comisario de aspecto relamido, lamentaba no haber exigido también una recompensa en metálico. Para un grupo de policías de pueblo como aquel, cazar al máximo dirigente de una organización internacional debía de ser algo así como ganar la lotería sin haber comprado un décimo. Seguro que, de haberlo solicitado, habrían añadido a su oferta una interesante compensación pecuniaria. Pero, en aquel momento, la prioridad de Charles Usman era vengarse. Y seguir vivo, por supuesto. Y ese seguía siendo su objetivo, a pesar de que la vida sin dinero era mucho menos divertida.

Reconoció el tintineo de una llave al rozar contra otra, el clic sordo de una cerradura y, por un instante, siguió pensando que se trataba de los vecinos. Pero una débil ráfaga de viento, húmedo de invierno y sepulcro, se encargó de sacarlo de su error. La puerta de su apartamento acababa de abrirse con el sigilo de lo clandestino. Aunque sabía que el *ertzaina* era el único que disponía de llave, aunque llevaba toda la mañana esperando su regreso, Usman no pudo evitar que un lazo invisible se cerrara en torno a su garganta, una soga de pánico que le obligó a contener la respiración mientras el sonido de unas botas repicaba en el parquet.

Cuando junto al marco de la entrada del salón tomó forma la silueta de una mano sosteniendo una pistola, el terror que le asfixiaba se hizo tangible, abrasador como el recuerdo de las torturas infligidas por él mismo.

Aquel individuo no podía ser el oficial Méndez.

Era negro.

25

—No conseguimos localizar a Bonifacio Artaraz.

Miren Ruiz de Heredia abandonó lo que estaba haciendo y dedicó al agente una mirada de cansancio.

—¿Y eso?

—No contesta a ninguno de los dos móviles que tenemos registrados. —El hombre se encogió de hombros, como si aquello no fuera con él—. Tampoco al fijo. He ido hasta su chalet y he llamado varias veces a la puerta, pero nada. Y en su empresa me han dicho que no ha ido por ahí.

—¿Has visto si el coche está en su sitio?

—No. Es una de esas casas de La Calzada que tienen el garaje debajo de la vivienda, así que no he podido verlo.

—Bueno, ya aparecerá. —Miren improvisó un mohín de desdén, pero lo cierto era que no poder interrogar a Boni esa misma mañana suponía un contratiempo—. Insiste a mediodía y por la tarde. En algún momento tiene que volver a casa.

Una vez sola en la acogedora estrechez de su cubículo, la oficial dedicó unos minutos a repasar las relaciones de Artaraz con varios de los protagonistas de la tragedia del pasado sábado. Por un lado, durante muchos años fue compañero en la Guardia Civil del sargento Salvador Somoza. Por otro, la suboficial Gordobil le había confirmado que conocía al cubano, a Arechabala, ante quien negó que en los años ochenta se traficara en Balmaseda. Y era obvio que mentía cuando afirmó no recordar a Somoza. Aún no conseguía definir cómo, pero muchos de los cabos sueltos de aquel caso giraban en torno al propietario de Baraz, Vigilancia y Escolta. Y ella se sentía capaz de hacer que se derrumbara durante un interrogatorio oficial.

Por eso le molestaba tanto que sus compañeros no dieran con él.

Sin embargo, mientras esperaba que Artaraz apareciera, podía volver a centrarse en el que, poco a poco, se iba apropiando del papel de principal sospechoso.

—Se llama James Harrison. Es el embajador de Estados Unidos en España y ha viajado a Bilbao para participar en un foro económico que se celebra en el Parque Tecnológico. Mañana se reúne con el *lehendakari*. ¿En serio no lo sabíais? ¿No habíais cotejado la lista de huéspedes del hotel? ¿O creíais que los mafiosos esos iban a ser los únicos que se alojarían ahí esta mañana?

Méndez carraspeó un par de veces antes de responder. Frente a él, flanqueando el rostro avergonzado del comisario Lasa, la jueza Herralde mantenía un inquietante mutismo mientras el fiscal hurgaba en la herida con un placer nada disimulado.

—Revisé personalmente la relación de viajeros con reserva para esta noche. Eran muy pocos. Vi el nombre de Harrison. Pero con ese apellido, en realidad, no pude imaginarme...

—¿Que fuera negro? ¿Que sus escoltas fueran negros? ¿Sabes que basta meter su nombre en internet para que te salga la foto? ¡Es el puto embajador, joder! —A pesar de que el tono pretendía reflejar algo parecido al enfado, era obvio que Tony Kroos estaba disfrutando.

—No sabía que el tal Harrison fuera embajador ni hostias. No tenía sentido buscarlo por internet. Íbamos a toda leche, no había tiempo para buscar las fotos de todos los putos clientes.

—Vamos a dejarlo. —Sabino Lasa soltó un largo suspiro y dedicó a Méndez una mirada que parecía anticipar el indulto que no deseaba explicitar ante la magistrada y el fiscal—. ¿Alguna idea sobre lo sucedido? ¿Por qué no llegaron al Carlton? ¿Por qué no embarcaron en Barajas?

—Quizá lo primero sería confirmar que esa supuesta delegación camerunesa era el grupo criminal que estábamos esperando —terció Kroos, dedicando a la jueza una sonrisa que ella no correspondió.

—Sobre eso no tenemos ninguna duda. —Fue el comisario quien se apresuró a responder—. Acabamos de recibir la respuesta de la embajada de Camerún. Al parecer, los pasaportes con los que se registraron, los números y los nombres, son reales. Pero, como mínimo, uno de ellos se encuentra ahora mismo cumpliendo condena en la cárcel de Yodé.

—Yaundé.

—Lo que sea. Pero no se puede estar en el talego y en el Carlton al mismo tiempo, ¿no?

—Ya. ¿Pero viajar con el pasaporte de un preso no implica un riesgo excesivo?

—Puede ser. —El comisario adoptó el falso aire reflexivo de quien desconoce la respuesta—. No sabemos cuándo ingresó este individuo en prisión. No tengo ese dato. Pero puede haber sido hace poco. Puede que quienes le compraron la documentación aún no lo sepan. Incluso es probable que ni siquiera se lo compraran al preso, sino al funcionario que se lo retiró.

—O puede que por eso cancelaran el viaje a última hora.

—Es una posibilidad. —El comisario aceptó la aportación del fiscal con un cabeceo desganado antes de devolver su atención a Méndez—. ¿Alguna otra teoría?

El oficial se encogió de hombros sin llegar a desprenderse de su máscara de culpa.

—No hemos tenido tiempo de ponernos sobre ello. Puede que sea eso, que no consiguieran entrar en el país por problemas con los visados. O a lo mejor cambiaron el lugar de la reunión. O quizá sospechen algo, lo que confirmaría que Usman es mucho más que el simple matón que finge ser.

—Yo diría que la cosa puede ir por ahí.

Los tres hombres se giraron hacia Susana Herralde, que habló en voz muy baja, como si reflexionara en vez de estar compartiendo sus conclusiones:

—Creo que nos precipitamos al sacar a Usman de su entorno. Está claro que él quería quitarse de en medio lo antes posible, pero su desaparición ha debido hacer saltar alguna alarma. No le torturaron porque se le escapara alguna chica. Ahora sabemos que tuvo que ver con el robo de esos treinta y seis mil euros, con el asesinato de Diop, la niña y su madre. Puede que a Ona To Arewa le pareciera un incidente tan grave que ya entonces decidiera cancelar la visita de sus líderes, por lo menos hasta comprobar cómo reaccionaba la policía.

En el silencio que siguió, flotaba la conformidad muda de los demás o, como mínimo, la incapacidad de aportar algo diferente.

—El acuerdo con Usman estaba supeditado a que sus declaraciones nos ayudaran a detener a la cúpula de la organización, ¿no es cierto? —continuó la jueza.

—Cierto —apostilló el fiscal.

—Algo que no ha sucedido, ¿verdad, comisario?

Sabino Lasa se giró hacia Méndez.

—Ve a por él y tráetelo ya mismo. Lo quiero en la sala de interrogatorios antes de las cuatro.

Orna Shoher ni siquiera fue consciente del momento en que comenzó a llover. Los limpiaparabrisas se activaron de forma automática cuando el Audi, tras dejar atrás la carretera que une Balmaseda y Zalla, se incorporaba a la autovía y aceleraba camino de Bilbao. Sumergida en el caos de sus propios pensamientos, la mujer conducía de forma mecánica, aceleraba, frenaba o señalizaba un adelantamiento sin ser consciente de cada movimiento. Saber que seguía libre por una mera cuestión de azar, que de haber regresado a Burgos una hora antes se habría tropezado de bruces con los agentes del Mossad, hacía tambalearse muchas de sus certezas. Había perdido su refugio, su identidad, buena parte del dinero ahorrado, alguna pistola y, sobre todo, la sensación de seguridad y equilibrio que la había acompañado durante los últimos años. Ahora debía empezar de cero. No era la primera vez que lo hacía, lo cual no era óbice para que cada vez le costara más esfuerzo rehacerse después de una caída.

Su encuentro con Somoza no fue tan fructífero como esperaba. Atrincherado en su postura, el viejo insistía en no soltar un euro hasta no disponer de pruebas fehacientes de que Bonifacio Artaraz estaba muerto. Pruebas que Orna no podía conseguir, porque su única certeza era que el hombre se había bebido la cerveza con el veneno. Sobrevivir a semejante cantidad de talio era imposible, pero solo podría demostrarlo cuando apareciera el cadáver. De modo que, tras una negociación a cara de perro bajo el viaducto de acceso a Balmaseda, el ex guardia civil accedió a adelantarle una cuarta parte del total. Y le ofreció aumentar la cantidad pactada por acabar con Osmany Arechabala si retomaba el encargo.

Osmany Arechabala. ¿Qué sabía de él? Más de lo que

quisiera. Más de lo que debiera, en cualquier caso. En una profesión como la suya, conocer al objetivo no era una virtud, sino un problema. Una asesina a sueldo no debería saber cuántos hijos tiene la persona a la que va a meterle un balazo en la nuca, si dejará viuda o viudo, si habrá quien le llore en el funeral. Una foto lo más clara posible, una dirección y, en los mejores encargos, cuatro pinceladas sobre sus rutinas era todo lo que necesitaba para llevar a cabo el trabajo con la eficiencia de siempre.

En el caso del cubano, las cosas no podían haber salido peor. Y aunque el aliento del Mossad en su nuca la había forzado a aceptar, Orna sabía que aquello iba en contra de todos sus principios. Para empezar, la víctima la conocía, lo que complicaba un poco las cosas. Pero, además, ella sabía mucho de la víctima, algo terminantemente prohibido en su propio manual de estilo. Cuando, tras evitar su violación, la desarmó y la obligó a acompañarlo en un largo paseo por las calles más oscuras de Bilbao, Osmany no se limitó a interrogarla. Para su sorpresa, también habló. Habló mucho, quizá para humanizarse frente a su asesina. Sin que viniera a cuento, le describió la muerte de su nieta, compartió con ella sus sospechas, su odio y sus ansias de venganza. Le explicó cosas que no quería oír, pero que regresaban a enredarse en sus recuerdos mientras trataba de evaluar cuál de las armas que escondía en el doble fondo del maletero era la adecuada para eliminar al cubano.

Si lo que pretendía era que Orna dejara de verle solo como a una pieza a abatir, no lo había conseguido.

Eficiencia.

Ruiz de Heredia abrió la puerta de su despacho, asomó la cabeza buscando a alguien y volvió a cerrar sin percatarse de los gestos de incomprensión de sus compañeros. Sobre la mesa, encima del teclado del ordenador, descansaba un documento que llevaba días esperando, una densa amalgama de cifras y gráficos para confirmar una sospecha cuya razón seguía sin comprender.

No se trataba de la respuesta sobre la geolocalización del teléfono de Osmany Arechabala la noche del sábado. O el juzgado no había tramitado la orden, o los de la compañía telefónica se lo estaban tomando con calma. Y, sin embargo, se trataba de la respuesta.

Sin molestarse en consultarla, uno de sus hombres había enviado a un par de agentes a triangular antenas a las montañas de Karrantza, algo que ella debería haber solicitado desde el primer minuto. Y la prueba de que el cubano estuvo allí, cerca de Biañez, cerca del Karpin y de sus compañeros, en el momento exacto del tiroteo, descansaba ahora sobre su mesa.

La prueba de que les había mentido.

Su primer impulso fue solicitar de inmediato la orden de detención. Pero no tardó en cambiar de opinión. Aquel paso encaminaría las pesquisas en una dirección que podría afectar duramente al prestigio de la Ertzaintza. Tomó el informe, lo releyó por enésima vez y lo devolvió a la mesa con un suspiro de abatimiento. No podía evitar el escándalo, proteger al cuerpo y cumplir la palabra dada al hijo del subcomisario si quería cazar al asesino.

Y lo último era lo único importante.

Incapaz de decidir, se puso la chaqueta y se dirigió a la salida. A veces, pasear a lo largo del Kadagua sintiendo la caricia del sirimiri la ayudaba a reflexionar. Y ahora necesitaba relajarse, pensar con una calma que el asfixiante ambiente de la comisaría no le permitía. Pero al pasar frente a la mesa de la entrada se fijó en el calendario que colgaba a la espalda del agente que ocupaba el puesto de Rutherford. Un círculo rojo rodeaba la fecha del lunes 16, el día en que Basagoiti asumiría el mando provisional de la comisaría y, por tanto, la dirección de la investigación de los crímenes del Karpin.

Sonrió.

Desde que le notificaron que aquel trepa insoportable estaba a punto de arrebatarle el caso se sentía furiosa, impotente ante la injusticia de las decisiones tomadas desde un ámbito político muy alejado de la vida real. Pero en esos momentos decidió que no sería mala idea dejar al nuevo subcomisario la labor de hacer saltar por los aires el prestigio de la Ertzaintza.

Pagó y, antes de abandonar la peluquería, se dedicó un último vistazo en el espejo. Llevaba tanto tiempo camuflada bajo la melenita castaña, los vestidos largos y amplios, los zapatos planos y la imagen sencilla de Nadia Ivánova, que le costó reconocerse en aquella mujer de cabello negro muy corto, pestañas perfiladas y una leve capa de maquillaje acerando las facciones. Satisfecha, se cerró la cazadora de cuero negro, guardó las vueltas en el vaquero y, disfrutando del taconeo de sus botas, salió a la calle. Nadia Ivánova no existía, borrada, como tanta gente a lo largo del planeta, por obra del Mossad. El pasaporte británico a nombre de Mia Baker que guardaba en el bolsillo interior de la chaqueta, las dos Glock 17 escondidas en el doble fondo del Audi y el dinero que cobraría de Somoza en cuanto terminara con el cubano era todo lo que necesitaba para iniciar una nueva vida.

Hacía tiempo que no llovía. Por la Gran Vía de Bilbao, la gente paseaba con la tranquilidad de poder dedicar más tiempo a curiosear los escaparates que a protegerse del sirimiri, sin saber que junto a ellos caminaba una asesina profesional en busca de su objetivo. A veces a Orna Shoher le daba por pensar en eso, en las expresiones de angustia, de terror, que se dibujarían en los rostros de quienes la rodeaban si supieran quién era, cómo se ganaba la vida. En los años que siguieron a su primer encargo, aquella idea solía generarle un malestar con el que no le resultaba sencillo lidiar. Ahora, mantener la vida y la libertad era su única preocupación.

El aparcamiento subterráneo donde había dejado el coche abría su boca de escaleras melladas al patio de un instituto repleto de jóvenes que vociferaban con la alegría de cada viernes por la tarde. Orna les dedicó un vistazo exento de interés, pero una de las muchas frases que se mezclaban en aquel jolgorio la hizo detenerse...

—No llegues tarde. Te mando la ubicación al móvil.

... y un inesperado escalofrío la recorrió de arriba abajo.

El Mossad jamás comete errores.

¿Cómo pudo pensar que se equivocaron al allanar su apartamento? Era ella quien había demostrado una torpeza impropia de una fugitiva experimentada. El servicio secreto siempre iba un paso por delante. Sabían, o tenían que saber, que disponía de algún tipo de alarma, una de esas conectadas a un móvil que la avisaría dondequiera que se encontrara en cuanto accedieran a la vivienda. Si la hicieron saltar de esa forma tan torpe fue porque su tecnología era capaz de interceptar el mensaje, capaz de identificar el número de destino.

La habían localizado.

El desasosiego que comenzó a asaltar a Méndez mientras el vehículo trazaba a toda velocidad las curvas que separan Ondarroa del resto del territorio se diluyó cuando, aparcado frente al portal, vio al coche patrulla y, en su interior, a los dos agentes que mataban el aburrimiento estudiando las pantallas de sus móviles. Más tranquilo, esperó a que Hiba Drissi apagara el motor y cerrara el auto antes de indicarle que le acompañara a buscar a Charles Usman.

Méndez no creía que el nigeriano los hubiera engañado. Su ansiedad tenía relación con algo que nadie se atrevió a mencionar en la comisaría, una teoría diferente que podría explicar por qué la supuesta delegación camerunesa no llegó a embarcar en su vuelo con destino a Bilbao: que estuviera al tanto de la operación orquestada por la Ertzaintza.

No le sorprendió que nadie mencionara esa hipótesis. Podía deberse a la confianza ciega de los allí presentes en la integridad de cada uno de los agentes implicados. Tal vez nadie quería ser el primero en manifestar su sospecha. Pero la existencia de un topo era una opción posible. Y era esa posibilidad, ínfima, casi microscópica, la que hacía tintinear de forma imperceptible el llavero que sostenía en su mano derecha. Con un espasmo mecánico, el ascensor se detuvo, las puertas interiores se abrieron y Méndez salió raudo, seguido por la expresión sorprendida de su compañera. Todo era normal. Desde el piso contiguo llegaba el sonido de una radio y el trastear de cazuelas en la cocina. Olía a guiso, un aroma que le hizo recordar que a esas horas ya debería estar comiendo. Dejando de lado su hambre y su nerviosismo, introdujo la llave en la cerradura y la hizo girar.

Y se detuvo antes de terminar la última vuelta.

La única vuelta.

Recordaba perfectamente haber cerrado con dos vueltas cuando dejó a Usman en el piso. Y nadie más tenía copia de esa llave. Ni la patrulla que vigilaba en la calle, ni mucho menos el nigeriano. Nadie.

Con un gesto, indicó a Drissi que sacara el arma, desenfundó la suya y, tratando de no hacer ruido, abrió y se coló en el apartamento. Una ráfaga de viento procedente del salón les envolvió cuando, pendientes de cada sombra, de cada esquina, dejaron atrás el pequeño recibidor. El rumor del puerto que se filtraba por la ventana abierta era el único sonido perceptible. Las cortinas flotaban amarradas a sus rieles y, aunque hacía horas que no llovía, largas líneas de humedad marcaban la pared por debajo del alféizar. Sin una palabra, retrocedieron al pasillo. Drissi revisó el diminuto cuarto de baño y Méndez buscó en el dormitorio, temiendo tropezar con un revoltijo de sábanas teñidas de rojo, miembros amputados e intestinos desperdigados por el suelo. Pero, aparte de la cama deshecha y un grueso abrigo arrugado sobre una silla, en la habitación no había nada de interés. Y cuando la *ertzaina* le confirmó lo mismo desde la cocina y el otro dormitorio, Méndez devolvió la pistola a la funda, cerró los ojos y, frotándose los párpados con los pulgares, no pudo evitar pensar en la cara que pondría el comisario cuando le explicara que Charles Usman había desaparecido.

26

Antonio Arzamendi terminó su relato y guardó silencio. Enfrente, el diminuto fondeadero de Choroní resistía sin esfuerzo el empuje de unas olas que, más que romper contra el modesto dique, lo acariciaban con la espuma de sus dedos. Sabía que, al otro lado de la línea, Borja Maruri hacía exactamente lo mismo, aunque su mar fuera más oscuro y belicoso, y sobre los largos diques que protegían el puerto cinco monstruosos molinos se encargaran de acentuar la fealdad de un entorno derrotado por la masificación. Sabía que, como él, Maruri procesaba la información que acababa de ofrecerle en la certeza de que, entre las cifras y los logos empresariales, se escondía la razón del asesinato de la nieta de Arechabala.

—Nos faltan datos.

Arzamendi negó con una vehemencia que el abogado no pudo percibir.

—Lo ideal sería tener el marco completo, pero con lo que sabemos nos basta y nos sobra. El tío ese que ingresó los treinta y seis mil euros al día siguiente de los crímenes es el asesino. Desde luego, a mí me cuadra. El senegalés robó a alguien muy peligroso. Y ese alguien, juraría que el de la foto —Maruri separó el teléfono de la oreja para echar otro vistazo al archivo recibido minutos antes—, fue quien recuperó la pasta y se cargó al chorizo. Que Maider y su madre estuvieran ahí fue mala suerte.

—Vale. —Borja volvió la mirada hacia la sala, hacia el mueble bar donde la botella de Macallan resplandecía como un campo de espigas bajo el sol de verano, pero contrariamente a lo que pensó en los peores años de su divorcio, decidió que el alcohol no le ayudaría a concentrarse. Con todo, las imágenes invocadas por Arzamendi seguían reclamando a gritos algún tipo de anestesia—. Pero Osmany quiere más. El loco ese no se conforma con pillar al que empuñaba el cuchillo. Quiere a sus jefes.

—Para matarlos.

La voz de Antonio se apagó antes de terminar la frase.

—¿Sabes si ha contado algo a la policía?

—Ni idea. He llamado varias veces a Larralde, pero no me lo ha cogido. Luego insisto.

Maruri chascó la lengua, cada vez más preocupado.

Cada vez más sediento.

—Igual Larralde no sabe nada. Lleva meses jubilado.

No hubo respuesta. Arzamendi oteaba por encima del rompeolas en busca de tonos azules y violetas en aquel océano de olas ribeteadas en verde y blanco.

—Si Osmany no lo ha hecho —Maruri interpretó el silencio de su amigo como una invitación a seguir hablando—, debería ser yo quien hable con la Ertzaintza. Creo que se trata de gente muy poderosa.

—Poderosa y muerta, según tú.

—Ya. Pero los muertos no abren cuentas ni ordenan transferencias. Mira, hay algún tipo de relación entre el bufete de Aritzazeta y las primeras empresas del entramado. Eso es obvio. Pero creo que todo comenzó tras la muerte del abogado.

—¿Y si me lo cuentas desde el principio?

—Vale. —Borja retomó el cuaderno lleno de garabatos,

tachones y diagramas improvisados y se acomodó en el sofá—. No te voy a soltar el rollo de lo mucho que he tardado accediendo a todos los registros posibles para ir descartando una a una cada tapadera.

—Ni se te ocurra. Lo de presumir de lo bueno que eres déjalo para otro, anda.

—Podría jurar que el origen es una asesoría de nombre LMG. Se constituyó en 2005 y su administrador único era un tal Luis Miguel García. Por lo que he podido ver, este individuo tenía otra asesoría fiscal y contable en Las Arenas desde los ochenta. Pero en 2005 creó dos sociedades diferentes con el mismo objeto social, LMG y GML.

—No era muy original poniendo nombres.

—No. ¿Para qué? Se trata de dos empresas fantasma, aunque podría jurar que su intención no era precisamente el blanqueo de capitales.

—¿Entonces?

—He hablado con Hacienda. Si te dedicas a lo mío, necesitas un buen contacto con los amigos del fisco. Y yo lo tengo. Bueno y muy discreto. El caso es que desde 2005 hasta 2007, GML tuvo mucha actividad. Demasiada, para una empresa recién constituida que tenía un único cliente.

—Aritzazeta.

—Exacto. Giraba facturas al bufete de Aritzazeta. Y solo a él.

—De acuerdo. El honorable decano del Colegio de Bilbao usaba a GML para defraudar el IVA. Bueno, no conozco a ningún profesional que no lo haga, la verdad. Pero de ahí a blanquear dinero procedente de la droga, o lo que sea, hay un trecho muy grande.

—Sí. Y no se dio en vida del abogado. Aritzazeta murió a finales de 2007. Y GML cesó su actividad. Pero LMG, la segunda empresa del tal García, despertó de repente y constituyó una nueva sociedad aportando de su bolsillo los tres mil euros de capital social. Espera a ver. Esta se llamaba Holimport. En el registro aparece inscrita en el epígrafe de «Actividades anexas a la importación y exportación», y su administrador único es un tal Luca Ionesco, del que nada se sabe.

—El primer hombre de paja.

—Yo diría que sí. Unos meses después, Holimport crea otra, Holexport, con el mismo administrador, y todo comienza a acelerarse. Se dispara la creación de nuevas sociedades, aparecen nuevos administradores, y el proceso sigue a toda velocidad hasta el día de hoy, hasta Bilrottesa.

—¿Y qué opina tu amigo de Hacienda?

—Prefiere no opinar. —Maruri dejó escapar una risita y dedicó un vistazo de preocupación a la oscuridad que se cerraba sobre la cristalera del balcón—. Según le iba pasando datos, le cambiaba la voz. El caso es que ninguna de estas firmas ha declarado nunca beneficio alguno. Se constituían y desaparecían en uno o dos ejercicios fiscales, notificaban un cierre de actividad por pérdidas inasumibles, y a otra cosa. Cada año desaparecen miles de empresas recién creadas. No podemos sospechar de todas, claro. Ni siquiera de la mayoría.

—Hay una cosa que no entiendo. Estás empeñado en que todo esto es cosa del bufete de Aritzazeta, pero la única relación entre ellos y ese García era que les giraba facturas falsas para defraudar el IVA. La clave es Luis Miguel García, no Aritzazeta.

—Ya. —Rendido a sus fantasmas, Maruri se incorporó, tomó la botella de Macallan, un vaso, y regresó a su asiento—. Si no fuera porque Luis Miguel García murió en 2009, solo unos meses después de que se constituyera Holimport.

—¿Casualidad?

—Yo diría que causalidad. Según la red, falleció a causa

de una larga enfermedad. Por tanto, sabía que se estaba muriendo cuando creó esa firma fantasma. Si investigáramos sus cuentas, o las de su viuda, estoy seguro de que encontraríamos algún tipo de ingreso extra en esas fechas.

—Todo eso con Aritzazeta muerto.

—Eso es. Lo del viejo era inventarse facturas para defraudar el IVA. Quien pagó al de la gestoría para abrir la cuenta que inició el blanqueo de capitales lo hizo tras el fallecimiento de su jefe.

Arzamendi se incorporó y salió a la plazuela a la que se asomaba su vivienda. El mar respiraba en bocanadas lentas y pausadas, una bestia líquida durmiendo en la tranquilidad de saberse invulnerable.

Al parecer, no era el único que se sentía así.

—En realidad, que el bufete sea el centro de todo no deja de ser una posibilidad. Bastante remota, por cierto.

—Por eso he hablado con ellos. —Antonio dio un respingo al escuchar el tono ufano de su amigo, acompañado del inconfundible chisporroteo de un líquido chocando contra el cristal de una copa—. Un colega de la facultad, Iñigo Martiartu, entró a trabajar con ellos hace un par de años. Me llevo bien con él, y es imposible que tenga relación con esto, que viene de atrás. —No vio cómo, a nueve mil kilómetros de distancia, Arzamendi negaba con la cabeza—. Según Iñigo, desde la muerte del fundador, el bufete ha tenido tres cabezas visibles. El primero murió poco después de Aritzazeta. El segundo dejó el despacho para instalarse por su cuenta. La actual, Maialen Urzaiz, lleva en el bufete desde siempre, conoce todos los tejemanejes de la empresa y sería capaz de vender a su madre por aumentar la tarifa de su minuta.

—Como todos los abogados, no me toques los huevos.

—No te sulfures, Antonio. —Una pausa, el sonido de algo que no era agua resbalando por la garganta, y de nuevo la voz tranquila de Maruri—: Puede ser cualquiera, pero está dentro del bufete. Martiartu me ha confirmado que García era un habitual de la oficina. Siguió yendo por ahí después de que la palmara el viejo. Tengo que seguir investigando, pero apostaría lo que sea a que alguien del bufete, alguien con quien tenía mucha confianza, alguien cercano a Aritzazeta, usó su empresa para iniciar toda la trama.

—Yo que tú no iría preguntando por ahí. —Antonio no vio el gesto de desdén del abogado, pero fue capaz de intuirlo—. Estos cabrones operan con toda la impunidad del mundo. Y aunque tu colega lleve poco tiempo, para saber lo que te ha contado debe de haber hablado con alguien, ¿no?

—Tranquilo, Antonio. Sé cómo se hacen estas cosas.

—Ya. Pero acojona ver la tranquilidad con la que se mueven.

—Ingresos en metálico y transferencias a paraísos fiscales. ¡Es tan obvio!

—Cada empresa les dura solo unos meses. Y ni Holanda ni Andorra se consideran paraísos fiscales a efectos del Sepblac. Pero, aun así, canta bastante.

Sin despegarse del móvil, Arzamendi regresó al interior de la vivienda, sacó de la alacena un bote de café soluble, llenó de agua un pequeño cazo y lo puso sobre un fuego que no pudo encender porque fue incapaz de prender una cerilla sin ayudarse de las dos manos. Resignado, decidió que el desayuno podía esperar a pesar de los gruñidos crecientes de sus tripas.

—Necesitamos saber quién mueve el dinero de Bilrottesa, Antonio.

—Ya te he dicho que se hace por la banca online.

—De acuerdo, pero quizá tu amigo pueda darnos más información. No sé... A quién se le entregaron las claves, quién llama cuando hay una incidencia, o algo por el estilo.

Alguien en el BCM sabe quién hace esas transferencias, estoy seguro.

—Bueno. Llamo a Carmelo y te comento.

En el tono que empleó el bancario jubilado era fácil distinguir matices de duda e ironía. Conocía bien los sistemas del BCM, y no creía que un administrativo fuera capaz de obtener información adicional. Pero tampoco perdían nada por probar.

Después de colgar, Maruri permaneció largo rato contemplando las nubes que arrastraban sus grandes vientres negros a lo largo de la costa. No había sido del todo sincero con Arzamendi. No porque quisiera ocultarle unos datos que, en realidad, eran meras suposiciones, sino porque divagar sobre los nombres ilustres del estrecho micromundo de Bizkaia sin tener algo tangible a lo que aferrarse era un ejercicio de morbo que no conducía a ningún sitio.

Javier Aritzazeta, además de decano del Colegio de Abogados de Bilbao, fue el socio fundador y propietario de Aritzazeta Legal Support, uno de los bufetes más prestigiosos del territorio que, además de defraudar a Hacienda a manos llenas, ejerció de cantera de muchos abogados fogueados a su sombra antes de lanzarse a construir sus carreras en solitario. Maruri conocía a algunos de ellos. No solo a Martiartu, que hizo el recorrido inverso. Que él recordara, también hubo políticos, tanto del partido del gobierno como de la oposición. Más de un fiscal. E incluso jueces.

Juezas, se apresuró a matizar pensando que quizá fuera demasiada casualidad que Susana Herralde, precisamente ella, llevara la instrucción de aquel caso.

27

—No hay señales de violencia. —José Méndez no paraba de moverse por el estrecho rellano del último piso mientras, con el móvil pegado a la oreja, seguía sin interés las evoluciones de los agentes de la comisaría de Ondarroa en el interior de la vivienda—. La cerradura no presenta el más mínimo rasguño. En las habitaciones no hay rastro de lucha, nada fuera de lugar. Lo confirmarán los técnicos, pero tampoco hemos encontrado restos de sangre. —Un bufido al otro lado de la línea dejó patente la impaciencia del comisario—. Drissi ha hablado con los vecinos. Nadie ha escuchado nada raro. Ni ayer ni hoy.

—¿Y la patrulla de la calle? ¿Tampoco ellos han visto nada o qué?

El oficial dedicó una sonrisa desganada a su compañera, que seguía la conversación desde la distancia.

—La patrulla ha abandonado su puesto esta mañana durante un buen rato.

—¿Qué?

—Por lo visto, ha habido una pelea en la calle, unos metros más abajo. Una mujer estaba siendo golpeada por su pareja. Un grupo que pasaba por delante ha intervenido para defenderla y se ha montado una buena trifulca. No les ha quedado más remedio que reconocer que han estado más de una hora fuera de su puesto, entre las diez y las once y pico.

Sabino Lasa dejó escapar una risita sardónica.

—Una casualidad muy oportuna, ¿no?

—De casualidad, nada. Todos eran africanos. Aquí hay mucho senegalés trabajando en los barcos, así que *a priori* no les extrañó. Dicen que entonces no se dieron cuenta, pero que dándole vueltas al tema sí daba la impresión de que no hacían más que buscar excusas para alargar la bronca.

—Por supuesto. —La voz del comisario rechinaba tanto que Méndez alejó un poco el auricular de la oreja—. Y tampoco habrá habido denuncia, ¿no? Ni por parte de la mujer agredida ni por la de los machitos que fingían defenderla.

—Exactamente.

A requerimiento de uno de los técnicos, Hiba entró en la vivienda y José aprovechó para alejarse unos pasos y bajar la voz todo lo posible.

—Comisario, fuera del cuerpo nadie sabía que Usman estaba aquí.

—Ni el fiscal ni la jueza pertenecen al cuerpo, Méndez. No enmerdemos a la Ertzaintza a la primera de cambio.

—Cierto. —Méndez comenzó a bajar las escaleras hurtando sus palabras al resto de los agentes y a los vecinos que pudieran estar apostados detrás de la puerta—. Y la Fiscalía tiene copia de las llaves de los pisos francos donde esconde a los testigos protegidos.

—Tampoco te pases, José. Hay miles de escenarios más factibles que un fiscal a sueldo de una mafia.

«Sí —pensó el oficial, devolviendo el móvil al bolsillo—. Puede haber más escenarios. Pero no miles».

Era un camión pequeño y desvencijado que resollaba detenido en doble fila mientras su conductor hablaba con la dueña de la carnicería. En la puerta, descolorida por el paso del tiempo, la imagen de una vaca estudiaba al peatón con sus grandes ojos tristones. El lema impreso bajo sus patas quizá explicara algo de la aflicción pintada del animal: «Ganadería Vivar. La mejor carne a su hogar. Aranda de Duero. Burgos». La caja isoterma, abierta, dejaba ver un interior repleto de grandes costillares colgados de las barras del techo, despojos de una masacre silenciada. Orna Shoher oteó con disimilo a su alrededor, confirmó que el chófer seguía negociando con la carnicera, que ninguno de los escasos viandantes que se protegían bajo las conchas de sus paraguas le prestaba atención, y se situó detrás del vehículo. Otro vistazo para corroborar su anonimato en el trajín de la ciudad, y arrojó el móvil que usaba para controlar la alarma de su apartamento al interior de la caja, a una esquina donde se amontonaban trapos sucios y despojos irreconocibles de animal. Satisfecha con su puntería, atravesó la calle y buscó refugio en una cafetería. Sentada junto a una ventana estrecha como la atalaya de un espía pidió un café y una ración de tortilla, y dejó pasar el tiempo mientras el repartidor terminaba de descargar su pedido, subía a la cabina, anotaba algo en un cuaderno mugriento y arrancaba para desaparecer calle arriba, rumbo al siguiente comercio o, por la hora que era, de regreso a su granja de Aranda de Duero, a doscientos veinte kilómetros de Bilbao.

Terminó el pincho, apuró la bebida y salió dispuesta a cumplir lo antes posible su cometido. Aquella burda maniobra mantendría algún tiempo entretenidos a los agentes del Mossad, pero debía darse prisa. Probablemente no dispusiera de más de medio día para ejecutar a Arechabala, regresar a Balmaseda en busca del sobre con su dinero y desaparecer durante una larga temporada.

Lo primero, como siempre, era asegurarse la retirada. Aparcar en la amplia zona peatonal donde vivía el cubano era imposible, así que calculó que tardaría en dar con un hueco satisfactorio. Aunque la lluvia arreciaba, Orna Shoher buscó en el bolsillo las llaves del coche, el tacto amigable de la Glock, y abandonó el refugio del bar.

Algunas cosas no podían esperar a que escampara.

Por fin, treinta y cinco minutos después de haber bajado la persiana de la oficina del BCM de Zabala, Carmelo Iriondo terminó de contar el dinero y temporizó la caja fuerte. Pero en vez de ir en busca del abrigo para dar carpetazo a la jornada, regresó a su puesto y reanudó la búsqueda iniciada horas atrás, cuando recibió la llamada de Antonio Arzamendi.

A pesar de que le gustaría ayudar a su amigo y, de paso, meter en un brete a los responsables de prevención del blanqueo de capitales, lo cierto era que no sabía por dónde seguir. Los movimientos de Bilrottesa eran siempre los mismos: ingresos en efectivo realizados por extranjeros sin posiciones abiertas en la entidad, y transferencias emitidas a través de banca electrónica a Países Bajos y Andorra. Rastrear al autor de las transferencias, como pretendía Arzamendi, era imposible, algo que un exdirectivo del BCM debería saber. El único dato aportado por el terminal era que las operaciones se firmaban con las claves entregadas al apoderado de la cuenta, como no podía ser de otra manera.

Respecto al administrador de la sociedad, nada nuevo. No era cliente a nivel personal, y en los archivos no había más datos que los aportados por la tarjeta de residencia escaneada al darle de alta: su nombre, su fotografía y una dirección en Málaga. Iriondo cerró la imagen, consultó la hora y decidió que ya era suficiente. Su mujer estaría esperando con la comida recién hecha, y no quería llegar tarde. Sin apagar el ordenador, colgó la chaqueta en el respaldo de la silla y fue a lavarse las manos. Y allí, pendiente de su reflejo envejecido en el espejo, se le ocurrió una idea. Se secó apresuradamente y, sin percatarse de la curiosidad con la que el director seguía sus movimientos, volvió a sentarse frente al teclado.

Cinco minutos después, en el centro de la pantalla flotaba la imagen escaneada de un DNI que Iriondo contempló con la respiración contenida, excitado y asustado ante la magnitud de su descubrimiento. Una vez más, se aseguró de que sus compañeros seguían aventurando cómo iría la jornada de fútbol del fin de semana antes de sacar el móvil del bolsillo interior de la chaqueta y hacer una foto apresurada. Guardó el teléfono, apagó el terminal y se incorporó para recoger su abrigo. Pero no llegó a hacerlo. Plantado delante del armario estaba el director, una sonrisa agria colgando de los labios, un grueso taco de carpetas entre las manos.

—No pensarás marcharte sin terminar esto, ¿verdad, Carmelo?

Iriondo tragó saliva. Alain Etxebeste, el mocoso que había llegado a dirigir la sucursal sin más méritos que su capacidad de adulación, le estaba ofreciendo solo una pequeña parte de los expedientes de activo pendientes de archivar. Era cierto que las labores administrativas, archivo incluido, eran responsabilidad suya, pero en aquella sucursal había tanto volumen de negocio, y él tenía tanta carga de trabajo en la ventanilla, que préstamos, *leasings*, líneas de descuento, anticipos de crédito y financiaciones al consumo habían terminado por formar largas columnas de precario equilibrio que no dejaban de crecer sobre los archivadores.

—El lunes me pongo. Hace media hora que tenía que estar fuera, y mi mujer me está esperando.

—No, nada de eso. El archivo es una de tus obligaciones, y está hecho una mierda. El lunes tenemos auditoría y no seré yo quien se coma un marrón por tu culpa. Así que pilla esto —a Carmelo no le quedó más remedio que extender los brazos para recoger el grueso taco de expedientes— y no salgas del almacén sin haber colocado cada carpeta en su sitio.

—Venga, hombre, que es viernes...

—¡Como si es domingo! —insistió Etxebeste—. Quiero el archivo como una patena antes de que te vayas a casa. Y ya puedes darte prisa, que para mí también es viernes y me va a tocar quedarme hasta que termines, no sea que se te ocurra largarte y el auditor nos pille en bolas. ¡Ya tardas!

Tratando de ignorar las miradas, las risitas incluso, de sus compañeros, Iriondo agachó la cabeza con la resignación de quien tiene prohibida toda réplica y cargó con el taco de expedientes camino del almacén. Furioso y humillado a partes iguales, estaba tan concentrado en mantener a raya una ira que le empujaba a partirle la cara al niñato de su director, que no se percató de cómo este levantaba ligeramente la solapa de la chaqueta, arrugada en el respaldo de la silla, y sonreía al comprobar que el móvil de Iriondo seguía en su bolsillo.

Aunque los compañeros muertos permanecían ahí, firmemente anclados a su cerebro, Miren Ruiz de Heredia estaba convencida de que hacerse a un lado y dejar pasar el fin de semana sin profundizar en esa herida que seguía supurando era la mejor decisión posible. Solicitar al juzgado las órdenes de detención de Artaraz y de Arechabala habría significado hacer saltar por los aires la discreción que ella misma se autoimpuso para proteger a la Ertzaintza. De modo que esperaría al lunes, a la decisión del nuevo subcomisario. Por su parte, se limitaría a pasear a lo largo del Kadagua, quedar con alguna amiga para cenar una hamburguesa, y redactar unos informes que explotarían en la cara de Basagoiti en cuanto tomara posesión de su cargo.

Ser un trepa tiene esas cosillas.

Con las manos en los bolsillos y una extraña ligereza en el pecho, descendió al trote las escaleras de la comisaría y salió a la calle, a la fría brisa de invierno, al rumor de la gente paseando y, de alguna forma imprecisa, a la libertad. Salir del trabajo era algo que llevaba años sin hacer porque, como tantas veces le echó en cara su familia, el trabajo la seguía hasta casa, se colaba en la cocina a la hora de la cena y acompañaba sus noches de desvelo, sola en el salón mientras su marido dormía, sola en el lecho cuando su marido se fue. Pero aquella tarde que aún no comenzaba a declinar, Miren sintió que salía del trabajo, que dejaba atrás una travesía en el infierno, para dedicarse por fin unas horas a sí misma.

Vagó sin rumbo por las calles peatonales de Balmaseda, pendiente del color de los escaparates, de los gatos dormidos en las ventanas del palacio Urrutia, del reflejo de los focos de los vehículos que atravesaban la plaza San Severino y del rugido de un río desbocado. Cruzó el Puente Viejo con cuidado de no resbalar en su joroba, atravesó El Cristo y se sumergió en el camino que ocupaba la ribera. A su izquierda, una escueta hilera de casas unifamiliares daba la espalda al Kadagua y al paseo. Detenida junto a la valla que delimitaba el terreno de una de ellas, trató de otear entre los arbustos, consciente de que, hiciera lo que hiciese, su mente se negaba a descansar.

Aquella era la vivienda de Bonifacio Artaraz.

Faltaba casi una hora para que la noche convirtiera en negro el gris de las nubes, pero en las ventanas de los chalets aledaños las luces delataban la presencia de sus propietarios. Sin embargo, nada hacía sospechar que el ex guardia civil se encontrara en la casa. Tal y como confirmaron las patrullas que, hasta en cuatro ocasiones, acudieron a buscarlo, Artaraz llevaba todo el día fuera de su domicilio.

Estaba a punto de abandonar su precario puesto de observación, incomodada por las miradas censoras de un grupo de ancianas aburridas de sí mismas, cuando le pareció intuir algo diferente, un brillo apagado en la esquina inferior del edificio, una luz casi indescifrable que perdió de vista en cuanto giró un poco la cabeza. Despacio, pendiente siempre del mismo rincón, comenzó a caminar a lo largo de la valla escrutando entre las hojas del seto. Y volvió a verla. Era una luz, sin duda. Provenía de un ventanuco abierto a ras de suelo. Y no parpadeaba. Pero el hueco era tan pequeño que las dos sillas de jardín que se protegían de la lluvia al abrigo del alero lo tapaban desde casi todos los ángulos.

Una vez más, Miren Ruiz de Heredia tuvo que resignarse a admitir que era incapaz de alejarse del trabajo.

De regreso en la comisaría de Zabalburu, la agente Drissi hizo amago de seguir a Méndez, pero una mirada del comisario Lasa bastó para que comprendiera que aquel no era lugar para jóvenes *ertzainas* recién incorporadas. De modo que, sin saber si debía regresar a su puesto de patrullera o, por el contrario, permanecer a las órdenes del oficial, se dirigió a la zona de descanso, introdujo unas monedas en la máquina de café y se sumó al grupo de colegas que intercambiaban chistes y cotilleos en torno a una mesa llena de envases abiertos de pastas y galletas.

En el interior de la sala de reuniones el ambiente no era tan distendido. Méndez asumió con resignada naturalidad la reprimenda del comisario, una forma ruin de descargarse de responsabilidad ante la jueza y el fiscal, que atendían a su monólogo con expresión fúnebre. Le dejó seguir durante un rato, pero cuando las críticas a la operación comenzaron a mezclarse con otras de índole más personal, decidió que estaba harto.

—Hay un traidor.

Se hizo un silencio repentino, un silencio donde Méndez creyó leer una condena. En realidad, tuvo la sensación de que los demás le miraban como si sus palabras le convirtieran en un judas.

El tono de la jueza al replicar bastó para confirmar esa impresión:

—Perdone, oficial. ¿Qué está diciendo?

—Precisamente eso. —Méndez carraspeó incómodo, cruzó las piernas y volvió a descruzarlas. Por muy magistrada que fuera, Susana Herralde siempre tuteaba a sus colaboradores. Hasta ahora—. Alguien avisó a los líderes de Ona To Arewa de la redada en el Carlton. Por eso no embarcaron en Barajas.

—Habíamos concluido que fue la propia desaparición de Usman la que los puso sobre alerta.

—Ya. Pero todo ha cambiado. Usman ha desaparecido, y quien se lo llevó sabía dónde encontrarlo. Y eso es imposible. Además, utilizó la llave. Los peritos que han analizado la cerradura me lo acaban de confirmar, aunque ya me lo adelantaron *in situ*. Nadie la forzó. No hay huellas de ganzúa. Forzar una cerradura de seguridad es difícil, pero si lo consigues, siempre dejas algún rasguño en el mecanismo.

—¿Me estás diciendo que uno de nosotros es un traidor?

Méndez no respondió a la pregunta del comisario Lasa, una pregunta retórica a todas luces. Recostado contra el respaldo, incapaz de encontrar una postura mínimamente cómoda, guardó silencio hasta que la jueza volvió a la carga:

—¿Quién dispone de la llave del piso de seguridad?

—Solo debería haber dos copias. La mía —sacó el llavero del bolsillo para mostrársela a todos ellos— y la que custodia la Fiscalía, ya que es el Ministerio Fiscal quien llega a los acuerdos de protección de los delatores.

Antonio Galdós apoyó ambos brazos sobre la mesa y adelantó mucho la cabeza, como si señalara a Méndez con el hoyuelo de su barbilla.

—¿Pretende decirme algo, oficial?

Otro que, de repente, le hablaba de usted.

—En absoluto, fiscal. Me limito a enunciar los hechos.

—El único hecho aquí... —Toni Kroos recuperó la postura relajada sobre el asiento y le dedicó una sonrisa de desprecio—, es que usted me sugirió llegar a un acuerdo con un delincuente a cambio de nada, a cambio de una operación absurda que nos ha dejado en evidencia ante el gobierno de Estados Unidos y, de paso, ante el *lehendakari*. Y el chivato se ha escapado de un piso que la policía tenía vigilado. Quizá piense que la Ertzaintza —se dirigió al comisario, que trató de mantener la compostura sin conseguirlo del todo— se merece un aplauso.

—Estás siendo injusto con el cuerpo —replicó Lasa.

—Te parecerá que lo habéis hecho de cine, ¡no te jode!

—Usman no se ha escapado —intervino Méndez, cortando la discusión antes de que comenzara—. Han ido a por él. Y si queréis saber mi opinión, pronto empezaremos a encontrar trocitos suyos esparcidos por la basura.

—De acuerdo. —Tras un instante durante el cual trataron de digerir las palabras del oficial, la jueza decidió tomar las riendas de la reunión—. Centrémonos en las llaves. Antonio, ¿puedes asegurar que nadie ha tenido acceso a la tuya en ningún momento?

—Por supuesto.

A Herralde, la seguridad exhibida por el fiscal debió de parecerle suficiente.

—¿José?

Aunque agradeció que volviera a llamarlo por su nombre, Méndez tragó saliva antes de responder.

—Cuando no las llevo encima, las guardo en el cajón de mi mesa.

Como un depredador atento a cualquier signo de debilidad, Toni Kroos no tardó en lanzarse al ataque.

—¿En el cajón de una mesa de una comisaría donde no para de entrar gente? No parece que las haya custodiado de forma diligente, oficial.

—¡Ya vale! Esto no es el patio de un colegio. —El fiscal aceptó la regañina de la jueza agachando la cabeza, pero procuró que Méndez percibiera con claridad el filo vencedor de su sonrisa—. ¿Alguien de fuera se puede haber colado en tu despacho cuando no estabas?

—No. —Aunque lo intentó, su negativa no fue tan tajante, tan autoritaria, como la de Kroos segundos antes—. El único civil que ha estado aquí desde que hablamos con Usman es el abuelo de la niña asesinada. Y no me separé de él en ningún momento. De hecho, le acompañé a la salida y nos despedimos en la calle.

—Pero nadie pudo llevarse la llave, secuestrar a Usman y volver aquí a devolverla. Y lo de llevarse la llave, hacer una copia y volver a dejarla en su sitio me parece más difícil aún.

—Lo sé. —Las palabras del comisario despertaron en Méndez una inquietud indefinible. Él había dado mil vueltas al asunto durante el largo viaje de regreso desde Ondarroa. Escucharlo en voz alta no debería provocarle aquel desasosiego—. Por eso confiaba en que el error de custodia se hubiera dado en la Fiscalía. —Obvió el previsible bufido del fiscal—. Porque mi llave solo ha podido copiarla alguien que se mueva por comisaría con toda tranquilidad.

Ruiz de Heredia se dio por vencida al sexto timbrazo. O Boni no estaba en casa, como todo hacía suponer, o se negaba a abrir la puerta. Por muy infantil que resultara lo segundo, el Artaraz de la última semana, el que pasó de la suficiencia al abandono en menos de cuatro días, le parecía capaz de actuar de esa manera.

Se alejó de la verja exterior y paseó en torno a la valla que delimitaba un parco jardín delantero y el cuadrado de terreno alfombrado de césped de la parte trasera, la que daba al paseo y el Kadagua. Por allí todavía deambulaban grupos de jubilados empeñados en exprimir al máximo las pocas horas sin lluvia de aquel invierno largo como pocos. Las farolas, sucios globos blancuzcos en torno a los que danzaban legiones de mosquitos, iluminaban el *bidegorri* como un aviso contra la locura que comenzaba a tomar forma en su cabeza. El dueño de una empresa de seguridad debía tener la casa blindada contra intrusos, llena de sensores de movimiento, cámaras invisibles y cualquier nuevo *gadget* que pudiera probar en su chalet. Pero ella solo quería echar un vistazo por esa ventanita que, a ras de suelo, dejaba salir un fulgor que comenzaba a obsesionarla. De modo que regresó al portón frontal, echó un rápido vistazo a los esqueletos de los adosados en construcción de la acera de enfrente, a las plazas de aparcamiento vacías a lo largo de la calle, a las ventanas huecas de los vecinos y, tras confirmar que estaba sola, trepó la valla y saltó al jardín de Artaraz.

Esperó agazapada, pendiente de los ruidos que llegaban del exterior, del murmullo de voces en el paseo, el lejano traqueteo de un tren y el quejido bronco del río. Cuando estuvo segura de que nadie la había visto, se incorporó y, olvidadas las precauciones, se dirigió a la esquina posterior de la vivienda.

Intuía que en la parte baja, además de la plaza de garaje a la que se accedía por la rampa construida en el lateral contrario, había un *txoko*. Era lo habitual en ese tipo de construcciones clónicas: ubicar en el sótano el centro de reunión con los amigos, una cocina, una nevera llena de bebidas y una puerta por donde sacar la barbacoa en días de buen tiempo. Una especie de tronera horizontal dispuesta a ras de suelo confirmó sus sospechas. Pero no acertaba a imaginar qué había tras la ventana iluminada.

No necesitó arrodillarse sobre la hierba para descubrirlo. Reconoció el aseo antes de llegar a verlo en su totalidad, segundos antes de percatarse de que acababa de encontrar a su objetivo.

Estaba allí. Derrumbado sobre el inodoro, Bonifacio Artaraz miraba hacia arriba, hacia la luz, la ventana o el destino. Largos chorretones de vómito reseco resbalaban de sus labios y se adherían a su cuello, su cabello y las manos crispadas sobre la garganta. Y a pesar de la distancia y del vaho que su aliento creaba sobre el cristal, Miren comprendió que no había vida en esos ojos abiertos al infinito.

Cuando Carmelo Iriondo salió de la sucursal, las farolas teñían de incertidumbre la calle Zabala, un lugar donde la única certeza era la supervivencia que algunos arañaban a las pateras y otros a las navajas. El cielo lagrimeaba una llovizna perezosa que flotaba sobre la ciudad, como si la humedad brotara de los edificios hastiados, de los ánimos marchitos de cada vecino ebrio de frustración, de cada vecina encarcelada en su mugriento palacio de treinta metros cuadrados. La calle de siempre, el paisaje triste de cada jornada. Pero a Iriondo se le antojó que las nubes estaban más bajas que nunca, que las luces eran más pálidas y los pocos peatones que deambulaban de uno a otro lado con las manos en los bolsillos, menos de fiar. Una ráfaga de viento se coló entre los botones de su abrigo, y el contraste entre el asfixiante calor del archivo, donde había pasado casi tres horas moviendo cajas y carpetas, y el frío del exterior le provocó un escalofrío. Se apresuró a subirse los cuellos del gabán y comenzó a caminar no sin antes dedicar un último vistazo de desprecio a la oficina y a la silueta de Etxebeste intuida en el despacho del director.

Noche de viernes. «Mágica noche de viernes», cantaba Doctor Deseo en aquellos años de *gaztetxe* y *kalimotxo*, tan lejanos en el calendario como en sus recuerdos. Ahora, los viernes eran días para compartir una pizza con su esposa, media botella de vino y algo de sofá y tele antes de caer rendido bajo las mantas. Pero esa noche necesitaba algo diferente, pensó mientras bajaba de la acera para permitir el paso a una mujer que empujaba trabajosamente la silla de ruedas de un anciano. Por un lado, estaba muerto de hambre. También rabioso, incapaz de sacudirse la humillante sensación de ser el paria a quien desprecian por igual clientes, jefes y compañeros. Pero tenía algo que celebrar. O lo tendría en cuanto compartiera su hallazgo con Antonio Arzamendi. De modo que, sacudiéndose el mal sabor de boca que le habían dejado las órdenes del director y el polvo de los expedientes, sacó el móvil del bolsillo interior de la chaqueta y se detuvo para desbloquearlo sin prestar atención a los dos muchachos que, con los puños cerrados en el interior de sus chubasqueros, se le acercaban por la espalda.

28

Cuando José Méndez salió de la reunión, el misterio de la llave seguía ocupando su mente casi por completo. A pesar de que tanto la jueza como el fiscal y el comisario se empeñaron en aparcar aquella cuestión, incómoda a todas luces, él seguía convencido de la existencia de un topo a sueldo de la mafia. Y no creía que fuera un agente de la Ertzaintza.

Toni Kroos no se había molestado en aportar nuevos datos sobre la copia custodiada en la Fiscalía. Nadie sabía si se guardaba en una caja fuerte, en el cajón de una mesa o en su bolsillo. Y Méndez no podía interrogar a un fiscal poco dado a prodigarse en explicaciones.

Dando vueltas a preguntas que no acertaba a plantear, dejó atrás su propio despacho y se dirigió a la salida. Eran más de las seis de la tarde, llevaba doce horas de servicio y en todo ese tiempo había comido un pincho y un café. Sacó el móvil para avisar a su esposa de que iba para casa cuando tropezó con Hiba Drissi, que entraba hablando aceleradamente con un compañero. Y aunque no entendió nada, porque la conversación era en euskera, supo que había pasado algo.

—Han matado a un hombre aquí mismo, en Zabala. —Méndez no necesitó preguntar. En cuanto le vio, Drissi se apresuró a contarle lo sucedido—: Dos chavales. Le han apuñalado por la espalda, le han quitado el móvil y la cartera y han salido huyendo hacia San Francisco. Hay varias patrullas rastreando la zona, pero ya sabes cómo es eso.

Méndez tardó un momento en asimilar la información, disparada casi en un jadeo. Estaba acostumbrado a los robos y las navajas, escenarios más frecuentes de lo debido en el Bilbao que subsistía más allá de la trinchera del ferrocarril, pero aquello destilaba una crueldad innecesaria.

—¿Le han apuñalado así, sin más? ¿No han intentado robarle y luego le han pinchado por resistirse?

—Eso parece —respondió el otro agente—. Los compañeros han hablado con dos testigos, y ambos dicen lo mismo, que el tío salió de su oficina y enseguida se le echaron encima dos morenos. —No se percató de la mirada que le lanzó Hiba—. Una pena. Si le atacan unos metros antes les habrían grabado las cámaras del banco.

Una alarma comenzó a repicar en el cerebro de Méndez.

—Espera. Has dicho que salió de su oficina. ¿Trabajaba en el banco?

—Sí, en el BCM de Zabala.

El aullido de la alarma ocupaba cada resquicio de su cráneo.

—¿No sabréis si era el cajero?

—Sí. —Esta vez fue Drissi quien respondió—. Era el cajero. Según el director, se había quedado hasta tarde porque tenía trabajo atrasado. Kepa le está interrogando ahora.

—¡Llámale! —El eco de su grito rebotó en las paredes de la comisaría provocando un repentino revuelo de cabezas alzadas y gestos de incomprensión. Méndez se dio la vuelta y, sin dejar de disparar una orden tras otra, dirigió sus pasos a la sala que acababa de abandonar—. Llama a Kepa y dile que me traiga a ese director. Que lo meta en una sala de interrogatorios y que lo deje allí hasta que yo llegue. Que no hable con nadie. ¿Está claro?

Y sin esperar respuesta, entró de nuevo en la habitación donde Lasa, Galdós y Herralde estaban a punto de dar por concluida la reunión.

Repetir cafetería no era una buena idea. En realidad, nada de lo que estaba haciendo últimamente era una buena idea. Saltarse sin el menor rubor las más elementales normas de prudencia era tan arriesgado que rayaba en la locura. Pero Orna Shoher podía sentir el aliento del Mossad rozando su piel. Tenía que darse prisa. Tenía que improvisar. Tenía que asumir riesgos. Eso, o resignarse a un viaje de no retorno a un tribunal militar de Tel Aviv.

Además, aquel era el único bar desde el que se veía la puerta del edificio donde vivía el cubano.

Pasaban pocos minutos de las seis, pero en las calles la oscuridad trataba de imponerse, sin mucho éxito, al brillo de farolas y escaparates. La humedad cristalizaba en ínfimas gotitas que salpicaban los rostros acelerados que invadían la ciudad, algunos buscando entre las tiendas formas de pasar la tarde, otros ansiando apagar una sed contenida a duras penas de lunes a jueves. Pocas opciones de abordar a Arechabala entre aquel gentío. Pero lo primero era localizarlo. Apremiada por la urgencia, había pulsado varias veces el timbre de su portero automático sin obtener respuesta. Sopesó la posibilidad de esperar en el portal, pero la descartó al comprobar que allí no había dónde esconderse para preparar una emboscada. El cubano no era un politicucho del tres al cuarto al que meter un balazo sin el menor riesgo. Era un militar fogueado en combate que iba armado por la vida. De modo que decidió resignarse a esperar sin saber si el destino o el azar le ofrecerían la oportunidad que andaba buscando.

Tomó un sorbo de café y dejó que el viento que se filtraba por la puerta se enredase en su cabello en una caricia que le recordó al jadeo de un sabueso rabioso.

A pesar de que en la calle Autonomía el tráfico era tan denso y ruidoso como siempre, desde el piso de Nekane Gordobil solo era perceptible un lejano rumor de bocinas y motores que se confundía con el apagado murmullo del televisor. Sentada en el sofá, rodeada de almohadones y revistas a medio ojear, la suboficial dejaba pasar el tiempo sin hacer caso a las imágenes que ocupaban la pantalla, secuencias de películas del Oeste repetidas hasta la saciedad por las cadenas de siempre. Lluís seguía encerrado en su despacho, buceando en un universo de unos y ceros donde desaparecían las inseguridades que lo atenazaban en el mundo real. Izaro, tras hacer compañía a su madre durante un par de horas, había regresado a su dormitorio, no sin antes cerciorarse de que su padre no había cumplido la amenaza de desconectar la wifi. Y Nekane seguía ahí, la mirada más allá de la película, la mente perdida entre la niebla que envolvía los paisajes de Karrantza.

Aunque no llegó a decírselo a Miren Ruiz de Heredia, estaba segura de que Osmany mató a Zabalbeitia y a Laiseka. Era incapaz de imaginar por qué un operativo dirigido a rescatar a la víctima de un violador había terminado de aquella manera. Pero estaba segura de que fue él quien disparó. Una certeza reforzada tras la visita de Jon Larralde al hospital.

Sin embargo, había algo que no le entraba en la cabeza. Y ese algo era María López Rutherford. ¿Por qué disparó contra Rutte? No podía dejar de preguntárselo. ¿Por qué asesinó a su amiga?

Llevaba toda la tarde —en realidad, toda la semana— planteando y descartando hipótesis, a cuál más absurda y rebuscada. A veces se imaginaba que era un agente de la inteligencia del gobierno de Cuba que no podía dejar testigos de sus actos; otras, que se trataba de un sicario a sueldo de un cártel rival. También llegó a pensar que quizá se viera obligado a disparar a Rutte en defensa propia, aunque al instante desechó esa teoría para sustituirla por la de un militar desequilibrado que disfrutaba repartiendo muerte allá por donde pasaba. Pero esta tampoco se la creía.

Poco a poco, a base de crear escenarios cada vez más improbables, se fue quedando con los más simples, los más sencillos, y, por tanto, pensó, los más factibles. Y en ninguno de ellos era el cubano quien asesinaba a Rutherford. En cualquier caso, la respuesta tenía que estar en el análisis balístico.

En la comisaría de Balmaseda, un agente con voz de hastío le explicó que la oficial Ruiz de Heredia había terminado su jornada y no sabía si trabajaba el sábado y el domingo. Decepcionada, Gordobil le dejó su número y le pidió que la avisara de su llamada. Colgó, volvió a la pantalla de últimas llamadas y acarició con la yema las cuatro primeras de la lista, realizadas todas entre las dos y las seis de la tarde. Todas rechazadas. Con un suspiro, clicó encima del nombre y volvió a llamar a Osmany Arechabala.

Su teléfono seguía apagado o fuera de cobertura.

Alain Etxebeste, el director de la sucursal del BCM de la calle Zabala, era un joven apuesto, de bronceado extraño en aquel invierno de lluvias interminables. El cabello largo, castaño y ligeramente engominado, le rozaba la impecable americana Louis Vuitton. Se había bajado el nudo de la corbata y abierto el último botón de la camisa, como si respirar fuera más difícil en aquel cuartucho amueblado con solo una mesa, dos sillas y un espejo al que no dejaba de mirar.

Desde la oscuridad de su propia sala, Méndez dejó pasar los minutos espiando su nerviosismo, atento a cómo cruzaba y descruzaba las piernas sin razón aparente, apoyaba los codos en la mesa, los quitaba, se llevaba las uñas a la boca, las retiraba con gesto de fastidio y volvía a roerlas. A su lado, el comisario guardaba silencio, escéptico ante las teorías de su oficial. Un escepticismo con el que comulgaba el fiscal. Sin embargo, la jueza se comprometió a cursar lo antes posible las órdenes solicitadas por Méndez.

Él no necesitaba nada más.

Sin una palabra, abandonó su puesto de observación y accedió a la sala de interrogatorios.

—Buenas tardes. —Extendió una mano que el otro estrechó con blandura antes de tomar asiento frente a él—. Soy el oficial José Méndez y, en primer lugar, quería darle las gracias por su colaboración. Entiendo que todo es muy reciente y doloroso, pero la experiencia nos dice que las primeras horas son las más importantes en una investigación de asesinato.

—Estoy a su disposición.

Méndez agachó la cabeza para consultar unos papeles y negar su sonrisa a la curiosidad de Etxebeste. Incluso en esa breve frase se notaba el nerviosismo, un ligero temblor al final de las palabras, la ronquera de quien necesita un vaso de agua que el *ertzaina* no tenía intención alguna de ofrecerle.

—Comencemos. Como imaginará, la conversación está siendo grabada. ¿Tiene algún inconveniente? —Esperó a la previsible negación antes de continuar—. De acuerdo. Permítame comenzar por los datos personales. Su nombre es Alain Etxebeste, tiene treinta y cinco años, y lleva cinco ejerciendo la función de director en la oficina que el Banco de Crédito Monetario tiene en la calle Zabala, ¿es correcto?

—Correcto.

Cruzar las piernas y volver a separarlas, alzar la barbilla y carraspear intentando aclararse la garganta.

—¿Casado?

—Soltero.

—De acuerdo. Señor Etxebeste, ¿cuánto tiempo hace que conoce a Carmelo Iriondo?

El director se recostó en el respaldo de la silla, volvió a cruzar las piernas y aspiró antes de responder.

—Menos de dos años. Bueno, de vista lo conocía de antes, de alguna reunión y eso, pero lo mandaron a mi sucursal a mediados de 2013.

—¿Cuáles eran las funciones del señor Iriondo en su oficina?

Etxebeste improvisó un gesto de extrañeza, pero dado que el oficial no añadió nada más, trató de responder sin delatar un nerviosismo que era incapaz de disimular.

—Se ocupaba de la ventanilla. Ya sabe: ingresos, reintegros, atender las consultas con menos valor añadido, repartir calendarios... Esas cosillas.

Aunque terminó improvisando una risita cascada, un colofón patético para un chiste sin gracia, la expresión adusta de Méndez le devolvió a la seriedad. Y al nerviosismo.

—¿Diría usted que se llevaba bien con sus compañeros?

—Ni bien ni mal. Carmelo era muy suyo. Llegaba a las ocho y cargaba los cajeros. A las ocho y media abría al público y estaba atendiendo hasta que cerrábamos, a las dos y media. Cuadraba, temporizaba la caja y se marchaba. No se quedaba hablando con los compañeros, ni tomaba algo con ellos. Pero tampoco tenía ningún problema.

—O sea, que salía a las tres todos los días. —El director asintió mientras jugueteaba con el extremo inferior de la corbata—. Entonces ¿por qué precisamente un viernes se queda a trabajar hasta las seis menos cuarto?

Etxebeste se ajustó el nudo de la corbata, tosió un par

de veces, una tos tan seca como falsa, buscó sobre la mesa algo que no había y se dedicó a girar los gemelos de su chaqueta. Cuando respondió, su voz era todavía más baja y más rasposa:

—Quería terminar el archivo. Estaba muy atrasado y quería adelantarlo.

—Por propia iniciativa, supongo.

—Sí.

—Pues él no dice lo mismo. —Etxebeste dio un respingo sobre el asiento, casi como si esperara que el propio Iriondo se personara en esa habitación asfixiante para contradecir su versión—. Acabo de hablar con su esposa. Según ella, Carmelo la llamó para decirle que no llegaría a comer porque el director le obligaba a quedarse ordenando un montón de carpetas que llevaban meses sin archivar. ¿En qué quedamos? ¿Fue iniciativa suya, o la orden provino de usted?

—Sí, bueno, claro... Yo le dije que se ocupara de eso. Era su responsabilidad y llevaba tiempo sin hacerlo.

—¿Por qué hoy? ¿Por qué era tan importante que, precisamente hoy, Carmelo saliera tarde por culpa de un archivo que llevaba meses sin hacerse?

El director apoyó los codos en la mesa y trató de aparentar una calma que estaba lejos de sentir.

—¿A qué viene eso? Yo no tenía ningún interés en que saliera tarde. ¿Está insinuando que lo han matado por mi culpa? Lo que tiene que hacer es buscar a esos negros de mierda y dejar de acusar a la gente decente.

—Gracias por decirme cómo hacer mi trabajo. —Etxebeste tragó saliva, o lo intentó, pero en la aridez de su garganta fue incapaz de encontrar una gota de líquido—. Le he preguntado por qué era tan importante que terminara hoy el archivo. Según su esposa, Iriondo le dijo que el lunes tenían auditoría, ¿no es cierto? Le bastaba con haber contestado eso.

—Sí, claro. —Se pasó la mano por la frente para retirar el sudor que comenzaba a cristalizar entre sus cejas e improvisó una especie de disculpa—. Eso era. Me he puesto nervioso sin motivo. Entiéndalo, acaban de matar a un compañero y aún no sé cómo encajarlo.

—Lo entiendo, lo entiendo. —Méndez abrió el portafolio que tenía frente a él y deslizó el dedo por una de las hojas—. Lo que no entiendo es por qué le dijo a Iriondo que el lunes tenían auditoría, cuando desde su departamento de auditoría me han dicho lo contrario.

No hubo respuesta. Más que recostarse, Etxebeste se derrumbó sobre el respaldo de la silla, lívido como un cadáver, tembloroso como la última hoja de un árbol en las postrimerías del otoño. Una hoja a punto de desplomarse.

—Le voy a decir lo que sabemos. Sabemos que Carmelo Iriondo estaba investigando por su cuenta un caso de blanqueo de capitales relacionado con la oficina que usted dirige. —Etxebeste se encogió de hombros y Méndez alzó la mano para hacerle callar—. Ahórreme el teatrillo, por favor. Había conseguido identificar a uno de los peones de la red, el asesino de una niña y su madre. —Apoyó ambas manos sobre la mesa y se levantó acercando mucho su rostro al del director—. Una madre y su hija, degolladas por los sicarios a los que usted y los suyos protegen. —Obvió el frágil gesto de protesta del director—. Hoy ha seguido rastreando la trama. Acabo de hablar con la persona con la que trabajaba. Quería descubrir quién maneja esas cuentas con las que su banco ayuda a proxenetas y camellos a limpiar su dinero. Quién lava la sangre de las niñas degolladas, de las crías secuestradas en sus pueblos natales, de los yonquis, de las víctimas de esos mismos yonquis. Algo me dice que tú no eres uno de ellos, ¿verdad, Alain? —El otro alzó un momento la vista, sorprendido por el tuteo y el repentino cambio de tono, pero no tardó en concentrarse en el convulso movimiento de sus dedos en el regazo—. Tú no eres uno de los que se está forrando con este negocio, ¿verdad? Solo eres un perro faldero, bien adiestrado, eso sí, a quien de vez en cuando dan una chuchería como premio por sus servicios, ¿no es eso? Escucha. El juzgado ya ha solicitado el registro de tu móvil y el de los fijos de tu oficina. En cuanto lo recibamos sabremos a quién llamaste para delatar a Carmelo. ¿Por qué no te haces un favor y nos lo dices tú? La jueza valoraría tu colaboración.

Etxebeste se llevó la mano a la chaqueta. Sudaba tanto que la huella de sus dedos grabó tres círculos oscuros sobre el paño de la solapa. Seguro de que se estaba derrumbando, Méndez siguió sus movimientos tratando de disimular un gesto de triunfo. Al otro lado del cristal, el comisario Lasa contenía, incrédulo, el aliento. El director del BCM sacó un móvil del bolsillo y lo dejó caer sobre la mesa.

—Puede buscar lo que quiera. No tengo nada que ocultar.

—De acuerdo. Entonces fue desde el fijo. Tardaremos un poco más, pero lo encontraremos, eso seguro. —Aunque no lo vio, Méndez pudo intuir la invisible decepción del comisario en la suya propia—. También hemos pedido el historial de movimientos del terminal de Iriondo. Todas las operaciones que ha hecho esta mañana, todas las búsquedas, todas las consultas. ¿Crees que encontraremos algo interesante?

El silencio fue la única respuesta.

Otra curva, un frenazo brusco y Arzamendi se vio obligado a aferrarse al asiento delantero cuando el conductor aceleró a mitad de la trazada. El bocinazo de la furgoneta con la que se acababan de cruzar, la estruendosa respuesta del autobús y el motor rugiendo cuesta abajo camino de la siguiente. A través de los altavoces que, atados con alambres, colgaban de las cuatro esquinas del ruteado, una cantante de voz especialmente aguda se desgañitaba en el empeño de taladrar tímpanos y cerebros. A la derecha, paredes tapizadas de árboles que apenas permitían el paso de la luz. A la izquierda, un precipicio empeñado en atraerlos, en succionar la decrépita carrocería para borrar del mapa el recuerdo de aquel monstruo maloliente, de sus humos y sus toxinas. Lejos, escondido entre la vegetación y la distancia, el azul del Caribe refulgía como una promesa inalcanzable. Recostado contra la ventanilla, estudiando el abismo a través de la suciedad de los cristales y la densidad salina de las lágrimas, el viejo director de banca llegó a anhelar un accidente, un descuido de aquel chófer cuyo lema parecía ser, precisamente, la imprudencia, para olvidar de forma definitiva la mirada acusadora de sus amigos muertos.

Recibió la llamada de Méndez, el compañero de Jon Larralde que llevaba el caso de la nieta de Osmany, cuando estaba entrando en la sucia terminal de autobuses de Maracay. Y allí permaneció, anclado a la acera como una cariátide absurda, hundido por las palabras del oficial, inmóvil y ridículo entre el polvo de los vehículos.

Carmelo Iriondo había sido asesinado.

No fue consciente de cuánto tardó en reaccionar. Pudieron ser dos minutos, pudieron ser cinco, pero durante mucho tiempo fue incapaz de articular sonido alguno, incapaz de asimilar que Iriondo estaba muerto por su culpa. Sin embargo, la llamada de Méndez no era para informarle de lo sucedido, sino para interrogarle. Larralde le había contado que Arzamendi movía los hilos del cajero asesinado. Antonio le confirmó que le había presionado para que profundizara un poco más en sus averiguaciones, y algo se le rompió por dentro, algo que quebró su voz en el momento de responder. Pero Méndez fingió no darse cuenta. Colgó tras cerciorarse de que Iriondo no consiguió aportar ninguna novedad, y Antonio siguió buceando entre el polvo de los autobuses y la culpa de sus propios actos antes de empuñar el móvil y llamar a Borja Maruri.

No quería cargar con otro crimen.

Los jueces siempre tardaban demasiado.

Desde que le tocó personarse en el primer escenario de una muerte violenta, Miren Ruiz de Heredia pensaba lo mismo. El tiempo que debían pasar escoltando el cadáver en espera de que su señoría autorizara el levantamiento era tiempo perdido y, por qué no decirlo, desagradable. Hacía mucho que la oficial había delegado esa labor en agentes de la escala básica, pero eso no significaba que, cada vez que salía de una habitación hedionda dejando a su espalda un cuerpo en estado de descomposición y a dos jóvenes imberbes esperando con cara de susto la llegada de la comitiva judicial, pensara lo mismo.

Bonifacio Artaraz fue una excepción. Por un lado, el juez llegó muy pronto, casi pisando los talones a los compañeros de la Científica. Por otro, Miren estaba dispuesta a esperar lo que fuera.

El magistrado también quería hablar con ella, pero por otros motivos.

—No entiendo qué cojones pinto aquí. —Su voz cavernosa, a juego con el recio corpachón y la barba tupida, rebotó en el estrecho habitáculo del aseo donde se comprimían el juez, la oficial, el forense y el cadáver de Boni Artaraz—. Este borracho se ha ahogado con su propia pota. El experto me lo acaba de confirmar, de modo que no sé para qué me han llamado. En estos casos basta con que venga el secretario judicial.

—Lamento molestarle un viernes por la noche, señoría —el otro torció el gesto ante el tono burlón de Ruiz de Heredia—, pero este hombre era un testigo importante en el caso de los *ertzainas* asesinados en el Karpin. Y estoy segura de que mi compañero le ha explicado que no puede afirmar nada definitivo en un análisis preliminar.

El enfado del juez dejó paso a una curiosidad nada disimulada.

—¿Ah, sí? ¿Disponen de algún dato concreto para afirmar eso?

—Con todos mis respetos, esos datos obran en poder del juzgado que lleva el caso. Usted sabe mejor que yo que no puedo añadir nada.

—Claro, claro. —Tratando de ocultar a la oficial el rubor de su rostro, se giró para echar un vistazo al cuerpo que permanecía encajonado entre la pared y el inodoro—. Entonces, usted cree que se trata de un asesinato.

—No lo creo. Estoy segura. Y sé quién es el asesino. Solo necesito probarlo.

—Ya. Eso es siempre lo más difícil.

El comisario Lasa y el oficial Méndez se pegaron a la pared para protegerse de la lluvia y ambos observaron la calle con mirada cómplice. A las ocho de la tarde, Autonomía estaba saturada de vehículos que iluminaban los cruces con la impaciencia de los focos encendidos, grupos de aspecto cansado esperando frente a las marquesinas la llegada de alguno de los muchos autobuses que, abarrotados, cargaban y vomitaban su mercancía de forma ininterrumpida, y cuadrillas de jóvenes apostadas a las puertas de los bares o camino de los de Egaña, San Francisco o el Casco Viejo. Entre ellos era sencillo distinguir la silueta vencida de Alain Etxebeste abriéndose paso entre muchachas embutidas en vestidos diminutos y ancianos disfrutando del latir de la ciudad. Era una figura contradictoria en la que algo fallaba, un individuo que se movía con el paso vacilante de un mendigo ebrio pero que vestía con la elegancia de un noble o un banquero. Si alguien entre los cientos de personas con quienes se cruzaba le hubiera prestado atención, habría concluido que se trataba del típico vendedor de seguros que, de tanto invitar a combinados a sus clientes potenciales, había acabado borracho como una cuba.

Solo los *ertzainas* sabían cuál era la razón de su inseguridad.

—Entonces ¿ha habido tiempo de intervenirle los teléfonos?

El comisario asintió a la pregunta de Méndez.

—Sí. Herralde no tardó ni cinco minutos en mandar la orden. A partir de ahí, todo ha sido coser y cantar. Ni siquiera habría hecho falta que lo tuvieras tanto tiempo ahí dentro.

El oficial se encogió de hombros en un gesto que Lasa prefirió no interpretar, se metió las manos en los bolsillos y dejó escapar un bufido de impaciencia.

—¿Quiénes son los encargados de la vigilancia?

—Barreiro y Amezaga. Míralos, por ahí van. Tranquilo, que ese no va a ninguna parte sin que nos enteremos.

Méndez reconoció a sus compañeros, caminando distraídamente muchos metros por detrás del director de la sucursal del BCM, una pareja más entre las muchas que se sumergían en la noche ansiosas por inyectarse sus venenos, ciertos o imaginarios.

—Perfecto. ¿Cuánto crees que tardará en contactar con sus jefes?

El comisario dejó escapar una risotada que hizo que algunos de los transeúntes que esperaban frente al semáforo se volvieran hacia ellos. Cuando habló, bajó la voz de modo que solo Méndez pudiera escucharlo:

—Nada. Después del viaje que le has metido, el señor

director irá corriendo a pedir sopitas a gente más podero-sa que él. Solo espero que podamos detenerlos a tiempo, porque a este le quedan dos telediarios. Los tíos como él son un estorbo para gentuza de esa calaña. Y un peligro.

—Ojalá —murmuró Méndez, improvisando en su móvil personal un mensaje para su mujer.

29

Borja Maruri colgó, dejó el teléfono sobre la mesa y permaneció un buen rato atento a la lista de nombres y apellidos que ocupaba la pantalla de su iPad. Una lista que no le apetecía seguir estudiando.

Antonio Arzamendi acababa de contarle que habían matado al cajero del BCM, el que consiguió las imágenes del asesino de Maider.

Además, Maruri nunca tuvo vocación de héroe.

Antes de que las implicaciones de esa llamada aherrojasen su voluntad con las cadenas del miedo, había pasado horas revisando los datos obtenidos en los diferentes registros mercantiles, investigando a los administradores para confirmar que ninguno aparecía ligado a transacciones societarias y, sobre todo, profundizando en Aritzazeta Legal Support, el bufete donde se inició la fraudulenta pirámide de empresas. De ahí esa larga lista de candidatos a financieros del hampa que, de momento, prefería dejar aparcada.

En primer lugar, había buscado en la web del bufete la relación de asociados. Una vez hubo tachado los nombres de quienes, conforme a la información suministrada por la propia página, se habían incorporado en los últimos cuatro años, se encontró con un manejable listado de letrados muy conocidos en el ámbito judicial. Obviando la sensación de vértigo que comenzaba a asaltarlo, siguió buceando en busca de los que abandonaron el despacho para seguir su propio camino. Dado el prestigio del bufete, cualquiera que hubiera pasado por sus oficinas en el centro de Bilbao lo destacaría en letras mayúsculas en su currículo. No le costó dar con una veintena de profesionales del derecho, las finanzas y la política que presumían en sus biografías públicas de haber trabajado codo con codo con Javier Aritzazeta. Maruri notó cómo le temblaban los dedos de excitación mientras tecleaba, en el cuerpo del correo electrónico que pensaba mandar a Arzamendi, los nombres del candidato a *lehendakari* de un partido sin posibilidad de gobernar, una alcaldesa, tres fiscales, una jueza, varios ejecutivos de conocidas entidades financieras, una consejera del Gobierno Vasco y un alto cargo de la Hacienda vizcaína. Pero eso era entonces. Ahora, minutos después de la conversación con Antonio, los temblores que sacudían sus manos no eran de emoción.

¿Cómo supieron los mafiosos que ese tal Iriondo estaba investigando sus cuentas? Pudo irse de la lengua, contar algo que no debía a quien no debía. Tal vez el propio banco, desde la sucursal o desde algún departamento donde su curiosidad hiciera saltar alguna alarma, lo vendió a sus asesinos. A pesar de que el miedo comenzaba a aguijonear su vientre, Maruri debía reconocer que no era su caso. Solo Arzamendi, Larralde y Arechabala sabían lo que estaba haciendo. No obstante, había hablado con Iñigo Martiartu, que trabajaba en Aritzazeta y pudo haber preguntado a sus compañeros, como quizá hiciera el difunto Iriondo. Era imposible, pero notó cómo el aire se espesaba mientras sopesaba esa posibilidad. También recurrió a su contacto en Hacienda. Y suponía que Larralde habría contado algo de lo que sabía a sus excompañeros en la Ertzaintza. De modo que prefirió aparcar el email que estaba preparando. Era consciente de lo absurdo de aquel acto de cobardía, pero también sabía que viviría más tranquilo si no clicaba el botón de enviar.

El móvil seguía dentro de la caja. Era un modelo muy básico, adecuado solo para hacer y recibir llamadas. La tarjeta prepago estaba instalada, pero Alain Etxebeste tuvo que poner a cargar la batería, agotada tras años de ostracismo en el mismo cajón. Se dirigió al mueble bar, se sirvió dos dedos de whisky que bebió de un solo trago, volvió a servirse y corrió a encender el teléfono, enchufado todavía al cargador. Cuando la pantalla anunció que la configuración estaba completa, marcó un número que tenía anotado en una esquina de un cuaderno de facturas y, preso de la cortedad del cable, se resignó a permanecer sentado junto al enchufe, paladeando un licor que no sabía a nada, contando los pitidos que rechinaban contra su oído.

Contestó al séptimo.

Etxebeste tuvo la sensación de que su voz era distinta. Habían hablado en infinidad de ocasiones y nunca había notado ese tono rasposo con el que arrastraba las palabras. Pero tampoco le sorprendió.

—¡Lo han matado, joder! ¿Cómo se les ocurre cargarse a Carmelo? ¡Era mi compañero, hostias! Si llego a saber lo que iba a pasar, no se me ocurre avisarte.

—Me había identificado, ¿no? Pues no quedaba más remedio. Mira, a mí tampoco me hace gracia, pero sabíamos dónde nos metíamos, no me vengas ahora con lloriqueos. Hemos ganado muchísimo dinero sin correr el menor riesgo. Ahora que las cosas vienen mal dadas no podemos ponernos nerviosos. Hay que seguir como hasta ahora. Si estás seguro de que tu cajero no avisó a nadie, no hay nada que temer. Porque estás seguro, ¿verdad?

—Sí. Cuando se fue al archivo me aseguré de que no se llevara el teléfono. Estuve vigilando todo el rato. Solo salió un momento para hablar con su mujer. Desde el fijo. No hizo nada más. No mandó ningún wasap ni llamó a nadie.

—¿Y antes?

—¿Cómo?

—Antes de que lo enviaras a archivar. En el tiempo que pasó desde que viste mi DNI en su pantalla hasta que te dije que lo entretuvieras. ¿Pudo hacerlo entonces?

Alain no respondió. No tenía una respuesta.

—Bueno… —la voz era todavía más rasgada, más frágil que en el momento de descolgar—, no podemos hacer nada, así que, de momento, tú sigue como si nada. Yo me ocupo del resto.

El director del BCM se recostó contra la pared, encadenado al cable del cargador. Desde ahí, desde la entrada, se veía buena parte de los doscientos metros cuadrados de su piso en el centro de Bilbao: los muebles exclusivos, los ventanales abiertos al parque de Doña Casilda, el equipo audiovisual que ocupaba toda una pared… Todos y cada uno de los detalles pagados con un dinero que excedía, con mucho, el de su sueldo.

Todo perdido.

—No, joder. Escúchame. El poli que me ha interrogado lo sabe todo. —Pudo notar cómo la respiración se interrumpía al otro lado del auricular, cómo el tiempo se detenía y la urgencia que trataba de transmitir se imponía al optimismo falso del principio—. Todo. El cabrón de Iriondo ha hablado con alguien. El poli sabía qué estaba buscando Carmelo, sabía cómo lo hacía. ¡Joder! Si hasta sabía que le entretuve a propósito para daros tiempo. Sabe que soy cómplice de asesinato, ¡mierda! Ha pedido una orden para acceder al registro de llamadas de la sucursal.

—No les va a servir de nada.

—Ya. Pero también ha pedido el registro de las consultas hechas desde el terminal de caja. Y sabes perfectamente cuál fue la última.

—Sí.

—Estoy seguro de que me han pinchado los teléfonos. Tengo a dos cipayos siguiéndome. Por ahí andan. Si me asomo al balcón, seguro que los veo. Estoy acojonado, en serio. De esta no salimos.

—Saldremos. Confía en mí. —Etxebeste pensó que era imposible confiar en quien dejaba traslucir su miedo a cada palabra—. Voy a hablar con estos, y algo improvisaremos. El banco no les va a dar nada hasta el lunes. Como mínimo. Seguro que tarda bastante más. Así que tenemos tiempo. Estate tranquilo y no hagas nada diferente a otros fines de semana. Pasea, queda con tus amigos, vete al cine o a cenar... Aburre a los *ertzainas* que te siguen. No hables con nadie. Y, sobre todo, no vuelvas a llamarme. Seré yo quien lo haga cuando sepamos qué vamos a hacer. Te lo repito, confía en mí.

Sin embargo, Alain Etxebeste ya no confiaba en nadie. Colgó, abrió la puerta de la pequeña caja fuerte donde guardaba ese efectivo que no debía pasar por cuenta alguna, buscó su pasaporte, comprimió algo de ropa en una maleta de cabina y comenzó a pensar en una forma de salir del piso sin ser visto.

Hacía horas que no llovía sobre Villasana de Mena, pero la humedad anegaba los prados, las aceras y los tejados de las pocas construcciones que salpicaban el acceso a la población, una larga recta mal iluminada donde levantaron sus chalets quienes disfrutaban de la espectral soledad de los campos o, tal vez, quienes buscaban mantener sus pecados lejos de los confesionarios de chismosas y correveidiles.

Miren Ruiz de Heredia detuvo su vehículo particular en el arcén, junto a la puerta de acceso a una propiedad cercada por un muro de apariencia infranqueable. En el timbre no aparecía nombre alguno, pero la oficial sabía que aquella era la casa de Salvador Somoza, un guardia civil que había conseguido construirse una mansión con su modesto salario de sargento. Y que, a través de un montón de sociedades interpuestas, poseía decenas de propiedades repartidas por todo el país. La valla impedía a los vecinos asombrarse de las dimensiones del jardín y la grandiosidad de la vivienda, pero en tiempos de Google Earth no había forma humana de mantener nada en secreto. Miren había cotilleado un poco en la red, sobre todo por curiosidad, y a esas alturas no necesitaba confirmar nada.

Sabía que Somoza no se encontraba allí. Antes de dirigirse a su vivienda se había acercado al centro, y no tardó en localizarlo en una de las tascas de la plaza en compañía de otros cuatro hombres de su edad con sendas copas de vino. De los años que Somoza vivió en Balmaseda, Miren sabía que le gustaba alternar despreciando el peligro latente del terrorismo y provocando con socarronería a los pocos *borrokas* con los que coincidía. No se equivocó al suponer que en Villasana mantendría las mismas costumbres. Pero erró al pensar que le costaría reconocerlo. Desde el cierre del puesto de la Guardia Civil, a principios de los noventa, no había vuelto a tropezarse con él. Pero estaba tal y como lo recordaba. La misma figura baja y regordeta, la misma calva que intentaba cubrir dejando crecer el escaso cabello que le quedaba, los mismos ojos achinados en un rostro aparentemente abúlico, la misma voz, los mismos gestos. Ni siquiera el aparatoso vendaje que le cubría la nariz le hizo dudar. Era Somoza. Estaba tomando unos tragos con los amigos y, más pronto que tarde, regresaría a su casa, probablemente solo, quizá borracho. De modo que regresó al coche y aparcó frente a su chalet.

Ahora solo había que esperar.

—¿De verdad había que matarlo?

Entender las palabras de su interlocutor a través del teléfono nunca era sencillo. Mezclaba sin ningún criterio español, inglés y francés, todo envuelto en la sonoridad africana de su acento, omitía los verbos y guardaba largos silencios mientras trataba de hacer coincidir lo que pensaba con las palabras extranjeras que salían de su boca. Pero ahora se le antojaba casi imposible.

—Verdad. Tú *want to be* libre, *okey?* Nosotros también. Si él *informateur*, tú cárcel. *Yes?* Si yo cárcel, tú morir. Peor que la *mort pour toi.*

Tragó saliva. El aplomo, la falsa tranquilidad exhibida ante el director de la sucursal del BCM se había desmoronado en cuanto el otro respondió a su llamada con un brusco «tú no *ring me* aquí», y el temor que comenzó a cosquillear en su vientre se fue convirtiendo en un miedo que poco tenía que ver con la cárcel. De golpe se dio cuenta de que la relación entre ambos jamás fue de igual a igual.

—Pero habéis alertado a la Ertzaintza. Saben que el jefe del muerto está metido en el ajo. Le han interrogado y le están siguiendo. No me extrañaría que terminase por cantar.

Regresó uno de aquellos eternos silencios afilados, de respiraciones profundas y terrores inventados al otro lado de la línea. Notó cómo el sudor le empapaba las manos, se secó con la manga y consiguió que el móvil no se le resbalara de entre los dedos. Temblaba. Por primera vez desde que comenzaron a construir la intricada red de empresas de blanqueo de capitales, por primera vez desde que aceptó relacionarse con los amables africanos de Ona To Arewa, tenía miedo.

Mucho miedo.

—*Who more?*

—¿Perdón?

—*Who...?* ¿Quién más sabe *in la banque* tú qué haces?

—Nadie. —El corazón le latía a toda velocidad—. Solo él, Etxebeste. Y porque nos cazó y tuve que sobornarle para que mirara hacia otro lado. Y echarnos un cable si hacía falta. Ya ves... —su voz temblaba tanto que temió desfallecer antes de terminar una frase que era una súplica—, gracias a él hemos evitado que el cajero nos delatara a la policía.

—¿Tú sabes *where is* su casa?

El aire era tan espeso que se negaba a entrar en sus pulmones.

—Espera, creo que lo mejor...

—¿Dónde vivir él?

Cerró los ojos, y en la oscuridad se dibujó su futuro inmediato, su destino si Etxebeste se iba de la lengua. Un futuro en el que no había tribunales, jueces ni agentes de la Ertzaintza. Solo cuchillos, serruchos, tenazas y sopletes. Fuera, lejos de las pesadillas de las que era incapaz de sustraerse, llovía. Pero no. No llovía. Ese sonido de goteo repicando contra el suelo lo provocaba el sudor que resbalaba por su rostro y reventaba en el papel que había sobre la mesa.

—De acuerdo. Apunta.

El portón de acceso comenzó a desplazarse hacia la izquierda emitiendo un chirrido de pereza. El vehículo que se acercaba desde Villasana de Mena redujo la velocidad y señalizó con el intermitente. Ruiz de Heredia salió de su utilitario, cruzó la carretera y se plantó en la entrada de la finca impidiendo el paso del Mercedes. El conductor pisó el freno y el auto se caló, confirmando las previsiones de la *ertzaina*: Somoza había bebido más de la cuenta. Antes de que tuviera tiempo de arrancar, se desplazó hacia la puerta del conductor y la abrió sin mediar palabra. El viejo guardia civil se llevó una mano al interior de la chaqueta, pero la mantuvo ahí, a la espera de que su cerebro evaluara cuánto peligro representaba aquella mujer vagamente conocida.

—¿Qué cojones pasa?

—Boni Artaraz ha muerto.

Somoza sonrió. Fue solo un segundo, un reflejo fugaz que se apagó al instante, pero era todo lo que Miren necesitaba.

Estaba satisfecho.

—¿Quién eres tú?

Sacó la placa y se la enseñó a la luz del salpicadero.

—Ertzaintza.

—Ese cacho de lata aquí no vale una puta mierda.

—Ya lo sé. —Devolvió la placa al bolsillo, apoyó un brazo en el techo del vehículo y acercó su rostro al de Somoza, que le devolvió una mirada que pretendía ser arrogante—. Solo respondía a tu pregunta. Ahora mismo no estoy de servicio, pero sí voy armada, así que hazte el favor de sacar el brazo de la sobaquera antes de que nos dé por comprobar quién de los dos es más rápido, una policía en activo o un anciano borracho.

Somoza acusó el golpe. Miren lo vio parpadear, quizá sorprendido, quizá dolido, retirar la mano del interior de la chaqueta y apoyarla en el volante dibujando dos finas líneas paralelas con los labios. El sargento no estaba acostumbrado a que le hablaran de ese modo.

—Mucha chulería para una agente de pueblo, ¿no? —Seguía mirándola atentamente, escudriñando su rostro como quien busca una ciudad en un mapamundi, hasta que, de forma inesperada, dejó escapar una risita burlona—. ¡Pero si eres la hija de Ruiz de Heredia! Ya decía yo que te conocía. ¿Qué tal sigue tu padre? Alcoholizado, supongo. ¿O la ha palmado de cirrosis?

—Mi padre está vivo. —Miren fue incapaz de disimular el odio con el que escupió la respuesta, y que Somoza encajó soltando una breve carcajada—. A diferencia de Laiseka y Zabalbeitia. —La risa se cortó de raíz—. Ambos están muertos por tu culpa, ¿verdad?

—No entiendo a qué viene esa pregunta.

—No era una pregunta. Mis compañeros fueron asesinados por tu culpa. Lo que no tengo claro es si ordenaste que los mataran, o si los asesinaron por lo que hacían contigo.

Somoza cerró la puerta, giró la llave en el contacto y el motor rugió encabritado, excitado por la furia con la que el ex guardia civil pisaba el acelerador. Pero ni Ruiz de Heredia hizo amago de retirarse, ni él de meter la marcha.

—No dices más que chorradas. Vaya policía cutre se han montado los *peneuveros* con el dinero de todos los españoles…

—Llevas toda tu puta vida traficando, viejo asqueroso. —La primera sorprendida de cómo salieron las palabras, de la violencia de su tono, fue la propia Miren. Pero no pudo, o no quiso, detenerse—. ¿De dónde sacabas el caballo? ¿Era lo que decomisaban tus compañeros? Seguro que sí. Ellos se jugaban la vida para que tú volvieras a sacar esa puta mierda al mercado, ¿no es así? Laiseka y Zabalbeitia trabajaban para ti. Boni Artaraz, también. Los tres están muertos. Pero tú no te me escapas, capullo. Te tengo trincado de los huevos. Por mucho que vivas en Burgos, cuando la Guardia Civil venga para llevarte ante el juez yo estaré ahí, aplaudiendo.

—Estás como una puta cabra. —Somoza metió primera, aceleró un poco, lo justo para que Miren se viera obligada a separarse del Mercedes, y cerró la ventanilla. Pero su voz resonó claramente a través del cristal—: Vuélvete a las Vascongadas y déjame en paz. Yo no tengo nada que ver con los asesinatos de esos tres tíos.

—¡Nadie ha dicho que Artaraz haya sido asesinado! —gritó la *ertzaina* antes de que el vehículo se perdiera en el interior del jardín y la puerta arrancara de sus goznes un gemido de tristeza.

30

Osmany Arechabala cerró por fuera y se guardó la llave en el bolsillo. El gesto mecánico de cada jornada, ya fuera en su pequeño bohío de Santa Clara o en aquel piso que, en ausencia de su nieta, solo servía para dejar transcurrir las horas con la mirada clavada en el techo. Un gesto que, si todo salía como tenía planeado, llevaría a cabo por última vez. Pero no pensaba perder el tiempo en nostalgias ni lamentos. Había pasado demasiadas horas gimiendo como un anciano desvalido, culpándose de la muerte de la pequeña y ahogándose sobre un lecho cuyas sábanas eran más una mortaja que la promesa de un nuevo día. Los huesos le dolían, el pecho amenazaba con estallar y la tristeza brillaba por el estrecho resquicio que dejaban sus párpados. Se palpó el gabán, confirmó que las dos pistolas no destacaban en los bolsillos y, sin más preámbulos, bajó las escaleras y salió a la calle.

Junto a la puerta de la catedral, un grupo de jóvenes aprovechaba la larga tregua ofrecida por la lluvia para, sentados en torno a unas bolsas de supermercado, comenzar la cotidiana borrachera de cada viernes sin que les importaran lo más mínimo las miradas censoras de los transeúntes que se resistían a regresar al refugio de sus hogares. Osmany pasó a su lado, dobló la esquina de la calle Correo y, por Tendería, buscó la salida a La Ribera, al edificio en obras del mercado, al bramido de la ría en la bajamar de invierno, el puente de San Antón y las calles de esa África en miniatura donde su hijo encontró la muerte y donde comenzó a gestarse el asesinato de su nieta.

Orna Shoher lo vio emerger de entre las sombras y caminar en dirección contraria a la cafetería donde llevaba horas parapetada. Se apresuró a salir antes de que su silueta, menos marcial de lo que recordaba, menos firme o, quizá, más derrotada, se perdiera al otro lado de la curva. Manteniendo la distancia, le siguió consciente de que Arechabala la reconocería si llegaba a verla. El cubano giró en La Ribera para continuar por la acera del mercado. Y cuando enfiló hacia el puente que separaba el Bilbao opulento de la ciudad cimentada en otros continentes, comprendió que se disponía a ejecutar esa venganza de la que le había hablado, esa que no pudo llevar a cabo dos noches atrás.

Él iba a vengar a una niña asesinada por un proxeneta.

Ella pensaba eliminarlo por orden de un traficante.

¿Por qué se le ocurría plantearse semejante tontería?

Maldito bocazas.

La plaza de Bilbao La Vieja comenzaba a llenarse de muchachos embutidos en forros de montaña y muchachas protegidas del frío de la noche con pañuelos palestinos de colores. Faltaban unas horas para que los bares del Casco Viejo cerraran y cientos de jóvenes cruzaran la ría, ansiosos por seguir bebiendo, fumando, gritando y cantando en esa otra orilla aparentemente ajena a las regulaciones municipales, pero las tascas que asomaban a la plazuela comenzaban a estar abarrotadas. Osmany pasó frente a la lonja cerrada de

La Taberna Negra, dejó a su izquierda el pub Inpernu y rebasó las escaleras donde el Enano solía reunirse con sus compradores de sueños y olvido. No dedicó ni un solo vistazo a esos lugares que meses atrás ocuparon su imaginación. Su mente era incapaz de huir del bucle de odio y frustración provocado por la reciente llamada de Jon Larralde.

—Ha desaparecido. —El oficial jubilado intentaba mantener un tono sosegado, consciente de que, al otro lado de la línea, el cubano estaba a punto de estallar. No lo consiguió—. Me ha dicho Méndez que alguien se lo ha llevado del piso de seguridad. Ha desaparecido, ¡joder!

Osmany escuchaba sin decir palabra. Curiosamente, no le sorprendía saber que el asesino de su nieta no sería juzgado y condenado por un tribunal. Activó el manos libres y se sirvió un largo trago de una botella de Havana Club de siete años.

—Se lo han llevado esos hijos de puta. Dice Méndez que distrajeron a la patrulla de vigilancia provocando una trifulca cerca del piso franco. Dice... —Carraspeó, tosió y tomó aire antes de continuar—: Dice que tenían la llave. Pero, claro, hace falta un informe de los peritos para estar seguros.

—Está bueno que quieras proteger a tu gente, Jon, pero si sabían dónde estaba es porque la policía se lo dijo. Lo de la llave no tiene importancia.

—No tiene por qué haber sido alguien de la Ertzaintza. El soplo pudo salir de la Fiscalía. O de la jueza, la hostia, que parece que los putos jueces estén por encima del bien y del mal, y son tan cabrones como cualquiera. Yo diría que más.

Osmany tardó en responder. Larralde se lo imaginó pegado al teléfono, tratando de hablar sin que su voz delatara su rabia o su tristeza, hasta que el sonido de un vaso al golpear sobre la mesa le confirmó que estaba equivocado.

—De acuerdo, compay. Nada que hacer entonces. Gracias por avisarme. Eres un buen amigo.

—De nada, Osmany. Oye, por favor, no hagas ninguna tontería. Méndez también me ha dicho... ¡Joder, es la hostia! Méndez me ha dicho que esta tarde se han cargado al cajero del BCM, el amigo de Arzamendi que sacó la foto de Usman. Es gente muy peligrosa, Osmany. Deja que la policía haga su trabajo, no te metas en berenjenales.

Arechabala colgó sin decir nada, volvió a llenar el vaso, lo vació de un solo trago y, saboreando aquel añejo cargado de recuerdos, comenzó a recontar las balas que le quedaban.

Entre la Glock 17 y la Heckler & Koch sumaban treinta. Deberían bastar.

Orna atravesó el puente a la carrera. Le había dado demasiada ventaja y ahora temía perderlo en alguna esquina mal iluminada. A la izquierda, visible en la distancia, estaba su Audi. Lo había aparcado lo más cerca posible de la zona peatonal del Casco Viejo para asegurarse una huida rápida y sin cámaras, como las que vigilaban los aparcamientos subterráneos y las calles situadas a la derecha de aquella plaza. Le dedicó un saludo inconsciente y dobló hacia la pequeña aglomeración de bares y jóvenes que impregnaban el aire con aroma a marihuana. La figura de Osmany subía una pequeña cuesta que nacía ahí mismo. Se apresuraba a recortar el terreno cuando él se detuvo y ella se vio obligada a buscar refugio en una escalinata adosada a la pared. Por un momento, titubeó entre la callejuela que nacía a su derecha y el ramal que se perdía a mano izquierda, el que, como ya sabía, conducía al punto de su primer encuentro. Cuando se decidió por el segundo, la mujer se llevó la mano al interior de la chaqueta, acarició el frío metal de la Glock con el silenciador puesto y dejó que el cubano se alejara antes de salir de su escondite.

Detrás del contenedor olía a pescado podrido, a vómito y orines, a fracaso y tumba. Allí escondido, seguro de que faltaba mucho para entrar en acción, Osmany echó en falta la botella de ron que no había llegado a terminarse. Dijeran lo que dijeran los soldados a su mando, dijera lo que dijera la enseña Che Guevara impuesta por el propio Fidel, él nunca se había considerado un valiente. Si lideró las vanguardias de la Revolución en el Congo, en Cassinga o en Cuito no fue por valor, sino porque siempre creyó que había cosas más importantes que la propia vida. Pero ahora no le movía ninguno de esos principios éticos inculcados desde niño. Lo suyo era pura y simple venganza. En alguno de esos edificios de persianas cerradas con celo de matarife se refugiaba el grupo de proxenetas que ordenó matar a Diop. Sabía que las muertes de Maider y de Nerea fueron fruto de la mala suerte; daños colaterales, según el moderno argot belicista. Sabía que el ejecutor estaba fuera de su alcance, pero el asesinato de su nieta no iba a quedar impune. Podía insistir en que su suicidio programado conllevaría la libertad de un buen número de mujeres. Y era cierto. Sin embargo, era consciente de que aquello no era más que una forma de engañar a su conciencia.

Disponía de treinta balas.

Lo que no sabía era de cuántos candidatos.

Orna debió reconocer que el cubano era un animal de costumbres. La misma calle, un refugio entre contenedores y montañas de basura semejante al anterior, y prácticamente la misma hora. Había más tráfico que la otra vez, pero no demasiado. Las cámaras que, sin disimulo, grababan lo que sucedía en las zonas más pobres de la ciudad barrían las aceras y la parte central de la calzada. Sin embargo, calculó que no llegaban a captar el punto donde se escondía Arechabala, algo que no podía ser fruto de la casualidad. No perdió el tiempo en valorar sus opciones. Acercarse a Osmany y ejecutarlo aprovechando la protección de las tinieblas quedaba descartado. Era imposible que no la viera, que no la reconociera. Y estaba segura de que iba armado. Su parapeto era bueno. No podía dispararle desde la distancia. De modo que, siguiendo el ejemplo del cubano, se recostó entre las sombras de la entrada de un local abandonado y, una vez más, se dispuso a esperar.

La vida de una asesina profesional a veces se reducía a una espera interminable.

El tiempo pasó despacio, algo previsible si se le deja transcurrir entre contenedores de basura. Hacía mucho que los ecos de las últimas campanadas, las que dieron las doce en algún lugar desconocido de la ciudad, se habían extinguido cuando la lluvia regresó, más fría e irritante que nunca. Protegido por el estrecho alero del edificio, Osmany vio pasar los coches, cada vez menos, cada vez más dispersos, cada vez más lentos al cruzar frente a las mujeres que afloraban a la calle a medida que esta se vaciaba. Lejos, en dirección al puente de Cantalojas y el centro de la ciudad, el resplandor de los neones delataba la presencia de clubes donde la prostitución se disfrazaba de relaciones amistosas entre hombres con la cartera llena de efectivo y mujeres en tanga y sujetador. Pero frente a las sombras que protegían al cubano de la curiosidad de las tres muchachas que paseaban su desnudez en pleno invierno, todo evocaba sumisión, esclavitud y vacío. Un coche se detuvo junto a una de ellas, que exhibió la mercancía de sus pechos a través de la ventanilla. La conversación fue breve. A Osmany le dio la impresión de que el sitio donde se desarrollaba el regateo era un punto ciego para las cámaras de la Ertzaintza. Por fin, la chica subió al asiento del acompañante y el coche arrancó dejando un hedor a gasolina mal quemada. Arechabala acarició el gatillo de la Heckler & Koch. Si estaba en lo cierto, pronto haría acto de presencia alguno de los sicarios encargados de velar por la buena marcha del negocio. Pero la lluvia siguió repicando sobre las bolsas de basura, los minutos fueron cayendo con la monotonía de siempre y nadie sospechoso se acercó a las mujeres.

Calculó que sería más de la una de la madrugada cuando, desde el lado de Bilbao La Vieja, llegó un joven embozado bajo un grueso goretex. Sin quitarse la capucha del chubasquero, cruzó un par de palabras con una de las putas y Osmany los vio alejarse camino del hotel enclavado en la esquina de Las Cortes, él sujetándola por la cintura, ella recostada en su brazo, como si fuesen más que conocidos. Entonces se fijó en el individuo que aparecía por el lado contrario.

Se avecinaban problemas.

Orna se comprimió aún más en la entrada del club cerrado, entre cartones desechados, latas de cerveza vacías y tetrabriks aplastados, mimetizada en la oscuridad sucia de aquel hueco. Un hombre cuya barriga sobresalía por encima del pantalón pasó muy cerca de ella dejando tras de sí un olor denso a alcohol barato. La barba cubría un rostro blancuzco de ojos muy abiertos, demasiado abiertos, llegó a pensar Shoher al verlo pasar por delante dispuesto a abordar a la única prostituta que permanecía en su puesto.

Desde su escondite no pudo escuchar la conversación, breve y seca, que mantuvieron ambos, pero debió de ser satisfactoria a juzgar por el ruido de la cremallera, el acelerado jadeo de él y las succiones exageradas de ella. Orna lanzó un vistazo hacia el punto donde debía permanecer Arechabala, contuvo un suspiro de resignación y se dispuso a seguir esperando mientras, a solo unos metros de distancia, el putero aceleraba la respiración y veía satisfechas sus ansias con un ronco gemido de gato en celo.

Fue entonces cuando algo cambió. No se oyó el sonido de la cremallera cerrando la bragueta ni el eco de unos pasos alejándose. Esta vez Shoher oyó un golpe seguido de un lamento. Una maldición, un grito de rabia y, enseguida, una sucesión de chasquidos y alaridos de dolor, el restallar del cuero contra la carne, súplicas ininteligibles y, de nuevo, los azotes. A pesar del riesgo que suponía delatarse, asomó la cabeza fuera del soportal y lo que vio le hizo retroceder muchos años en el tiempo y la humillación.

La prostituta estaba tumbada boca abajo. El gigante le pisaba la cabeza con una de sus botas, aplastaba su cara contra el suelo y descargaba sobre sus nalgas unos latigazos cuyo eco conseguía ahogar el llanto de su víctima. Orna sintió que algo le impedía tomar aire. Era ella. Era la joven recluta del ejército israelí, inerme sobre la reseca tierra del descampado tras la violación y la paliza. Era su melena rubia comprimida por el repugnante pie de Seagal, su culo recibiendo fustazos que ya casi ni dolían, el senil aliento del glorioso general filtrándose por sus fosas nasales. Y, sobre todo, el veneno de sus palabras, de la inmunidad de la que presumía, grabándose a fuego en sus neuronas. Era ella. Era todas las mujeres violadas, degradadas, vendidas por la codicia de los hombres. Incapaz de pensar, se limitó a sacar el arma y apuntar a la cabeza de aquel puerco.

Sin embargo, no llegó a apretar el gatillo.

Un hombre corría hacia la pareja.

Osmany sabía que debía contenerse. Solo tenía que esperar a que los gritos de la mujer llamaran la atención de alguno de los proxenetas para encañonarlo y obligarle a que le condujera a donde estaban sus jefes. Bastaba con eso. Pero no pudo.

Simplemente, no pudo.

Tras cerciorarse de que no venía nadie, cruzó la calzada a toda velocidad, se coló entre los coches aparcados y se abalanzó sobre el putero. Su empujón logró desequilibrarlo un poco, lo justo para obligarle a dejar de pisar la cabeza de la mujer, que, aterrada, se ovilló contra el portal que tenía delante. Bufando como un toro, el tipo dio un paso hacia atrás y cerró un puño que hizo amago de estrellar en el rostro del cubano. Pero se detuvo a tiempo. La Heckler & Koch de Arechabala apuntaba al centro de su pecho.

—Así que te gusta pegar a las mujeres.

No hubo respuesta. Inmóvil, casi paralizado, el putero mantenía los ojos fijos en el arma, las pupilas tan dilatadas que Osmany llegó a pensar que el exceso de cocaína, o lo que fuera que había tomado, no le permitía calibrar la dimensión de la amenaza. Llegó a pensar incluso que no tendría más remedio que matarlo ahí mismo. Pero no sucedió nada. Bajó el brazo, se recompuso el pantalón y, con la tranquilidad que da vivir anestesiado, comenzó a caminar en dirección a Bilbao La Vieja. Osmany le siguió con la mirada hasta asegurarse de que se perdía tras el reflejo de las últimas farolas, se giró para preocuparse por la chica, con la pistola todavía en la mano, y comprendió que acababa de cometer un error fatal.

En los cristales del portal que tenía enfrente vio a su espalda el reflejo del sicario que llevaba toda la noche esperando. Justo en el momento en que descargaba sobre su cabeza una gruesa barra de hierro.

Escuchó el disparo. Un oído menos habituado no habría sido capaz, pero él reconoció el susurro de la bala al lamer el silenciador, su silbido casi inaudible mientras surcaba el aire, y el crujido líquido de un cráneo al quebrarse para permitir el paso del proyectil. La barra cayó sin fuerza sobre su hombro, muerta como el individuo que la sujetaba, pero Osmany no se movió. Permaneció de espaldas a su frustrado asesino, de frente a la prostituta que ahogaba sus aullidos de terror hundiendo el rostro en las rodillas, la pistola en una mano y la certeza de que cualquier movimiento brusco podría hacer cambiar su buena fortuna.

Cuando una figura femenina asomó desde la puerta de un local situado a su izquierda, se permitió el lujo de una sonrisa.

—Equivocaste el objetivo. No creo que te pagaran para matar a este montón de mierda.

Orna se acercó despacio, pendiente del vacío que la rodeaba, la mano que sujetaba la Glock escondida por dentro de la chaqueta.

—¿Qué pasó? —insistió Arechabala.

Ella se encogió de hombros, en silencio.

—No sé —dijo por fin—. Igual un tío que se dedica a ayudar a chicas en apuros no se merece recibir un tiro por la espalda. Y, bueno... —un gesto de fastidio, de resignación en el momento de devolver la pistola al bolsillo y cruzarse de brazos—, llevo todo el día pensando en tu nieta y en lo que me contaste. Ya podías haberte callado, ¿no?

—¿Un cubano callado? Eso es imposible, ya tú sabes. —Arechabala guardó su arma y oteó en todas direcciones. Nadie había salido a la calle, nadie se había asomado a las ventanas al escuchar los chillidos, que ahora eran sollozos mal contenidos—. ¿Y ahora qué?

Orna respondió con otro gesto de fastidio.

—No lo sé. Lo único claro es que necesito desaparecer durante una buena temporada.

El ruido de un motor les hizo guardar silencio. Se aproximaba un vehículo, y sus luces proyectaban contra las fachadas las sombras de las farolas muertas, largos dedos animados que parecían señalarlos. Permanecieron inmóviles bajo el sirimiri, mirándose el uno a la otra como una pareja interrumpida en plena discusión. El coche pasó de largo sin que el conductor llegara a sospechar que, invisibles detrás de los vehículos aparcados, una prostituta lloraba acuclillada contra un portal y el cadáver de un sicario teñía la acera de sangre y sesos.

—¿Tienes adónde ir?

Shoher negó mientras seguía con la mirada los dos puntitos rojos que desaparecían al fondo de la calle.

—No. Ahora debería estar cobrando por mi trabajo. Con ese dinero no sería difícil encontrar un escondite.

—Yo tengo un lugar seguro para un par de días. Ya que te estropeé el negocio, es lo menos que puedo hacer.

Orna esbozó una sonrisa maliciosa.

—¿Y si aprovecho para terminar el encargo?

—Eso no va a pasar. —La sonrisa de Osmany fue más abierta, más franca que la suya—. Más fácil que ahora no lo vas a tener. ¿Para qué correr un riesgo mayor?

Los sollozos de la mujer, que no se había movido de su sitio, les hicieron comprender que dejarla allí, junto al cadáver de uno de los sicarios, conllevaba riesgos inasumibles, tanto si la descubrían los proxenetas como si llegaba antes la policía. Aunque quizá fuera peor llevársela contra su voluntad. Pero sus palabras, gemidos en ese sonoro francés que a Osmany le evocó tiempos de juventud y guerrilla, y a Orna, largos paseos por las calles de Saint-Denis, se encargaron de disipar cualquier duda.

—¡Me matarán! ¡Me matarán! —Con los ojos muy abiertos, señalaba al cadáver desmadejado junto a ella sin dejar de repetir la misma letanía—: ¡Ellos me matarán! ¡Tengo que irme lejos, muy lejos! ¡O me matarán!

—Tranquila. No grites y escucha. —Shoher se acuclilló junto a ella y trató de calmarla—. ¿Cómo te llamas?

—Blessing.

—De acuerdo, Blessing. Verás, tú no has hecho nada. ¿Por qué piensas que querrían hacerte daño?

—Ellos siempre hacen daño. —Jadeaba cono un animalillo acorralado, tan asustada que parecía incapaz de respirar y hablar al mismo tiempo—. Venganza. Quieren venganza. Si os cogen, os matarán muy despacio. Lo he visto. Hacen tiras con la piel, arrancan los ojos y la lengua. Si no os cogen, me lo harán a mí.

—Vamos.

Le tendió una mano para ayudarla a incorporarse y apremió a Osmany con la mirada. El cubano sacó las pistolas de los bolsillos, las guardó a su espalda, sujetas bajo el pantalón y ocultas por la camiseta, y ofreció su chaqueta a la muchacha, que se envolvió en ella con el gesto de un felino agradecido. Caminando juntos, conscientes de que las cámaras espiaban desde las paredes como viejas cotillas maledicentes, dejaron atrás Las Cortes, atravesaron la plazuela de Bilbao La Vieja, llena ya de jóvenes que apenas repararon en ellos, y llegaron al puente. Allí, Orna sacó el mando del coche y, desde la acera contraria, el Audi les saludó con el guiño de sus cuatro intermitentes.

Osmany le dedicó una mirada de extrañeza.

—¿Qué haces?

—Vamos en coche, ¿no? A ese lugar seguro que conoces.

—Ni modo. Es acá no más, al otro lado del puente. Y es zona peatonal. Por allí no puedes meter el carro.

—¿Nos llevas a tu casa?

El cubano se encogió de hombros y siguió andando.

—¡Claro! ¿No te parece un lugar seguro? A no ser... —se detuvo y estudió a la israelí con un atisbo de duda en las pupilas—, que hayas dicho a tu cliente dónde vivo.

—No. —Orna acompañó la negativa con un ademán de indiferencia—. Lo que me extraña es que seas tan confiado con alguien que ha intentado asesinarte. Eso es todo.

No dijeron nada más. Cruzaron el puente tras asegurarse de que la cámara de control de tráfico apuntaba en dirección contraria, atravesaron La Ribera y se perdieron en la zona peatonal, llena de música, ruido y gente celebrando la llegada del fin de semana, un decorado festivo donde la muerte, la humillación y la tortura parecían imposibles.

Y, sin embargo, estaban ahí mismo. Al otro lado de la ría.

SÁBADO

14 DE FEBRERO DE 2015

31

Intuyó el sonido del disparo, la explosión sorda donde se resumía el desenlace de una vida, pero las ondas que cortaban el aire a trescientos cuarenta metros por segundo eran mucho más lentas que el proyectil que recortaba la distancia hasta su frente a la velocidad de la locura. Trató de moverse sabiendo que era imposible, que en aquella onza de plomo estaba escrito su destino. Giró la cabeza hacia uno y otro lado sintiendo el calor pegajoso del sudor escurrirse por su nuca mientras la bala, tan lenta como rauda, zumbaba en el sendero que terminaba dentro de su cráneo. Aterrado, consiguió arrancar a su garganta un alarido ahogado que, tras rebotar en las paredes del dormitorio, se filtró en la pesadilla logrando, al fin, despertarlo.

Temblaba todavía cuando alargó la mano para sentir el calor de Katy a su lado. El cuerpo de la dominicana, desnudo como el suyo, bastaba para exorcizar fantasmas y delirios. Aunque seguía sudando, Borja Maruri se pegó a ella buscando algo más de su calor, hundió la cabeza en el hueco de su cuello y volvió a escucharlo: el zumbido de la bala que, meses atrás, estuvo a punto de matarlo.

Sin embargo, ahora estaba despierto. O eso creía. Contuvo el aliento y apretó los párpados como un niño empeñado en desterrar la realidad a fuerza de negarla.

Pero enseguida dejó salir el aire y, con él, una risita de vergüenza.

Era el móvil. Le había quitado el sonido antes de enredarse con Katy en una pelea de muslos abiertos y bocas sedientas, y ahora el aparato vibraba sobre la alfombra, el brillo de la pantalla proyectando espíritus improbables en el papel pintado. Se apresuró a cogerlo, maldiciendo interiormente a quienquiera que se dedicara a llamar a la gente a las cuatro de la madrugada, pero no tardó en descubrir que no se trataba de una llamada.

Y el terror regresó, igual de afilado que en la pesadilla, pero real.

Terriblemente real.

Había saltado la alarma. Algo había activado los detectores de movimiento que tenía en el jardín y avisado al dueño de la casa mediante una llamada que enlazaba con las imágenes captadas por las cámaras.

Había dos siluetas dentro del terreno.

Le costó controlar el primer acceso de pánico, ese reflejo primario que por un lado le impelía a saltar de la cama y salir huyendo sin saber adónde y, por el otro, mantenía sus músculos atenazados bajo las mantas. Consiguió despertar a Katy sin gritar, sacudiéndola en el hombro con una mano temblorosa, y cuando la mujer le dedicó una mirada recriminatoria solo fue capaz de enseñarle el móvil, las imágenes de dos figuras furtivas que se perdían junto al lateral de la vivienda para, al instante, ser captadas por la cámara de la parte trasera mientras hurgaban en una de las ventanas de la planta baja.

—¿Has dado aviso?

Escuchar su voz, más tranquila de lo que esperaba, mucho más tranquila de lo que él se sentía, tuvo la virtud de devolverle una ínfima parte de ese valor que nunca tuvo. Recordó el botón rojo de la esquina inferior del navegador y lo pulsó con tanta fuerza que llegó a escuchar el quejido del cristal. No lo soltó hasta que la frase «Emergencia notificada» empezó a parpadear en el centro de la pantalla. Entonces inspiró hondo, se frotó la cara con ambas manos y notó cómo se diluía una pequeña parte del miedo que le impedía respirar.

Solo para regresar multiplicado cuando desde abajo les llegó un estruendo de cristales rotos que los intrusos no se molestaron en disimular.

Estaban dentro.

Hacía frío en el coche camuflado de la Ertzaintza, pero arrancar el motor y la calefacción sería una forma de delatarse, de modo que Barreiro y Amezaga se limitaron a envolverse en sus abrigos, salir cada cierto tiempo a estirar los músculos procurando mantenerse lejos de las ventanas del piso del director del BCM de Zabala, y turnarse en siestas breves e incómodas de las que se despertaban más doloridos cada vez.

Poco a poco, el parque de Doña Casilda, adonde se asomaba la vivienda de Alain Etxebeste, se había ido vaciando, y ya nadie turbaba la tranquilidad de los ricos con cánticos de borracho y chasquidos de cristales rotos en esos botellones improvisados bajo la incierta protección de la pérgola. El sirimiri había arreciado y ahora las gotas tintineaban sobre el techo del coche inventando monótonas melodías de vigilancia. Una soledad cómplice rodeaba al portal de Etxebeste, por lo que Barreiro pudo aparcar a una distancia prudencial cuando, una vez confirmado que su objetivo se encontraba en la casa, regresó en busca del coche.

Pasaban unos minutos de las cuatro cuando un taxi llegó ronroneando hasta la puerta del edificio. Vieron cómo el conductor salía, pulsaba un timbre y regresaba al refugio de su vehículo. Poco después, Alain Etxebeste, embutido en una gabardina oscura y cubierto con un gorro impermeable que no conseguía ocultar su rostro, salió del portal, entregó al taxista una valija pequeña, que el hombre se apresuró a guardar en el maletero, y tomó asiento en la parte trasera. Cuando arrancaron, Barreiro les permitió alejarse y desaparecer por la bocacalle de Gran Vía antes de seguirlos, mientras Amezaga contactaba por radio con la comisaría.

José Méndez bostezó otra vez, maldijo al capullo que tuvo la genial idea de sacarlo de la cama y lanzó un último vistazo al cuerpo que, envuelto en una bolsa de plástico, se disponían a introducir en un furgón. Cuando le llamaron al móvil no llevaba dormido ni una hora. La pelea con su hija, celosa del recién nacido que le había arrebatado su hueco en el lecho de la madre, fue larga, y la niña tardó lo indecible en dormirse, de modo que Méndez solo consiguió conciliar el sueño más allá de la una. Por eso respondió al agente que lo avisó de un crimen en la calle de Las Cortes con un improperio que, por desgracia, quedó grabado en los registros telefónicos de la comisaría. Y es que encima lo repitió amplificado cuando el otro le respondió que despertarlo había sido una orden directa del comisario. Pero ahora, mientras se despedía del juez de guardia y, junto a los compañeros que respondieron al primer aviso, abordaba la furgoneta que llevaba horas bloqueando la calle, se veía obligado a pensar que tenían razón. Aquella no parecía una más de las muertes que salpicaban el entorno de San Francisco y Bilbao La Vieja. Aunque su cerebro adormilado parecía incapaz de ensamblar correctamente las sospechas, Méndez tenía la sensación de que el decorado de aquel crimen encajaba como anillo al dedo en la trama que estaba investigando.

Solo necesitaba comprobar las grabaciones de las cámaras para confirmarlo.

El ruido de cristales rotos se repitió en la planta baja, y Maruri regresó a esa pesadilla de la que, como de un *déjà vu* imposible, llevaba huyendo cada noche durante los últimos meses. Seguía atenazado por el pánico cuando Katy saltó de la cama y corrió hacia la puerta. Entonces se liberó de las mantas, buscó los calzoncillos de los que se había desprendido nada más acostarse y comenzó a ponérselos. Consiguió introducir la primera pierna, pero la segunda se le enredó y no pudo evitar caer de bruces sobre el colchón.

—Pero ¿qué carajo andás haciendo?

Aturdido, Borja comprendió que Katy estaba ocupada en cosas más importantes que su propia desnudez. Ella sola había conseguido arrastrar la pesada cómoda de roble hasta la puerta para crear una barricada capaz de resistir los posibles embates de los asaltantes. Juntos, empujaron la cama contra ella y añadieron la única silla del dormitorio. No se trataba de un muro infranqueable, pero sería una señal para los ladrones: en cuanto descubrieran que los dueños de la vivienda se habían parapetado en la habitación, entenderían que podían disponer a su antojo del resto de la casa y los dejarían en paz. O en eso confiaba Maruri. Una confianza que saltó por los aires cuando el sonido de pasos que llegaba desde la escalera se detuvo justo frente a la puerta del dormitorio.

No se molestaron en buscar en las demás habitaciones. Aquella era la única cerrada.

No se trataba de un robo.

El primer golpe consiguió mover la cómoda unos centímetros. La puerta se desplazó un poco, y por el resquicio abierto se filtró un jadeo semejante a un gruñido animal. El segundo empellón dejó hueco suficiente como para intuir las sombras que se movían en las tinieblas del pasillo y el tenue reflejo que la luz de la calle arrancaba a la hoja de un cuchillo.

A su espalda, Borja escuchó la voz de Katy:

—¡Deprisa!

La joven había abierto la puerta del balcón. El viento agitaba su cabello, y el brillo de las farolas que, desde el otro lado de la valla, iluminaban el jardín recortaba su silueta con una nitidez irreal. Maruri tardó en reaccionar. No consiguió moverse hasta que el chirrido de las patas de la cama lo arrancó de la nube de terror que lo envolvía. Entonces echó a correr hacia la dominicana, que ya trepaba por la barandilla. A su espalda, los muebles gemían al resbalar sobre el parquet. Sin dejar de temblar, se acuclilló, metió ambos brazos por los barrotes, sujetó las manos de Katy, asomada al otro lado, y la ayudó a descolgarse hasta que sus pies se quedaron a poco menos de un metro del suelo. La soltó y la vio aterrizar sobre el césped, las rodillas levemente flexionadas, una sola mano sobre la tierra empapada.

Era su turno.

A pesar de que la noche era fría, las manos le sudaban tanto que resbaló al inclinarse sobre el pasamanos, y se golpeó la barbilla contra el metal. Notó cómo le crujían los dientes, y el sabor de la sangre se extendió por su boca como una premonición. Quizá se había mordido la lengua, quizá los labios. Nada importante, en cualquier caso. Tomó aire, volvió a sujetarse a la barandilla y, luchando contra su miedo y su torpeza, consiguió pasar una pierna por encima.

El estruendo procedente del dormitorio le confirmó que los intrusos habían conseguido franquear la puerta.

Pasó la segunda pierna y el universo se balanceó ante su mirada, un borrón de sombras entremezcladas, manchas de luz que comenzaron a moverse ajenas a la lógica y la física.

Abajo, a tres metros de distancia, Katy no dejaba de gritar algo que su mente, aturdida por el rumor de los pasos a su espalda, no escuchaba:

—¡Salta!

Lo intentó. Dobló las rodillas, separó los dedos de los barrotes y trató de saltar, pero algo más fuerte que él, más fuerte que la parte racional de su cerebro, le impelió a agarrarse de nuevo. Entonces los vio. Dos encapuchados entraban en el balcón empuñando sendos cuchillos en sus manos enguantadas. Estaban ahí, a solo un metro de distancia, armando el brazo para asestarle un navajazo en las costillas, y Maruri seguía aferrado a la barandilla, inmóvil como el pajarillo hipnotizado por los ojos de la serpiente.

—¡Salta!

El grito de Katy logró romper el hechizo. Saltó justo antes de que un puñal rasgara el hueco dejado por su cuerpo, se precipitó al breve vacío que lo separaba del jardín, y aterrizó sobre una pierna, la derecha, que se dobló violentamente bajo el peso de su cuerpo.

Escuchó un chasquido y no pudo contener un alarido de dolor.

—¡Vamos!

Katy se inclinó sobre él, pasó los brazos bajo sus axilas y trató de ayudarlo a incorporarse. Pero Borja era incapaz de mover la pierna, doblada sobre la hierba en un ángulo inverosímil.

—Me he roto la rodilla. ¡Joder! ¡Me he roto la rodilla!

—Tenemos que irnos. —En la voz de Katy vibraba una nota de llanto, de súplica y angustia. Sin soltar a Borja, levantó la vista hacia el balcón y confirmó que seguían allí, dos sombras asomadas a la barandilla, estudiando el espacio que los separaba del suelo o, tal vez, deleitándose en la certeza de que no tenían escapatoria—. Por favor, mi amor. Tenemos que salir de acá antes de que nos maten, venga.

Borja negó con la cabeza.

—No puedo. Vete tú, deprisa. Vienen a por mí, a ti no te perseguirán. ¡Corre!

Katy no se molestó en responder. Haciendo acopio de todas sus fuerzas, tiró de Maruri sin que sus aullidos de dolor le importaran lo más mínimo hasta obligarlo a incorporarse sobre la pierna izquierda. Volvió a sujetarlo por debajo de las axilas, lo aferró contra su cuerpo y echó un último vistazo al balcón.

Estaba vacío.

Y a pesar de que se encontraban fuera de la vivienda, a pesar del siseo del viento y el crujir de las ramas de los árboles, ambos escucharon el ruido de dos pares de botas trotando escaleras abajo.

—No podremos salir. Van a cortar el camino hacia la verja mucho antes de que lleguemos.

—Por acá.

Katy se dio la vuelta y, como pudo, comenzó a arrastrar a su novio en sentido contrario, hacia la parte posterior del jardín. El abogado se dejaba conducir cojeando torpemente, aunque su voz reflejaba el desaliento que precede a la rendición:

—Por aquí no hay salida. El muro es muy alto, y no hay ninguna puerta.

Pero Katy no tenía intención de resignarse a su suerte. Siguió avanzando, siguió cargando con él en dirección a la sombra que se adivinaba en una de las esquinas, protegida por las ramas de un pequeño sauce.

La caseta de herramientas.

El taxi de Etxebeste atravesó Alameda de Rekalde, cruzó el puente de La Salve dejando a la izquierda las extrañas formas del Guggenheim y aceleró por la avenida de Zumalakarregi. El parque de Etxebarria era una mancha de tinieblas salpicado de farolas tristes que delataban su vacío. Señalizó, giró junto a la basílica de Begoña y, tras un nuevo giro a mano izquierda, comenzó a trepar por la calle Zabalbide en dirección a la salida norte de la ciudad. Barreiro y Amezaga le seguían a distancia, con la tranquilidad de saber que no le perderían en aquellas calles desiertas. Existía la posibilidad de que el taxista se diera cuenta por el retrovisor de que ese par de focos eran los mismos desde que salió del parque de Doña Casilda, pero no le dieron mayor importancia. No era probable que Etxebeste le pidiera hacer alguna maniobra de distracción como las que se ven en las películas americanas, y mucho menos que el taxista accediera. De modo que mantuvieron la distancia, dejaron atrás el Grupo Remar, el último barrio de Bilbao, y se adentraron en la oscuridad de una carretera que giraba sobre sí misma en un corto ascenso hasta el monte Artxanda. El taxi pasó el alto y comenzó a descender la pronunciada pendiente que conduce al Txorierri. El coche camuflado de los agentes lo siguió camino de la galaxia de luces que, unos kilómetros más abajo, delineaban los contornos del valle: el corredor saturado de nudos viales, los grandes polígonos industriales, las calles estrechas de Derio y, un poco más allá, coronado por un potente foco que empequeñecía a los circundantes, el alado edificio blanco del aeropuerto.

—Tenemos un problema.

Amezaga asintió sin mirar a su compañera, pendiente solo de las dos pequeñas luces rojas que les precedían.

—¿Qué hacemos? —preguntó la *ertzaina*.

—Ni puta idea. —El agente se removió incómodo en el asiento, sujetó con la derecha el cinturón de seguridad, como si su leve presión estuviera ahogándolo y, más que responder, se dedicó a pensar en voz alta—: No hay ninguna orden contra ese tío. Puede ir a donde le dé la gana, puede irse a Madrid o a la Conchinchina, que nosotros no podemos impedirlo.

—Pero...

—Pero si le dejamos subir a un avión, el comisario igual nos cuelga de los huevos.

—Excelente momento para no tener huevos.

La broma de Barreiro le hizo esbozar una sonrisa, pero no consiguió relajar su ceño fruncido. Mientras su compañera conducía cada vez más cerca del coche que llevaba a Etxebeste, sacó el móvil y buscó la página de Aena.

—El primer avión de la mañana sale a las cinco y media. Adivina adónde.

—A Barajas.

—Bingo. Es decir, a cualquier destino del mundo. —Dejó escapar un largo suspiro, volvió a cambiar de postura y se giró hacia la agente sin dejar de tamborilear los dedos sobre el salpicadero—. Cuando he llamado antes, no estaba el comisario, y no han sido capaces de localizar a ningún oficial.

—Son las cuatro de la madrugada. Los únicos que estamos despiertos somos los pringados. Y las pringadas —matizó con un leve gruñido.

—¿Qué hago?

Barreiro se encogió de hombros. Mimetizándose con el taxi, ella también accionó el intermitente para desviarse por el ramal del aeropuerto y señaló la radio con la cabeza.

—Vuelve a llamar.

Sentado en su cubículo, estudiando con los párpados entornados el informe que parpadeaba en la pantalla del ordenador, José Méndez no dejaba de añorar la estrecha camita de su hija, el amable destierro al que le condenó el nacimiento del segundo. Los celos de la niña, y unos terrores nocturnos de los que no tuvieron noticia hasta entonces, le obligaban a acurrucarse con ella cada noche, pegados ambos en los noventa centímetros de un colchón donde cada movimiento significaba un codazo y cada bostezo, una vaharada de aliento en el rostro del otro. Y aunque solía protestar a la hora de acostarse, Méndez sabía que dormirse con la pequeña aferrada a su pescuezo era uno de esos privilegios que debía disfrutar mientras pudiera.

Claro que su trabajo no se lo ponía nada fácil.

Se llevó a los labios el vaso de café, tomó un trago, hizo un gesto de desagrado y regresó al informe. Para poder ver las imágenes grabadas por las cámaras de la calle de Las Cortes era imprescindible la presencia de uno de los operadores de vídeo y, a pesar de su impaciencia, a Méndez no le pareció pertinente sacarlos de la cama. De modo que rellenó el vaso de cartón con el mejunje que se enfriaba sobre la mesa y comenzó a redactar un informe preliminar sobre el asesinato.

¿Cómo identificar a la víctima? Cuando el juez autorizó que lo embolsaran en uno de aquellos sacos que representaban a la muerte con mayor precisión que un esqueleto con una guadaña, no llevaba nada encima. Ni documentación, ni armas, ni tan siquiera un paquete de tabaco. La barra de metal que hallaron junto al cadáver parecía suya. No tenía pruebas, pero la sensación de que todo convergía en Ona To Arewa era demasiado fuerte. Necesitaba confirmarlo. Necesitaba saber qué estaba sucediendo. Porque algo pasaba en el seno de esa organización, algo que, si sus sospechas eran ciertas, se había cobrado la vida de dos de sus miembros en un par de días.

Algo que podía llegar a estallar.

Entonces le llamaron por vía interna.

—Oficial, tengo a Amezaga al teléfono. Quiere hablar con usted.

Cerró los ojos, se frotó los párpados con el dorso de la mano izquierda y trató de hacer funcionar su mente. ¿En qué andaba metido Amezaga?

—Pásamelo, a ver.

—¿Méndez? —De fondo se oía el motor de un coche y el rumor de los neumáticos. ¿Dónde coño estaba ese tío?—. Etxebeste ha pillado un taxi y está a punto de llegar al aeropuerto. Lleva una maleta.

Fue como si le hubiera picado un escorpión. Saltó de la silla con el auricular en la mano y comenzó a dar vueltas en el reducido espacio del que disponía. Del agotamiento no quedaba ni rastro.

—¡Que no coja ningún avión! ¿Me habéis oído? Si tenéis que detenerlo, lo hacéis. Yo asumo toda la responsabilidad. En cuanto baje del taxi, lo cogéis y me lo traéis aquí. No le digáis nada, solo que es urgente que hable con él. Yo voy a solicitar ya mismo la orden de detención. Pero lo quiero aquí en cinco minutos, ¿queda claro?

Barreiro dedicó a Amezaga una sonrisa de complicidad. No necesitó que su compañero le dijera nada. Frente a ellos, la cúpula de la terminal comenzaba a emerger de entre la densa oscuridad que las farolas teñían de un naranja tristón. La hilera de taxis destacaba ya en la parte más baja del edificio, la zona de «Llegadas», pero el de Etxebeste se dirigió hacia la puerta de «Salidas». La *ertzaina* fue tras él, aunque antes echó un vistazo al retrovisor, extrañada.

—Llámame loca, pero juraría que nos están siguiendo.

La puerta de la caseta estaba abierta. Siempre estaba abierta, caída hacia un costado, porque la bisagra inferior estaba rota y Borja nunca tenía tiempo, ni ganas, de repararla.

Era una pequeña construcción de madera comprada por internet a un almacén de bricolaje, donde las herramientas de jardín se amontonaban junto a botes de pintura, sacos de abono y una carretilla volcada boca abajo. Katy llegó jadeando, ahogada bajo el peso de su novio, que solo era capaz de acompañar su esfuerzo con torpes saltos sobre la pierna izquierda. Le ayudó a recostarse contra el quicio, se libró de su brazo y se giró en busca de los intrusos. Y el terror que había conseguido mantener a raya amenazó con paralizarla en el peor momento.

Eran dos. Ambos encapuchados. El filo de sus cuchillos brillaba sobre el negro de sus ropas. Estaban cerca, a medio camino entre la casa y esa absurda ratonera sin escapatoria posible. No corrían. Seguros de su fuerza, de la fragilidad de sus víctimas, caminaban sin prisa, saboreando el momento o recreándose en el cuerpo de la dominicana. Y la certeza de que no se limitarían a matarla la hizo reaccionar. Se dio la vuelta y, a ciegas, comenzó a palpar entre los trastos que llenaban la caseta.

Aunque no entraba allí desde que Katy se instaló en su casa y se enamoró del jardín, Maruri sabía que el hacha colgaba de un clavo en la pared, justo al lado de la puerta. Alargó el brazo y el tacto del metal consiguió devolverle un ápice de optimismo. Con ella en las manos y el hombro apoyado en el umbral para mantener el equilibrio, se asomó al exterior y esperó la llegada de los asaltantes.

El corazón le latía con tanta fuerza que estaba seguro de que los hombres podían oírlo. De lo que no había ni rastro, a pesar de sus mudas súplicas, era de la sirena del coche de la Ertzaintza.

Los intrusos se detuvieron a solo unos metros. Dudaban. Se consultaron algo con la mirada, o en voz tan baja que le resultó imposible escucharlo, y siguieron caminando, ahora más despacio, más precavidos, separándose a medida que avanzaban para alcanzar la caseta desde ambos lados de la puerta. Borja apretaba el mango del hacha con tanta fuerza que los nudillos le dolían, pero ni así lograba mantenerla firme. Las manos le temblaban, su respiración era un jadeo, y densas gotas de sudor formaban surcos de pánico en su rostro desencajado. Pero, camuflado entre las sombras, medio agazapado y armado, parecía una amenaza real para sus agresores, que seguían extremando la prudencia con la que se aproximaban.

Entonces oyó el motor. A su espalda, tan cerca que no pudo contener un espasmo que le provocó un latigazo de dolor en la rodilla fracturada, algo rugió con la ferocidad de una alimaña, y Katy se situó a su lado empuñando la desbrozadora como quien sujeta un fusil de asalto.

Los dos intrusos volvieron a detenerse y a intercambiar una mirada de duda. Y decidieron que la mujer era más peligrosa que su acompañante, un desecho que apenas lograba mantenerse en pie. Ambos se centraron en ella, se acercaron hasta casi rozar la cuchilla que giraba a toda velocidad en el extremo de la segadora. Katy se mantuvo firme, anclada sobre el suelo sucio de la caseta, las piernas abiertas para equilibrar el peso. Hizo bailar la máquina ante sus ojos, momento que uno aprovechó para, con la mano que no sostenía la navaja, tratar de agarrarla por el manillar.

Falló.

Katy sabía lo que iba a intentar. Lo había provocado ella, acercando la segadora más de lo que sugería la prudencia. En cuanto intuyó su movimiento, la hizo oscilar para esquivarlo y, al instante, atacó. La cuchilla le abrió el brazo a la altura de la muñeca, la sangre salpicó en todas direcciones y el sicario soltó el cuchillo y se llevó la mano a la herida en un intento desesperado por frenar la brutal hemorragia.

Con el primero fuera de combate, Katy se giró hacia el segundo. Pero ya era tarde.

En un par de veloces pasos, el tipo había recortado la distancia que los separaba para lanzar una violenta cuchillada que buscó su vientre por debajo de la desbrozadora. Sin embargo, no contaba con Maruri. Apoyándose en la pierna buena, el abogado se dejó caer sobre su brazo. Llegó a creer que lo había conseguido, que había inmovilizado al agresor, pero el cuchillo siguió su trayectoria y se le clavó en el hombro en el momento en que ambos caían al suelo. Entonces comprendió que todo había terminado. Aunque el peso de Borja había sido capaz de derribarlo, el asesino no tardó en arrancarle el puñal del hombro para asestar el golpe definitivo.

No vio la cuchilla que se cernía sobre su garganta girando a siete mil revoluciones por minuto.

El taxi aparcó en el paso de cebra situado frente a la puerta de «Salidas» del aeropuerto, justo al otro lado de la calzada. Allí había un poco más de movimiento, dos vehículos descargando a amigos o familiares que debían tomar el primer vuelo, un trabajador vaciando los ceniceros exteriores, y una familia que cargaba con el equipaje desde el aparcamiento de larga estancia. Barreiro se detuvo detrás, olvidada toda precaución, apagó el motor y esperó a que el director del BCM se encaminara a la terminal. Lo vieron pagar al taxista y despedirse con un gesto de cabeza. Luego se dispuso a cruzar, arrastrando la maleta como quien arrastra a un perro por la correa. Sin necesidad de consultarse, los dos *ertzainas* abrieron las puertas palpando el bulto de la pistola bajo las chaquetas y bajaron, pero no tuvieron tiempo ni de separarse unos centímetros de la carrocería. Surgido de la nada, un coche irrumpió a toda velocidad desde la zona de los taxis y embistió a Etxebeste cuando se encontraba en mitad de la calzada. Le vieron volar varios metros hacia delante, oyeron el ruido de su cuerpo al caer sobre el pavimento y, al instante, un tétrico crujir de huesos cuando el destartalado Volvo, cuya matrícula no fueron capaces de intuir, le pasó por encima. Hubo gritos, carreras, padres tapando los ojos de sus hijos, y ni Barreiro ni Amezaga supieron qué hacer. El Volvo desapareció envuelto en la humareda de su propio tubo de escape, y los agentes corrieron hacia el cuerpo inerte del director de banca. Los billetes de quinientos euros que volaron cuando la maleta reventó bajo el peso de las ruedas tapaban parte de su rostro, pero no llegaban a ocultar la informe masa de lo que fue su cráneo, ni los restos de cerebro diseminados sobre el asfalto mientras el olor de la muerte, poco a poco, envenenaba el aire frío de la noche.

32

Osmany se despertó con la sensación de no haber llegado a dormirse y la certeza de que algo no estaba como debería. Algo se había desajustado en el precario equilibrio establecido entre Blessing, Orna y él mismo. Algo que le llevó a buscar el tacto de la Heckler & Koch oculta bajo el cojín sin que un solo movimiento de sus músculos delatara que no dormía. Horas antes, su instinto se había empeñado, contra toda lógica, en confiar en la israelí contratada para matarlo. Ahora, la razón insistía en que ese peligro intangible del que le alertaba la parte autónoma de su cerebro solo podía proceder de ella. Deslizó la pistola hasta el extremo del cojín y trazó un rápido croquis mental del piso. Shoher se había acostado, sin desvestirse, en la única cama de la vivienda, es decir, justo frente al sofá de Ikea donde se acomodó el cubano. Antes había accedido a dejar la Glock en el cajón de la mesilla que había junto al sofá, un gesto al que Osmany no dio mayor importancia porque estaba seguro de que una profesional guardaba siempre varios ases bajo la manga. Por su parte, Blessing se empeñó en dormir sobre la alfombra, cerca de la puerta de la entrada, arrebujada bajo una gruesa manta de felpa.

Por debajo de su línea de tiro.

Todavía con los párpados cerrados, pendiente de los sonidos que llenaban la estancia, Osmany tuvo tiempo de preguntarse por qué seguía con vida si la sensación de peligro que le había desvelado procedía de Orna Shoher. La guerrilla le enseñó que dudas como aquellas debían resolverse más tarde, cuando la posibilidad de recibir un balazo hubiera quedado relegada a la categoría de simple anécdota, de modo que abrió los ojos, alineó el cañón con el lecho de la mujer y llevó el dedo al gatillo.

Y se detuvo.

Orna dormía, tranquilamente encogida bajo el edredón de flores oscuras que el cubano se trajo de casa de su nuera. A pesar de la poca luz que se filtraba por la ventana del apartamento, era sencillo distinguir la expresión relajada de su rostro y el tenue movimiento de la ropa al compás de su respiración.

Entonces comprendió qué le había despertado.

Solo se oía una respiración.

Desalentado, confirmó que Blessing había desaparecido. Una inquietud más allá de la urgencia del momento, una inquietud que le asaltaba cada vez con más frecuencia comenzó a roer la confianza que le acompañaba desde siempre. No había oído el sonido de la manilla, el roce de los goznes, ni el rumor de pasos al bajar las escaleras. La puerta del piso estaba abierta, y el viento que se filtraba desde el portal se colaba por el hueco de su camiseta provocándole un escalofrío quizá premonitorio. ¿Tan viejo estaba que aquellos ruidos que podían marcar la diferencia entre la vida y la muerte ya no conseguían despertarlo? Sacudió la cabeza, resignado al deterioro de los años, y trató de anticiparse al siguiente paso de la fugitiva. ¿Qué sabían de ella? Según les contó mientras, aferrada a una taza de leche caliente, trataba de controlar sus lágrimas y sus miedos, Blessing no fue una de esas niñas arrancadas por la fuerza del regazo de sus padres de las que tanto hablaban los noticiarios. Cuando abandonó Senegal tenía veinticinco años, era maestra y trabajaba en una ciudad del interior. Pero la llamada de Europa, la magia de los relatos edulcorados por los pocos triunfadores que regresaban a sus orígenes, era irresistible. De modo que se lanzó a una aventura que pronto se convirtió en un descenso a los infiernos cuyo guion, conocido, previsible, no tuvo más remedio que cumplir a rajatabla. Quienes se ofrecieron a ayudarla no tardaron en utilizar su cuerpo como salvoconducto y fuente de ingresos a lo largo de un camino que los embrutecía cada día un poco más. Blessing los odiaba tanto como los temía, o eso decía entre unos sollozos que a Osmany le parecieron sinceros. De modo que, descartada la posibilidad de que hubiera decidido delatarlos a la mafia de la que acababa de escapar, solo se le ocurrían dos alternativas: que pretendiera desaparecer del mapa sin ayuda y sin dinero, o que acudiera a la policía en busca de protección.

Renegando una vez más de su lentitud y de su edad, se apresuró a ponerse las botas y guardar el arma en el bolsillo del abrigo. Todavía luchaba contra una de las mangas, enredada sobre sí misma, cuando escuchó la voz de Orna, alerta y soñolienta a un tiempo.

—¿Qué pasa? ¿Dónde está Blessing?

—Se marchó. Tenemos que agarrarla antes de que hable con la policía. Espero que no nos lleve mucha ventaja.

Shoher no tardó en hacerse cargo de lo que sucedía. Le bastó ver su chaqueta de cuero, hecha una bola bajo la silla donde la había colgado, para abandonar la cama de un salto, recogerla y rebuscar en los bolsillos. Sacó el pasaporte a nombre de Mia Baker, un monedero vacío, dos cargadores, y la arrojó al suelo con un grito de rabia que se multiplicó por mil en el diminuto apartamento.

—¡Mierda! ¡El coche! No puedo perder el coche, joder. No puedo escapar sin mi coche.

Arechabala no esperó más. Se lanzó escaleras abajo, consciente de que sería muy difícil recortar la ventaja que les sacaba la senegalesa en el breve tramo que los separaba del Audi. Pero aún no había llegado al portal cuando Orna le adelantó por un costado, abrió la puerta y salió a la calle como una exhalación. No se había calzado, ni cogido la chaqueta. Bajo la cintura de los pantalones, mal tapada por la camiseta de tirantes, se intuía la culata de la Glock. Osmany apretó los dientes, maldijo la estúpida idea de ponerse aquella parka que pesaba como un demonio y trató de seguir la estela de la sicaria.

Ya no llovía. El amanecer quedaba lejos, velado por la dictadura del invierno, pero el sonido de las mangueras disparando agua contra las paredes delataba la presencia de los barrenderos, enfrascados en su cotidiana lucha contra los detritos de la fiesta. Orna pasó frente al pórtico sur de la catedral sin mirar a los lados, sin fijarse en los mendigos que se apretujaban contra las vallas de un atrio que les estaba vedado. Sus pies salpicaban en los charcos formados en el centro de la calle, pero no sentía frío ni dolor. Solo era capaz de pensar en el maletero camuflado, en las armas y los documentos. Dejó atrás la zona peatonal y cruzó La Ribera sin hacer caso al pitido del único vehículo que transitaba por ella. En el momento de girar hacia el puente, vislumbró con el rabillo del ojo la figura del cubano, cada vez más lejana y exhausta, pero no se planteó reducir la velocidad. Por el contrario, exprimió al máximo sus músculos y aceleró camino del puente de San Antón.

Osmany salió a La Ribera cuando Orna desaparecía en la entrada del puente. Las botas le pesaban, el abrigo le pesaba y, en su pecho, el corazón no paraba de repetir que ya no tenía veinte años. Aun así, no podía permitirse descansar. Temía lo que Shoher pudiera hacer si alcanzaba a la muchacha. De modo que obligó a sus huesos a guardar silencio, aspiró una ruidosa bocanada de aire húmedo que le rascó la garganta y siguió corriendo.

Nadie caminaba por el puente. Al otro lado, el bar donde, horas antes, decenas de jóvenes ataviados con pañuelos palestinos habían despertado su instinto militar estaba cerrado, y nadie remoloneaba en una plazuela que dormía el breve sueño de cada fin de semana. Aparcado contra la esquina contraria estaba su coche. Solo era una sombra indefinida en un lugar protegido de la luz de las farolas, pero Orna sabía que era el suyo. Suspiró y se permitió un breve respiro. Había llegado a tiempo.

Entonces parpadearon los dos intermitentes.

Contuvo un grito de frustración y volvió a acelerar. Por encima del rugido de la ría, por encima del chapoteo de sus pies sobre la acera empapada, distinguió con toda nitidez el sonido de la puerta al cerrarse. Fuera de sí, se llevó la mano derecha a la cintura. Dada la posición del vehículo, Blessing debía escapar a través del puente si no quería perder un tiempo precioso en incómodas maniobras. Y Orna no pensaba permitirlo. Sacó la pistola en el momento en que se encendían las luces del Audi.

Y el coche explotó.

Una bola de fuego surgió de debajo del vehículo, un gigantesco fogonazo que lo sacudió y lo hizo elevarse más de un metro antes de regresar al asfalto convertido en una desvencijada bola incandescente. Las llamas envolvieron la carrocería en un tétrico abrazo azul y amarillo, oscurecido por las densas bocanadas de un humo hediondo a caucho, plástico y carne carbonizada.

Detenida en el centro del puente, Shoher contempló el espectáculo inmóvil, paralizada como una estatua de sal frente a la destrucción de Gomorra. Por fin, una mano se cerró sobre su brazo y un brusco tirón la obligó a moverse.

—Deprisa, compañera. Tenemos que salir de acá.

Orna obedeció. Como una autómata, se dejó arrastrar de regreso al apartamento ajena a la lluvia que comenzaba a lagrimear sobre sus hombros desnudos, al frío que taladraba las plantas de sus pies o al rodeo que Osmany le hizo dar para esquivar la vigilancia de la cámara de control de tráfico. Sus ojos solo eran capaces de reproducir su Audi envuelto en llamas, y a sus oídos solo llegaba, repetido y amplificado en una secuencia enloquecedora, el crepitar del fuego y los alaridos intuidos de la mujer que estaba ardiendo en su lugar.

33

Miren Ruiz de Heredia estaba segura de que todos los huesos de su cuerpo llevaban horas quejándose.

Aunque el reloj de su móvil marcaba las seis y cuarto, el amanecer se negaba a arrojar sobre los campos del valle de Mena un mínimo destello de esperanza. Las únicas siluetas que se percibían a través de los cristales empañados del vehículo eran las que iluminaban las pocas farolas que, alineadas a lo largo de la carretera, imprimían en la niebla difusos lunares de un naranja macilento. Hacía frío, más incluso que durante las horas centrales de la noche, y sobre la luna delantera comenzaban a formarse grandes telarañas de escarcha que la oficial ya no se tomaba la molestia de limpiar. Convencida de lo absurdo de esa vigilancia sin sentido, abrió la puerta y se dejó envolver por el relente de la madrugada.

Llevaba ahí, aparcada tras los restos de una nave de ventanas cariadas por el tiempo, desde su encontronazo con Somoza. Demasiado tiempo encogida al volante de su utilitario, protegida del invierno con una sencilla chaqueta, y sin un mal café de máquina que llevarse a la boca. Pero hasta entonces se había negado a dar su brazo a torcer, incapaz de reconocer que ella sola no podría seguir los pasos del viejo guardia civil durante todo el fin de semana.

Aunque la razón le decía lo contrario, aún confiaba en que su andanada de acusaciones carentes de pruebas hubiera abierto una brecha en la coraza de Somoza. Que hubiera logrado sembrar una duda en sus certezas, provocar su nerviosismo, hacerle mover ficha. Obligarle a actuar. Miren no lograba entender qué tipo de válvula de seguridad habían hecho saltar los sucesos del Karpin, pero tenía la impresión de que la muerte de Laiseka y Zabalbeitia fue el detonante que empujó a Somoza a acabar con Bonifacio Artaraz. Y confiaba en que su pequeña representación de la noche anterior le llevara a cometer algún error. Por eso seguía espiando la verja de su chalet, invisible entre los arbustos que, frente al desastrado pabellón, la protegían de la mirada indiscreta de los pocos coches que accedían a Villasana por aquella entrada.

Pero Somoza no daba señales de moverse.

Sopesó la posibilidad de pedir ayuda en comisaría, y volvió a descartarla. Hacerlo significaría poner las cartas boca arriba, reconocer que sospechaba que sus compañeros muertos, admirados como héroes más allá de la frontera de la Ertzaintza, eran narcotraficantes al servicio de un guardia civil. Y no lo haría sin contar con pruebas contundentes. No podía involucrar al cuerpo en semejante batalla dos días antes de que un trepa llegado de la comisaría de Erandio le arrebatara el mando de la investigación. Pero tampoco estaba dispuesta a permitir que el exsargento se le escurriera de entre los dedos. De modo que sacó el móvil y buscó el número de Hugo Laiseka.

A Katy Díaz, la sala de interrogatorios le recordó a las de las películas estadounidenses, esos filmes de argumentos repetidos hasta la saciedad donde un honrado y sacrificado cuerpo de policía se dejaba el alma en la ingrata labor de proteger a los ciudadanos de una inacabable lista de psicópatas, pandilleros, torturadores, violadores y demás ralea empeñados en amenazar la vida y la libertad de la gente de bien.

Enclaustrada entre aquellas cuatro paredes, tratando de no desviar la mirada hacia el falso espejo que ocupaba la de su izquierda, seguía dando vueltas a la evidencia de que la vida no era, ni mucho menos, una película. Y que una placa y un uniforme no eran garantía de nada.

Llevaba casi una hora en la comisaría de Getxo, encerrada en esa habitación que tan solo contaba con tres sillas de plástico, una mesa y el espejo. Detenida. En un principio, cuando la invitaron a acompañarlos a comisaría y le leyeron sus derechos, entendió que se trataba de algo normal. Había matado a un hombre. Le había cercenado la garganta con la desbrozadora, había hecho saltar trozos de carne por todas partes, empapando el césped, la herramienta y su piel de una sangre que no dejaba de manar del cadáver. Era culpable y no podía, ni quería, negarlo. Había tantas razones, tantos eximentes, que no estaba preocupada. Pero el tiempo pasaba y ella permanecía allí, confinada en un cuartucho diminuto, sola y vigilada por los *ertzainas* del otro lado del cristal espía. Y la duda comenzaba a enredarse entre sus nervios, a aguijonear unas neuronas agotadas tras toda la noche en vela, a filtrarse en su seguridad de víctima superviviente. Que su abogado todavía no hubiera llegado también parecía lógico. Al fin y al cabo, Borja lo había sacado de la cama a las cinco de la madrugada. Pero Katy tenía la sensación de que, al dejarla sola en aquella sala minúscula, sin tan siquiera un café o un vaso de agua, la Ertzaintza se empeñaba en remarcar su condición de culpable. De asesina.

Llegaron muy tarde. Cuando el ruido de un motor al detenerse frente a la verja de la entrada delató la presencia policial, hacía mucho que el primero de los agresores había huido con la mano izquierda cerrada sobre la muñeca derecha. El segundo era un cadáver abandonado a la entrada de la caseta de herramientas, y Katy había conseguido arrastrar a Borja al interior de la vivienda, lo había tumbado en el sofá de la planta baja y estaba taponando la herida del hombro que, por lo que pudo comprobar, era menos grave de lo que parecía. Allí esperaron a la ambulancia mientras los patrulleros daban vueltas por el jardín sin saber qué hacer. Fue entonces cuando su novio le pidió que guardara silencio.

—En cuanto llegue mi colega, le cuentas lo que ha pasado. Todo, sin omitir nada. —Katy se vestía mientras, incrédula, escuchaba a Borja—. Pero si te preguntan por qué crees que han venido a por nosotros, responde que no lo sabes. Que no tienes ni idea, que no se te ocurre ninguna razón.

—¡Venga ya! Ayer me dijiste que mataron a un cajero por investigar lo mismo que tú. Sabes de sobra que no es casualidad.

—Cierto. —El abogado trató de incorporarse sobre un brazo para clavar los ojos en los de su novia resaltando la importancia de cada palabra—. Pero ¿quién sabía que estaba husmeando en esa trama?

Katy calló unos instantes. A su alrededor, el frío de la noche se espesaba a medida que fluían las sospechas. Un frío capaz de paralizar sus músculos y su entendimiento.

—Lo sabían muy pocas personas —respondió él mismo—, y pondría la mano en el fuego por todas ellas. Pero cualquiera pudo haber hablado con quien no debía. Supongo que fue Martiartu, mi colega en Aritzazeta. Quizá hizo algunas preguntas en el bufete solo para echarme un cable. La verdad es que en ningún momento le advertí de que el tema era muy serio. De mi amigo de Hacienda me extrañaría más; sería mucha casualidad que currara con alguien metido en este lío. Pero Larralde se lo dijo a ese Méndez, el que lleva la investigación de lo de la nieta de Osmany. Y doy por hecho que él se lo habrá transmitido al resto de su equipo.

—¿Policía? ¿Desconfías de la policía?

Maruri se llevó una mano a la rodilla rota.

—Policía, fiscales, jueces, abogados… ¡yo qué sé! No confío en nadie, ya puede llevar toga o uniforme. Estos tíos deben manejar muchísima pasta. Y el dinero lo puede comprar todo.

—Incluso a un juez.

—Incluso eso.

Katy volvió a quedarse en silencio. Retiró el apósito con el que había taponado la herida, lo sustituyó por otro y volvió a presionar sobre él con las palmas abiertas. La sirena ya no aullaba por las calles de Algorta, y el ruido de un motor en la entrada le confirmó que los agentes acababan de franquear el paso a la ambulancia. Borja se dejaba hacer, pendiente de algún punto indefinido del techo del salón, mientras ella rumiaba las consecuencias de lo que acababa de escuchar.

—¿Puedes traerme el móvil? —Katy asintió, pero no separó las manos de la venda—. Voy a llamar al mejor abogado que conozco.

—¿De verdad piensas que esa gente tiene a alguien infiltrado en la policía?

Maruri se encogió de hombros y dejó escapar un quejido.

—No lo sé. En realidad, lo más probable es que Martiartu les haya puesto sobre mi pista al largar en el bufete. Pero tengo clarísimo que mi abogado va a hacer todo lo posible para que permanezcas en comisaría el menor tiempo posible.

34

José Méndez consiguió abrirse camino entre el corrillo de curiosos apostados detrás de la cinta que delimitaba el perímetro del atentado y acompañó a Susana Herralde hasta su vehículo, aparcado en la plaza de Bilbao La Vieja. Los focos de los periodistas les seguían con la misma tenacidad con la que los reporteros trataban de ponerles un micrófono bajo las barbillas, los flashes restallaban a sus espaldas y las preguntas no dejaban de repetirse a pesar del silencio del *ertzaina* y la jueza. En el rostro de Herralde era perceptible el rastro del sueño, las pequeñas líneas que, bajo los párpados, señalaban el inicio de las ojeras, pero sus ojos brillaban con la determinación del cazador que olfatea el rastro de una presa. Méndez conocía la sensación, pero él se encontraba muy lejos de ese punto. El olor a quemado se negaba a disiparse entre la niebla que velaba la madrugada, y el eco de las puertas del furgón fúnebre resonaba contra las fachadas. Miles de interrogantes se agolpaban en su mente, abotargada por las horas de vigilia, exigiendo respuestas que el oficial no estaba en disposición de ofrecerles.

Aunque Herralde pudo aclararle algo:

—El juez de guardia me avisó. Por lo visto, aquí cerca ha habido otro asesinato hace un par de horas, ¿verdad? —No prestó atención a la respuesta de Méndez—. Los datos preliminares le condujeron a la investigación que lleva mi juzgado. —El oficial procuró que la jueza tomara nota de su gesto de disgusto. Era la Ertzaintza la que investigaba a Ona To Arewa y sus sicarios—. Y tenía pensado hablar conmigo esta misma mañana. Pero la bomba ha acelerado las cosas. Me ha sacado de la cama hace una hora. Por eso estoy aquí. —Bostezó con ganas, como si la mera mención de su lecho la hubiera hecho recordar lo poco que había dormido, y se detuvo frente a su Mercedes con las llaves en la mano—. ¿Satisfecho?

Méndez se encogió de hombros.

—Simple curiosidad, señoría.

—Mantenme informada.

Cuando el vehículo se perdió por la calle San Francisco, Méndez regresó al lugar de la explosión. Estaba preocupado. Si las diferentes organizaciones que pugnaban por hacerse con el control del narcotráfico y la prostitución habían comenzado una guerra, las consecuencias podían ser terribles. Para todos. Como tantas veces a lo largo de los últimos meses, echó en falta la presencia de Nekane Gordobil a su lado. Aunque jamás lo reconocería en público, Méndez sabía que su compañera era más intuitiva, y más inteligente, que él mismo. Pero Nekane estaría de baja mucho tiempo y, en su ausencia, él debía ser capaz de ofrecer algún resultado al comisario. Con un suspiro de agotamiento, se acercó al pequeño cordón que mantenía a raya a los medios, y solo entonces se dio cuenta de que una de las agentes apostadas allí era Hiba Drissi. Se dirigió hacia ella con la sonrisa más sincera que su agotamiento le permitió.

—Drissi, deja eso y acompáñame. —A la joven le faltó tiempo para trotar detrás del oficial—. ¿Estás al corriente de todo?

Se detuvo tan cerca del vehículo calcinado que ambos pudieron sentir el calor que brotaba del acero a pesar de que buena parte de la carrocería seguía cubierta por la espuma de los bomberos.

—En realidad, no. En cuanto hemos llegado nos han ordenado poner un poco de orden. Hemos visto cómo sacaban un cadáver, pero nada más.

Méndez guardó silencio y se concentró en las evoluciones de los de la Científica. Aunque siempre le llamaba la atención el sigilo con el que acostumbraban a trabajar, aquella madrugada el silencio parecía mayor, más denso y consternado. Un coche bomba evocaba tiempos ya superados, escenarios de terror a los que nadie quería regresar.

O, al menos, casi nadie.

—Lo cierto es que yo sé poco más. Los testigos con los que he podido hablar son vecinos que se despertaron con la explosión. Ninguno ha visto nada. Nadie sabe quién es la víctima. He llamado a los municipales, pero dudan que puedan encontrar algo. —Señaló al otro extremo del puente, al mástil sobre el que giraba una de las cámaras que vigilan el tráfico que entra y sale de la ciudad desde Bolueta—. Esa casi siempre apunta hacia Atxuri y La Ribera, no hacia el puente. Van a retroceder a ver si encuentran cuándo aparcó el coche, pero no son muy optimistas.

La *ertzaina* cruzó los brazos sobre el pecho e inclinó un poco la cabeza, una postura reflexiva que a Méndez le trajo recuerdos de Gordobil, y le hizo sonreír.

—De acuerdo. Entonces ¿qué sabemos?

La sonrisa del oficial se hizo más amplia. Pero solo hasta que regresó a la realidad de un vehículo calcinado y un cadáver más que sumar al aparecido horas antes, un cadáver, este último, del que solo quedaba un esqueleto negruzco y quebradizo.

—Sabemos que quienes hicieron esto, además de profesionales, eran unos hijos de puta. —Drissi apretó los labios, quizá pensando en responder que se trataba de una obviedad, pero mantuvo su mutismo—. La bomba era de las incendiarias. La explosión fue muy potente, por eso creemos que la víctima murió en el acto, pero el artefacto debía de contener gran cantidad de algún acelerante: gasolina, amonitol o algo por el estilo. Los técnicos lo confirmarán. El fuego ha sido de campeonato. Los bomberos han tardado mucho en controlarlo.

—Pero una bomba incendiaria, ¿para qué?

Méndez le dedicó una mirada de extrañeza.

—¿Cómo que para qué? Para matar a su ocupante. ¿No es evidente?

—Sí, claro. —De forma inconsciente, Drissi dio un paso atrás, como si su cuerpo respondiera contra su voluntad al desdén mostrado en las palabras del oficial—. Quiero decir... Parece que esta bomba tenía como objeto cargarse a quien subiera al coche, ¿no? No es un atentado que busque provocar el mayor daño posible, ¿verdad? —El silencio de Méndez le confirmó que no tenía nada que objetar—. Entonces, si la explosión bastó para acabar con el conductor, ¿qué necesidad había de provocar semejante incendio?

—Vete a saber. Para asegurarse de no fallar. O tal vez no fueran tan profesionales como parece y no supieron calcular la cantidad de explosivo. ¿O tienes alguna otra idea?

Hiba se encogió de hombros y escondió las manos en los bolsillos con timidez. Méndez se sorprendió estudiando su perfil, mal definido por el uniforme, el color terroso de su tez y la oscuridad de sus iris. Pero le sorprendió más escuchar su respuesta:

—Quizá querían hacer desaparecer algo. Tal vez la víctima dispusiera de algo que podría usar contra sus asesinos. O puede que su intención fuera impedir que identifiquemos al muerto.

La atracción que el amasijo de hierros retorcidos ejercía sobre ella era tan grande que no se dio cuenta de cómo mutó el rostro de Méndez, cómo su expresión pasó de la indiferencia condescendiente a la duda e, incluso, a reflejar cierto temor. Temor que comenzó a acrecentarse cuando uno de los técnicos de la Científica se acercó hasta él con una bolsa transparente entre las manos.

—Tengo la sensación de que la víctima no era precisamente un santo varón. ¿Veis esto? —A través del plástico sucio de la bolsa, ambos pudieron intuir una masa de metal ennegrecido cuya forma les recordó vagamente a algo familiar—. Es una pistola. Y no es la única. Este tío llevaba un arsenal en el maletero.

Orna Shoher dejó la taza sobre la mesa y se encogió bajo la manta en la que se envolvió nada más regresar al apartamento. Osmany, sentado en el pequeño sofá, dejó que la sicaria siguiera sumida en ese universo desconocido, los párpados cerrados y los labios apretados en una fina línea blanquecina. Por la ventana que daba al patio, la única del piso, la plomiza luz de la mañana comenzaba a emborronar las siluetas y a desdibujar las sombras con desgana invernal.

Orna dejó escapar un suspiro, cabeceó de uno a otro lado y clavó los ojos en el cubano, que trató de esbozar una sonrisa de complicidad.

—No entiendo nada.

Arechabala se encogió de hombros. Ya no recordaba cuántas veces había repetido la misma frase. Desde que entraron corriendo en el portal, él tirando de una mujer que no se parecía a la asesina profesional que conocía, Orna no había dejado de insistir en que aquello no tenía sentido. Era una especie de mantra que brotaba de sus labios a cada minuto mientras el café se enfriaba sobre la diminuta mesa de aquel espacio que era cocina, sala, comedor y dormitorio. En realidad, Shoher no parecía encontrarse allí. De modo que Osmany se preparó otro café y se resignó a esperar a que regresara.

El brillo de su mirada le dijo que la mujer estaba en camino.

—¿Qué es lo que no entiendes, compañera?

Orna se levantó, dejó que la manta resbalara por sus hombros hasta caer al suelo y acudió a sentarse junto a él. Bastó ese gesto, la forma en la que se desprendió del improvisado chal de anciana, para que Arechabala comprendiera que la mujer frágil a la que había tenido que sacar a tirones del escenario de la explosión había desaparecido por completo.

—La función del Mossad es proteger al Estado de Israel de enemigos extranjeros. Ellos jamás atentarían contra una ciudadana israelí.

Osmany dejó escapar una risita.

—¿De verdad todo este tiempo pensaste que solo querían detenerte para ofrecerte un juicio justo en Tel Aviv? —Orna asintió, un gesto de dureza en la línea de la mandíbula, y la risita de Osmany se convirtió en una breve carcajada—. No, carajo, no. Tu gobierno no puede arriesgarse a que le cuentes a un juez lo que me contaste anoche. ¿No te das cuenta? Ese famoso general no fue víctima de un atentado palestino. Fue ejecutado por la mujer a la que violó. ¿Te imaginas las reacciones? Todo el mundo regresaría a esos años, a la masacre de Gaza. ¿Cómo van a reconocer que sabían que no fue cosa de los palestinos? ¿Que te llevan buscando desde entonces? No, compay. La única solución era hacerte desaparecer. Del todo.

Durante unos minutos el silencio se adueñó del piso. Desde la calle les llegó el estruendo del camión de la basura, el susurro líquido de las mangueras del servicio de limpieza y el ronquido de algún motor al ralentí, repartidores que llevaban pan y bollería a las pocas cafeterías abiertas a esas horas, pero dentro de la estancia solo eran perceptibles las respiraciones de ambos y un murmullo ronco y monótono. Osmany sabía que provenía de la nevera, pero por un momento le dio la impresión de que escuchaba el cerebro de la mujer, su complicado engranaje funcionando a toda velocidad.

—¿Qué guardabas en el coche?

Orna no necesitó pensarlo.

—Armas. Y bastante munición —respondió—. El maletero del Audi tenía doble fondo. Y dinero. —Exhaló un suspiro de frustración y se llevó las manos a la cabeza—. No mucho, lo justo para aguantar unos días. Todo perdido.

Osmany cogió el móvil del brazo del sofá, buscó la entrada que había estado leyendo hasta entonces, una noticia de la televisión autonómica donde se incluía un breve vídeo de las feroces llamaradas que envolvían el coche, y se lo ofreció. La locutora hablaba de la virulencia del incendio, de la dificultad de los bomberos para apagar un fuego que seguía ardiendo por debajo del agua y de la espuma, del tiempo que tardaron en extinguirlo para descubrir un esqueleto carbonizado adherido a los muelles de lo que fue el asiento del conductor.

—Tus amigos se aseguraron de que no quedara nada reconocible dentro del carro. —Orna le soltó un suave codazo de disgusto—. ¿Qué crees que utilizaron para semejante quemadera?

—Napalm. Es perfecto. Se pega a cualquier superficie y no deja de arder hasta que la consume. Por lo que veo, utilizaron mucho. —La mujer se recostó en su esquina del sofá, apoyó la cabeza en el brazo y se tapó la cara con una mano. A través de los dedos se filtraba el sonido de su respiración, profundas inhalaciones de angustia cada vez más veloces—. ¿Qué voy a hacer ahora?

—¿Cómo dices?

—¿Que qué voy a hacer? No me queda nada. Ni piso, ni coche ni dinero. Solo la ropa que llevo puesta, una pistola y la documentación a nombre de Mia Baker. Me lo han quitado todo.

—Claro, compañera. Te han quitado hasta la vida.

Orna separó la mano de su rostro y estudió al cubano con un gesto de extrañeza.

—Estás muerta. Asúmelo. El Mossad ya cumplió con su trabajo. Si se trataba de que nadie identificara el cadáver, yo diría que lo consiguieron. Los encargados de asesinarte estarán ahora mismo pendientes del noticiario. En cuanto confirmen que estabas —dibujó unas comillas con los dedos de ambas manos— en el carro, regresarán a recoger su medalla por asesinar a una mujer. —Se inclinó sobre Shoher, que se había incorporado para escuchar sus palabras, y concluyó con una sonrisa—: Eres libre.

35

Las farolas que iluminaban el muelle y las primeras calles permanecían encendidas a las nueve de la mañana, alumbrando el vacío de un pueblo en duermevela. Los pocos barcos de bajura que descansaban al abrigo del puerto habían salido a faenar horas antes, y en espera de que los comercios abrieran sus puertas, Ondarroa parecía suspendida en el tiempo, anclada bajo una neblina reacia a deshacerse, arrullada por el murmullo ronco de un mar falsamente dócil.

A Mikel, la idílica paz que le rodeaba le importaba un comino. Acababa de echar su primer polvo y solo era capaz de recrearse en el calor de la mujer, quince años mayor, el olor de su piel y el sabor de su sexo. La incomodidad del pequeño utilitario donde se dejó arrancar los calzoncillos con más vergüenza que deseo, el temor a ser descubierto con el culo en pompa y los muslos femeninos apretando su cintura con el ansia de una mantis, la alarma que, en algún lugar de su cerebro, se empeñaba en recordarle que no debería haberlo hecho sin protección, solo eran detalles insignificantes que no conseguían emborronar la noche más memorable de su vida. Por eso, porque se negaba a aceptar que aquel momento terminara, cuando la mujer le expulsó del coche con un beso que olía a punto y final, bajó a pasear a la playa burlando la codicia de las olas, aspirando el aire impregnado en salitre y disfrutando del eco de unos recuerdos que el alcohol y el cansancio volvían más difusos de lo que quisiera.

La arena estaba llena de gaviotas. Cuando era niño, a Mikel le divertía ver el regreso de los pesqueros, escoltados por aquellas ratas aladas que, desde cerca, intimidaban. Ahora, las aves formaban una masa compacta que peleaba por un despojo, algún pez de gran tamaño arrastrado por la corriente, alguna carroña arrojada desde la borda de un barco. El muchacho las estudió desde lejos, atado aún a los miedos de su infancia, y no pudo reprimir un gesto de asco. Aquellos bichos comecadáveres estaban estropeando la perfección de la noche en la que había perdido su virginidad. Furioso y divertido al mismo tiempo, se acercó a la orilla, cogió uno de los muchos palos olvidados por las olas y se lanzó contra ellas haciendo ondear el improvisado bastón sobre la cabeza. Asustadas, las gaviotas emprendieron el vuelo gritando improperios en su lenguaje pajaril y Mikel se quedó solo en el centro de la playa, contemplando incrédulo el botín abandonado por las aves.

Sintió que las piernas se negaban a sostenerle, cayó de rodillas sobre la arena y comenzó a vomitar.

El oficial Méndez y el comisario Lasa no perdieron mucho tiempo frente a la pantalla, donde la fotografía remitida desde la comisaría de Ondarroa flotaba como un espectro. Aunque a la cabeza, porque se trataba solo de una cabeza, le faltaban los ojos, la nariz, las orejas, los labios y la lengua, y tenía los dientes destrozados a martillazos, no les costó reconocer a Charles Usman. El compañero que llamó para avisarles creía que, más pronto que tarde, el mar iría escupiendo los restos que aún tenía en su poder, piezas de un puzle que el equipo forense debería esforzarse en ensamblar. Pero ni Méndez ni Lasa hicieron el menor caso. La autopsia no les diría nada que no supieran de antemano.

—Al menos, ya no quedan dudas sobre quién se lo llevó del piso.

—Nunca ha habido ninguna duda. —La respuesta de Méndez fue tan brusca que el oficial se vio obligado a matizar en parte sus palabras, y, de paso, cambiar de tono—: Usman no pudo escapar él solo del piso. Hubo una maniobra de distracción organizada por la mafia que lo secuestró. —El comisario asintió exagerando la gravedad del gesto—. El problema sigue siendo el mismo. ¿Cómo descubrió Arewa dónde estaba? ¿Cómo supo que les había traicionado? Y, sobre todo, ¿quién cojones les hizo una copia de la llave del apartamento?

—Tranquilízate un poco, ¿quieres, José? Y deja de gritar a tu superior. —Méndez comenzó a balbucear una disculpa que el comisario atajó de raíz—. No te obsesiones con lo de la llave. Los técnicos nunca podrán confirmar al cien por cien que no se usó una ganzúa para abrir la puerta. Ya sé —alzó la mano para cortar un conato de protesta— que cualquier intento de forzar una cerradura de ese tipo debería dejar alguna huella. Te lo repito: «debería». No es descabellado pensar que fueran tan hábiles, o que tuvieran tanta suerte. —La expresión ceñuda del oficial no le hizo variar un ápice su argumentación—. Olvídate de la dichosa llave y céntrate en las otras dos preguntas: ¿quién sabía que Usman les había vendido?, ¿quién les dijo adónde lo habíamos llevado? Por desgracia, tengo la sensación de que la respuesta no está en el juzgado, sino en este edificio.

—No estoy de acuerdo.

El comisario estiró las piernas, cruzó los brazos sobre su amplia barriga y estudió a su subordinado sin decir nada. Los ojos de Méndez eran un mapa de vías enrojecidas impresas por el sueño. Acababan de dar las diez de la mañana y llevaba ocho horas en pie tras haber dormido solo una.

—Venga, José, explícame esa cabezonería tuya y luego te vas a casa y te echas un buen rato, que te estás cayendo a cachos.

—Es muy sencillo. Solo tú y yo sabíamos dónde se encontraba Usman. También Drissi, por supuesto, pero se trata de una agente recién llegada. Si Arewa tiene un topo entre nosotros, debe llevar más tiempo. Y las llaves han estado siempre en mi cajón.

—Que te olvides de las llaves, pesado. Sí, ya sé que solo nosotros y la Fiscalía estábamos al corriente de todo. Pero ¿de verdad piensas que nadie le vio entrar y salir? Todos somos policías, José. Un capullo a sueldo de esos cabrones enseguida se habría dado cuenta de lo que estaba sucediendo. No tenemos tantos pisos por ahí.

—Nosotros no tenemos ningún piso. Los tiene la Fiscalía. Los tiene el puto Toni Kroos.

—Deja de llamarlo así, que se te va a escapar delante de sus narices. Pero, ya puestos —Lasa se inclinó hacia delante y acercó su rostro al de Méndez—, ¿por qué no me cuentas qué tienes contra el fiscal?

—Nada, joder. —El *ertzaina* retrocedió un poco y reafirmó su negativa con una fuerte palmada sobre la mesa—. Pero cuando preguntamos por las llaves, no nos dio ninguna explicación. Solo dijo que a él no se la habían quitado, como si tuviéramos que creernos su palabra porque sí, porque él lo diga. Esas cosas me tocan los cojones, Sabino.

—No podemos interrogar a un fiscal.

—Lo sé. Pero tú podrías hablar con él, ¿no? De buen rollo. —El comisario dejó escapar una risita—. Sí, joder. Podrías visitarlo en su despacho para comentar lo del cadáver de Usman. Y entonces sacar el tema de las llaves, a ver qué te dice. Mira —volvió a refrenarse, consciente de la expresión con la que le miraba su superior—, no estoy diciendo que el fiscal trabaje a sueldo de los de Arewa. Pero si estos cabrones han untado a alguien, yo apostaría a que se trata de un administrativo de la Fiscalía, no de un agente de policía.

Lasa sacudió la cabeza en un gesto que no significaba nada o, por lo menos, que Méndez no supo interpretar, se levantó y se dirigió hacia la puerta dedicándole a su paso una palmadita amistosa.

—Vete a dormir, José. Hablaremos cuando estés más descansado.

Cuando el comisario salió, Méndez permaneció un buen rato en la misma postura, luchando contra el sopor que tiraba de sus párpados, la mirada clavada en el primer cajón de la mesa.

El cajón donde guardaba las llaves.

La ría bajaba con prisa, como si su encuentro con el océano fuera más urgente en invierno, cuando la lluvia acumulada la apremiaba en una veloz carrera de final conocido. O eso le parecía a Osmany. En paralelo a ella, el Campo Volantín se llenaba de gente ansiosa por disfrutar de la larga tregua de precipitaciones: jóvenes tomados de la mano, ancianos de sonrisas resignadas paseando del brazo de mujeres latinas dibujando en sus bocas más sonrisas resignadas, matrimonios recuperando sensaciones olvidadas tras su paso por el altar, o deportistas enfundados en carísimos chubasqueros trotando por el carril bici con elegancia fingida. Una corriente de rostros optimistas donde el cubano se sentía un extraño. La ciudad escogida por su hijo para iniciar su ansiada huida de la pobreza, la que se convirtió en su tumba antes de acoger, a su pesar, a su propio padre, parecía burlarse de la angustia que le corroía.

Orna Shoher seguía en su apartamento. O, como mínimo, ahí la había dejado cuando salió a respirar un aire menos viciado que el compartido por un militar jubilado y una asesina a la que ayudaba sin saber muy bien por qué. Una mujer contratada para matarlo que le había salvado la vida. Aunque Osmany sentía que había algo más, sentía que algo los unía desde el momento en que la desarmó y la obligó a mostrarse como era tras su máscara de profesionalidad. O tal vez todo se redujera a la necesidad de satisfacer su propio instinto, a ese empeño en proteger a los demás que le guiaba desde los tiempos de la Revolución.

Mientras paseaba, a su rostro asomaba parte del infierno al que le sometían sus recuerdos. Al dolor por la muerte de Maider, esa congoja que unas veces le impedía respirar y otras velaba de sal las imágenes que desfilaban frente a su mirada, se le unía ahora un dolor diferente y, sin embargo, semejante; el dolor de haber sido incapaz de impedir la muerte de otra inocente.

A pesar del desenfado con el que explicó a Orna que aquel atentado era un golpe de fortuna, la muerte de Blessing le había afectado más de lo que pensaba. Suspiró, dedicó una mirada vacía a las nubes que negaban el firmamento y negó con la cabeza. Camilo, Nerea, Maider, Rutherford. Y ahora Blessing. Personas recién conocidas, amistades apenas intuidas, familiares por quienes habría dado la vida. Todos muertos. Todos asesinados en el breve lapso de unos meses. Ejecutados delante de las narices del glorioso capitán Arechabala, héroe de Cassinga y Cuito Cuanavale, incapaz de proteger a una niña de año y medio. Ahora, una prostituta desconocida cerraba la macabra lista de sus ausencias, una joven de la que no guardaba más recuerdo que el miedo que impregnaba sus palabras, el temblor de su cuerpo y un nombre sin apellido, un nombre que quizá alguien seguía pronunciando con la vana esperanza de volver a verla.

Guardaba algún otro recuerdo. No de la muchacha, sino de sus palabras. Porque durante el tiempo compartido antes de desplomarse cada cual en su catre o su trozo de alfombra, Blessing se atrevió a hablar de la mafia que la obligaba a venderse en las esquinas, de la crueldad de sus carceleros, del cuartucho donde las hacinaban cuando no estaban trabajando, de la solidaridad entre compañeras, de las vejaciones, las palizas y la tortura. Y, roto ya el dique de sus miedos, siguió hablando. Guiada por la curiosidad de Osmany, concretó el número de hombres y mujeres que ocupaban el decrépito inmueble donde las mantenían prisioneras, describió los accesos, la distribución de las habitaciones, y se explayó sobre el precario laboratorio de droga que mantenían en la planta baja.

Datos muy útiles para un ejército preparando una emboscada.

Incluso para un ejército formado por un solo soldado.

Hugo Laiseka bostezó por enésima vez, cogió el móvil del salpicadero, revisó sus cuentas en redes sociales, volvió a bostezar y arrojó el teléfono al asiento del acompañante. El tiempo transcurría con una lentitud exasperante en ese rincón vacío del valle de Mena, detrás de la pequeña nave de ganado desde donde se podía espiar la casa de Somoza sin ser descubierto. Llevaba cuatro horas de vigilancia, poco tiempo para un operativo policial, demasiado para un hijo ansioso por descubrir qué se escondía tras el asesinato de su padre.

Según Ruiz de Heredia, muchos indicios apuntaban a que Salvador Somoza organizaba las actividades ilícitas a las que se dedicaron Laiseka y Zabalbeitia. Muchos indicios, muchísimos, insistió la oficial, remarcando la palabra con los dientes apretados, y ni una sola prueba. Y ella necesitaba una, solo una, antes de que el nuevo subcomisario le quitara el mando de la investigación.

Hugo también quería esa prueba.

Hugo quería saber por qué murió su padre. Quería saber quién asesinó a su padre.

Quería matarlo.

El espejo retrovisor le devolvió el reflejo de su mirada, y un fugaz destello de odio brilló en el interior del habitáculo. Ayudaría a Ruiz de Heredia en su vigilancia clandestina, sí, pero no para arrojar luz sobre un pasado que solo podía ensuciar el recuerdo de quien siempre fue el mejor de los padres. Lo que buscaba era algo mucho más sencillo. Y más directo.

Acariciaba la culata de su arma cuando la verja comenzó a abrirse y el Mercedes de Somoza asomó su morro adornado con la estrella de la opulencia. Laiseka dejó que se incorporara a la carretera y enfilara en dirección a Villasana de Mena antes de accionar el contacto de su propio auto y salir tras él.

La pistola palpitaba contra su muslo.

A pesar de que el comisario le había mandado a casa, Méndez permaneció un buen rato en el despacho, dejando que las ideas crearan en su cabeza formas inconexas e imágenes imposibles. Hacía mucho que había pedido las grabaciones de las cámaras fijas de Las Cortes y San Francisco, pero su solicitud seguía sin respuesta, como si los cadáveres aparecidos en esa África autóctona e importada no tuvieran cabida en la lista oficial de prioridades. Mientras esperaba, siguió abriendo y cerrando el primer cajón de su mesa, siguió revisando su contenido, sacando las llaves que nunca debió guardar sin la protección adecuada, estudiándolas como si entre sus dientes se escondiera una respuesta, y devolviéndolas a su sitio. Por fin se vio obligado a reconocer que su cerebro ya no daba más de sí, que se estaba quedando dormido sobre la incómoda silla del escritorio y, sin que sirviera de precedente, decidió que el comisario tenía razón. De modo que se levantó, fue a por la chaqueta y se detuvo, el brazo izquierdo alzado hacia la prenda, la mente retrocediendo a toda velocidad. Como un autómata, regresó a su sitio y se inclinó para abrir otro cajón. No el primero, sino el más cercano al suelo, donde guardaban los kits portátiles para investigación, hojas entintadas, pasta de moldeo, tampones de silicona y, para las huellas dactilares, reactivos y demás utillaje técnico. Cogió una cajita, la abrió y estudió su interior, como si aquel engrudo que conocía desde siempre pretendiera decirle algo que, agotado, fuera incapaz de comprender. Cuando reaccionó, cerró el cajón de una patada, arrojó la caja sobre la mesa y, tras asegurarse de que la Heckler & Koch reglamentaria quedaba oculta bajo la cazadora, salió del despacho sin intención de irse a su casa.

36

Aunque esperaba encontrarlo dormido o, como mínimo, aturdido por el efecto de la anestesia, Borja Maruri la recibió con los brazos abiertos y una sonrisa que llenaba su cara por completo. Katy Díaz estuvo tentada de abalanzarse sobre él, estrecharlo contra su pecho, perderse en su cuerpo y olvidar las últimas horas, a los criminales y a los policías, las sospechas y las medias verdades, la sangre que anegaba la tierra del jardín, la sangre que salpicaba sus piernas desnudas, la sangre que manaba de la herida de su novio. Pero la palidez de su rostro, las vendas que envolvían su hombro y la pierna rígida sobre la cama la llevaron a acercarse sin prisa para recostarse sobre él con toda la delicadeza posible. Borja la acogió en su regazo, le acarició la melena con la mano que podía mover y, con los labios apoyados en su frente, dejó que transcurrieran los minutos sin necesidad de pronunciar una palabra.

Su simple presencia era más que suficiente.

—¿Cómo se te pasó tan pronto el efecto de la anestesia?

Katy fue la primera en separarse, la primera en dar rienda suelta a la andanada de preguntas que no cesaban de bullir en su cabeza. Y las más importantes eran las relacionadas con su salud.

—Solo me han puesto anestesia local. Para la herida del

hombro —aclaró ante el gesto sorprendido de la dominicana—. La rodilla tendrá que esperar. Me la han inmovilizado, han hecho unas placas y ahora los cirujanos tienen que decidir qué hacer con ella.

Katy amagó una palmada sobre la venda que protegía la articulación y dejó escapar una alegre carcajada ante la expresión de pánico de su novio. Falsamente compungida, él le besó de esa forma que siempre erizaba cada vello de su cuerpo y buscó acomodo en una esquina de la cama antes de contarle por encima su paso por la comisaría y el juzgado.

—Ni siquiera han fijado una fianza.

—No. El abogado que me mandaste era muy convincente.

La única obligación impuesta por el magistrado fue la de presentarse periódicamente en el juzgado hasta que las investigaciones determinaran si procedía llevarla a juicio o, como insistía su defensor, se desestimaba la acusación. Podía hacer lo que quisiera, excepto abandonar el país, y Katy no deseaba otra cosa que recuperar la tranquilidad de su vida en pareja.

Cosa que solo lograrían si averiguaban quién había intentado matarlos.

Y por qué.

—¿Has encontrado algo más?

Maruri negó y se señaló el brazo inútil improvisando un mohín de desconsuelo.

—No he podido hacer nada. Ni siquiera avisar a nadie. Pero ya va siendo hora. ¿Me acercas el móvil?

Jon Larralde estudiaba la calle a través de la ventana cuando su teléfono comenzó a aullar desde la mesa del comedor. Apoyó la frente en el cristal y dejó escapar un bufido de aburrimiento. Su mujer aprovechaba cada sábado para ir a visitar a su madre, recluida en una lujosa residencia de Getxo, y desde allí acostumbraba a torturarlo con recurrentes llamadas en las que no dejaba de quejarse de las condiciones de la anciana en aquel refugio de alto *standing*. Cerró los ojos y lo dejó sonar, confiado en que terminaría por cansarse, pero se dio por vencido cuando la melodía volvió a comenzar.

Para su sorpresa, no se trataba de su esposa.

—¡Borja! ¿Estás bien? Un colega de la comisaría de Algorta me ha contado lo de esta noche. Imaginaba que estarías en el quirófano, por eso no te he llamado.

Maruri tuvo que dedicar unos minutos a tranquilizar al *ertzaina* jubilado, a repetir los detalles de cómo habían entrado los intrusos en la casa, la pelea posterior y su traslado al hospital, antes de abordar el motivo de la llamada.

—Cuando la han interrogado, Katy se ha limitado a decir que no sabía por qué nos han atacado, que imaginaba que se trataba de un robo.

—Un robo violento de la hostia, ¿no?

—Ya. Pero tú y yo sabemos que no se trata de eso, ¿verdad?

—Ni de coña. Esos cabrones iban a por ti.

—Jon, alguien les contó lo que estaba haciendo. Es lo mismo que le pasó al cajero de la sucursal esa. Exactamente igual. De alguna forma se han enterado de que les estaba pisando los talones. Y eso no lo sabía casi nadie. Mi colega de Aritzazeta, otro de Hacienda y vosotros. Cuando esté un poco mejor, voy a llamar a Martiartu para sondearle, a ver si recuerda con quién habló de nuestra conversación. Creo que ahí puede estar la clave. Pero antes quiero descartar el resto de las posibilidades.

Con el móvil pegado a la oreja, Larralde echó un vistazo a la calle desierta de sábado a mediodía, los vehículos apar-

cados, los charcos que invadían las aceras, las fachadas os-
curecidas por la lluvia y el tono gris metálico de un cielo
con pocas ganas de abrirse al sol. Un día más de aquel invierno en el que la oscuridad parecía envolver cada esquina, cada una de las preguntas que le bullían por dentro.
Todas ellas, inquietantes.

—Joder. Que yo sepa, lo tuyo lo sabíamos los tres: Arechabala, Arzamendi y yo. A Osmany vamos a descartarlo
el primero.

—De acuerdo. De hecho, a él aún no le había contado
mis conclusiones. Yo solo hablé con Arzamendi.

—Y él me lo dijo a mí. —Larralde guardó silencio, pero
los engranajes de su cerebro empezaron a chirriar, llenando
el vacío que lo rodeaba—. Quizá pudo comentarlo con alguno de sus conocidos del banco, cuando le pidió a su colega que buscara más datos sobre la empresa. Y a lo mejor
se enteró su director. Méndez me comentó ayer que estaban
casi seguros de que ese tío estaba en el ajo. Solo necesitan
hacerlo cantar.

—Por eso mataron al cajero. Y luego vinieron a por mí.
—Apoyada contra el costado de Maruri, Katy expresó su
conformidad—. Podría ser. A ver qué dice Antonio. Y tú,
Jon, ¿con quién hablaste sobre el tema?

—Con Méndez. —Larralde se separó de la ventana y se
dejó caer en el sofá con un largo suspiro de agotamiento—.
Le expliqué lo del bufete de Aritzazeta y estuvimos de
acuerdo en que a partir de ahí se podría identificar a la
persona que blanquea el dinero de Arewa. Pero José está
fuera de toda sospecha, no me jodas.

—Lo único que sé es que sigo vivo porque mi novia es
una fiera. —Jon escuchó con claridad el sonido de un beso
al otro lado de la línea—. Alguien vino a por nosotros porque sabía hasta dónde había llegado buceando en internet.
Imagino que mi colega del bufete habló con quien no debía.

A ver qué me dice Arzamendi. Porque si estos dos no lo han comentado con nadie, la única alternativa es Méndez. O su entorno.

Jon negó violentamente con la cabeza, como si el abogado estuviera frente a él y no en una cama del hospital de Cruces.

—Apostaría lo que quieras a que no se trata de Méndez.

—Vale. Pero este hombre no trabaja solo, ¿no? Compartirá sus impresiones con alguien, incluida esa conversación que tuviste con él. No sé, algún compañero, algún superior, quizá alguien de la Fiscalía o del juzgado.

—¿La Fiscalía o el juzgado? —La extrañeza era patente en el tono de Larralde—. ¿En esta fase de la investigación?

—Ya. Pero ¿sabes una cosa? He preparado un listado con la gente que trabajaba para Aritzazeta en aquella época. —Maruri pudo sentir el interés de Larralde a pesar del silencio y la distancia—. Muchos hicieron carrera desde entonces. ¿Sabes qué fiscal se ocupa del caso?

—Sí, claro. El repeinado. Galdós.

—Toni Kroos. —Maruri no necesitó consultar la lista que guardaba en el móvil, y en la nube, para confirmarlo—. Es uno de ellos. Trabajaba con Aritzazeta cuando se creó la matriz de las empresas fantasma.

—¡No jodas!

—Y no es el único. ¿Te suena el nombre de Susana Herralde?

—¡Hostia! ¡La jueza!

—Tengo que hablar con más gente, pero creo que metiste la pata al contarle a Méndez lo que sabíamos.

Larralde no respondió. De pie frente a la ventana, estudiaba el vacío de las calles sin dejar de preguntarse cuándo terminaría aquel invierno.

—Con nadie, aparte de Jon Larralde. No he hablado del tema con nadie. Y mucho menos con Carmelo Iriondo. Nadie del BCM podía saber que estabas metido en esto.

Sentado a la entrada de su casa, dejando que el sol de la mañana le acariciara las piernas, Antonio Arzamendi contemplaba el mar mientras cotejaba con Maruri los pasos dados hasta la fecha. Aunque la llamada le había sacado de la cama, el paisaje de Choroní compensaba cualquier madrugón.

—Con Jon hablo casi todos los días desde que se volvió a Bilbao. —Borja sintió una punzada de nostalgia. Solo una semana antes, él se encontraba en una playa de República Dominicana, disfrutando con Katy del calor tropical, la música y la tranquilidad de carecer de horarios y obligaciones—. Pero a Iriondo solo le pedí que profundizara en Bilrottesa, que intentara descubrir quién movía el dinero de la cuenta. En mala hora.

Borja comprendía el dolor de Arzamendi, el tono desfallecido de las últimas palabras; sin embargo, el cajero del BCM no había sido la única víctima de aquella red empeñada en eliminar a todo aquel que hurgara en el entorno de sus líderes. Él tenía una rodilla fracturada y un navajazo en el hombro. Katy podía ser procesada por homicidio. El miedo que sintió al enterarse del asesinato de Iriondo no era nada comparado con la certeza de que no tenía forma de esconderse. Lo único que podía hacer era ayudar a encerrar a los asesinos lo antes posible.

—Oye, Antonio, te he mandado por WhatsApp un documento con una serie de nombres. —Arzamendi le dejó hablar y buscó entre las descargas—. Todos los que aparecen ahí trabajaban con Aritzazeta en la época en la que se creó la primera empresa fantasma. —Antonio ya había abierto el archivo y deslizaba un dedo por la pantalla, cotejando cada apellido con sus recuerdos—. Los hay que aún siguen en el bufete, pero la mayoría se han buscado la vida por otro lado. ¿Te suena alguno?

Maruri guardó silencio, un silencio de dudas e inquietud. Cuando logró poner nombre y apellidos a los letrados que trabajaron con Aritzazeta durante los años en los que se abrieron las primeras cuentas fantasma, tenía claro que la persona que buscaban se encontraba en aquella relación que le quemaba entre las manos. Ahora ya no estaba tan seguro. Todos ellos, incluidos la jueza y el fiscal, eran triunfadores, mujeres y hombres que ganaban dinero a manos llenas, respetados en sus ámbitos y, en la mayor parte de los casos, poderosos. No se los imaginaba metidos en oscuros contubernios con mafiosos de otro continente. Pero entonces escuchó la voz de Arzamendi al otro lado del teléfono.

—Aquí hay alguien. Bueno, de hecho, hay dos. —En su voz no quedaba nada del tono culpable de antes, cuando evocó a su amigo asesinado. Ahora se le notaba optimista, incluso triunfal—. Y cuadran. Cuadran demasiado bien.

37

Hiba Drissi seguía deambulando por la comisaría sin saber qué hacer. Aunque debería estar patrullando con su compañero habitual, José Méndez le había pedido que le esperara, antes de refugiarse en su despacho. Pero pasaba el tiempo, el oficial se había esfumado y la joven vagaba de un lado a otro sin atreverse a marcharse, consciente de que no tendría que estar ahí. Por quinta vez a lo largo de la mañana, regresó al cubículo de su superior y, por quinta vez, lo encontró vacío. Ya había decidido que debía regresar a su labor cuando la abordó un agente que daba vueltas por la comisaría con la expresión de quien no recuerda qué andaba buscando.

—Hiba, últimamente andas mucho con Méndez, ¿no? ¿Sabes dónde está? Llevo un buen rato buscándolo.

Ella se encogió de hombros.

—Ni idea. ¿Quieres que le diga algo si le veo?

—Sí. Nos ha pedido las imágenes grabadas por las cámaras esta mañana, pero no sé dónde se ha metido. Mucha prisa, mucha prisa… pero ahora que las tenemos el tío no da señales de vida. Le he llamado al móvil, pero lo tiene apagado.

—Vale. Ya se lo digo. Pero, oye —un cosquilleo le recorrió la espalda y se detuvo en la base de su nuca—, ¿puedo ir a echarles un vistazo? Ya sabrás que hasta que se reincorpore Gordobil yo soy su compañera, ¿no?

—Claro. —El agente se encogió de hombros esbozando una sonrisa—. Ya ha pasado media comisaría a cotillear.

Tal y como le indicó el operador, identificar a quienes pusieron la bomba era prácticamente imposible. Ninguna cámara apuntaba al automóvil, estacionado a pocos metros de Bilbao La Vieja, pero fuera del perímetro que interesaba a la Ertzaintza. Las más cercanas controlaban los bares de la plaza, que por la noche estaban llenos de chavales cuya vestimenta no dejaba duda de cuál era su ideología. Sin embargo, quienes colocaron el artefacto no tuvieron ninguna necesidad de pasar por ahí. Probablemente, llegaron en su propio coche desde el otro lado, aparcaron en doble fila junto al Audi y, tras adosar el explosivo a los bajos, salieron con toda tranquilidad, invisibles a las cámaras y la curiosidad de los vecinos.

—Un trabajo de profesionales —comentó el *ertzaina* con un leve tono de preocupación.

El otro crimen era diferente. No llegaron a grabar el momento exacto, no, pero tuvo lugar en Las Cortes. Y en aquella calle donde la prostitución y las drogas marcaban el ritmo de buena parte de la jornada, cada esquina exhibía, sin el más mínimo rubor, una o varias cámaras de vigilancia. Camellos, proxenetas y vecinos conocían su localización desde hacía siete años, cuando comenzaron a instalarse, y quienes tenían algo que ocultar sabían dónde encontrar los puntos ciegos, qué parte de la acera eran incapaces de barrer y dónde aparcar sus furgonetas para crear parapetos imposibles de sondear por los objetivos de esas cámaras.

—Que todo haya sucedido en un ángulo muerto para nuestras cámaras nos dice que alguno de ellos, quizá el muerto, quizá su asesino, era un habitual de la zona. Los camellos y los chulos saben dónde colocarse. En este caso —el agente extendió el brazo y, con un bolígrafo, fue señalando las imágenes mientras explicaba lo que se escondía detrás de cada silueta— hablamos de prostitución. He realizado varios cortes para juntar los momentos que nos interesan. He quitado a los clientes y todo lo que no sean nuestros protagonistas. Esta cámara es la que mejores imágenes nos aporta. Fíjate en esta chica. —Hiba se acercó más al monitor, donde una mujer vestida solo con una minifalda ajustada y un sujetador de color claro atravesaba la calzada y desaparecía por un ángulo de la pantalla—. Llega desde la zona más baja de la calle, pero la cámara que tenemos en la parte de arriba no la capta, lo que significa que se queda en un punto ciego, probablemente su lugar habitual de trabajo. Es importante, porque volverá a aparecer dentro de un rato. No pierdas de vista la hora. Entre esa secuencia y esta —la imagen cambió, aunque la cámara seguía siendo la misma— han pasado ochenta y cinco minutos. ¿Ves a ese tío? —La agente asintió y volvió a pegarse a la pantalla—. Es la víctima. Parece que llegue desde el mismo punto que la mujer. Hace el mismo recorrido. Cruza y desaparece. Entiendo que ha ido a hablar con ella... o a lo que sea que hagan estos hijos de puta a sus esclavas.

A Hiba le sorprendió la rabia que su compañero imprimió a la última frase, pero le sorprendió aún más que sus palabras fueran capaces de encender una furia parecida en su interior, una frágil llamita que no tardó en convertirse en un poderoso fogonazo. Saber que aquel individuo musculoso que atravesaba la calle empuñando algo, un bate, un hierro con el que amedrentar a las mujeres, estaba a punto de morir, no le provocó ninguna lástima.

—Ahora es cuando la cosa se pone interesante. —Superado el repentino ramalazo de ira, el operador regresó a su anterior tono didáctico—. Fíjate. Aquí vemos a alguien que cruza la calle. Bueno, en realidad lo intuimos. —Tenía razón. En el límite de la imagen se dibujó, de forma borrosa, una silueta truncada, parte de un brazo y una pierna moviéndose a mayor velocidad que los protagonistas anteriores—. No le he visto llegar, de modo que tengo la impresión de que llevaba tiempo parapetado en alguna esquina.

—Lo que nos lleva a un asesinato premeditado, ¿no? Una especie de emboscada.

—Eso lo decidirá el juez, pero si quieres mi opinión, es exactamente eso. Este individuo estaba vigilando a la puta en espera de que llegara su chulo, o lo que quiera que fuera el muerto.

—¿Es todo lo que tenemos? —Hiba no podía creerse que el derroche de medios desplegados por la Ertzaintza en Las Cortes y San Francisco solo diera para eso.

—Tranquila, hay más. Fíjate otra vez en la hora. No han pasado más que un par de minutos. Y mira a quiénes tenemos aquí.

La agente volvió a clavar la mirada en la pantalla, tan atenta que los ojos comenzaron a lagrimear. Pero ahí estaban. Por el lado derecho de la imagen, el punto donde había desaparecido la figura de la víctima, tres personas caminaban por la acera. Dos parecían tranquilas, relajadas incluso. La tercera, la prostituta que una hora antes había cruzado para ocupar el lugar donde la obligaban a venderse, no dejaba de gesticular, alzar los brazos al cielo, girar la cabeza y agitar las manos. Aunque la cámara, situada detrás y en la esquina contraria, solo permitía ver un esquivo perfil, era obvio que tenía miedo. Un miedo comprensible. Los otros dos, o tal vez uno de ellos, acababan de matar al chulo encargado de vigilarla.

El operador detuvo la imagen, la amplió tanto como le fue posible y ambos permanecieron un rato en silencio, pendientes de esas figuras apenas distinguibles. Una de ellas tenía la tez blanca, el cabello corto y muy oscuro. A Hiba le pareció que se trataba de una mujer, pero no podía asegurarlo. El tercero era negro. Caminaba por el lado exterior de la acera, como si escoltara a las otras dos, y la cámara había logrado captar, en diagonal, una pequeña parte de su rostro. Suficiente para distinguir una perilla descuidada, la línea de la nariz y la firmeza del mentón. Algo delataba su edad, quizá la forma de encoger la cabeza entre los hombros, quizá el cansancio que se adivinaba en su expresión, pero la joven *ertzaina* podría jurar que aquel individuo pasaba ampliamente de los cincuenta años. Quizá, incluso, de los sesenta.

También podría jurar otra cosa. Era extraño, sí, pero estaba casi segura de que le conocía.

Osmany Arechabala terminó de cruzar el puente del Arenal y se perdió por las calles del Casco Viejo con el mentón enterrado bajo el cuello de la chaqueta y los recuerdos alimentando su vacío. Hacía solo cuatro días que atravesó ese mismo puente, esa misma calle de elegantes fachadas achaparradas, pensando en un regalo para Maider. Aunque entonces ya comenzaba a planear cómo despedirse de esa ciudad maldita que le había robado a su hijo, la imagen de su nieta todavía reavivaba en su interior algún rescoldo de optimismo.

Ahora no le quedaba nada.

Recorrió la calle Correo sin prisa, pendiente del brillo de sus escaparates, de las sonrisas en los rostros de los niños, del agotamiento en los de sus madres y de la nostalgia que flotaba en las conversaciones de los mayores. La juguetería todavía exhibía junto a la puerta un peluche idéntico al que compró, como si el destino pretendiera burlarse de su pérdida. Desvió la mirada, pero no pudo evitar que una pátina de humedad asomara a sus ojos. Apretó los párpados y, cuando los abrió, tuvo la sensación de que Bilbao brillaba más que minutos antes, como si los contornos estuvieran más definidos, los colores más vivos y las fachadas se duplicaran en los charcos que anegaban las aceras. Furioso consigo mismo y con el mundo, sacudió la cabeza, escondió las manos en los bolsillos de la chaqueta y siguió caminando por el centro de la calle, lejos de los comercios y sus reclamos.

El justificante del envío le recordó que aún tenía cosas que hacer. Lo sacó del bolsillo y releyó la dirección, recreándose en cada palabra, en cada nombre: «Santa Clara. Cuba». Antes de que la nostalgia terminara por derrotarlo, devolvió el recibo a su lugar mientras se preguntaba, una vez más, si no debería haber ido un poco más allá. En el sobre acolchado que entregó a la muchacha de la mensajería con la dirección de Vladimir Valenzuela impresa en la zona del destinatario estaba el dinero que encontró una semana antes en la casa de su hija. Pero ahora pensaba que debería haber preparado más sobres —alguno para el gordo Cruz, otros para las pocas amistades que mantenía en la isla— con los casi cien mil euros que guardaba en el forro de su maleta. Al fin y al cabo, él no iba a necesitarlos.

Evocar a los viejos compañeros de los que nunca llegó a despedirse le hizo regresar al presente, al ínfimo futuro que le quedaba y a la necesidad de no dejar cabos sueltos antes de enfrentarse a su destino con una pistola en cada mano. Y el más importante de esos flecos se llamaba María López Rutherford. Si las investigaciones de la Ertzaintza confirmaban que él estuvo en el Karpin, muy probablemente concluirían que acabó con la vida de los tres *ertzainas*. Y Osmany no podía permitir que Nekane Gordobil viviera con la carga de haber presentado a Rutte a su asesino. De modo que, rechazando una vez más la sensiblería que se empeñaba en envolverlo, se dio la vuelta y regresó al puente sobre la ría.

Méndez no estaba en su despacho. Aunque acababa de buscarlo ahí mismo justo antes de subir a la sala de videovigilancia, Drissi insistió con la esperanza de que el oficial hubiera regresado. Pero allí no había nadie. Solo dos sillas, una a cada lado de la mesa, un archivador y el vetusto PC que ocupaba casi todo el escritorio. Junto al teclado había una cajita de plástico en la que no había reparado con anterioridad. Hiba echó un nervioso vistazo a su espalda, como si temiera entrar sin permiso en el despacho de un superior, se acercó y la tomó entre sus manos. Aunque no era algo que utilizaran los patrulleros, la reconoció de inmediato. Se trataba de silicona para moldes, una herramienta usada por los investigadores para tomar huellas en el escenario. Era lógico que Méndez guardara ese tipo de material, pero le llamó la atención encontrarla volcada boca abajo junto al ordenador. No parecía que la hubiera dejado ahí, sino que la hubiera arrojado en un arrebato de frustración o de rabia. Sin soltarla, echó otro vistazo y se percató de que el primero de los cajones no estaba bien cerrado. Solo eran unos milímetros, pero no encajaba como los dos restantes. Lo abrió, suponiendo que de ahí había salido el tampón, pero dentro solo encontró un montón de papeles y bolígrafos desperdigados, un cuaderno y un par de llaveros, cada uno con dos llaves. Cerró y abrió el siguiente, donde se comprimían decenas de carpetas que no se atrevió a tocar. En el tercero había más tampones, reactivos e instrumental variado. Drissi lo revisó por encima, lo cerró y volvió al primero. Las llaves tintinearon al chocar entre sí, y la agente las estudió con la concentración de quien sabe que se encuentra frente a algo tan grande que es incapaz de abarcarlo en su totalidad. Por fin, cogió uno de los llaveros al azar, eligió una llave y la apretó contra el tampón de silicona. Cuando la retiró se encontró con una huella tan clara y detallada que cualquier cerrajero podría usarla como molde.

Devolvió todo a su sitio, cerró los cajones y, tras inspirar profundamente, salió del despacho intentando que su nerviosismo no la delatara. Las imágenes del piso vacío de Ondarroa volvieron a su mente, el trabajo de los especialistas en la cerradura, la certeza de que quien abrió esa puerta utilizó la llave. Y de nuevo pensó que le faltaba mucho para comprender todas las implicaciones de sus sospechas.

Al fin y al cabo, cualquiera pudo haber hecho lo mismo que acababa de hacer ella.

Encerrada en el pequeño apartamento, torturada por el reguetón que, procedente del piso de abajo, hacía tronar el suelo y las paredes, Orna Shoher se sentía impotente, frustrada y rabiosa. No terminaba de creerse esa libertad que, según Osmany, le regalaba la muerte de Blessing. Quizá se debiera a un exceso de prudencia, aunque la prudencia nunca era excesiva cuando quien te persigue es el Mossad. Quizá la necesidad, interiorizada desde siempre, de no fiarse jamás de nadie, de ser la dueña de su destino. Lo único cierto era que la feroz mercenaria en la que se convirtió tras asesinar al general Seagal se sentía desvalida en aquel piso donde su única protección era la voluntad de un viejo militar cubano.

Tenía la Glock, sí, y unos cuantos cargadores. Pero nada más. Ni vehículo, ni lugar al que huir ni dinero para comprar un billete de autobús que la alejara lo suficiente de Bilbao. Un pasaporte y un permiso de conducir a nombre de una ciudadana británica completaban un exiguo equipaje que no le permitiría llegar demasiado lejos.

Y Orna tenía que huir.

Además, tenía hambre.

En la diminuta nevera encastrada bajo el fregadero no había prácticamente nada. Un bote de alubias casi vacío, un cartón de leche y una cebolla maloliente. Arrugó la nariz y cerró, preguntándose de qué se alimentaba Osmany y, sobre todo, de qué se iba a alimentar ella. En el bolsillo tenía algunos euros, suficiente para unos *pintxos* o una hamburguesa. Pero en cuanto comenzó a plantearse la posibilidad de salir a comer algo se dio cuenta de que su libertad quizá no dependiera solo de la inteligencia israelí. Sabía que la calle donde mató al proxeneta estaba cosida a cámaras de vigilancia, lo que acentuaba la necesidad de ser prudente.

Estaba harta de ser prudente.

Pero, por el momento, no le quedaba más remedio que seguir siéndolo.

Volvió a la nevera, tomó la lata con los frijoles y la volcó sobre la única cazuela que encontró.

Estaba muy harta.

Sabino Lasa abandonó la sala de reuniones y se dirigió a la salida con la mente puesta en las preguntas que había sido incapaz de contestar, en las incógnitas planteadas por los agentes sobre las que no había podido aportar un solo indicio significativo. Claro que era a ellos, a los investigadores convocados de urgencia para dividirse el trabajo, a quienes correspondía la labor de arrojar algo de luz sobre las sombras.

No obstante, en su siguiente cita, la que comenzaría en el Palacio de Justicia en menos de media hora, no podría esconderse detrás de su cargo.

Había empezado a llover. Detenido en la puerta, dedicó unos segundos a estudiar el tráfico de la calle Autonomía, el consabido atasco de Zabalburu, los paraguas que iban y venían y, sobre todo, las dos furgonetas de televisión apostadas junto a la acera y a los fotógrafos que, en cuanto le vieron aparecer, echaron mano de sus cámaras. Sintió ganas de vomitar. De modo que regresó sobre sus pasos y se dirigió a la máquina de café sin dejar de darle vueltas a cómo abordaría la conversación con la magistrada.

Cuando el pitido de la máquina le indicó que su bebida estaba lista, cogió el vaso y tomó asiento junto a la mesa donde alguien había dejado una caja de galletas y una botella de agua mineral. Removió el azúcar haciendo girar el palito de forma mecánica. Su primer error, pensó mientras chupaba el plástico que hacía de cucharilla, fue permitir a Méndez llevar la investigación a su manera en vez de asumir el mando creando equipos como los que acababa de organizar.

Otro error fue pasar por alto las circunstancias previas al asesinato del cajero del Banco de Crédito Monetario. El individuo estaba muerto por bucear en las cuentas que blanqueaban el capital de Ona To Arewa. Que Lasa supiera, Méndez no había hecho nada contra los irresponsables que le empujaron a meterse en aquel fangal, el abuelo de la niña asesinada en la calle Somera y un amigo de ambos. Claro que tampoco tuvo tiempo. Aquel crimen había sido el punto de partida de un infierno que aún no sabían cómo abordar.

El director de la oficina del BCM, sospechoso de delatar a Iriondo ante sus asesinos. Un presunto sicario sin identificar. Un esqueleto —parecía que de mujer— carbonizado en el interior de un coche bomba. Y la cabeza cercenada de Charles Usman. Los cadáveres se amontonaban sobre la mesa de Lasa sin que ni él ni el oficial encargado del caso fueran capaces de reaccionar. Los buitres revoloteaban en torno a ellos armados de cámaras y micrófonos, empeñados en asustar a la sociedad incidiendo en la negligencia de la Ertzaintza. La consejera de Interior del Gobierno Vasco le había llamado dos veces. La jueza, otras dos. Y a pesar de que no tenía nada que decir, Sabino Lasa se había visto obligado a aceptar una comparecencia ante la prensa en el propio Palacio de Justicia, justo a tiempo para que esos carroñeros pudieran montar sus noticias, o sus opiniones, para los informativos de las tres.

Con un suspiro de resignación, terminó el café y se levantó dispuesto a enfrentar con el mejor talante posible las horas que venían. Ahora que había asumido en primera persona el mando del operativo, se sentía seguro del terreno que pisaba. Ninguna mafia, por muy violenta que fuera, iba a poner en tela de juicio el trabajo del cuerpo.

Salía por la puerta cuando le abordó una agente de uniforme.

—Comisario, ¿tiene un minuto?

—No, lo siento, Drissi. Me esperan en el juzgado. Oye, ahora que te veo, hazme el favor de llamar a Méndez y dile que venga lo antes posible.

Hiba no pudo disimular su sorpresa.

—Llevo toda la mañana llamándole, pero su móvil no da señal.

—Ya, claro. —Lasa hizo un gesto a otro agente, que salió corriendo en busca de un vehículo—. Es que le he mandado a casa, a descansar. Llevaba levantado desde la una. Imagino que habrá apagado el teléfono para poder dormir un rato. Llámale al fijo. Que yo sepa, su mujer está de baja maternal. Dile que lo despierte y que venga cagando leches.

Cuando su jefe desapareció en el interior de un coche patrulla, Drissi regresó a la comisaría rumiando su frustración. Jamás llegaría a ser investigadora si era incapaz de llegar por sí misma a conclusiones tan simples como esa.

A menudo, la explicación más sencilla era la correcta.

38

No habían dado las dos de la tarde cuando Miren Ruiz de Heredia abrió los ojos completamente desvelada. Según sus cálculos, no había descansado más de cuatro horas. Sin embargo, en vez de darse la vuelta, remolonear entre las sábanas y acallar la voz de su conciencia, se levantó en busca de la primera dosis de cafeína. Desde la plaza le llegaba el eco de los gritos de los niños que se protegían de la lluvia bajo los arcos de la Casa de la Villa, el rumor de algún vehículo y el quejido de los árboles cuando el viento hacía volar unas hojas que se creían perennes. Tomó la taza, dedicó un vistazo desganado a la caja de pastas que guardaba en la alacena y acudió a sentarse al mirador.

Con el primer sorbo le asaltó la certeza de que la vigilancia a la que estaban sometiendo a Somoza era una pérdida de tiempo. De tiempo, de ánimo, de ganas y, por supuesto, de sueño. En su móvil, tres wasaps de Hugo Laiseka le confirmaban que el sargento retirado se había acercado con su esposa al centro de Villasana y, tras hacer unas compras y compartir un par de vinos con algún conocido, había regresado a su chalet, donde permanecía desde entonces. Era absurdo pensar que su arrebato de la noche anterior pudo alterar los nervios de un individuo que, si sus sospechas eran ciertas, llevaba años dirigiendo una organización clandestina delante de las narices de sus compañeros de la Guardia Civil. Un Somoza como el que ella imaginaba habría templado el carácter en decenas de batallas.

También era posible que, a pesar de saberse cercado por la policía, no hubiera nada que pudiera hacer, ningún cómplice a quien avisar, ningún alijo que destruir. Ningún compañero a quien silenciar.

Y, por supuesto, no podía obviar la posibilidad de que fuera ella quien estuviera haciendo el ridículo más espantoso al obcecarse en perseguir a un viejo inocente basándose solo en unas llamadas y en los datos del registro de la propiedad. En cualquier caso, el lunes todo habría terminado, concluyó dejando la taza en la mesita. Un nuevo subcomisario se haría cargo de las investigaciones y, estaba segura, sus teorías sobre compañeros involucrados en redes de narcotráfico serían desechadas de un plumazo. Al fin y al cabo, se trataba de unas conjeturas que podrían hundir al cuerpo en un lodazal que los medios explotarían hasta el límite. De modo que dobló las piernas debajo de su cuerpo, se envolvió en la mantita que solía guardar junto al asiento y cerró los ojos dispuesta a dejar pasar el día, y el fin de semana, en la indolencia más absoluta.

Sin embargo, no tardó ni un minuto en volver a abrirlos. Y no porque se le hubiera ocurrido algo, un brillante destello de comprensión capaz de iluminar el caso por entero. No. Simplemente recordó que esa mujer que dilapidaba el tiempo sin hacer nada mientras los culpables de la muerte de sus compañeros seguían en libertad no podía ser Miren Ruiz de Heredia.

El bar era estrecho y alargado. Una mujer de andares latinos atendía las mesas con ritmo pausado, consciente de que los pocos clientes de aquel tugurio no tenían prisa por volver a la soledad de sus hogares. A Osmany Arechabala le bastó un solo vistazo para confirmar la impresión de la camarera. La mayor parte de los clientes eran hombres solos, mal peinados y sin afeitar que estudiaban el contenido de sus platos con la misma concentración con la que, imaginaba, estudiarían las pantallas de sus televisores cuando, tarde y bebidos, regresaran a sus casas. Los locales del Casco Viejo repletos de cuadrillas festejando el sábado a voz en grito, familias libres de responsabilidades y parejas que comenzaban a reencontrarse quedaban lejos, a menos metros de distancia que años luz de sensaciones. En aquella taberna donde el olor a frituras se mezclaba con el de la ropa sucia y la falta de ventilación, se refugiaban quienes carecían de esperanza en un futuro previsible de tan rutinario.

Por eso lo eligió.

Recibió la llamada de Borja Maruri antes de llegar a la amplia avenida donde vivía Nekane Gordobil. Y mientras le escuchaba, mientras interpretaba el tono jadeante de sus palabras, matizadas en ocasiones por Katy Díaz, comprendió que algo había cambiado y, al mismo tiempo, todo seguía como antes. Llamó a Jon Larralde, habló con Antonio Arzamendi, se guardó el teléfono en el bolsillo y comenzó a buscar un lugar donde citarse consigo mismo.

Habían intentado acabar con ellos. Con Katy y con Borja. Habían asaltado su vivienda en plena noche, y solo seguían vivos gracias al valor de la dominicana. Cuando Borja terminó de narrar lo sucedido, aderezado con sospechas que no llegaba a hilvanar, fue el turno de hablar con Larralde. De su boca supo que las noticias hablaban de la aparición de una cabeza en la playa de Ondarroa. La cabeza de Usman, según sus compañeros de la Ertzaintza. Pero había más. Mucho más. El director de la sucursal del BCM de la calle Zabala había sido asesinado. Y otros dos muertos, uno de un tiro en la cabeza, el otro con una bomba adosada a los bajos de su vehículo, completaban una lista incomprensible. Osmany le escuchó en silencio, tratando de buscar un sentido a lo que oía. Y terminada la conversación, reducida a una relación de noticias truculentas, marcó el número de Antonio.

Vació el agua de su vaso y volvió a llenarlo. Si él se había lanzado en busca de los responsables intelectuales de la muerte de Maider con la impaciencia del militar que siempre fue, Maruri y Arzamendi se movían por la trama económica con la soltura de un abogado economista y un exdirector de banca. El dolor de Antonio por la muerte de su amigo Iriondo era palpable, pero en su tono brillaba también un leve matiz de rabia que Arechabala reconoció al instante. Repasaron juntos la lista de abogados que trabajaban para Aritzazeta. Antonio incidió en los nombres que le llamaron la atención desde el principio, y Osmany decidió que aquel era otro fleco que no podía pasar por alto.

La camarera retiró el plato del filete y dejó frente a él un flan ahogado en nata montada. Osmany sacó el móvil y buscó el número de Nekane Gordobil. Tenía mucho por hacer, pero lo primero era dar carpetazo a lo sucedido el sábado anterior en el Karpin.

Sonrió al pensar que volvía a ser sábado.

—¿En serio desea regresar a ese punto, comisario?

Sabino Lasa sostuvo durante un momento la mirada de la jueza, sorprendido por el tono de la última pregunta, pero no tardó en desviarla, como si necesitara echar mano de algo inexistente del interior de la carpeta que descansaba frente a él. Pasó un par de hojas, sacó otra y fingió ojearla maldiciendo para sus adentros la insistencia de José Méndez.

A pesar de que los temas a tratar y el desarrollo de las

investigaciones no invitaban al optimismo, la reunión se había desarrollado dentro de los habituales parámetros de cordialidad que rigen las relaciones entre la judicatura, el ministerio fiscal y la policía. Primero pasaron revista al estado de las solicitudes firmadas por la jueza, solo para verificar que no había avances relevantes. El resultado de la segunda autopsia solicitada para Abdoulayé Diop, Nerea Goiri y Maider Valdés no había llegado. Y el Banco de Crédito Monetario no se había dignado a responder al requerimiento firmado por Herralde, aduciendo que los responsables de la asesoría jurídica no trabajaban en fin de semana.

Sin dejarse arrastrar por el desánimo, repasaron lo poco que sabían de los últimos crímenes, desde el de Alain Etxebeste hasta el perpetrado con coche bomba junto al puente de San Antón. Ante la falta de evidencias, la jueza sugirió que se investigaran de forma independiente por equipos coordinados por el comisario a fin de que la información fluyera de forma ágil entre todos.

—Eso es precisamente lo que hemos hecho esta mañana. —Lasa no perdió la ocasión de apuntarse el tanto—. El oficial Méndez se quedará con el atropello de Etxebeste, porque no hay ninguna duda de está relacionado con el asesinato de Iriondo. Pero para el muerto de Las Cortes y para el coche bomba hemos formado dos equipos diferentes. El primero, el de Las Cortes, lo resolveremos pronto, estoy seguro.

Tanto el fiscal como la jueza asintieron cuando Lasa les explicó que disponían de imágenes bastante claras de dos sospechosos y que confiaban en identificarlos lo antes posible.

El clima de mutuo entendimiento cambió cuando abordaron el hallazgo de la cabeza de Charles Usman. Y el comisario volvió a preguntar al fiscal por las llaves del piso franco de donde se llevaron al nigeriano.

—Creía que ese tema estaba zanjado. —Herralde parecía más ofendida que Galdós por las insinuaciones de Lasa—. ¿A qué viene insistir sobre lo mismo?

El comisario dejó de hurgar en los papeles, tragó saliva y comenzó a improvisar una respuesta que sonó hueca incluso a sus propios oídos:

—Méndez piensa que es importante. He vuelto a preguntar a los técnicos que analizaron la cerradura de Ondarroa, y me han confirmado que el mecanismo no presenta el más mínimo rasguño. Aunque no es imposible, es muy difícil que una ganzúa no deje ninguna marca. Por eso creemos que quien delató a Usman se llevó una llave. —Tomó aire, carraspeó y se atrevió a mirar a los ojos al fiscal antes de añadir—: Y solo hay dos copias.

—Sí. —Toni Kroos no perdió ni un ápice del aplomo que le caracterizaba. Una pierna recostada sobre la otra, la cabeza muy alta y el flequillo impecablemente peinado sobre la frente, le recordó más que nunca al futbolista del Real Madrid en alguna de sus comparecencias televisivas. De hecho, podría asegurar que el fiscal disfrutaría de lo lindo delante de una cámara—. Solo hay dos copias. Su señoría sabe dónde guardo la mía. —Dedicó a Herralde una mirada cómplice antes de rematar con una sonrisa—: Pero juraría que tú no tienes ni idea de lo que hace Méndez con la suya.

—Las llaves bajo custodia de la Fiscalía están en una caja fuerte a la que casi nadie tiene acceso. —La jueza cortó de raíz el intento de réplica de Lasa—. Por ahí no vas a encontrar nada. —El comisario alzó la mano para protestar, pero ella no le dio ninguna opción—. Ahora contéstame tú, Sabino: ¿por qué está Méndez tan empeñado en señalar al ministerio fiscal? ¿Pretende que nos olvidemos de su propia ineptitud? ¿O se trata de algo más grave? Piénsalo. Fuera de esta sala, ¿quién estaba al corriente del destino de Usman? Creo que solo Méndez. Los de Ondarroa que pusieron la patrulla en la puerta sabían que el piso estaba ocupado, pero no por quién. ¿Quién tenía la llave? Él. ¿Quién planteó la posibilidad de romper el acuerdo con Usman por miedo a que se librara del asesinato de la niña de Somera? Él. Escúchame, Sabino... —Bajó la voz y adoptó un tono más confidencial, susurrante incluso. De forma inconsciente, Lasa se echó hacia atrás, como si intuyera una emboscada de la que no supiera cómo escapar—. No digo que tu hombre tenga tratos con la mafia. No creo que haya ningún topo en la Ertzaintza. Pero Méndez atendió la llamada de socorro cuando mataron a la niña y a su madre. Él vio los cuerpos degollados, se reunió con el abuelo, trató de consolarlo. ¿No crees que pudo temer que Usman se fuera de rositas gracias a su pacto con la Fiscalía? ¿No existe la posibilidad de que, de algún modo, se asegurara de hacerle pagar por aquel crimen?

El comisario no supo qué responder.

En la tranquilidad que lo envolvía todo, y en la agradable desgana con la que los *ertzainas* permanecían recostados en sus asientos, era palpable que la mayoría acababan de comer, que era sábado por la tarde y que cualquiera que entrara por la puerta de la comisaría de Balmaseda se expondría a ser saeteado por un amplio coro de miradas asesinas. Miren solía compartir esa sensación, el sagrado letargo posterior al mediodía que casi todos disfrutaban en la paz de sus hogares y algunos, unos pocos, dilatando lo más posible el momento de reabrir un expediente. Pero ese sábado en concreto se acababa de despertar, había desayunado hacía menos de dos horas y estaba lista para la acción. Por eso su llegada tuvo el efecto de una roca cayendo en un estanque de aguas dormidas. Hubo un codazo de atención, un retirar las piernas de encima de la silla, alguien abrió un cajón en busca de un informe y otro recordó que tenía llamadas pendientes y documentos mal archivados. Tras la desaparición del subcomisario Laiseka y de Zabalbeitia, todos reconocían en Ruiz de Heredia a la líder natural. Como mínimo, hasta el lunes. Y cuando la jefa, aunque sea provisional, está presente, hay que fingir que se trabaja.

Miren se encerró en su despacho, encendió el ordenador y colgó el chubasquero en el respaldo de una silla. Hacía frío en la diminuta habitación, como si aquel ambiente desangelado se preguntara qué estaba haciendo allí. Una pregunta que ella no dejaba de repetirse. La autopsia de Bonifacio Artaraz, el punto de inflexión que le permitiría confirmar, aunque no demostrar, que Somoza era un psicópata empeñado en silenciar a sus antiguos cómplices, tardaría en llegar un par de días como mínimo. Más, bastante más, si la prueba de tóxicos debía remitirse a un laboratorio externo. Sin esa certeza, solo quedaba esperar.

Un agente asomó la cabeza desde el otro lado de la puerta y esperó la autorización de la oficial para tomar asiento y dejar sobre la mesa una carpeta de cartón oscuro y un cuaderno que se apresuró a abrir antes incluso de comenzar a hablar.

—He reconstruido los pasos de Artaraz el día de su muerte, tal y como me pediste.

—¿Y bien?

—Por lo que sabemos, empezó muy pronto el poteo. Para las seis ya estaba en el primer bar con una cerveza en la mano. Y no paró hasta la una, cuando tuvieron que echarlo del último. He preguntado en todas las tascas del pueblo, y lo vieron en todas. Solo, sin hablar con nadie, y bebiendo a toda leche, como si tuviera prisa por emborracharse.

Miren le dejó hablar sin interrumpirle, preguntándose

por la razón de esa repentina sed de alcohol que le llevó a la muerte. Provocada o accidental.

—Parece claro que no se juntó con nadie. Mucha gente se fijó en él, porque no era habitual verlo de tragos, y todos afirman que estaba solo. Nadie le sacó un pote, nadie compartió una copa con él. Estuvo solo todo el tiempo.

Ruiz de Heredia improvisó un gesto de gravedad y asintió fingiendo reflexionar. En Balmaseda todo era de dominio público, lo que facilitaba enormemente el trabajo de la Ertzaintza, que contaba en la villa con siete mil pares de ojos vigilando el día a día de sus convecinos. Si ninguno de ellos recordaba haber visto a Artaraz en compañía de alguien, sospechoso o no, es que no estuvo con nadie.

Algo que ni confirmaba ni descartaba nada.

Méndez no estaba en su casa.

En cuanto notó que sus preguntas comenzaban a asustar a su esposa, Drissi alegó que habría entendido mal al comisario y colgó sintiéndose a un tiempo culpable y alarmada. Eran las cuatro de la tarde, y su jefe llevaba sin dar señales de vida desde antes de las once. No se había ido a dormir a pesar de que llevaba levantado desde la una de la madrugada. Nadie le había visto. Aunque no había ningún motivo para ello, Hiba comenzaba a preocuparse. Sobre todo porque hacía ya dos horas que el comisario le pidió que le llamara y ella, al imaginarlo dormido tras una noche agotadora, decidió por su cuenta y riesgo dejarle descansar un poco más.

Otras dos horas sin saber nada.

Por fortuna, tras una rueda de prensa informal a la salida de los juzgados donde se limitó a esquivar las preguntas de los periodistas, el comisario decidió tomarse libre la tarde del sábado. Eso evitaba a la agente el mal trago de tener que justificarse. Pero, más allá de ese alivio mezquino, Hiba comenzaba a impacientarse. Méndez le pidió que esperara antes de desaparecer sin dejar rastro. No le parecía normal, aunque, a decir verdad, no podría jurar qué era normal y qué no en aquel hombre a quien casi no conocía.

Incapaz de permanecer sentada, se levantó y salió a la calle. Recostada contra la pared, saludó a un compañero que hablaba por el móvil y volvió a pensar en Méndez. ¿Qué sabía de él? Que era parco en palabras. Que estaba obsesionado con el asesinato de la niña de Somera y, sobre todo, con el de Charles Usman. Que había desaparecido en cuanto la marea devolvió a la orilla la cabeza del nigeriano. Y poco más. Recordó una de las primeras veces que hablaron, después de que tropezaran a la salida de su despacho. Él arropaba con el brazo al abuelo de la pequeña asesinada, cuyo rostro surcado de arrugas delataba una tristeza que encogió el corazón de la joven *ertzaina*.

Y entonces todo se detuvo.

El tráfico, el nervioso baile de los peatones en los semáforos, el sirimiri que no dejaba de caer, el rugir de los motores y los gritos de quienes coincidían en la parada del autobús. Todo se desvaneció frente a su mirada, y en aquel vacío comenzó a reproducirse, una vez más, la secuencia visionada esa misma mañana, la de los asesinos de la calle de Las Cortes: una mujer de cabello corto y rostro indefinido, y un individuo entrado en años cuyo nombre recordó al instante.

Osmany Arechabala.

39

Cuando salió para acompañar a Izaro frente al televisor, Lluís dejó abierta la puerta del dormitorio, pero Nekane le pidió a Osmany que la cerrara antes de, como dijo el cubano, hablar a calzón quitado. Sabía que su marido desconfiaba de aquel tipo de apariencia mansa y ojos enrojecidos de sueño y tristeza, pero la suboficial Gordobil estaba acostumbrada a dejarse guiar por su instinto. El cubano había perdido a su nieta de una forma que poblaría las pesadillas de cualquiera durante muchos años. Y sin embargo ahí estaba, empeñado en explicarle lo sucedido el único día en que ella no pudo acompañarlo en su obcecada búsqueda de Idania Valenzuela.

Su instinto le decía que Osmany era inofensivo.

Al menos, para ella.

Como en toda conversación difícil, de esas evitadas durante el máximo tiempo posible, comenzaron tanteándose, buscándose sin ser del todo conscientes de que trataban de recomponer una franqueza que, durante una semana, les mantuvo unidos en un objetivo común. Preguntas corteses, vagas y encorsetadas; muestra de interés por las heridas, las físicas de ella y las anímicas de él, antes de que ella le pidiera que le hablara de la muerte de Maider y del estado de la investigación. Arechabala contó lo que pudo, dejó que los hechos y parte de sus sentimientos afloraran al silencio de la alcoba. Nekane era la primera persona a quien hablaba con total sinceridad. No mencionó a Orna Shoher, ni sus incursiones en el entorno de Bilbao La Vieja. Contó lo que creyó pertinente. Y se sintió bien, a gusto. Como le sucedió mientras recorrían juntos las estrechas carreteras que separan Bilbao de Karrantza y Balmaseda, supo que podía confiar en la suboficial Gordobil.

—Entonces, estás seguro de que Charles Usman asesinó a tu nieta y a su madre.

—Completamente.

—Pues está muerto. —Nekane cambió de postura, desplazó el respaldo improvisado con un par de almohadas y no pudo evitar un quejido cuando la herida de su espalda rozó el cabecero—. Y, a juzgar por los restos encontrados, de una forma horrible. ¿No te parece suficiente?

—No. —Osmany acompañó su negativa con un vehemente gesto de cabeza, y Nekane renunció a intentar convencerle de lo contrario—. Quien mata no suele ser el único asesino. En este caso es obvio.

—De acuerdo. Pero esto es cosa de la Ertzaintza, así que déjalos hacer su trabajo. Piensa en ese pobre hombre, el cajero del banco que os pasó las imágenes del vídeo. —Osmany desvió la mirada, quizá como una forma de sobrellevar su responsabilidad—. Entiendo lo que sientes, pero no puedes seguir poniendo en peligro a tus amigos, o a los amigos de tus amigos. ¿Le has contado a Méndez lo que me acabas de decir?

—Sí. Bueno, yo no hablo con él desde hace unos días, pero Larralde me confirmó que está al tanto de todo.

—Entonces déjalo estar. José es un policía fabuloso. De una u otra forma, no va a permitir que esos criminales se queden sin castigo.

Arechabala notó que Nekane había terminado la frase

de forma abrupta, que las últimas palabras se diluían entre sus labios y que apretaba los párpados, como si pretendiera borrar alguna imagen que el cubano no podía ver. Pero no supo interpretar su significado.

Tampoco tuvo tiempo de intentarlo. Terminados los preliminares, la suboficial clavó en él su mirada y le interpeló directamente:

—Osmany, ¿mataste a Rutte?

Abriéndose camino entre la gente que, a pesar del frío y de la lluvia, permanecía detenida frente a los escaparates de Gran Vía, deformes polillas aleteando en torno a los rutilantes puntos de luz que destacaban en el precoz anochecer, Osmany todavía dedicó unos minutos a preguntarse si Nekane había creído en su palabra. Su impresión era que sí, que la suboficial también era sincera cuando le prometió apoyarlo si se presentaba el lunes en la comisaría de Balmaseda y repetía a Miren Ruiz de Heredia lo que acababa de contarle. Sonrió, una sonrisa triste que se diluyó camuflada en las arrugas de su rostro, y negó con la cabeza. Agradecía el ofrecimiento, sobre todo por su significado, pero, aunque no dijo nada, no iba a necesitarlo.

El lunes estaría muerto.

Y no sería el único.

En la libreta imaginaria de su mente trazó un aspa roja junto a la primera de sus tareas pendientes.

Todavía le faltaban un par más antes de regresar en busca de las armas.

Tenía que seguir tachando. De modo que sacó el móvil y marcó el número de Antonio Arzamendi.

40

Ni siquiera la lluvia, cada vez más intensa, era capaz de diluir la magia que los reflectores creaban sobre el titanio. Los turistas, los pocos turistas de febrero, se fotografiaban junto a la monstruosa araña plantada por Louise Bourgeois junto a la fachada trasera del museo, improvisando un *collage* viviente de paraguas coloridos y metal oscuro. Desde el otro lado de la ría, refugiada en su ático, anexo al convento de las Siervas de Jesús de la Caridad, Itziar Moreno dejaba pasar el tiempo atenta al vaivén de curiosos que remoloneaban junto al Guggenheim, a la velocidad de las aguas del Nervión y, sobre todo, a las informes siluetas que no dejaban de reproducirse entre sus miedos.

Extrañaba a Alejandro. Desde que falleció, seis años atrás, no había dejado de añorar su presencia ni un solo día. Pero ahora, cuando las cosas comenzaban a complicarse, cuando todo amenazaba con saltar por los aires y el negocio mostraba el más cruel de sus rostros, le necesitaba tanto que su ausencia dolía de forma nada metafórica. Alejandro fue la mano derecha del viejo Aritzazeta. Alejandro diseñó la estructura, llegó a acuerdos con los clientes, calmó los recelos y multiplicó los beneficios. Por eso todo estuvo a punto de irse a pique con el infarto que se lo arrebató. El machismo de los africanos era tan visceral, y su desconfianza hacia la mujer tan acusada, que, a falta del hombre, comenzaron a buscar otra forma de blanquear sus beneficios. Pero el sistema que construyeron desde el bufete era el más sencillo. Y cuando ella consiguió el puesto de jefa del departamento de asesoría jurídica del banco donde mantenían la mayor parte de las cuentas, su seguridad quedó blindada de forma definitiva.

O eso creyeron.

Las imágenes de las últimas víctimas, dos compañeros a quienes conocía, con quienes compartió reuniones y cursos de legislación financiera, convivían con las amenazas sombrías de su mente como un recordatorio de que, en negocios donde se comerciaba con la vida, los errores se pagaban con la muerte.

Estaba tan concentrada regodeándose en sus miedos que tardó en reconocer la melodía que llegaba desde el dormitorio, un sonido irritante que fue creciendo en intensidad hasta conseguir arrancarla de su ensimismamiento. Con un bufido de rabia, se levantó del sofá y acudió en busca del móvil de empresa que, para su desgracia, debía llevar siempre encendido. Ese sábado habían llamado ya en dos ocasiones, ambas en referencia a un requerimiento del Juzgado de Instrucción número 11 de Bilbao cuya respuesta pensaba demorar hasta conseguir que alguien borrara el historial del ordenador, y de la intranet, de Carmelo Iriondo. Imaginó que se trataba de lo mismo, que al administrativo de guardia le asustaba tener sobre la mesa aquella orden redactada en tono imperativo, y tomó aire antes de descolgar.

Se equivocaba.

—¿Itziar? Hola, buenas tardes. Oye, soy Antonio Arzamendi. ¿Tienes un minuto?

Arzamendi. Una alarma se activó en su interior, en ese lugar donde sombras borrosas empuñaban machetes sucios de sangre. Un director jubilado que todavía recordaba el número del departamento de asesoría jurídica. Un director jubilado que no tenía ningún motivo para llamarla un sábado por la noche.

Salvo porque era amigo de Carmelo Iriondo.

—Antonio, ¡cuánto tiempo! —Las palabras le rascaron la garganta, pero quiso creer que no se notaba—. ¿Qué tal se vive sin dar un palo al agua?

—Bien, bien. Oye, Itziar, perdona que te llame a estas horas y en fin de semana, pero es muy importante. —Ella aferró con fuerza el teléfono conteniendo el impulso de arrojarlo debajo de la almohada—. ¿Te acuerdas de Carmelo Iriondo?

—¿Iriondo? Pues no, ahora mismo no.

Demasiado rápido. Había contestado demasiado rápido. Se dio cuenta incluso antes de terminar de hablar.

—Sí, tienes que acordarte. Hace unos tres años, cuando estaba conmigo en Zabalburu, le colaron unos pagarés robados. El emisor de los pagarés nos llevó a juicio y tuvimos varias reuniones contigo para prepararlo. ¿Te acuerdas ahora?

—Ah, sí. Creo que sí.

Arzamendi sonrió al deslumbrante sol del mediodía caribeño. Por supuesto que se acordaba. Carmelo montó tal espectáculo ante el juez que Itziar tuvo que redactar un largo escrito de disculpa. Su negativa inicial solo había servido para confirmar unas sospechas que tanto Maruri como Arechabala compartían.

—Después de eso le mandaron a Zabala, justo cuando yo me jubilé. Fue un castigo en toda regla, no sé si tuviste algo que ver.

—¡Claro que no! Yo no pinto nada en las políticas de recursos humanos.

—Ya. —Arzamendi improvisó una pausa que tuvo la virtud de alterar aún más los nervios de la mujer, aunque esa no fuera su intención. Le costaba dar el siguiente paso—. A Iriondo lo mataron ayer. Lo apuñalaron por la espalda para robarle el móvil. ¿De verdad no lo sabías?

—Sí. —A pesar de sus esfuerzos, notó cómo su voz desfallecía antes incluso de afrontar la batalla que, estaba segura, se avecinaba—. Claro que me enteré del asesinato. Pero no me acordaba de su nombre.

Antonio inspiró hondo.

—Bueno, vamos a dejarnos ya de tonterías. No voy a explicarte en qué andaba últimamente, porque lo sabes de sobra. Lo que no sabes es que fui yo quien se lo pidió. El caso es que, antes de salir de la oficina, me envió un pantallazo. Revisando una a una las cuentas de ese entramado de blanqueo que tienes montado, dio con una transferencia realizada desde tu puesto. Con tu número de operadora. Por eso ordenaste que le mataran, ¿verdad? El gilipollas de Alain Etxebeste le cazó y te avisó a todo correr. Y tú llamaste a tus colegas de esa mafia para la que trabajas.

¿Sería verdad? ¿O sería un farol? Después de tantos años, tantas empresas fantasma, tantos números de cuenta y tantísimas transferencias a todo tipo de paraísos fiscales, no podía descartar la posibilidad de un error. De hecho, recordaba dos ocasiones como mínimo en las que, acuciada por la urgencia, frustrada por los constantes errores de la banca online, hizo la transferencia desde su puesto en el banco. Pero de eso hacía ya mucho tiempo. ¿Había conseguido un ventanillero como Iriondo remontarse tan atrás? Bueno. Era obvio que sí. Etxebeste le vio fotografiar un DNI que flotaba en la pantalla como una acusación irrefutable. Su DNI. ¿Tuvo tiempo de enviarle la foto a su amigo? No lo sabía. El gilipollas de Alain había sido incapaz de negarlo de forma categórica. Y el móvil ahora debía de estar en manos de la organización, que no le había dicho nada sobre sus últimos contactos.

O en el fondo de la ría.

—No entiendo nada, Antonio. ¿A qué viene esta sarta de tonterías?

—Te lo explico. —Recostado en el banco anexo a la fachada, la cabeza a la sombra del alero y el resto del cuerpo tostándose poco a poco, Arzamendi se sorprendió de su propia tranquilidad. Los nervios previos a la llamada, el desagradable hormigueo que le recorría mientras Osmany le explicaba lo que debía hacer, habían desaparecido por completo—. Todo se remonta a hace unos años, poco antes de la muerte de Javier Aritzazeta, el decano del Colegio de Abogados. Por aquel entonces, tanto tú como tu marido trabajabais en su bufete. De hecho, Aritzazeta se fiaba tanto de Alejandro que delegaba en él casi todo el trabajo. Quizá fuera idea suya desviar parte de la facturación a cuentas abiertas a nombre de una gestoría para ahorraros un pico en el IVA. La cosa es que cuando murió el viejo comenzasteis a utilizar ese entramado de ingeniería fiscal para lavar los beneficios de gentuza como los de Ona To Arewa. ¿Cuánto os llevabais? ¿Un cuarenta por ciento? Revisando las cuentas, juraría que la tarifa era más o menos esa.

A Itziar no le salían las palabras. La descripción de sus actividades era tan exacta que se sorprendió buscando el portátil que guardaba bajo llave en un cajón, como si temiera que alguien se hubiera colado en sus secretos a través de aquel PC donde almacenaba las contraseñas con las que accedía a las cuentas de las diferentes empresas. Estuvo tentada de claudicar, de preguntar el precio de su silencio, pero supo contenerse.

Arzamendi siguió hablando:

—No sé si tu fichaje como responsable de la asesoría jurídica en la Unión Crediticia fue un golpe de suerte, o fue cosa de esas corruptelas que había allí antes de que la absorbiéramos, pero os vino muy bien. Hace años que diriges el comité de prevención de blanqueo de capitales. Así garantizas que nadie te investigue. Movíais casi todo el efectivo por la sucursal de Etxebeste, un trepa que vendería a su madre si hiciera falta. Pero te hemos pillado. Carmelo te pilló. Ahora te toca pagar.

Tuvo que reconocer que el final le había quedado bastante teatral, pero estaba seguro de que funcionaría. El recuerdo de Iriondo le ayudó a elevar el tono con cada palabra en un *crescendo* que parecía el alegato emitido delante de un jurado.

Pero la respuesta de la mujer, precedida por un sonoro bostezo, no fue la que esperaba.

—Muy divertido, Antonio. Ahora, si no te importa, me voy a dormir. No sé de dónde has sacado todas esas tonterías y, la verdad, no me importa. Procura no volver a molestarme si no quieres pasar el resto de tu jubilación enfrentándote a querellas por acoso y difamación.

—He hablado con la Ertzaintza. —Itziar detuvo el gesto de colgar y se mantuvo a la escucha, con el móvil ligeramente separado de su boca. No quería que el otro se percatara de lo acelerado de su respiración—. El oficial que lleva el caso se llama Méndez, José Méndez, de la comisaría de Zabalburu. Y le he mandado el pantallazo que me envió Iriondo.

—Entonces ¿para qué me llamas?

—Te llamo porque quiero que te detengan. Que te lleven a juicio y pases una buena temporada entre rejas.

—Estás tan paranoico que te contradices a ti mismo.

—No, qué va. Acabo de oír que han encontrado una cabeza en la playa de Ondarroa. Parece que le han torturado de una forma que no le deseo a nadie. Ni siquiera a ti. —La mujer tuvo que sujetar el móvil con ambas manos para evitar que se le cayera. Aquel cabrón la estaba guiando, paso a paso, a la peor de sus pesadillas—. El tipo trabajaba para tus amigos, ¿lo sabías? Pero los traicionó. Según Méndez, los vendió a cambio de protección. Ya ves qué protección de mierda… —Juraría que, desde el otro lado de la línea, Arzamendi podría oír con claridad el retumbar de su corazón. Aquello era nuevo para ella. Nuevo, pero perfectamente creíble—. Y a Etxebeste lo atropelló un coche después de pasar por comisaría. —Antonio cerró los ojos y se concentró en el último empujón—. Todos los que podrían entregar a esos cabrones terminan palmándola. Es como si supieran que alguien está a punto de delatarlos. Y, ¿sabes?, tú ahora te encuentras en esa misma situación.

—¿Qué es lo que pretendes? —Ya no quedaba ni rastro de la fingida calma de un minuto antes—. ¿Me estás amenazando? ¿Me estás chantajeando? ¡¿Qué coño quieres de mí?!

—Te lo repito: quiero que pagues por lo que has hecho, pero ante un tribunal, no deseo que tu cabeza aparezca en un contenedor de basuras. Entrégate. Llama a la comisaría de Zabalburu, habla con Méndez y entrégate. Lo tuyo es blanqueo de capitales, tu condena será de risa. Pero si no lo haces y es la Ertzaintza la que empieza a investigarte, tus amigos darán por hecho que terminarás delatándolos. Y ambos sabemos que no están dispuestos a correr ciertos riesgos. Entrégate y que te metan en un calabozo hasta que logren desarticular a Ona To Arewa. En tu casa corres peligro.

Itziar colgó, incapaz de responder, de negarlo todo, de articular palabra; arrojó el móvil al suelo, como si se tratara de una alimaña de la que necesitara protegerse, y se desplomó en la cama tapándose el rostro con las manos. Todo había reventado. Ni el asesinato de Iriondo ni el de Etxebeste habían bastado para evitar lo inevitable. Ahora era su turno. Por un momento sopesó la posibilidad de salir huyendo, pedir un taxi, correr al aeropuerto y embarcar en el primer vuelo que saliera con rumbo a cualquier destino, pero la noticia —ampliamente difundida en Teleberri— del atropello de Alain Etxebeste en la misma puerta de la terminal se encargó de disuadirla.

¿Debía confesar?

Tampoco estaba segura de que fuera lo mejor. Al fin y al cabo, daba la impresión de que los últimos muertos firmaron su sentencia cuando se pusieron en manos de la Ertzaintza.

—Entonces ¿crees que podría entregarse?

Antonio no supo encontrar una respuesta a la pregunta del cubano. Ahora estaba seguro de que Itziar Moreno blanqueaba el dinero negro de Ona To Arewa. También de haberla asustado, de que el rostro sin ojos, boca ni nariz de Charles Usman la visitaría en sus pesadillas. Pero era difícil que claudicara tan pronto.

—No sabría decirte. Creo que se va a pasar la noche dándole vueltas al tema. Vete a saber, igual sí. No sé.

—De acuerdo, compay. Ya puedes llamar a la policía. Intenta hablar con ese Méndez que lleva lo de mi nieta y cuéntaselo todo.

—¿Yo?

—Obvio. ¿Crees que yo sería capaz de explicarles todo eso de las cuentas, los ingresos y demás? Tienes que hacerlo tú. Métele prisa. Dile que ella está dispuesta a cantar. Y habla con Larralde. Que él también insista.

—Vale. —Abandonó el banco donde llevaba recostado toda la mañana y se refugió en el interior de la vivienda. Una vez más, y ya iban muchas en los últimos días, se alegró de encontrarse a siete mil kilómetros de Bilbao. Presionar a la financiera de una mafia internacional no le hacía ninguna gracia. Mentir a la policía, tampoco—. Ahora mismo les pego un toque.

—Correcto. Katy me ha dicho que los agentes que la interrogaron en la otra comisaría, la del sitio donde viven...

—Getxo.

—Eso. Pues que mañana irán al hospital, donde Maruri. Y Borja les contará todo lo que sabe: por qué les atacaron y qué ha descubierto. Creo que con eso se cerrará el círculo.

Antonio murmuró algo antes de despedirse, pero Osmany no le escuchó. Había llegado a Bilbao La Vieja, a la esquina donde el Mossad asesinó a Blessing creyendo que eliminaba a Shoher, y contemplaba la amplia mancha dispersa por el asfalto, la pared ennegrecida del edificio colindante, las ventanas rotas, cubiertas con plásticos y tablas, y el aire de desolación que flotaba en torno a la escena. Una desolación que no conseguía negar la música procedente de los locales del otro lado de la calzada, preparados ya para la avalancha de jóvenes de cada sábado por la noche. Decidió no perder el tiempo divagando sobre la proximidad de la vida y la muerte, la juventud y el exilio, la fiesta y el proxenetismo y, dando la espalda a la zona de bares, se adentró en Urazurrutia en busca de su objetivo.

Según Blessing, las muchachas permanecían retenidas en un edificio de esa calle, próximo al perímetro de droga y prostitución que delimitaban los puentes de San Antón, La Merced y Cantalojas, pero fuera de la zona controlada por las cámaras de la Ertzaintza. Y no tardó en localizarlo. Era una construcción estrecha y antigua, encajonada entre un moderno bloque de viviendas y la fachada señorial de una biblioteca pública. El bajo era el local abandonado de lo que fue una panadería. Su pequeño escaparate estaba tapado con cartones, lo mismo que la puerta de acceso. Según la senegalesa, allí habían instalado un laboratorio donde quemaban la coca. Las mujeres se hacinaban en la primera planta, a la que solo se podía acceder a través de una empinada escalera interior que salía de la antigua tahona, ya que mantenían sellada la puerta que daba al rellano y el portal. Los hombres se repartían entre el segundo piso y los camastros alineados junto a la entrada de la tienda, donde dormían y vigilaban a un tiempo. Había dos plantas más, pero no pertenecían a la mafia. Blessing no sabía si estaban abandonadas o no. Ella nunca vio a nadie.

Lo que más le interesó a Osmany fue que la panadería tenía dos entradas. La principal, el acceso por la calle Urazurrutia, y una trasera, asomada al muelle del mismo nombre. Protegido del sirimiri bajo la sombra de los aleros, regresó por donde había llegado y, antes de alcanzar el puente, giró para salir a la orilla de la ría por una calle donde los vehículos aparcados solo dejaban un estrecho carril para circular. No le sorprendió comprobar que el local quedaba por encima del nivel del muelle. Había que subir cuatro escalones tapizados de verdín para alcanzar la puerta, llena de grafitis y pintadas de toda índole. Pero enseguida comprobó que esa imagen de abandono no se correspondía con la realidad. No hacía mucho que se había abierto, como mostraba el semicírculo impreso en el musgo del primer escalón. Las ventanas que la flanqueaban estaban cegadas con tablones clavados los unos sobre los otros. Sabiéndose invisible, Arechabala estudió la puerta con más detalle. Se trataba de una vieja plancha de hierro, veteada de orín y suciedad, cuyas bisagras sobresalían al exterior. No parecía que hubieran cambiado la cerradura, probablemente para reforzar su imagen de abandono, pero eso solo podía significar que, si ahí dentro quemaban coca, junto a ella habría siempre alguien armado. Y, probablemente, un pestillo. De frente, coches aparcados, basura, la ría y el vacío. El lugar perfecto para sacar la droga a un vehículo estacionado junto a la entrada, sin vecinos, bares ni comercios. En cuanto el tráfico decayera con la llegada de la noche, el muelle sería solo para ellos.

Y para él.

Con las manos en los bolsillos, retrocedió sobre sus pasos y cruzó el puente en dirección a su vivienda. A falta de trazar una última aspa sobre su inventario de tareas pendientes, estaba listo para impartir justicia.

Antes de perderse entre las calles del Casco Viejo, se detuvo frente al semáforo de La Ribera y negó con la cabeza a un interlocutor invisible. No precisaba de atajos lingüísticos ni éticos para justificar sus actos. Lo suyo no era justicia. Era, sencillamente, venganza.

Pero ¿quién no querría vengar el asesinato de una niña?

41

Llovía a raudales cuando, protegidos bajo sus gruesos impermeables rojos, los dos agentes se apearon del coche patrulla arrinconado en el arcén de la autovía y saltaron la mediana para acceder al sendero que serpenteaba colina abajo. Aunque no habían dado las siete, la oscuridad era total en aquella ladera sitiada por el asfalto, y los haces de sus linternas solo lograban abrir estrechas franjas de luz donde las gotas se multiplicaban. Estaban a cincuenta metros de la monstruosa gasolinera que preside la entrada de la ciudad, pero la sensación de soledad era absoluta. Por fortuna, el hombre que llamó al 112 los esperaba ahí mismo, unos metros antes de que el camino se separara definitivamente de la autopista para hundirse en el abrupto descenso hacia la ría.

—Ya imaginarán que nunca vengo por aquí a estas horas —empezó el hombre, un jubilado de barriga prominente que se protegía de la lluvia con una *txapela* firmemente enroscada en la frente—. Pero esta mañana he bajado a la huerta que tengo ahí mismo, al otro lado de estos árboles. ¿La ven? Justo ahí, donde la chabola. —Los agentes dejaron escapar algo semejante a una afirmación cortés, aunque era imposible vislumbrar nada—. Pues me dejé la cartera. Se debió de caer del bolsillo cuando me quité la chaqueta.

Y no vean qué bronca me ha echado la parienta. Ya le he dicho que volvía mañana, que no pasaba nada, pero ella ha empezado a ponerse nerviosa, a decir que en esa casucha podía colarse cualquiera y llevarse las tarjetas. ¡Y a ver quién aguanta esa tabarra! Ya puede jarrear todo lo que quiera, que prefiero empaparme a seguir soportándola. La quiero mucho, no me malinterpreten... —la mirada de recelo que les dedicó estuvo a punto de provocar una sonrisa en ambos policías, pero ni el entorno ni la razón de su presencia allí invitaban al desenfado—, pero a veces es un poquito insoportable.

—¿Y si nos explica lo del cuerpo?

—Sí, perdone. Está ahí, junto a esos arbustos. —Se detuvo un momento para tomar aire o, tal vez, para reunir el valor preciso, y enfocó con su linterna—. Casi tropiezo con él. Enseguida me di cuenta de que era una persona, que no era un bicho muerto ni nada por el estilo. —Se acercó un par de pasos y señaló con el dedo, sin ánimos para aproximarse más—. Es ahí. Cuando salí a mediodía no estaba.

Uno de los *ertzainas* se acercó al cadáver, y el otro trató de orientarse. Se encontraban lejos de la gasolinera, en una vaguada de árboles y matorral. A la luz de las linternas afloraban pequeñas construcciones de plástico y madera donde guardaban sus aperos los dueños de las huertas. Dos curvas más y saldrían a la calle Zamakola, cerca de Urazurrutia y Bilbao La Vieja. Rodeados de casas, carreteras y farolas, se sentían en el centro de la nada. Un lugar discreto para una reyerta. O un ajusticiamiento.

—Ven, mira esto.

Se trataba de un varón de unos cuarenta años. Calzaba botas negras y vestía vaqueros y chaqueta negra. La sangre que empapaba su cabello refulgía a la luz de la linterna. Aunque ninguno de los dos era investigador, no les resultó difícil adivinar que había recibido un tiro en la nuca.

—No ha sido aquí. No hay sangre en la hierba. Quienquiera que se lo cargara lo hizo en otro sitio.

Quizá esperaba algún comentario por parte de su compañero, tal vez una felicitación por lo acertado de su deducción, porque al no recibir respuesta le dio en el brazo con la linterna.

—¡Eh! ¿Te pasa algo? Ni que fuera el primer fiambre que ves.

Cuando el otro se dio la vuelta comprendió que se trataba de algo más. Su rostro estaba pálido, le temblaban los labios y en sus ojos, repentinamente enrojecidos, creyó intuir el brillo de una lágrima.

—Míralo. ¿No sabes quién es? Es de los nuestros, joder, de nuestra comisaría. Es Méndez. El oficial José Méndez.

42

La luz de las sirenas teñía el entorno del sombrío color de lo inevitable. Por encima de sus cabezas, la vida fluía a toda velocidad, atravesaba el viaducto en ambas direcciones dibujando sobre el asfalto largas hileras blancas y rojas. Debajo, flaqueando el sendero trazado por la ría, las farolas imprimían de color naranja una larga hilera de puntos suspensivos. Pero en aquella isla de oscuridad era el azul el que iluminaba una escena de silencios, tristeza y juramentos en voz baja. Había dejado de llover, pero el agua anegaba el sendero por donde habían accedido los Patrol, los únicos vehículos capaces de bajar a la vaguada. La ambulancia y el coche fúnebre esperaban en la gasolinera, junto al Mercedes de la jueza y dos o tres patrulleros de la Ertzaintza que impedían el paso a los periodistas que comenzaban a agolparse sobre el asfalto.

Susana Herralde firmó la documentación y se la entregó a Sabino Lasa, que se apresuró a guardarla en una carpeta de plástico y la depositó en la guantera de uno de los todoterrenos. Casi no habían cruzado palabra. No podían. El comisario, a quien avisaron cuando se dirigía a la ópera en compañía de su esposa, seguía el trabajo de los peritos con las manos a la espalda y el semblante hermético, concentrado en disimular la tormenta que reventaba en su interior.

Herralde se limitó a levantar acta y, antes de dejarse acompañar hasta su vehículo, susurró un pésame que a Lasa se le antojó vacío e inapropiado.

—¿Qué tenéis?

El jefe del equipo técnico se incorporó, se sacudió el barro de las rodillas y señaló el vacío dejado por el cadáver.

—Según el forense, la causa de la muerte no está clara. —Hizo un gesto para frenar la incomprensión del comisario—. Le han disparado a bocajarro en la nuca, sí, pero también presenta un impacto muy fuerte en la cabeza. Yo diría que primero le propinaron un golpe por la espalda, y cuando estaba inconsciente, o muerto, le pegaron el tiro. Lo sabremos cuando extraigan el proyectil, pero apostaría que le dispararon con su propia arma. Lo que sí está claro —fingió no percatarse del brillo salino que asomaba a los ojos de su superior— es que no sucedió aquí. Hemos buscado fibras y otro tipo de restos en su ropa, pero vamos a tardar en saber si nos pueden servir de algo. En el camino hay rodadas de diferentes vehículos. En cuanto regrese a comisaría me pondré con ellas.

Lasa le dejó volver a su trabajo y permaneció unos minutos estudiando el entorno, el silencioso quehacer de aquellos brujos de monos blancos capaces de cambiar el devenir de una investigación con un trozo de hilo o el caparazón de un bicho muerto, hasta que comprendió que allí no hacía más que molestar. Se dio la vuelta para dirigirse al cuatro por cuatro y tropezó con Hiba Drissi. La agente tenía los ojos rojos y los párpados hinchados, pero ni sus labios ni su voz temblaban cuando se dirigió al comisario:

—Señor. Creo que sé quién ha matado a Méndez.

Orna Shoher seguía sin creerse lo que estaba oyendo. No se trataba solo de que, tras una vida entera huyendo del servicio secreto más eficiente del mundo, desconfiara de cualquiera que le ofreciera algo a cambio de nada. O casi nada. No. Lo que Osmany acababa de proponerle era irracional, tanto como irrechazable.

—Entonces —sus manos seguían dando vueltas al fajo de billetes de quinientos euros, revisándolo con el nerviosismo de la incredulidad— estás dispuesto a regalarle cincuenta mil euros a la persona contratada para asesinarte.

Desde el sofá, Arechabala se encogió de hombros, como si desprenderse de esa pequeña fortuna fuera un gesto nimio, simple, como dar a una niña un euro para golosinas.

—Considéralo una indemnización por despido. No sé cuánto te ofrecieron cuando te contrataron, pero ayer pudiste ganarte toda esa *moni* de la forma más fácil, y preferiste ayudarme. —Ella desvió la mirada y regresó al inquieto juego de sus dedos con los billetes. Desde que el general Seagal la violó no había tenido ocasión de escuchar una expresión de gratitud—. Además, ya te dije que no es de balde. Necesito que me hagas un favor.

Orna asintió sin dejar de dar vueltas al dinero, su pasaporte a una nueva vida lejos de las armas, lejos de la Ertzaintza y de la permanente amenaza del Mossad. Según el reloj de su móvil, acababan de dar las ocho. Después de toda una tarde planificando formas de desaparecer, sabía que dos agencias de alquiler de vehículos cerraban a las diez. Sabía que, si llegaba a la estación del TGV de Hendaya antes de las siete y diez de la mañana, estaría en Londres a las cinco de la tarde. Su pasaporte, el único que pudo salvar, era británico, lo mismo que su carnet de conducir. Y el Reino Unido le parecía un destino atractivo. Solo tenía que aceptar aquel dinero para ser libre.

Pero las dudas persistían.

—¿Y tú qué?

—¿Yo?

—Claro. Si había cámaras en esa calle, nos grabaron a los dos. ¿No piensas huir?

Aunque sus palabras decían otra cosa, a Orna le dio la impresión de que en la respuesta de Osmany predominaba una indiferencia que no supo interpretar.

—Enseguida. En cuanto termine con un par de asuntos, me buscaré un billete para Cuba y regresaré a mi bohío, a disfrutar de la jubilación en compañía de mis amigos. Ya sabes, unos *ronsitos*, un poco de son y un mucho de plática. Así somos los viejos. Y los cubanos.

Había algo falso en aquel discurso, en el pretendido desenfado con el que desgranaba su futuro, pero la israelí decidió que no era asunto suyo. Ella le había salvado, y él, a cambio, le entregaba cincuenta mil euros. Un negocio más, uno de los muchos cerrados en los últimos años. La única diferencia era que, en vez de cobrar por una muerte, lo hacía por una vida.

—¿Y cuándo piensas acabar con ese par de asuntos? Porque no creo que tengas mucho tiempo.

—Hoy, nomás. Esta misma noche. Para eso necesitaba tu ayuda. Bueno, en realidad, me basta con que hagas una llamada con tu celular.

La escarcha comenzaba a cristalizar sobre la luna del coche de Hugo Laiseka mientras el joven agente pugnaba por mantener los párpados abiertos. La verja de acceso al jardín de Salvador Somoza era solo un punto difuso en medio de las tinieblas. En aquel ramal de acceso a Villasana no había farolas que impusieran su breve punto de cordura al sinsentido de una noche que, con la única compañía de su móvil, se preveía tan larga como árida. Y absurda.

Solo su enfermiza necesidad de venganza le mantenía

379

allí, aferrado a la posibilidad de que la vigilancia a la que estaban sometiendo al guardia civil retirado sirviera para esclarecer el asesinato de su padre.

Algo cada vez menos probable.

Una ráfaga de luz bañó el habitáculo del coche justo en el momento en que otro se detenía en aquel paraje desértico donde, si algo sobraba, era sitio para aparcar. De forma instintiva, llevó una mano al arma y la otra al tirador de la puerta, pero pronto reconoció a Miren Ruiz de Heredia. Dejó escapar un suspiro y soltó la pistola. Se notaba mucho más tenso, más nervioso, de lo que debiera.

—¿Aburrido? —Laiseka respondió con una sonrisa y un amplio bostezo—. No me extraña. Mira, vamos a dejar de perder el tiempo con esto. Somoza es una vía muerta.

—¿Y eso? ¿Tan pronto has cambiado de opinión?

La *ertzaina* se recostó en la carrocería, cruzó los brazos y buscó en la oscuridad la elegante silueta de la vivienda del sargento.

—No es que haya cambiado de opinión. Siempre hemos sabido que Somoza no era responsable, al menos de forma directa, de las muertes del Karpin. Pero lo que me dijiste sobre el dinero que entraba en tu casa me hizo pensar que tal vez el tiroteo tuviera relación con alguna actividad ilícita que se traían entre manos. Pero estoy casi segura de haberme equivocado.

—¿Por qué?

Miren le miró con cierta incomodidad. Lo que brillaba en los ojos del joven no se parecía mucho al afán de dar con la verdad. Pero se sintió obligada a responder.

—Tenemos un sospechoso —dijo—. O, por lo menos, sabemos de otra persona que estuvo allí esa misma noche. —Alzó una mano para frenar el ímpetu de Laiseka y siguió hablando lo más despacio posible, buscando transmitir una calma que estaba lejos de sentir—: Pero es muy tarde, y hoy no pienso hacer nada más. Vete a casa, duerme, y pásate mañana por comisaría.

—Pero yo...

—Déjalo, por favor. Te he prometido ser sincera contigo y lo estoy siendo. Pero vamos a hablarlo tranquilamente sentados en mi despacho, descansados y con los informes en la mano. —Hugo se frotó los ojos con el puño y volvió a cruzar los brazos disimulando su impotencia—. El lunes toma posesión el nuevo subcomisario, y tenemos que decidir cuánto le vamos a contar. —Sin girarse hacia él, intuyó su conformidad en la forma en que se movieron las sombras—. Si concluimos que sus supuestas actividades con Somoza son irrelevantes para esclarecer sus muertes, no veo ninguna razón para ensuciar sus nombres. Ni el del cuerpo.

No fue necesario añadir nada más. Estaban de acuerdo en la urgencia por cazar al asesino, y también en la importancia de mantener a salvo el prestigio de los muertos y de la Ertzaintza. De modo que, tras una despedida rápida, Laiseka regresó a su coche, arrancó y giró en dirección a Villasana, hacia la casa de su madre.

Condujo muy poco. La carretera era una larga recta donde, a pesar de que la niebla comenzaba a descender sobre el valle, la visibilidad era absoluta. Suficiente al menos para distinguir la luz de otro vehículo a un kilómetro de distancia. Y del lugar donde llevaba todo el día estacionado, el único desde el que se podía vigilar la casa de Somoza sin ser visto, no había salido nadie.

Ruiz de Heredia seguía allí.

Se detuvo al llegar al primer grupo de casitas, donde comenzaba la pequeña nuez del pueblo, apagó las luces y, aprovechando el resplandor de las farolas, giró y estacionó en el arcén contrario, de frente a la salida y al lejano pabellón donde el coche de la oficial seguía aparcado.

Le había mentido.

No le había mandado a casa porque Somoza quedara fuera de la ecuación, sino para librarse de él. Ella seguía tras la pista del culpable de que su padre se metiera en esos fangales que, probablemente, le costaron la vida. Sabía algo que no le había contado. Y Laiseka no pensaba moverse hasta averiguarlo.

—¿Sí? ¿Quién es?

Era una pregunta absurda, la retórica repetida cada vez que suena el teléfono, herencia de unos tiempos en que, sin móviles ni identificadores de llamada, cada timbrazo en el salón era una invitación a la esperanza, el miedo o la aventura. Ahora, en la pantalla brillaba un nombre, Ivánova, que le hizo esbozar una sonrisa desfigurada por el vendaje que le protegía la nariz. Salvador Somoza llevaba tiempo esperando esa llamada. Pero su sonrisa se transformó en una mueca de recelo primero, de rabia después, al escuchar la voz de su interlocutor.

—Hola, compay. ¿Cómo le va? Después de tanto tiempo persiguiéndome, ya iba siendo hora de platicar un poco, ¿no le parece?

No podía ser cierto. Se separó el auricular de la oreja y volvió a mirar el nombre, incrédulo ante una evidencia innegable. Solo podía ser el cubano. El viejo a quien ordenó eliminar. El grano en el culo que desde hacía una semana se había convertido en la mayor de sus preocupaciones. Que tuviera el móvil de la sicaria, que hubiera sabido localizarlo, era la confirmación de que, una vez más, había menospreciado su amenaza.

—¿Se te comió la lengua el gato, compay? A lo que parece, no eres tan hablador como la mujer que mandaste a darme el pasaporte. A ella le gustaba mucho hablar. Bueno, al principio no. Pero a mí me gusta jugar con fuego, ya tú sabes…

Sentada en el suelo, con las piernas pegadas al cuerpo y la cabeza recostada contra la cama, Orna Shoher se tapó la boca para contener la carcajada.

—¿Qué quieres?

—Dinero. —Osmany abandonó el tono burlón y las palabras comenzaron a brotar secas, firmes, como se dan las órdenes en un campo de batalla—. Siempre se trata de dinero. No recuerdo en qué filme escuché eso, pero así es. Quiero dinero. Mucho dinero. A ver si consigo olvidar que me has intentado asesinar tres veces en una semana.

—¿Dinero? ¿Pretendes chantajearme? ¿Con qué? Ni siquiera sabes quién soy.

—Sí lo sé, compay. Lo sé perfectamente. Como te dije, me gusta jugar con fuego. Me relaja ver cómo la carne se achica sobre el hueso al contacto de un soplete. A tu amigo Zabalbeitia no le hizo tanta gracia. —Somoza cerró los ojos y apretó los dientes hasta hacerlos crujir. El peor escenario, de los muchos que llegó a imaginar cuando se enteró de las muertes del Karpin, comenzaba a materializarse frente a él—. Así que me contó muchas cosas. Tantas que casi no pude retenerlas todas. Entiéndeme, compay. Estoy mayor, y allá arriba, donde los animales, todo pasó muy rápido. Pero ¿sabes qué fue lo más interesante?

—Sorpréndeme.

—Que me dijo dónde guardaba las fotos. Sí, señor. —Osmany intuyó un roce en el auricular de Somoza, como si el móvil del guardia civil hubiera resbalado por su mejilla, y comprendió que aquel tiro al azar había dado en el blanco. No sabía si Zabalbeitia guardaba imágenes de sus actividades delictivas, pero su interlocutor tampoco—. En dos pinchos de ordenador, de esos con tantas gigas de memoria. Estaban en su casa, allá, en Balmaseda. Fue tan amable que incluso me prestó sus llaves.

Somoza sintió que le faltaba el aliento. Tantos años revendiendo la droga incautada por sus compañeros, negociando con traficantes y sicarios, comprando a jueces y diseñando algún que otro accidente fortuito, no le habían preparado para la escena que, invocada por las palabras del cubano, se repetía en su imaginación.

—Entonces —Osmany siguió hablando con una naturalidad aterradora— ya me cansé de que intentes matarme. Por cierto, la próxima vez búscate a alguien más profesional. —Orna le fulminó con la mirada y Osmany le guiñó un ojo—. Pues como me cansé de tus tonterías, he decidido que te toca pagar. Yo calculo que, por ahí, guardado en billetitos, puedes tener más de medio millón de euros. Si tienes más, mejor para ti. Yo me conformo con el medio millón.

—¿Estás loco? ¿De dónde voy a sacar esa cantidad?

—¡Bah! De tu caja fuerte. ¿De dónde si no? ¿O guardas en el banco el dinero de la droga? Coge medio millón y tráemelo. Te devolveré los pinchos y me olvidaré de todo. Ven solo y desarmado. Si mis amigos descubren que intentas algo raro, lo vas a pasar muy mal. No tienen tanta paciencia como yo.

De forma inconsciente, Somoza se encontró asintiendo en la soledad de su despacho. «Mis amigos». Era imposible que aquel anciano hubiera sido capaz de crear, él solo, el estropicio que amenazaba los restos de su rentable imperio. Tenía «amigos». Formaba parte de algún grupo organizado, quizá de otra banda de narcotraficantes o, tal vez, de una de esas especializadas en asaltar a otros grupos organizados que nunca denunciarán haber sido víctimas de un robo o una extorsión. No podía tratarse de un viejo que vivía con su nuera y una nieta, tal como afirmaba Laiseka antes de que lo encontraran abrasado entre los restos de la mansión del Karpin.

—¿Pretendes que me crea la tontería esa de las fotos? Parece sacado de una serie cutre de la tele.

—Si lo prefieres, podemos llevártelos a tu caserón. Es bonito Villasana de Mena en esta época, con los montes nevados y todo eso. La tierra está más dura con el frío, pero no seré yo quien tenga que cavar.

Había ganado.

Sabía quién era, sabía dónde vivía. Lo tenía cogido por los huevos.

La resignación flotaba en su respuesta.

—¿Cómo lo hacemos?

—Hoy. A medianoche. ¿Tienes papel y lápiz a mano? Pues toma nota.

Jon Larralde cabeceaba delante del televisor encendido. No tenía sueño, pero su mujer acababa de regresar de la residencia, tan frenética como siempre, y llevaba más de media hora explayándose sobre los horarios injustos, la comida escasa, la falta de personal y los desorbitados precios. No es que no le interesara. Adoraba a su esposa, y siempre escuchaba con atención sus monólogos, más largos y repetitivos conforme avanzaban los años. Pero necesitaba pensar. Por eso mantenía los ojos cerrados y la cabeza recostada en el respaldo. Y aunque ella, sin darse por aludida, perseveraba en su diatriba, Larralde se encontraba a gusto en el huequecito mental donde reflexionaba sobre lo que le había contado Arzamendi.

Al parecer, habían identificado a la mujer que blanqueaba los beneficios de Ona To Arewa. Se trataba de la responsable de la asesoría jurídica del Banco de Crédito Monetario, una persona de honestidad probada e intachable, o eso parecía. Como todos, por otra parte. Y la habían encontrado con una sencilla búsqueda en internet. Bueno, seguro que no fue sencilla, pero lo cierto era que los datos estaban ahí, al alcance de cualquiera que, como Borja Maruri, pudiera y quisiera interpretarlos. Lo que hablaba de una impunidad rayana en la arrogancia. Una impunidad preocupante.

Antonio también había hablado con la Ertzaintza. Trató de contactar con Méndez, pero terminó contándoselo todo a un oficial cuyo nombre no le sonaba de nada. Larralde decidió que acudiría a comisaría al día siguiente. Se acababa de jubilar. Allí todavía le conocían, su palabra seguía teniendo peso. O eso creía. Esperaba conseguir algo.

Pero lo que más le intranquilizaba no tenía relación con tramas económicas o corrupción financiera. Le preocupaba Osmany. Por eso no pudo evitar un respingo cuando el móvil se iluminó y su nombre brilló en la pantalla.

—Larralde. Necesito ayuda, compay. Ya sé que estás retirado, pero ¿todavía te acuerdas de cómo se dispara?

43

El ambiente en la sala de reuniones de la comisaría de Zabalburu era fúnebre; nada extraño en un lugar acostumbrado al crimen, a combatir el crimen y a ser testigo de sus
consecuencias. Pero el asesinato de un compañero marcaba la diferencia entre la obligación y la voluntad, entre la
justicia y la venganza. O, como mínimo, entre el afán de
justicia y el ansia de venganza. Para que no quedaran dudas al respecto, en el centro de la mesa destacaba una fotografía ampliada del cadáver de Méndez, de su rostro
exangüe y su cabello teñido de sangre y barro. La imagen
que brillaba en la pantalla del único portátil era diferente;
una mujer morena, de cabello corto y cazadora de cuero,
y un viejo de perilla cana perfectamente identificado.

—Como sabéis, las cámaras no captaron el momento
del asesinato de Las Cortes, pero la secuencia temporal es
inequívoca. Fueron ellos.

La jueza Herralde y el fiscal Galdós asintieron al unísono a las palabras del comisario. Toni Kroos se mostraba
colaborador, nada que ver con la arrogancia que solía em-
plear con el finado Méndez. La magistrada, por su parte,
parecía tan interesada en dar caza al asesino como el propio comisario o como la joven agente de tez aceitunada que
hacía guardia a la puerta de la sala.

—De la mujer aún no sabemos nada. El hombre se llama Osmany Valdés, aunque la gente le llama Arechabala, no sé por qué. Es el abuelo de Maider Valdés, la pequeña a la que asesinó Charles Usman.

El fiscal apoyó ambos brazos sobre la mesa para acercarse más a la pantalla.

—¿Creéis que se está vengando de la organización? ¿Que ha comenzado a cargarse a sicarios de Arewa?

Lasa se encogió de hombros y se aflojó el nudo de la corbata. Se trataba de una posibilidad remota, inverosímil incluso. Pero era la única que se le ocurría. Sobre todo, después de la conversación que acababa de mantener con Nekane Gordobil.

—Es posible. De este individuo sabemos que ha sido militar toda su vida. Se retiró del ejército cubano hace solo dos años, por lo que debe de ser ducho con las armas. Y nos acabamos de enterar... —tragó saliva y se concentró en la fotografía de su compañero, inerte entre lodo y matorrales; tal vez «acabarse de enterar» no fuera la expresión más afortunada—, de que la comisaría de Balmaseda lo está investigando por los crímenes del sábado en Karrantza. Es decir —se apresuró a matizar—, sabíamos que lo habían interrogado como posible testigo, pero nos acaban de confirmar que sospechan que pudo participar en el tiroteo.

—Lo que significaría que se trata de un tipo peligroso.

El comisario asintió a las palabras del fiscal antes de continuar:

—Méndez fue el primer oficial que acudió a la llamada de la patrulla cuando asesinaron a la niña y a su madre. Habló con el abuelo, lo interrogó y, posiblemente, trató de consolarlo. Al día siguiente, Hiba Drissi los vio salir de su despacho agarrados por el hombro, casi abrazados.

Calló un momento y lanzó a la jueza un fugaz vistazo de reconocimiento.

Ella se apresuró a recoger el guante:

—Entonces ¿estáis reconsiderando lo que hemos hablado esta mañana?

Lasa buscó en el rostro de Kroos algún signo de triunfo, pero no lo vio. El fiscal seguía la conversación con el mismo aire apesadumbrado de los demás. Asintió y se recostó contra el respaldo de la silla.

—Sí. Es solo una de las muchas teorías que estamos manejando. Si Méndez temió que el pacto con la Fiscalía nos impidiera inculpar a Usman, pudo pensar en ayudar al abuelo a vengarse. Pudo decirle dónde estaba y entregarle una copia de la llave.

—¿Y ese viejo ha sido capaz de secuestrar a Usman, torturarlo y arrojar sus trocitos al mar él solito?

—Evidentemente, no. —Lasa no se molestó en mirar a Galdós—. Sabemos que hubo una maniobra de distracción para llevarse al nigeriano, por lo que, si es cosa del tal Arechabala, cuenta con ayuda.

—De acuerdo. —Herralde siguió tomando notas, más concentrada en su cuaderno que en la expresión derrotada del comisario—. Solo es una teoría entre muchas, pero no la veo descabellada. Sin embargo, no nos acerca a la respuesta que estamos buscando: ¿quién mató a Méndez?

—Quizá sí. José se largó sin decir adónde iba, aunque había pedido a Drissi que le esperara. Si llegó a ver las imágenes de Las Cortes, pudo pensar que el viejo se estaba volviendo loco. Pudo decidir detenerlo. Solo, y sin decir nada a nadie, ya que tenía mucho que perder.

Aunque la jueza aceptó la premisa con un gesto de la barbilla, Galdós no ocultó su escepticismo:

—No termino de verlo. ¿Tiene este hombre un todoterreno para cargar con el cuerpo hasta el lugar donde apareció? Según los datos de vuestros informes, vive en el Casco Viejo, en zona peatonal. ¿Cómo pudo hacer todo eso a plena luz del día? Méndez llevaba varias horas muerto cuando lo encontraron.

—Insisto en que si fue él quien se llevó a Usman, cuenta con ayuda. Ya hemos visto en este vídeo a otra persona, puede haber más. En cualquier caso, tenemos lagunas. Un montón. Y un montón de preguntas que pienso hacerle en cuanto la jueza firme la orden de detención. Porque sí hay pruebas de que mató al proxeneta. Por ahí le tenemos trincado.

—En realidad, esas imágenes no constituyen ninguna prueba, pero entiendo lo que quieres decir. Para mí, son suficientes para firmar la orden.

—Y si mató a Méndez, le obligaremos a confesar. De eso podéis estar seguros.

Nadie respondió a la última frase del comisario. Ligeramente incómodos por lo que subyacía bajo la rabia de sus palabras, se incorporaron con la mutua promesa de que, esa misma noche, Arechabala ocuparía uno de los calabozos de la comisaría.

Lasa se volvió a colocar en su sitio el nudo de la corbata, molesto por no haber podido ir a cambiarse de ropa, abrió la puerta y, como en un *déjà vu*, tropezó con la agente Drissi acechando junto a la entrada. A su lado, un oficial empuñaba un cuaderno de anillas con la misma determinación con la que un converso sujetaría una Biblia.

—*Nagusi*, hace un rato ha llamado un tío desde Venezuela. Aunque suena muy raro, juraría que no se trataba de ningún pirado buscando notoriedad ni nada por el estilo. Dice que sabe quién es el cerebro de la trama financiera de Ona To Arewa, esa que Méndez estaba investigando. «La» cerebro, en este caso. Dice que ha hablado con ella, que está dispuesta a entregarse y confesar.

Antes de responder, Lasa se giró hacia Galdós y Herralde, tan pendientes de las palabras del *ertzaina* como el propio comisario. En sus rostros creyó intuir un matiz de sorpresa, algo de incredulidad, quizá una pizca de temor. Pero nada que pudiera confundirse con una expresión de triunfo.

Se trataba de uno de esos locales minimalistas donde predominaba el color negro, las mesas de solo dos comensales, velas deslizando sombras sobre los tapetes y menús de nombres recargados. Los aromas que llegaban desde la cocina, dulces y especiados a un tiempo, envolvían la estancia y provocaban intensos aguijonazos de hambre en el estómago de Orna Shoher, que llevaba todo el día sobreviviendo con las miserias que Arechabala guardaba en su nevera. Esperó ansiosa la llegada del camarero, pidió un par de platos y, satisfecha, se dejó mecer por el calor de la calefacción y el sabor de la única copa de vino que se propuso tomar.

El Volkswagen Golf recién alquilado estaba aparcado al otro lado de la calzada. En la guantera guardaba la Glock 17, que no se había atrevido a llevar en el interior de la chaqueta de cuero, donde sí estaba la documentación a nombre de Mia Baker y el fajo de billetes. Fuera quedaba su pasado, encarnado en una herramienta hecha para matar. En el bolsillo había un futuro diferente, parco tal vez, pero ilusionante. Un futuro que comenzaría en cuanto tomara asiento en el tren que la llevaría a Londres. Pero para eso faltaban casi nueve horas, ella no tardaría más de hora y media en llegar a Hendaya, y estaba muerta de hambre. Si había que empezar una nueva vida, mejor hacerlo descansada y con la tripa llena.

Removiendo el vino dentro de la copa, estudiando las lágrimas del color de la sangre que resbalaban por el interior del cristal, regresó a la conversación de Arechabala con Somoza, al sabor agrio que le dejaron sus palabras. Si cuando aceptó los cincuenta mil euros de Osmany llegó a pensar que, por primera vez, le pagaban a cambio de una vida, aquella última llamada la devolvió a la realidad de lo que siempre había sido, a la maldición en la que vivía desde el momento de su violación. No cobró aquel dinero por salvar la vida del cubano, sino por traicionar a Somoza. No pudo evitar un escalofrío al imaginarse la escena: un viejo achaparrado y con más kilos de los que debiera, la nariz cubierta por un aparatoso vendaje, esperando en una esquina desierta a las doce de la noche. No entendió el nombre de la calle, largo y lleno de ges, pero comprendió, en la breve explicación de Arechabala, que se encontraba en una zona desierta y sin cámaras del Bilbao nacido en otro continente. Y Osmany se materializó en su mente. Llegó por detrás, le descerrajó un tiro en la nuca y se esfumó cargado con el medio millón ganado del modo más fácil en la historia. Y se sintió sucia. Se sintió traidora. Y traicionada.

Cuando dejaron frente a ella la ensalada de gulas y frutos tropicales, el apetito voraz de minutos antes había desaparecido. Removió sin ganas la lechuga, los trozos de mango y kiwi que brillaban rodeados de aceite. Algo había cambiado en su interior. Durante un segundo llegó a sopesar la posibilidad de seguir los pasos de Osmany, esperar a que ejecutara su venganza y apoderarse de los quinientos mil euros. Pero fue solo un segundo. Algo se rebeló en su interior, algo pretérito alzó la voz contra un robo y un asesinato que, solo una semana antes, habría llevado a cabo sin inmutarse.

Porque Orna Shoher no era la mujer de siete días atrás.

Quizá se debía al impacto que le produjo la bomba que acabó con la vida de Blessing, quizá a la posibilidad —más real cuanto más pensaba en ella— de que el Mossad la hubiera dado por muerta, pero la joven soñadora sepultada bajo capas de odio y resentimiento se empeñaba en recobrar el lugar que le correspondía.

Aunque tal vez hubiera otra razón.

Terminó el primer plato y pidió un botellín de agua. El local ya estaba lleno de jóvenes enamorados empeñados en ahogarse en los ojos de sus parejas. Las conversaciones eran susurros, rumor de voces mezcladas en una armoniosa melodía ininteligible que escuchó con la nostalgia de lo que nunca tuvo. Nunca se atrevió a intimar con nadie, nunca fue capaz de sincerarse frente a otro, jamás llegó a confiar en un hombre.

Excepto en Osmany Arechabala.

Por eso le dolía tanto saber que no era diferente al resto de los asesinos con quienes se había relacionado a lo largo de su vida.

44

Jon Larralde se dirigió al armario de su dormitorio, abrió la caja de seguridad encastrada en la parte superior y sacó la HK USP Compact que compró cuando ETA puso a la Ertzaintza en su punto de mira. No la había usado nunca. De hecho, ni siquiera había llegado a sacarla de su sitio, ya que mientras estuvo en activo acostumbraba a llevarse a casa el arma reglamentaria. La revisó con detenimiento, probó uno por uno los cinco cargadores y, con un gesto de aprobación, la guardó en el bolsillo interior de la gruesa parka impermeable que se puso sobre la desgastada camiseta de andar por casa. No tenía ganas ni tiempo de cambiarse.

El sinsentido que le había contado Osmany se repetía en su mente como una pesadilla de la que no había forma de escapar. Una pesadilla con visos de convertirse en realidad. Larralde sabía que el cubano era capaz de ejecutar, o de intentar ejecutar, aquel plan absurdo con la misma tranquilidad con la que le contaría cualquier anécdota sin importancia. Le conocía. Le había visto en acción.

Su primer impulso, el único lógico y coherente, fue dar aviso en comisaría. Un militar retirado le acababa de pedir ayuda para entrar a fuego y plomo en la guarida de un grupo de mafiosos. Su deber como ciudadano y, sobre todo, como oficial de policía no podía limitarse a una rotunda negativa. Debía denunciarlo. Pero algo se lo impedía. Se trataba de Osmany. La intervención de la Ertzaintza podría tener consecuencias desastrosas. No le quedaba tiempo. De modo que atravesó el salón a la carrera, se excusó ante su esposa inventando que llegaba tarde al *txoko* para ver el partido y salió antes de que ella comenzara su interminable retahíla de preguntas. Y mientras descendía al trote las escaleras, tomó nota de buscar en internet qué equipo jugaba a esas horas y en qué canal emitían el encuentro. Porque las preguntas se repetirían en cuanto regresara.

Si regresaba.

Osmany Arechabala terminó de lavarse los dientes, se enjuagó la boca y, tras un rutinario vistazo al espejo, arrojó el cepillo y el tubo de dentífrico a la bolsa de basura. En el aseo no quedaba nada, ni espuma de afeitar, ni cuchillas, ni siquiera la ajada toalla que usaba para la ducha y el lavabo. Ni rastro de sí mismo. Ni rastro de su paso por esa ciudad maldita que le había robado a su hijo y a su nieta. Se sentía cansado. La excitación previa al combate, la adrenalina liberada en grandes cantidades cada vez que en el Congo, Namibia o Nicaragua percibía la proximidad del enemigo, había desaparecido por completo. Arechabala estaba listo para enfrentarse a un pequeño ejército de asesinos y proxenetas, pero su cuerpo parecía no entenderlo. O, tal vez, pensó de regreso al hueco que hacía las veces de cocina, su cuerpo sabía que se trataba de la última batalla, que no necesitaba prepararse para acudir a un lugar de no retorno. En cualquier caso, se sentía incapaz de concentrarse en trazar un plan que no necesitaba, en idear emboscadas y buscar vías de escape. Y no solo porque fuera consciente de que, una vez dentro de aquel edificio, sería imposible salir. No. En realidad, no tenía ninguna razón para querer salir.

Vació el armario, guardó en la maleta la poca ropa que se trajo de la isla, los libros de hojas gastadas de tanto releerlos y las fotos de barbudos en blanco y negro que le acompañaban desde siempre. Solo se quedó una, la de Camilo lanzando la pelota a un bateador invisible en aquella Cuba en permanente construcción. Las pistolas, la Heckler & Koch y la Glock con silenciador que le quitó a Shoher, ocupaban los amplios bolsillos laterales de la chaqueta. La dejó sobre el sofá y siguió vaciando el apartamento, limpiando aquel lugar indeseado adonde llegó por pura cobardía. Si hubiera sido capaz de enfrentarse a su nuera, si hubiera hecho de tripas corazón para permanecer junto a Maider, nada de aquello habría sucedido. Pero como volver atrás era imposible, decidió seguir adelante, rumbo a una venganza que, por lo menos, liberaría de su esclavitud a un grupo de mujeres inocentes.

Le costó cerrar la maleta. Las sábanas, el edredón y los zapatos ocupaban mucho, pero aun así logró correr la cremallera hasta casi el final. Reventaría si, por ejemplo, trataba de embarcar en un avión, pero aguantaría desde el apartamento hasta el contenedor de la esquina. Confirmó que en el piso no quedaba nada, que el usurero que se lo alquiló sin contrato y por un precio abusivo en metálico lo recuperaría tal y como se lo cedió, y tomó asiento en el sofá. Sacó el móvil y consultó la hora. Era pronto. Le quedaba tiempo para disfrutar, por última vez, de las fotos de Maider almacenadas en el smartphone.

Susana Herralde bajó las amplias escalinatas del juzgado seguida del eco de sus tacones y las sombras que, bajo la difusa iluminación de aquel edificio donde no quedaba nadie, parecían alargarse hasta rozar el pliegue de su falda. No se oía otro sonido que sus pasos y, sin embargo, la jueza tenía la sensación de que alguien la seguía, de que lo que reverberaba y se amplificaba en las largas galerías de aquella construcción pensada para acoger multitudes era algo más que el ruido de sus zapatos. No pudo evitar girarse para otear en unas tinieblas que las pocas bombillas led encendidas a esa hora no llegaban a rasgar. Como era lógico, no vio nada. Se encontraba en el Palacio de Justicia de Bilbao, uno de los lugares más protegidos de la ciudad. No había ninguna razón para creer que alguien hubiera podido franquear la seguridad para esconderse en espera de que la titular del Juzgado de Primera Instancia número 11 de Bilbao regresara en plena noche a firmar de urgencia una orden de detención. Era absurdo e irracional. Tan irracional como sus miedos.

Tan irracional como lo que estaba a punto de hacer.

No pudo evitar un suspiro de alivio cuando atravesó la última puerta y accedió al juzgado de guardia. Allí funcionaban todas las luces, varios funcionarios tecleaban frente a sus ordenadores o hablaban por teléfono, y un numeroso grupo de personas protestaba a voz en grito por la detención de algún familiar. La normalidad, la rutina del día a día más allá de las once de la noche. Sonrió, se puso el abrigo y, antes de salir, intuyó el perfil de su rostro reflejado en el cristal de la entrada.

Estaba asustada. Y no sabía disimularlo.

Itziar Moreno tomó aire, confirmó que su mano no temblaba demasiado y abrió la puerta del pub, un local forrado de madera oscura con banderines de Guinness colgando de cada esquina, muchos caños de cerveza alineados sobre la barra y decenas de personas hablando a voz en grito, bebiendo o tarareando los temas de The Dubliners repetidos por los bafles diseminados por el local. El bar más cercano a su domicilio, no más de cien metros desde el portal. Había una mesa libre junto al amplio ventanal que se asomaba a la esfinge metálica del Guggenheim, al otro lado de la ría. Un lugar discreto a la vista de todos. Aunque cuando se atrevió a abandonar la prisión de su propia vivienda lo hizo con el propósito, aparentemente firme, de tomar un café mientras, rodeada de gente, ruido y vida, hacía acopio de valor para afrontar el precipicio de la llamada, lo cierto era que a la pinta de cerveza negra que llevaba entre las manos le faltaba la mitad para cuando tomó asiento.

La intención de Antonio Arzamendi era tan obvia que, en otras circunstancias, resultaría risible. Quería aterrorizarla, inyectar en su mente el virus de la duda, del terror a los salvajes métodos de Ona To Arewa, a los cadáveres decapitados y las cabezas sin lengua ni nariz. Pero la responsable de la asesoría jurídica del BCM no estaba dispuesta a caer en la trampa. Quizá Antonio pensó que, terminada la conversación, saldría corriendo a buscar la protección de la policía. Tal vez. Pero ella no era de las que se rendían a la primera. Estaba preocupada, por supuesto. Muy preocupada. Pero podía arreglarlo.

Tomó otro trago y su mirada se perdió entre los pliegues que las aguas de la ría dibujaban bajo las farolas. Un par de discretas llamadas a conocidos del banco le habían bastado para confirmar que Arzamendi se instaló en Venezuela tras la muerte de su pareja. Allí debía de seguir, lo que explicaría el número extraño que brillaba en la pantalla de su móvil cuando recibió la llamada. ¿Qué caso haría la Ertzaintza a una denuncia telefónica hecha desde el extranjero? Pero incluso aunque le creyeran, demostrarlo ante un juez era imposible. Aunque fuera cierto que Antonio disponía de la prueba de que una de las transferencias blanqueadoras se realizó desde su puesto, aquello no significaba nada. No probaba, ni probaría nunca, que fue ella quien la realizó.

No. La Ertzaintza no le preocupaba. Y Arzamendi lo sabía. Sabía que no tenía nada. Por eso trató de inculcar en ella el virus del terror.

Terminó la cerveza y le hizo un gesto al camarero, que se apresuró a ponerle otra. Quizá fuera cosa del alcohol, tal vez del calor que la rodeaba, de la tranquilidad y las sonrisas de los jóvenes que llenaban la taberna, pero comenzaba a verlo todo de otra forma. Ona To Arewa no tenía ningún motivo para silenciarla, porque no había tribunal que pudiera condenarla. Las amenazas del director jubilado no eran más que humo, entelequias inquietantes en la oscuridad de su dormitorio que no tardaban en disolverse bajo la lupa de la razón. Ni las autoridades lograrían una condena contra ella, ni era cierto que toda persona investigada por la Ertzaintza acababa en el fondo del océano. Acogió la segunda pinta con una sonrisa, la alzó en un brindis mudo que ofreció a la silueta titánica del Guggenheim, y el terror regresó de golpe, tan denso y real como la imagen del musculoso negro que, apoyado contra la barandilla de la ría, escudriñaba el interior del local con los brazos cruzados sobre el pecho y un desafío lanzado en el gesto altivo del mentón.

Antonio Galdós cruzó Gran Vía acompañado solo de su reflejo, duplicado en los escaparates que comenzaban a apagarse. Nadie caminaba por aquella acera a la que se asomaban las señoriales sedes de algunos bancos y las persianas dormidas de las tiendas de ropa. Por la otra, donde el metro abría su boca coronada de cristal, desfilaban grupos de jóvenes excitados por la proximidad de los bares y la complicidad de la noche de sábado. Envuelto en un anonimato buscado, el fiscal se dejaba llevar haciendo caso omiso a su conciencia. Llegó a la plaza Circular, saturada de taxis en espera de los primeros borrachos de la noche, consultó su reloj y aceleró el paso. El puente del Ayuntamiento le recibió con su recurrente bamboleo, tembloroso al paso de camiones y autobuses. Aunque la literatura nunca fue su fuerte, a Toni Kroos se le antojó una excelente analogía de sí mismo, sostenido por pilares imbatibles y, sin embargo, trémulo e indeciso cuando el peso de la sinceridad caía sobre su espalda.

Mentir no era algo extraño a la forma de ser de Galdós. Al fin y al cabo, había estudiado derecho. Sabía utilizar de forma torticera las palabras, revestir cada falacia de verdad. Pero lo de aquella noche era diferente. El dolor infligido hasta la fecha jamás había llegado a salpicarlo porque, de alguna forma que no lograba definir, se sabía inmune. Sin embargo, una vez traspasado el umbral al que se aproximaba, no habría marcha atrás. No podría diluirse en el vacío, un fantasma intocable. Tendría que afrontar las consecuencias. Consecuencias que podían ser demoledoras.

Se detuvo en el Campo Volantín. Necesitaba unos minutos de descanso; necesitaba tomar aire. Hacía frío, la humedad se podía atrapar en la niebla que flotaba sobre la ciudad. Pero el fiscal estaba sudando. Como el vetusto puente que acababa de atravesar, él también sentía que las piernas se le doblaban ante la proximidad del desenlace.

Pero no había alternativa. De modo que, sin mirar atrás, se separó del pretil desde donde había lanzado preguntas sin respuesta a las aguas de la ría y caminó rumbo a su destino.

Quizá, de haber mirado hacia atrás, habría comprendido que la sombra que le seguía era la misma que llevaba tras sus pasos desde que había salido de su edificio.

45

En cuanto la puerta comenzó a desplazarse hacia la derecha, Miren Ruiz de Heredia se hundió todo lo que pudo en el asiento. Las luces del Mercedes barrieron el lugar cuando este giró sobre el asfalto, pero solo alcanzaron a iluminar la carrocería de un coche vacío, detenido al lado del viejo pabellón. La *ertzaina* esperó a que sus luces traseras solo fueran dos débiles coronas de niebla roja antes de arrancar el motor y seguirlo. Y no se percató de que los dos puntos blancos que asomaron a su retrovisor habían salido a la carretera justo al mismo tiempo.

Salvador Somoza no prestó atención al vehículo aparcado junto a la nave donde su difunto vecino acostumbraba a encerrar el ganado cada invierno. La rabia le guiaba, la rabia pisaba a fondo el acelerador y tomaba las curvas invadiendo la mitad del carril contrario. Una rabia intensa, dolorosa, macerada en miedo y odio. Le dolía el dinero, por supuesto. Medio millón de euros difuminados bajo una humareda de chantaje y amenazas. Pero no eran más que diez de los muchos tacos de billetes que guardaba en las cajas fuertes camufladas en diferentes estancias de la vivienda. Era peor la humillación. Mucho peor. Y la certeza de que, en adelante, su vida y su libertad penderían de un hilo.

Nadie se limita a chantajear una sola vez.

Aunque la escarcha brillaba en los prados que aparecían y se apagaban a su paso, Somoza no redujo en ningún momento. Atravesó como una exhalación las casas de Maltrana, dejó atrás el cruce de Nava y solo levantó el pie cuando los faros del Mercedes iluminaron la señal que daba la bienvenida al País Vasco, un punto donde la Guardia Civil solía tener apostada una patrulla. Pero no había ningún Patrol aparcado en el arcén, de modo que volvió a acelerar camino de Bilbao.

Tal vez fuera cosa de la edad, más viejo y débil con el paso de los años, o quizá fruto de esa suficiencia que otorga sentirse intocable, el caso es que se atrevió a menospreciar a un individuo capaz de enviarle al hospital armado con una sartén. Un error gravísimo. Tan grave como seguir creyendo que lo sucedido en el Karpin fue cosa de un solo hombre. Un error que no estaba dispuesto a repetir.

Pagaría. Aceptaría su palabra, o fingiría que lo hacía. Se llevaría los USB que le sacaron a Zabalbeitia y no se molestaría en preguntar si habían hecho copias. Lo único importante era ganar tiempo.

Porque volverían a por más.

Pero cuando eso ocurriera, le encontrarían preparado.

El semáforo estaba en rojo. Orna Shoher frenó, lanzó una mirada de soslayo a su derecha y contuvo las ganas de soltar un puñetazo al GPS. A pesar de que el restaurante donde acababa de cenar quedaba cerca del campo de fútbol y, por tanto, cerca del acceso por donde había entrado ella en la ciudad, el navegador se había empeñado en conducirla por la calle Autonomía, una amplia avenida que, a través de la plaza de Zabalburu, enlazaba con la salida señalada como Bilbao Centro. Y allí, rozando el semáforo donde se encontraba detenida, había una comisaría de la Ertzaintza. Aparcadas junto a la entrada, cuatro furgonetas con las puertas abiertas. En su interior, o tomando asiento, decenas de agentes encapuchados, equipados con subfusiles de asalto MP5 que Shoher conocía muy bien. Si su primera impresión fue que se trataba de una unidad antidisturbios preparándose para intervenir en alguna algarada, reconocer el armamento la convenció de que estaba equivocada. Aquello era una operación antiterrorista.

El semáforo tardaba lo que se le antojó una eternidad. Los peatones cruzaban muy despacio, más pendientes del inesperado despliegue pseudomilitar que del color de los discos replicado sobre el asfalto húmedo. El tráfico se apelotonaba detrás de ella, y dos agentes de uniforme paseaban por la acera dando la espalda a los preparativos de la unidad de intervención. No tenía sentido, pero a Orna le dio la impresión de que oteaban con disimulo en el interior de los vehículos, como si creyeran que alguno de los delincuentes retratados en sus carteles de «más buscados» fuera a detenerse precisamente ahí.

Como había hecho ella.

Sonrió. Su rostro no aparecía en ningún cartel, de eso estaba segura, pero imaginaba que muchos policías habrían visto las imágenes captadas por las cámaras de la calle de Las Cortes. Y no tenía forma de adivinar si disponían de un primer plano detallado de sus facciones o, por el contrario, las grabaciones se limitaban a su espalda y su cabello. La pistola seguía en la guantera, lejos de su alcance. De modo que dejó pasar el tiempo contemplando tan fijamente el color rojo del disco que los ojos se le llenaron de lágrimas. Por fin desaparecieron los viandantes, la luz cambió a verde y ella aceleró para atravesar la plaza, dejar atrás la velada amenaza policial y abandonar para siempre la ciudad donde tropezó con el fracaso, la esperanza y la decepción.

Sabino Lasa dio la orden y las furgonetas se pusieron en marcha. Atravesaron Zabalburu en formación y enfilaron Hurtado de Amezaga sin acelerones ni ruido de sirenas. Tras ellas, el coche patrulla desde el que el comisario tenía pensado seguir la operación. Seguirla, que no dirigirla. La unidad de intervención se guiaba por sus propias pautas, y Lasa era consciente de que ni siquiera su grado bastaba para darles órdenes. Pero necesitaba estar presente. Tras el fiasco de la redada contra los supuestos líderes internacionales de Ona To Arewa, la jueza Herralde había sugerido la posibilidad de ceder el operativo a un *talde* experimentado. Disimulando su alivio, Lasa accedió a pedir apoyo al Grupo Especial de Operaciones con sede en Erandio, que debería actuar en todo momento bajo su supervisión. Aunque la forma en que le miraba el oficial al mando cada vez que abría la boca era una elocuente manera de explicitar dónde podía meterse dicha supervisión.

Cruzaron el puente del Ayuntamiento, giraron en dirección al Arenal y entraron en la zona peatonal del Casco Viejo a través de la calle Esperanza. Los grupos de bebedores concentrados frente a los bares los miraban con sorpresa, rechazo o temor, preocupados por si su presencia pudiera deberse a algún rebrote de violencia callejera o, más bien, pudiera causar uno nuevo. Atravesaron Askao y Portal de Zamudio haciendo oídos sordos a los lejanos insultos de algún borracho envalentonado y llegaron al punto donde confluía con la calle Correo. Dos entraron en ella y se cruzaron en plena curva cortando el paso a peatones y curiosos. Las otras dos hicieron lo mismo junto a la fachada trasera de la catedral. Más de veinte siluetas oscuras cuyas sombras danzaban a la luz de las farolas salieron de los vehículos precedidos por el estilete de sus subfusiles, y ocuparon por completo el tramo de calle delimitado por los furgones, menos de una manzana que encerraba un único portal.

Era la primera vez que Hiba Drissi sacaba la pistola de comisaría. Los rumores sobre una futura prohibición de portar el arma reglamentaria estando fuera de servicio tenían visos de hacerse realidad, pero por el momento nada le impedía llevarla en el bolsillo interior del chubasquero aunque vistiera de civil y el comisario la hubiera mandado a casa, molesto por su empeño infantil en participar en la detención de Osmany Arechabala.

Desde la esquina donde la calle Correo se cruzaba con la Torre, parecía una más en el grupo de curiosos y periodistas que seguían desde la distancia las evoluciones de los agentes. Pero no era una más. O, al menos, no se sentía así. Ella formaba parte de aquella historia desde que José Méndez le pidió por primera vez que le acompañara. Una historia que traspasó los límites laborales para convertirse en algo personal cuando vio el cuerpo del oficial exánime sobre el lodo de un camino abandonado. Por eso, presenciar el momento en que sacarían esposado a su asesino, a su presunto asesino, era al mismo tiempo frustrante y tranquilizador. Por eso sus dientes rechinaban mientras acariciaba la culata de la Heckler & Koch y se abría camino entre la gente para situarse lo más cerca posible de las furgonetas de la Ertzaintza.

A Itziar Moreno la música le parecía cada vez más estridente. Los jóvenes que abarrotaban la taberna se habían desprendido de abrigos e inhibiciones y exhibían la palidez invernal de sus brazos, sus muslos y sus escotes. Anónima en aquel laberinto de alcohol y deseo, la mujer seguía con la mirada clavada en el exterior, en el punto donde, hasta unos minutos antes, un desconocido esperaba con la paciencia de quien tiene un destino que cumplir.

Que el hombre se hubiera marchado en compañía de una joven de falda corta y tacones de aguja no significaba nada. Podía ser una argucia, una forma de disimular sus auténticos intereses. Lo más probable, sin embargo, era que se tratara de un muchacho impaciente por la tardanza de su novia, uno de tantos que salen a comerse la noche con el hambre acumulada a lo largo de la semana. Pero su terror era real. El frío que la sacudió por dentro, el vello de su cuerpo erizado bajo la ropa, el castañeteo imparable de los dientes, todo eso era real. El cabronazo de Arzamendi había cumplido a la perfección su cometido. Itziar Moreno tenía miedo. Tanto, que le costaba razonar.

Llevaba más de media hora inmóvil frente a la pinta vacía de cerveza, y la semilla que Arzamendi supo sembrar en su cerebro era una planta que crecía a toda velocidad anegando sus neuronas de un pavor incontrolable. Y en aquella jungla de pánico inventado, de amenazas ciertas e intangibles, acudir a la policía comenzó a parecerle un refugio aceptable. Moreno conocía perfectamente el funcionamiento de la justicia. Sabía que los delitos económicos solían tratarse con cierta benevolencia. Sabía que testificar contra Arewa le garantizaría un trato favorable. Pero ¿podría la Ertzaintza garantizar su seguridad?

Esperaría.

Esperaría porque el camarero se dirigía hacia ella con una pinta rebosante de Guinness bien tirada. Y, por el momento, aquella era la única alternativa aceptable.

Franqueado el portal del edificio del cubano, los agentes comenzaron un prudente ascenso haciendo gemir los peldaños con el peso de sus botas. Dos hileras de siluetas oscuras se diluían entre las sombras de la escalera, parásitos devorando las entrañas de aquel cascarón de madera en busca de un tumor a extirpar. No habían encendido las luces. El débil fulgor ambarino que se filtraba desde la entrada y a través de las claraboyas del patio les permitía avanzar sin problema, aunque quienes abrían camino analizaban cada rincón, cada grieta y cada telaraña con ayuda de las miras telescópicas de visión nocturna. No se oía nada. Ni las respiraciones ni las pisadas de los policías, expertos en hacerse indetectables, ni los gritos de los vecinos o de los televisores. El silencio se cerraba sobre la escena, premonitorio como la calma que precede al huracán.

Refugiado en el interior del coche patrulla, Lasa seguía el operativo pendiente de un transmisor que permanecía mudo desde la entrada del equipo en el edificio. Era lógico, por supuesto, pero el comisario no podía evitar la sensación de que lo estaban ninguneando en el preciso momento en que se procedía a detener al asesino de uno de sus hombres.

Tampoco podía impedir que el temblor de sus manos delatara lo nervioso que estaba.

Los primeros *ertzainas* alcanzaron el rellano y se desplegaron a ambos lados, tres a la izquierda y tres a la derecha. El resto se apelotonaron en la escalera, las armas preparadas, la tensión en cada músculo. Los que llevaban el ariete avanzaron por el centro hasta situarse a escasos centímetros de la puerta, esperaron uno, dos, tres segundos y, a una señal del oficial al mando, arremetieron contra ella.

Y decenas de policías irrumpieron en el pequeño apartamento con un ojo en la mira del subfusil y el dedo presionando ligeramente el gatillo.

—Ertzaintza. Comisaría de Zabalburu. *Gabon*, buenas noches.

—Buenas noches. Ya sé que es muy tarde, pero ¿no estará de servicio el oficial José Méndez? Necesito hablar con él.

Silencio. Uno demasiado largo para una pregunta muy sencilla. Itziar Moreno apretó el móvil con más fuerza, lanzó una mirada de inquietud a la acera sobre la que se proyectaban las luces y el ruido del pub del que acababa de salir, y tragó saliva.

Aquello era un error.

—No, lo siento. No está. ¿Me puede decir qué es lo que quería?

—No importa. No es urgente, no se preocupe. ¿Podría acercarme mañana a hablar con él?

De nuevo, silencio. Como si a la voz del otro lado de la línea le costara arrancarse las palabras de la garganta, como si algo le impidiera responder con la tranquila indiferencia de cualquier funcionario.

—El oficial Méndez ha fallecido. ¿Qué necesitaba de él?

Colgó, y tuvo que hacer un gran esfuerzo para que el teléfono no resbalara de entre sus manos. Las tinieblas que la rodeaban, la noche, la bruma cerrada sobre el artificioso resplandor del Guggenheim, eran lo único que existía. El policía que dirigía las pesquisas sobre Arewa había sido asesinado. «Fallecido». Burdo eufemismo para camuflar lo que solo podía ser un crimen perpetrado por aquella mafia omnisciente, todopoderosa y vengativa como un dios ancestral.

Si ni siquiera la Ertzaintza estaba a salvo, ¿qué esperanza quedaba para ella?

La última furgoneta dobló la esquina de la catedral, pero el comisario Lasa siguió anclado junto al coche patrulla, estudiando el reflejo de las farolas contra las fachadas, buscando respuestas a unas preguntas que la intervención del grupo especial en la vivienda de Arechabala solo había multiplicado. La fuga del cubano parecía confirmar su implicación en alguna de las últimas muertes. Sobre la del sicario de la calle de Las Cortes no albergaba dudas. Contaban con las imágenes, la ubicación, el ansia de venganza. Sobre la de Méndez, no estaba tan seguro. Era posible que José hubiera tratado de detenerlo al reconocer su imagen entre las captadas por las cámaras. Pero el operador de vídeo insistía en que el oficial no había visto esas imágenes. ¿Pudo colarse en la sala de control sin que nadie se diera cuenta? Lasa negó al vacío de la calle, se giró bruscamente y tropezó, una vez más, con la joven *ertzaina*.

—¡Drissi! ¿Te has propuesto matarme de un susto o qué coño te pasa?

La agente retrocedió un paso, cohibida ante la reacción del comisario, pero su mirada no se separó de los ojos de este, enrojecidos de ira o de cansancio, no estaba segura. Tampoco le importó.

—¿Qué ha pasado ahí arriba, *nagusi*? ¿No han encontrado nada?

Lasa estuvo tentado de no responder. Dar explicaciones a una agente metomentodo no entraba dentro de sus funciones, y a él solo le quedaban fuerzas para dejar el escenario en manos de los técnicos, regresar a casa y dormir diez horas seguidas. Pero la determinación y la tristeza de su rostro le hicieron claudicar.

—Nada. Pero nada de nada. El piso está limpio como una patena. Como si nadie hubiera vivido allí nunca. El cabrón se ha dado prisa en desaparecer.

Drissi se encogió de hombros improvisando un gesto de conformidad, aunque Lasa no tuvo problemas en anticipar su siguiente pregunta.

—¿Puedo subir a echar un vistazo?

—Sabes que no debes tocar nada. —La agente asintió con tanta vehemencia que el comisario no pudo evitar que, durante un instante, se quebrara su máscara de seriedad—. Los de la Científica están a punto de llegar. Tengo a Ibarra en la puerta. Dile que te deje pasar, echa ese vistazo y baja a toda hostia. Quiero largarme cuanto antes y no pienso dejarte ahí arriba.

No necesitó decirle nada a Ibarra. En cuanto la vio, la reconoció y se hizo a un lado para franquearle el paso a un apartamento donde, efectivamente, no había nada relevante. Un somier con un colchón desnudo, sin sábanas ni mantas, un sofá barato, una alfombra raída, un armario abierto, tan vacío como todo en aquel piso resumido en una estancia sin vida ni historia. La cocina estaba encastrada contra la pared de la entrada: una nevera diminuta, un fregadero de dos palmos de ancho, una alacena indigna de tal nombre y, a su lado, la única puerta de la estancia, la que daba acceso a un aseo tan limpio, tan estéril, como el resto de la casa.

Con las manos en los bolsillos, como si la tela del pantalón fuera el grillete que le impidiera ceder al empeño de su instinto, se dirigió al sofá, donde intuyó el único punto discordante en aquel impoluto anonimato. Su vista no la había engañado. Se trataba de un peluche, un osito marrón de grandes orejas redondeadas, ojos brillantes y brazos muy abiertos, como si esperara el abrazo de esa niña que no iba a regresar. Las luces del techo rebotaban en el plástico de aquellas pupilas mal dibujadas, y la sensación de que el muñeco estaba vivo, que la miraba, que la interpelaba esperando una respuesta a la pregunta muda de sus labios sellados: «¿Dónde está mi dueña?», era tan real que Hiba se vio obligada a buscar algo en algún sitio, cualquier cosa, que la liberara de la obligación de contestar.

«¿Dónde está mi dueña?».

Muerta. Degollada por un salvaje a sueldo de una mafia sin escrúpulos, víctima de una horda de sicarios enriquecidos a costa de los cuerpos, las almas, las vidas de mujeres tan inocentes como la pequeña asesinada. Sin ser consciente de lo que estaba sucediendo, la agente se encontró sepultada bajo el peso del dolor ajeno, un dolor tan profundo que incluso los cristales huecos de un muñeco barato sabían reflejarlo. Y por un momento llegó a olvidar que la persona a la que buscaban era sospechosa de haber asesinado a un compañero. El dolor lo llenaba todo, el dolor de un osito huérfano de abrazos, el dolor de un abuelo al que habían arrebatado a su nieta.

El dolor de un viejo en busca de venganza.

Su vivienda quedaba tan cerca que Itziar Moreno era capaz de intuir el rumor de la música en el irlandés, los gritos de los borrachos y un repentino crujir de cristales rotos cuando a alguien se le cayó al suelo una botella. Próximo, público y abarrotado. Un lugar donde pensar y decidir. Un lugar donde sentirse segura.

Sin embargo, ahora que debía regresar a casa, no se sentía tan segura. Trató de achacarlo a las pintas recién ingeridas, a la cerveza donde buceaban sus neuronas, pero no pudo. Eran las voces, deformadas a través de los auriculares, las que la impelían a huir y a entregarse, a correr y a hacerles frente, a renunciar a todo lo ganado para seguir viviendo, y a inmolarse antes de resignarse a la miseria. La voz de Arzamendi evocando torturas que su imaginación no dejaba de recrear. La de ese *ertzaina* desconocido, su tono ahogado al confirmar que el tal Méndez estaba muerto. Voces que se mezclaban con otras voces, voces profundas balbuceando en tres idiomas diferentes, voces elegantes desgranando cifras cargadas de ceros y sangre, voces femeninas fingiendo jadeos que nunca quiso escuchar. Voces que hablaban a un tiempo de gloria y de condena.

Sobre todo, de condena.

El interruptor estaba a mano izquierda, al otro lado de la puerta. En cuanto lo accionó, la luz tiñó de blanco las paredes del portal barriendo parte de sus temores. Una parte muy pequeña. El terror, el de verdad, llegaría con la madrugada, cuando, tras una noche que se preveía larga e insomne, tuviera que afrontar un destino incierto. Avanzó seguida del repicar de sus tacones, golpes sincrónicos cuyo eco, amplificado en el vacío, carecía de la seguridad que la acompañaba cuando atravesaba las dependencias de la dirección territorial del BCM. Una vez en el ascensor, apretó el botón del último piso y se recostó contra el espejo del fondo. Huiría. No había alternativa. La Ertzaintza había sido incapaz de proteger a Usman, incapaz de proteger a sus propios agentes. Y ella no creía en los milagros. La organización la consideraría un peligro en cuanto supiera que estaba quemada. Sabía mucho, demasiado, y así no les sería de ninguna utilidad. No era complicado resolver la ecuación.

Escapar, sí. A donde fuera, como fuera, pero deprisa. Se aferró al bolso, como si su correa fuera el salvavidas imprescindible en el naufragio, esperó a que el ascensor se detuviera y, cuando la puerta comenzó a abrirse, se dirigió hacia ella.

No tuvo tiempo de ver nada. Casi nada. Solo el reflejo de la luz sobre el metal de una pistola, la mano enguantada que la empuñaba y, fugaz, el fogonazo del disparo a pocos centímetros de su cabeza.

46

Como toda frontera del mundo, el puente de San Antón estaba vigilado. Pero quienes escoltaban el acceso al pequeño retal africano de Bilbao no llevaban placa ni uniforme. Recostados contra la barandilla de piedra, dos muchachos controlaban el paso de los grupos de jóvenes que atravesaban la ría, estudiaban sus rostros buscando, en la aparente dureza de sus rasgos adolescentes, compradores de venenos camuflados de felicidad y olvido. Pero todo eso sucedía en la acera que desembocaba en la plazuela de Bilbao La Vieja, donde la primera de las tascas saludaba a los recién llegados con estruendo de rock añejo y aroma a marihuana. En la contraria, tres carriles a la izquierda, solo había un negro de perilla entrecana que, con una mano en el bolsillo y un móvil en la otra, estudiaba la velocidad a la que las aguas se precipitaban contra los arcos del puente.

Osmany llevaba casi una hora vagando por el Casco Viejo, extrayendo de las esquinas recuerdos de esa niña de año y medio cuya ausencia dolía más que la de Camilo. Paseó a lo largo de la calle Somera, tomada por miles de borrachos, visitó la zona de juegos del Arenal, ese tobogán brillante al que Maider nunca se atrevió a subir, la tienda de juguetes cuyo escaparate exhibía el peluche que la pequeña nunca llegó a ver, la cafetería olorosa a chocolate donde se refugiaban los días de lluvia. Lugares que en el lapso de unos meses se convirtieron en indispensables y que ahora parecían diferentes, como un lienzo del que se hubieran desprendido los colores para revelar los trazos torpes del dibujante. Lugares sin vida a pesar del estruendo que le seguía a todas partes, porque la vida se resumía en la sonrisa de Maider, y el futuro, la muerte y la venganza, en su cuerpo inerte sobre el parquet del piso de su madre.

No fue capaz de esperar en el apartamento, dejar que pasaran los minutos inmóvil sobre el sofá revisando los cargadores de la Glock y la Heckler & Koch, de modo que cargó con la maleta, la bolsa de basura y salió a la calle. Se desprendió de sus recuerdos en un contenedor alejado del portal, una concesión a su instinto que la parte racional de su cerebro no dudó en tachar de absurda y, con las manos en los bolsillos, recorrió la zona peatonal sin más objetivo que robar minutos al reloj esperando a que dieran las doce.

Solo faltaban cinco cuando se detuvo a mitad del puente. El muelle de Urazurrutia quedaba muy cerca, casi debajo de sus pies. Allí mismo doblaba la curva por donde los coches accedían a la calle del mismo nombre para salir a Bilbao La Vieja y, desde ahí, al centro de la ciudad. No había tráfico a esas horas. El edificio de Ona To Arewa era invisible desde ese punto, pero el cubano percibía su llamada con toda claridad. Una llamada que no dejaría sin respuesta. Sacó el móvil y, antes de arrojarlo al cauce, abrió la agenda de contactos y buscó un número.

Tenía una última llamada que hacer.

Las luces intermitentes de los semáforos anunciaban la cercanía del peaje. Orna Shoher redujo, apagó la radio y se situó detrás de los tres vehículos que hacían cola frente a una de las casetas. Procedente de la fábrica que acababa de dejar atrás, un desagradable olor se filtraba por los conductos de aire del coche. Arrugó la nariz con desagrado y buscó en la chaqueta algunas monedas que dejó sobre el asiento. La furgoneta que ocupaba el peaje parecía tener algún problema, pero no había prisa. Recostó la cabeza en el asiento, y la imagen que se resistía a abandonarla desde que salió de Bilbao se reprodujo de nuevo en su mente. Salvador Somoza de pie en una calle oscura, un maletín negro en una mano, aspirando trabajosamente bajo la venda de la nariz. De entre la niebla surgía una pistola, un silenciador se apoyaba en el cráneo del viejo y una bala lo hacía reventar. Osmany Arechabala emergía de la nada, recogía el dinero y desaparecía con una sonrisa cruel entre los labios, una sonrisa que Orna jamás le había visto esbozar.

La obviedad de que el cubano le regaló cincuenta mil euros a cambio de la llave que le proporcionaría quinientos mil era lo que más le dolía. Porque se había dejado engañar como una principiante. Porque pudo ser ella quien se hiciera con esa fortuna sin ningún esfuerzo. Porque las bases sobre las que se empeñó en cimentar el resto de su existencia no resistían el más superficial de los análisis.

Porque no se lo creía.

El sonido de un claxon la hizo regresar a la realidad de la autopista. Avanzó unos metros, se detuvo junto a una máquina con aspecto de lavadora industrial y descubrió que allí no se pagaba. Debía limitarse a retirar el tíquet que asomaba por la ranura como una lengua burlona. Bajó la ventanilla, lo cogió y se apresuró a subirla antes de que la pestilencia de la papelera de Durango se adueñara por completo del interior del Golf. Metió primera y salió despacio, muy despacio, pendiente de lo que su cerebro intentaba decirle. Se trataba del olor. Un olor nauseabundo que la hizo regresar a uno de sus primeros trabajos, un polígono industrial en algún lugar al sur de Grecia, una fábrica que llenaba la noche de un humo maloliente como el que en ese momento anegaba el habitáculo, un albanokosovar prepotente y un harén de mujeres semidesnudas encerradas al fondo de la nave. Orna hizo lo que tenía que hacer, cobró y se marchó. Nunca supo quién era el objetivo, quiénes eran las muchachas ni, mucho menos, qué fue de ellas. Pero su recuerdo le hizo comprender algo tan obvio que la dejó sorprendida por no haberse dado cuenta en su momento.

Osmany había citado a Somoza en un lugar de nombre extraño, un nombre repleto de ges que sonaba a bolero en su ronco acento caribeño.

Porque el cubano no conocía la calle. Repitió lo que le dijo otra persona.

En francés.

A diferencia de Osmany, Orna no prestó atención a las explicaciones de Blessing durante el poco tiempo que pasó con ellos. Estaba muy cansada, acababa de matar a un hombre y sentía sobre la nuca el aliento del Mossad. Aun así, sabía que la mujer estuvo encerrada en algún edificio cercano a la Pequeña África, a la ría y a las esquinas donde las obligaban a prostituirse, pero alejado de la vigilancia policial. En una calle cosida de ges que no eran sino erres.

Urazurrutia.

Ahí había quedado con Salvador Somoza.

El espejo retrovisor le devolvió su reflejo en el momento en que fruncía los labios en un gesto de desprecio. No era asunto suyo. Todo el mundo tenía derecho a elegir su forma de morir, aunque de algún modo le alegró confirmar que Arechabala no era, como ella, un sicario hambriento de dinero. En cualquier caso, aquel descubrimiento llegaba tarde. Bilbao estaba a treinta kilómetros a su espalda, años luz que separaban su pasado más reciente de un futuro apenas esbozado. Sonrió, una mueca triste que colgó de sus labios con desgana, metió quinta y pisó el acelerador. La autopista era un amplio vacío donde flotaban dispersos jirones de niebla enredados entre las luces de los focos, un río de asfalto camino de Hendaya, el TGV, París y Londres. La aguja del velocímetro pasaba de ciento veinte cuando, a su derecha, se abrió el ramal de una salida. No llegó a pensar. Se metió por él a ciento cuarenta kilómetros por hora, redujo bruscamente en el cambio de sentido, atravesó la autopista por debajo y regresó a ella haciendo rugir el motor de su Volkswagen.

El reloj del salpicadero marcaba las doce menos cinco.

Salvador Somoza aparcó en la zona de carga y descarga de Bilbao La Vieja. Frente a él, una *herriko taberna* exhibía una ikurriña y una bandera amarilla con un águila negra en el centro. Decenas de jóvenes enfundados en el mismo modelo de forro polar repetían a voz en grito las canciones en euskera que salían de la tasca. El sargento retirado no se molestó en disimular su desprecio. Incluso llegó a acariciar la culata de esa pistola que, en teoría, no debería llevar. Sabía que no serviría de nada, que le cachearían y se la quitarían antes de que pudiera decir una palabra. Pero era una señal. Una declaración de principios. Abrió la puerta del copiloto, cogió la bolsa de plástico donde guardaba diez tacos de billetes de quinientos y, despacio, afanándose en tomar aire a través del vendaje que le cubría la nariz, se dirigió hacia la calle Urazurrutia.

Miren Ruiz de Heredia estacionó detrás del Mercedes de Somoza. El viejo estaba lejos, y la presencia de otro coche detrás del suyo no debería hacerle sospechar. Miró con desagrado a los jóvenes *borrokas* que destrozaban la letra de «Si vis pacem, parabellum», un viejo tema de Hertzainak que ella misma tarareó en innumerables ocasiones antes de ingresar en la policía, y salió tras sus pasos sin percatarse de que, invisible a su espalda, con la Heckler & Koch reglamentaria escondida en el interior del chubasquero, Hugo Laiseka hacía exactamente lo mismo.

A lo largo del muelle, los coches aparcados formaban dos largas hileras a ambos lados del carril de sentido único que bajaba desde La Peña hasta el puente de San Antón. Dado que aquel edificio era un poco más estrecho que los adyacentes, los servicios de limpieza habían situado allí dos decrépitos contenedores de basura cojos y sin tapas, garrapateados con espráis de diferentes colores y épocas. Dos contenedores, pensó Osmany al ascender los pocos escalones que le separaban de la entrada trasera de la panadería abandonada, que jamás permitirían en las calles consagradas al turismo y los beatos de misa y *txakoli*. En su breve periplo por la ciudad había conocido decenas de Bilbaos distintos, y aquel donde se encontraba no era uno de los mimados por el ayuntamiento. Algo que, por cierto, le daba igual. Lo que de verdad le preocupaba era que, en el momento de la acción, su mente se desviara por senderos absurdos como ese.

«Te estás haciendo viejo, chico. Suerte que nadie tendrá que cuidarte cuando no más te quede el casco y la mala idea».

Nadie paseaba por el muelle, un lugar consagrado al tráfico rodado, azotado por el desagradable vendaval que ascendía desde el mar. Los pocos vehículos que lo atravesaban no mostraban el menor interés en aquel individuo recostado contra la puerta, durmiendo una aparente borrachera. La propia curva del cauce le protegía de la curiosidad de quienes cruzaban el puente de San Antón o vaciaban litronas en los bares de Bilbao La Vieja. A las doce de la noche, el silencio y la soledad eran sus mejores aliados.

Con la oreja pegada a la plancha de metal, sacó la ganzúa y, extremando la precaución, comenzó a hurgar en la cerradura. Tal y como suponía, se trataba de un modelo viejo que no opondría resistencia. El problema llegaría si, como parecía lógico, hubiera algún pestillo por dentro. Entonces no tendría más remedio que cruzar la calle hasta la puerta principal, desenfundar ambas pistolas e imaginar que tenía cincuenta años menos y que los matones a quienes se enfrentaba eran los soldados de Mobutu Sese Seko.

Una opción que tampoco le desagradaba.

Un clic casi imperceptible le confirmó que lo había conseguido. Ahora bastaba un empujón para acceder al interior de la guarida de Arewa. O para confirmar que la puerta estaba asegurada desde dentro. Pero Osmany no hizo nada. Permaneció inmóvil, la ganzúa en el bombillo, la oreja pegada a la hoja, esperando una señal.

Esperando hasta escuchar los golpes acordados.

Somoza sacó el móvil del bolsillo, confirmó que eran las doce y lo devolvió a su lugar. Por alguna razón que se le escapaba, el jodido cubano había sido muy claro, y muy tajante, al imponer sus condiciones. Debía acudir solo y desarmado a la calle Urazurrutia y, a las doce en punto, llamar a la puerta de una panadería abandonada anexa a una biblioteca municipal. A esas alturas, humillado y, en cierto modo, derrotado, solo sentía rabia y hastío. Por eso, y porque lo único que deseaba era terminar lo antes posible, regresar a Villasana y prepararse para el segundo asalto, se limitó a alzar un puño y sacudir tres veces el cristal.

Camuflada entre las sombras que resbalaban desde los aleros de la acera de enfrente, Ruiz de Heredia le vio detenerse frente a un comercio tapizado de engrudo y carteles descoloridos, y una sonrisa de triunfo se desplegó en sus labios. Había funcionado. Su teatrillo de la noche anterior, las amenazas escupidas frente a la verja de entrada a su chalet habían conseguido su objetivo. O, como mínimo, habían conseguido un objetivo. Lo que no sabía era si se estaba citando con sus socios o buscaba a algún sicario que le librara de la *ertzaina* que no dejaba de tocarle los cojones. Porque era bastante obvio que llevaba dinero en esa bolsa de supermercado que no dejaba de retorcer.

En cualquier caso, ella no pensaba ponérselo fácil, se dijo mientras, con la pistola pegada al muslo, recortaba la distancia que los separaba.

Osmany escuchó los tres golpes, nítidos a pesar de la distancia, y sintió que cada músculo de su cuerpo se tensaba. Calculó que quienes se encontraran dentro del local se consultaban con la mirada, dudaban si abrir o no hacer nada. Lo más probable era que, en principio, optaran por lo segundo, así que debería confiar en que Somoza siguiera insistiendo hasta conseguir que se concentraran en la puerta, dejando desguarnecido el acceso de la parte posterior. Confirmó una vez más que nadie caminaba por el muelle, sujetó la ganzúa con la mano izquierda, metió la derecha en el bolsillo donde guardaba la Glock con silenciador y aguzó el oído.

Los golpes se repitieron, más fuertes, más largos e impacientes.

Osmany empujó la puerta con el hombro.

No se movió.

Con el rabillo del ojo intuyó el destello de un flash. Había un radar a la entrada del túnel, pero las limitaciones de velocidad no eran un problema para Orna. Atravesó Malmasín, la larga galería que daba acceso a la ciudad, haciendo saltar otros dos radares, tomó la salida de Bilbao Centro a ciento cuarenta kilómetros por hora y tropezó de bruces con la decena de vehículos que, detenidos frente al semáforo plantado a la entrada de una rotonda, ocupaban todos los carriles. El Volkswagen Golf derrapó sobre el asfalto húmedo cuando pisó el freno hasta el fondo, pasó a milímetros de la furgoneta que cerraba la fila y, tras un par de bandazos, se detuvo en el arcén, ligeramente escorado hacia la cuneta. Haciendo caso omiso a la andanada de insultos machistas que le llegaron desde su izquierda, Orna se liberó del cinturón de seguridad, sacó la pistola de la guantera sin darse cuenta de cómo los gritos se interrumpían de forma abrupta, la guardó en el interior del pantalón y volvió a colocar las manos en el volante justo cuando el disco cambiaba a verde.

Antes de que el primer coche llegara a entrar en la rotonda, ella ya la había dejado atrás y volaba en busca del corazón de la ciudad.

Somoza contuvo el impulso de dar un paso atrás. Jamás se debía mostrar un ápice de debilidad a pesar de saber de antemano que uno estaba derrotado. Pero los ojos surcados de gruesas venas carmesíes que asomaron al hueco de la puerta le fusilaron con tal intensidad que estuvo a punto de perder parte de su aplomo.

—¿Qué?

—Tengo una cita con el jefe.

La frase, endeble en su voz ahogada, le sonó más absurda aun que cuando se la dijo el cubano. Parecía el código secreto de un patético grupo de mafiosos rescatado de una película de mediados del siglo xx. Pero todo era absurdo, todo se le antojaba patético desde que el tocapelotas ese apareció en su vida. Verse obligado a utilizar una contraseña infantil para acceder a la guarida de los malos no desentonaba gran cosa.

La puerta se entreabrió un poco más. El perfil de otro individuo se recortó contra la luz que salía del interior. Ambos cruzaron una mirada de incomprensión antes de preguntar con un marcado acento africano:

—¿El jefe?

Cedió al segundo empellón. Solo un poco, lo justo para que Osmany confirmara que no estaba cerrada por dentro, sino mal encajada en el marco, contra el que rozaba. Quizá bastara otro empujón para abrirla del todo. Pero el rumor de un motor le hizo detenerse. Soltó la ganzúa, cumplido ya su cometido, y se recostó contra la pared. El coche pasó sin prestarle atención, y cuando sus luces traseras se perdieron por la curva que subía hacia la calle Urazurrutia, volvió a apoyar el hombro contra la puerta.

No iba a ser tan sencillo como pensaba.

Hugo Laiseka se parapetó en una esquina, protegido por las tinieblas que una decrépita farola de cristales rotos no podía deshacer, enfrente del lugar donde la calle se unía con el muelle. No la veía, pero sabía que Ruiz de Heredia se escondía en el hueco de un portal, unos metros por delante de su posición. En la otra acera, Somoza desaparecía en el interior de un local tapizado de carteles. Las luces de un vehículo barrieron las aceras, aparentemente vacías, y Laiseka se apresuró a inclinar la cabeza sobre el móvil, otro joven chateando en una calleja desierta un sábado por la noche. El camión pasó escupiendo dioxinas por el tubo de escape, y el agente se apresuró a retomar su vigilancia.

Nada había cambiado.

Somoza solo necesitó un vistazo superficial para confirmar que se encontraba en un laboratorio de cocaína. Almacenadas sin orden ni concierto a lo largo del local había decenas de garrafas llenas de un líquido transparente que debía de ser acetona. En el centro de la estancia, sobre un tablero sujeto por tres caballetes, estaban los quemadores, las bandejas, alguna que otra botella. Desde allí, dos hombres le estudiaban con una mezcla de prudencia y curiosidad. Intuyó una puerta en la pared del fondo y, adosadas a un lateral, unas escaleras metálicas que ascendían a una entreplanta o algo semejante. Eso fue todo. La manaza del que le acababa de franquear el paso lo empotró contra la pared y dos precisas patadas le obligaron a separar las piernas. Uno le quitó la bolsa y el otro se apresuró a cachearlo con la profesionalidad de un agente de la ley. Le arrebató la vieja Beretta, que entregó a su compañero sin hacer un solo aspaviento, y se aseguró de que no escondiera nada en los calcetines, bajo la gruesa camiseta interior, ni dentro de los calzoncillos, antes de permitirle adoptar una postura algo más digna.

—¿Qué querer? ¿Qué ser esto?

El guardia civil aprovechó el desconcierto que asomaba a los rostros de ambos, pendiente cada cual de un grueso taco de billetes de quinientos euros, para recuperar la iniciativa. Alzó mucho la barbilla, como si ese gesto repetido tantas veces bastara para minimizar los centímetros que los otros le sacaban, y habló con el tono imperativo de años atrás:

—He dicho que tengo que hablar con vuestro jefe. ¡Ahora!

La puerta había cedido un poco, un resquicio imperceptible por donde se filtró con toda claridad el grito de Somoza. Osmany dejó de presionar con el hombro. Por un lado, la nitidez de la voz le llevaba a pensar que el viejo guardia civil miraba en su dirección, lo que podría comprometer un efecto sorpresa del que no quería prescindir. Por otro, si subían en busca del supuesto jefe a la guarida de los hombres, el segundo piso, según Blessing, era posible que dejaran expedito el camino hacia la prisión habilitada en el primero.

La libertad de las mujeres era mucho más que una excusa para su venganza.

Tras confirmar que nadie vigilaba desde las ventanas del edificio, Ruiz de Heredia cruzó la calle y comenzó a buscar, entre la densa maraña de carteles que cubría el escaparate de la panadería, algún resquicio por donde espiar lo que sucedía dentro. Pero el inconfundible clic de una manilla la obligó a separarse en el momento en que dos hombres altos y fornidos asomaban al exterior. Caminando ligera, pasó de largo frente a ellos, una mujer ansiosa por regresar a casa más allá de la medianoche, una mujer que acariciaba con la mano derecha la culata de una Heckler & Koch escondida en el bolsillo interior de la chaqueta. Una precaución innecesaria. Reflejados en la luna de un coche estacionado sobre la acera, la oficial los vio girarse hacia el interior de la tienda, esperar a Somoza y, como harían sus guardaespaldas, o tal vez sus carceleros, escoltarlo hasta el portal anexo a la tahona.

Volvió a cambiar de acera y buscó refugio en la entrada de un bar cerrado a esas horas, un improvisado zaguán envuelto en tinieblas desde donde podría vigilar sin ser detectada.

O en eso confiaba.

Jon Larralde llegó jadeando a los tinglados del Arenal, se detuvo a tomar aliento y lanzó una mirada de duda a su alrededor. Sabía dónde quedaba la dirección que le había dado Arechabala, pero no estaba seguro de por dónde tardaría menos. Seguir a lo largo de la ría hasta el puente de San Antón parecía lo más lógico, pero dado que el Nervión iniciaba allí el amplio meandro en cuyo seno se encogía el Casco Viejo, tal vez fuera mejor atravesar la zona peatonal por las calles Askao y Ronda. Se maldijo a sí mismo por perder el tiempo divagando de esa forma, se maldijo doblemente por haber dejado el coche en el garaje, maldijo a Osmany por enésima vez y, por fin, se decidió a tomar Askao a través de la calle Esperanza. Pero en el momento en que comenzaba a cruzar escuchó el rugido de un motor, un chirriar de frenos y neumáticos a la altura del puente del Ayuntamiento, y un Volkswagen Golf pasó frente a él como una exhalación. Larralde tuvo tiempo de acordarse a voz en grito de los progenitores del conductor y de la ineptitud de la Policía Municipal antes de correr en dirección a Urazurrutia a la limitada velocidad de un prejubilado de casi sesenta años.

47

Cuando sus compañeros salieron con el viejo de la nariz vendada que llevaba tantísimo dinero en una bolsa de supermercado, los dos tipos regresaron a la mesa donde quemaban la coca mientras, entre risas, apostaban por el breve futuro que le esperaba a aquel mierdecilla que se las daba de arrogante. No escucharon nada. Ninguno de los dos. Pero una ráfaga de aire frío les hizo intuir que algo había cambiado. Se giraron al unísono, justo a tiempo de ver cómo el individuo de perilla cana que acababa de aparecer por la puerta trasera, incomprensiblemente abierta, levantaba una pistola con silenciador y apretaba dos veces el gatillo.

Y ya no vieron más.

Siguiendo la estela de la Glock, Osmany se acercó hasta la mesa, confirmó que ambos estaban muertos y revisó con cuidado el interior del local. Tal y como le dijo Blessing, adherida en diagonal a uno de los tabiques había una escalera metálica que se hundía en el techo, un acceso construido por los antiguos dueños del negocio para unir el piso y la lonja sin necesidad de salir al portal del edificio. Debajo se amontonaban decenas de garrafas de plástico vacías, idénticas a las que, llenas del líquido transparente que usaban para tratar la droga, ocupaban buena parte del local. Las había junto a la mesa, apelotonadas contra la fachada, frente a la escalera y, la mayoría, creando una inestable pirámide, en la esquina trasera, junto a la puerta por donde había accedido. Un arcón congelador ronroneaba contra una de las paredes y un par de colchones desnudos completaban el exiguo mobiliario del laboratorio clandestino. No había nadie más a la vista. De modo que Osmany bajó el arma y se dirigió a las escaleras.

Primer error.

No vio venir la bota que se estrelló contra su mandíbula en cuanto puso un pie en el primer peldaño. Pero oyó con toda nitidez el crujido de sus dientes al partirse y notó el sabor metálico de la sangre antes incluso de aterrizar sobre los botellones de cinco litros, muchos de los cuales salieron rodando en todas direcciones. Aturdido, ahogado en una marea de plástico transparente, intuyó la silueta de su agresor, un individuo cuadrado como una caja de músculos que descendía del primer piso en el momento en que él iniciaba el ascenso. Desde esa posición, tres escalones por encima del cubano, le había lanzado esa brutal patada al rostro, y desde ahí saltó vomitando un alarido de rabia.

Pero Osmany no había soltado la pistola.

El grito se cortó de forma abrupta cuando dos proyectiles se le alojaron en el pecho. Cayó sobre Arechabala como una roca desgajada de la cima de una montaña, una roca que, durante unos segundos, le dejó sin respiración. A duras penas consiguió desprenderse de su abrazo exánime y, de rodillas, inclinado sobre un cadáver que todavía se movía, escupió densos gargajos sanguinolentos, restos de muelas y un par de incisivos arrancados casi de raíz. La sangre manaba a borbotones de su boca, tiñendo la barbilla y dibujando largos regueros en el cuello y la camiseta. El pecho le dolía, y respirar le costaba un triunfo, como si tuviera rota alguna costilla. Pero aún sostenía la Glock, la Heckler

& Koch seguía en el bolsillo y nada le impedía el paso a la prisión de las mujeres.

O eso creía.

El semáforo del Arenal estaba en rojo. A pesar de la hora, un numeroso grupo de jóvenes armados con bolsas repletas de tetrabriks de vino y botellas de refrescos ocupaba el ancho completo de la calzada. Orna Shoher se vio obligada a clavar los frenos. El Golf patinó sobre el asfalto, derrapó unos metros y cabeceó un par de veces provocando la hilaridad de algunos muchachos que, demasiado borrachos para entender que un motor revolucionado es algo peligroso, se detuvieron en mitad del paso entonando una vieja canción infantil sobre cómo ser conductor de primera. Frustrada, Orna volcó su rabia en la bocina, pero lo único que consiguió fue que más chavales rodearan el vehículo burlándose de sus prisas y, tras comprobar que la conductora era una mujer, desplegaran un patético catálogo de insultos sobre chicas y cambios de marchas.

Fue la gota que colmó el vaso.

Orna aferró el volante con ambas manos y pisó el acelerador. Y aunque hubo gritos, saltos, y más de un valiente terminó rodando por el suelo, la única víctima fue una bolsa repleta de botellas que regó el asfalto de un líquido rojo y maloliente.

Apenas conocía Bilbao, pero sabía que Urazurrutia comenzaba allí donde el Mossad hizo estallar su Audi. Para llegar, bastaba con seguir a lo largo de la ría hasta el puente de San Antón, cruzarlo y girar a la izquierda. Dejó a su espalda el teatro Arriaga y no tardó en alcanzar el puente de La Merced. Y, una vez más, tuvo que frenar. Continuar en línea recta, como pretendía, estaba prohibido. El sentido de la circulación la obligaba a cruzar el puente y perderse entre las callejuelas que rodean San Francisco, una zona casi desconocida para ella. Al menos, conduciendo. Por La Ribera, donde se encontraba en ese momento, el tráfico fluía en dirección contraria, y dos autobuses detenidos en el semáforo ocupaban los dos únicos carriles. Su primer impulso fue sacar el móvil y conectar el navegador, pero no tenía tiempo. De modo que metió primera, se subió a las vías del tranvía que recorrían La Ribera pegadas a la acera, y el rugido del motor reverberó contra las fachadas colindantes.

La sensación de que no podía perder un segundo era cada vez más intensa.

Tal y como le explicó Blessing, las escaleras conducían al primer piso del edificio, no a una sobreplanta ni a un almacén. Una estrecha verja metálica que el carcelero que acababa de destrozarle la boca había dejado abierta daba acceso a un pasillo empapelado en colores oscuros y decadentes figuras geométricas. A mano derecha quedaba la puerta principal de la vivienda, la que daba al rellano de la primera planta. Tres barras de hierro atornilladas al marco a diferentes alturas impedían su apertura. A Osmany le dio la impresión de que no sería difícil arrancar a tiros las bisagras, derribarla hacia fuera y colarse entre los barrotes, aunque no creía que eso fuera necesario.

A cada lado del corredor, iluminado por una única bombilla que se mecía desde su cable como un ahorcado, se intuían los huecos de dos habitaciones. Una frágil corriente de aire frío atravesaba la estancia provocando aquel movimiento pendular que dotaba de vida a las sombras de las paredes. Amparado en esa luz indecisa, comenzó un rápido registro de la vivienda. A su izquierda descubrió la cocina, atestada de cazuelas sucias, sacos esparcidos por el suelo y cajas amontonadas en una esquina, y el baño, donde un ventanuco abierto sobre el retrete no conseguía disimular el hedor a tuberías viejas, heces y frituras que anegaba ambas estancias. El primer hueco al otro lado del pasillo era un dormitorio, o algo que se le parecía. La única luz procedía de la puerta acristalada del balcón, asomada al muelle y a la ría. Los barrotes, dispuestos en vertical, impedían cualquier intento de fuga y proyectaban, bajo el resplandor de las farolas, largas sombras carcelarias que flotaban sobre los colchones alineados en el suelo, la ropa de cama revuelta y las prendas desperdigadas en las sillas que constituían el único mobiliario. No era, ni mucho menos, la primera vez que veía cómo los traficantes trataban a sus esclavas, pero una mezcla de congoja y rabia le oprimió el pecho. Se llevó la mano a la boca, limpió la sangre que seguía goteando y, precedido por el cañón de la pistola, pasó a la última alcoba.

Ahí estaban. Eran cinco. Cinco jóvenes encogidas en un abrazo colectivo donde buscaban un valor diluido entre palizas y violaciones. Habían oído los golpes, el apagado estruendo de las garrafas cuando su cancerbero se desplomó en el piso de abajo, el cauteloso gemido del parquet bajo el peso de sus pasos. Y, de repente, un individuo con el rostro bañado en sangre entraba en su dormitorio y las apuntaba con una pistola con silenciador. Osmany bajó el arma, trató de esbozar una sonrisa tranquilizadora que no pasó de una deforme mueca de dientes partidos y volvió a echar mano del oxidado francés aprendido en el Congo:

—¿Estáis solas? ¿Hay alguien más por aquí?

Se miraron entre ellas. Desalentado, se dio cuenta de que no le habían entendido. Solo una, la que parecía mayor a pesar de que no habría cumplido los treinta, negó con la cabeza.

—¿No hay más chicas?

No hubo respuesta. De forma instintiva, retrocedieron y se juntaron más, buscando protección en el contacto con las compañeras.

Tenían miedo, mucho miedo.

Aunque cada minuto perdido era un regalo para los matones de Arewa, necesitaba ganarse su confianza, hacer que comprendieran que solo quería ayudarlas, que no era uno de los asesinos cuyos pasos resonaban en la tarima situada sobre sus cabezas.

Algo que se le antojaba muy difícil.

—He venido a ayudaros.

La primera negó con la cabeza, y las otras la secundaron. Osmany tragó saliva, aunque lo que descendió por su garganta fue casi todo sangre.

—Voy a sacaros de aquí —insistió—. Voy a llevaros a un lugar seguro.

Las cinco volvieron a negar, como si las palabras del cubano estuvieran convocando fantasmas imposibles, recuerdos de torturas, miedos ancestrales por ellas o por sus familias. Osmany conocía las artimañas de mafias como aquella y sabía que no resultaría sencillo deshacer el intangible velo de terror en el que envolvían a las muchachas. Tomó aire antes de continuar:

—Con Blessing.

Algo cambió. Las chicas se consultaron en silencio, nerviosas o preocupadas, y la única que parecía entenderle se atrevió a preguntar:

—¿Dónde está Blessing?

—A salvo. —Osmany titubeó tratando de improvisar otra mentira, pero no pareció que ellas se dieran cuenta—. Con una amiga. Voy a llevaros con ella.

La joven negó con vehemencia.

—No. Nos matarán. A todas. Y a nuestras familias. No podemos hacer nada.

—No os preocupéis por eso. —La chica le estudió sorprendida mientras las demás la aguijoneaban con la mirada—. Ellos ya no pueden hacer nada. Pero tenéis que marcharos. Por si acaso.

Parecía que, poco a poco, los argumentos de Osmany comenzaban a taladrar la coraza de sus miedos. La joven se volvió hacia las otras, hablaron, y Osmany tuvo que contener su impaciencia mientras se escenificaba una rápida discusión en susurros ahogados y gestos de esperanza.

Todas alzaron la mirada cuando la madera del techo crujió bajo unos pasos que iban y venían, pasos recios de alguien que parecía nervioso, que andaba en círculos buscando respuestas o planteando preguntas. O eso imaginó el cubano.

—Hay que darse prisa. Por favor, hacedme caso, no tengo tiempo de explicaros nada. ¿Cómo te llamas?

—Malaika.

—De acuerdo, Malaika. Yo soy Arechabala. ¿Queda algún guardia?

—Había uno aquí. Ya no está. —No era una respuesta, sino una pregunta, una esperanza que Osmany confirmó agitando la barbilla—. Abajo siempre hay hombres vigilando. Arriba también.

—Abajo no queda nadie y la puerta está abierta. Yo me he ocupado. —De nuevo la esperanza luchando contra el miedo que atenazaba su rostro—. Daos prisa, coged la ropa y salgamos de aquí.

Tardaron en reaccionar. Poco, muy poco. Pero a Osmany se le antojó una eternidad. Por fin, la que se había erigido en portavoz habló con sus compañeras y estas se incorporaron al unísono. Osmany esperó a que recogieran del suelo la ropa desperdigada y se vistieran de cualquier manera, mientras trataba de adivinar qué sucedía en el piso superior atento a los chasquidos de la madera. Y aunque no fue capaz de llegar a ninguna conclusión, sí confirmó que seguían ahí arriba. Ni habían abierto la puerta, ni se oían pasos en la escalera.

—Venga, deprisa.

A una señal de Malaika, las mujeres comenzaron a desfilar por el pasillo. A Osmany le sorprendió la ligereza con la que se movían, cómo caminaban de puntillas para que la vieja tarima no las delatara. Llegaron a la cancela metálica y, a mitad de camino, se detuvieron. Su carcelero estaba ahí, inmóvil sobre un charco de sangre, ahogado en un mar de garrafas transparentes que teñía de decadencia una escena con la que quizá habían soñado alguna vez. Desde el fondo, Osmany las apremió a seguir. Faltaban solo unos metros para la libertad.

Ya estaban abajo cuando recordó algo.

—Espera, espera un poco.

Malaika se detuvo justo antes de abrir la puerta de la tahona. Su mano se crispó sobre la manilla, temerosa de que todo se torciera en el último momento, de que el sueño materializado solo fuera un espejismo de cinco minutos. De que aquel viejo de la boca ensangrentada les hiciera pagar un precio inaceptable por esa vida que anhelaban. El resto de las muchachas parecían sentir lo mismo.

—Toma. —Osmany le ofreció un sobre que sacó del bolsillo interior de la chaqueta—. Hay unos cuarenta mil euros. Yo no los necesito. Escucha. —Buceó en su instinto en busca de esa voz de mando que siempre hacía que los soldados cumplieran sus órdenes a la carrera, pero a través de la dentadura destrozada y los labios partidos le salió distorsionada y sibilante—. Busca a tus compañeras, a las que están haciendo la calle. Recógelas y marchaos juntas. Este dinero os ayudará durante una buena temporada. Sé que no se te ocurrirá quedártelo para ti sola. Pero recuerda que, si lo haces, te encontraré. ¿Está claro?

Esperaba una respuesta parca y urgente, una vehemente afirmación con la cabeza, pero Malaika se abalanzó sobre él y le abrazó con todas sus fuerzas. Y en el calor de aquel cuerpo que se estrechaba contra el suyo supo que había conseguido su objetivo.

Podía morir tranquilo.

—Todavía no decir *to me who are you*. Yo soy tranquilo. Pero poco. ¿Quién tú? ¿Qué querer?

Salvador Somoza no se dejó impresionar por aquellos manidos recursos de mafioso de tercera categoría. Tampoco por la crueldad de su rostro, el ansia con la que revisaba el contenido de la bolsa de supermercado, ni por su tamaño, más de dos metros de gigante muy grueso y, aparentemente, muy torpe. Más inquietante era el subfusil Star Z-75, idéntico a muchos de los decomisados años atrás a comandos terroristas, que descansaba en el brazo del sillón. Y, más aún, los cuatro sicarios que, interpuestos entre el guardia civil y la salida, exhibían sus pistolas de forma tan innecesaria como eficiente.

—Ya te he dicho que tengo que hablar con Arechabala. ¿Vais a llevarme con él, o seguimos perdiendo el tiempo? Porque, si es así, cojo la pasta y me largo.

El otro dejó escapar una larga risotada, una carcajada coreada por sus hombres que exacerbó las dudas que le asaltaban desde su llegada a Urazurrutia. ¿Qué pintaba un cubano con un grupo de traficantes africanos? Quizá trabajara para ellos, quizá le hubieran contratado debido a su experiencia militar. Un muerto de hambre criado bajo el miserable yugo del comunismo haría cualquier cosa por dinero.

Pero cada minuto que pasaba perfilaba en su mente un paisaje muy distinto al imaginado.

—La *money* se queda aquí, *merci*. —Otra carcajada, otro escalofrío sacudiendo sus nervios—. No sé *who is* Arechabala. Pero quiero saber *qui es-tu*.

Y entonces comprendió. Su cerebro retrocedió a toda velocidad, regresó al caserío abandonado de Pandozales, al viejo capaz de rechazar una emboscada armado con una sartén, al imponente caserón del Karpin y a los cadáveres calcinados de sus hombres.

—Tenemos que salir de aquí cagando leches.

La puerta de la panadería volvió a abrirse y Miren Ruiz de Heredia asistió atónita a un espectáculo inesperado. Aunque nunca sospechó que los negocios de Somoza tuvieran relación con la prostitución, tampoco era tan extraño. Traficantes, proxenetas, extorsionadores... Todo valía, todo estaba interconectado en el submundo de las mafias y lo ilegal. No, lo extraño no era eso. Lo extraño era el anárquico desfile que se desarrollaba ante sus ojos. Cinco mujeres, cinco chicas a cuál más joven, habían salido del local y corrían en dirección a Bilbao La Vieja, alguna ataviada con minifalda y zapatos de tacón, otra con zapatillas y una vieja bata de franela, una se envolvía en una ajada manta de cuadros y la otra llevaba una sudadera que le rozaba las rodillas. Huían, de eso estaba segura. Se notaba en el miedo de sus miradas cuando la luz de una farola se proyectó en sus rostros, en la torpeza de una carrera a la fuga, en las ropas escogidas a toda prisa, a ciegas y sin pensar. Huían, y una oficial de la Ertzaintza era testigo. Miren olvidó por un momento a Somoza y a sus compinches, olvidó la investigación en la que estaba inmersa, y solo recordó que su deber era protegerlas. De modo que abandonó su escondite, retrocedió unos metros y salió a la calzada justo frente a la entrada de la tahona.

Lo primero que distinguió fue un montón de garrafas de plástico desperdigadas por el suelo. Detrás, al pie de una escalera metálica adosada a la pared, había un cuerpo tumbado en una posición absurda, un brazo doblado en un ángulo inverosímil, la cabeza sumergida en la sangre que le rodeaba. Y a su lado, sujetando en la mano derecha una pistola con silenciador, un hombre a quien, a pesar del color escarlata de su barba, reconoció de inmediato.

Y lo encañonó con su arma reglamentaria.

—¡Ertzaintza! ¡Las manos arriba! ¡Ahora!

En un primer instante Arechabala pensó que, contra todo pronóstico, Jon Larralde había decidido avisar a sus compañeros de comisaría. Pero en la calle solo había una mujer vestida de paisano. Que le apuntaba con la Heckler & Koch de la policía vasca.

La misma mujer que le interrogó el martes en Balmaseda. Increíble.

—No, por favor. Ahora no.

Miren no llegó a escuchar las palabras, susurradas en un cansado tono de frustración, pero fue consciente de que el cubano no hizo el menor amago de desprenderse de su arma. Manteniendo las distancias, alzó más la suya, alineó la mira con su pecho e insistió por última vez:

—Osmany Arechabala, quedas detenido por el asesinato del subcomisario Laiseka, del oficial Zabalbeitia y de la agente López Rutherford. Suelta la pistola y pon las manos sobre la cabeza o me veré obligada a disparar.

—¡Yo no maté a Rutte!

La oficial tuvo tiempo de reconocer la confesión implícita en aquella negación vomitada con la rabia del inocente. Tuvo tiempo de preguntarse si sería capaz de disparar en el caso de que el otro se negara a desarmarse. Pero cuando escuchó los pasos a su espalda no tuvo tiempo de reaccionar.

A la altura de la calle Ronda, a Jon Larralde no le quedaban fuerzas para seguir corriendo. Le sobraban kilos, le sobraban años, y las articulaciones de sus piernas rogaban clemencia a cada paso. Como pudo, trotó abriéndose paso a empujones entre los grupos de jóvenes que, a la puerta de los bares, vaciaban las botellas compradas en el supermercado. La garganta le quemaba, sentía pinchazos en los pulmones y el frío de la noche congelaba el sudor del cuello y las axilas. Jadeando, sacó el móvil y volvió a consultar la hora. Las doce y cuarto. Si Osmany había cumplido su palabra, y Larralde daba por hecho que lo haría, alguien debía de llevar quince minutos danzando en el infierno.

Cerca, pero lejos para sus músculos reblandecidos de cansancio, se veía el pórtico de la iglesia de San Antón. El puente nacía ahí mismo. Solo tenía que cruzarlo para descubrir qué estaba sucediendo.

De momento, todo parecía normal.

El empujón la pilló por sorpresa. Ruiz de Heredia cayó de bruces sobre una rodilla, que crujió más de lo debido, y rodó varios metros por el asfalto. El arma se le escapó de entre los dedos, resbaló sobre el agua que arrastraba el canalón y se detuvo junto a una alcantarilla. Pero la oficial no hizo amago de buscarla porque había reconocido a su agresor.

—¡Hugo! ¡Quieto!

De pie en el centro de la calzada, las piernas abiertas y los brazos extendidos, Hugo Laiseka apuntaba con su pistola al pecho de Arechabala.

—¡Asesino!

Osmany se arrojó al suelo.

Laiseka apretó el gatillo.

Al disparo le siguió una explosión cuando la bala perforó un garrafón lleno de acetona. Una larga llamarada salpicó la pared, la puerta y el más cercano de los botellones, que no tardó en reventar.

Laiseka siguió disparando.

Somoza oyó el estruendo, los disparos que llegaban desde la calle, y algo se coló por debajo de su piel, algo vivo que reptaba devorando carne y músculo hasta alojarse en el tuétano.

El gigante que le estaba interrogando se incorporó de un salto, dejó la bolsa con el dinero en el sillón y cogió el subfusil. Le bastó un gesto de la mano para que dos de sus hombres abandonaran la estancia y se precipitaran escaleras abajo. El tipo le dedicó una mirada de desprecio, se dirigió a otro de los sicarios con un gesto de la cabeza y se limitó a decir:

—*Tue-le*.

El viejo guardia civil no sabía francés, pero tampoco necesitó que la bala le perforara el cráneo para entender su significado.

Las llamas generadas por la acetona se extendieron a toda velocidad. La puerta de entrada no tardó en convertirse en una gigantesca antorcha de donde brotaba una densa humareda que cubría el escaparate y parte de la fachada. Frustrado consigo mismo y con su puntería, incapaz de saber si había acertado al cabrón que mató a su padre, Laiseka se acercó tanto al incendio que, junto al olor químico del humo, notó perfectamente el de la carne quemada. Pero seguía sin ver nada.

Miren, en cambio, sí. Gateando, acababa de recuperar

su pistola cuando distinguió las sombras que emergían del portal por donde había desaparecido Somoza.

—¡Hugo! ¡Cuidado!

Laiseka se dio la vuelta en cuanto escuchó el grito, pero solo acertó a intuir los cañones de dos armas en el momento de abrir fuego. Recibió cuatro impactos de bala, tres en el pecho y uno en el costado, agitó los brazos como un títere sin hilos que le ataran a la vida y se desplomó en el centro de la calzada.

—¡Hijos de puta!

Desde el suelo, la oficial apretó el gatillo casi sin mirar. Los dos primeros tiros impactaron contra la fachada, muy por encima de donde se encontraban los sicarios, así que bajó un poco el brazo y acertó al más cercano a su posición, que se derrumbó sobre su compañero. Pero este, en vez de quitárselo de encima, lo sujetó con fuerza contra su propio cuerpo, asomó la pistola por encima del improvisado escudo humano y apuntó a Miren, expuesta en mitad de la calle sin posibilidad de refugiarse en ningún sitio.

La *ertzaina* disparó dos veces más, pero hizo diana en el cadáver. El sicario se limitó a dar un paso atrás, recuperó el equilibrio y buscó de nuevo la posición de disparo. Pero entonces la pistola se le escurrió de entre los dedos, el muerto tras el que se parapetaba cayó al suelo con el sonido hueco de un balón de plomo y él se derrumbó sobre la acera.

Tenía un orificio abierto en el cráneo.

Miren no tuvo tiempo de preguntarse de dónde provenía el disparo, ni por qué. Trató de incorporarse, pero la rodilla se negó a sostenerla, de modo que reptó hasta el lugar donde Hugo Laiseka se desangraba.

Aún respiraba.

Sacando fuerzas de donde no tenía, consiguió arrastrarlo a la acera opuesta, lejos del incendio que amenazaba con extenderse a toda la manzana, sacó el móvil y marcó el número de emergencias.

—Soy Miren Ruiz de Heredia, oficial de la Ertzaintza. Necesito ayuda urgente. Mucha ayuda.

El fuego comenzaba a rodearlo.

La primera explosión le sorprendió en el suelo. En cuanto vio a aquel muchacho consumido por el odio, casi una reencarnación del subcomisario Laiseka, supo que no tenía intención de detenerlo. Se arrojó detrás del cadáver del sicario que le había dejado sin dientes y su cuerpo sin vida le protegió de la mayor parte de la acetona en llamas que voló por el local. Apagó a manotazos sus pantalones, que empezaban a prenderse, y buscó la Glock procurando no exponerse a las balas ciegas que atravesaban el muro de humo y llamas. Pero no pudo encontrarla, de modo que sacó del bolsillo la Heckler & Koch y comenzó a arrastrarse lejos del incendio.

Hubo una segunda explosión. Una garrafa que había rodado hasta la entrada estalló regando de fuego la pared, la puerta y buena parte del suelo. Osmany siguió con la mirada el zigzag azul y anaranjado que resbalaba hacia la mesa, bajo cuyo tablero se almacenaban más envases de acetona, y hacia la pared trasera, donde había un centenar largo de pequeños bidones amontonados en la esquina.

Entonces escuchó el alarido de la *ertzaina* y comprendió que la nueva andanada de disparos no provenía del arma del joven. Ahogado por el humo y el calor, se incorporó y corrió hacia el lado izquierdo del umbral. Por encima de las llamas logró intuir la presencia de los dos sicarios que habían desaparecido en compañía de Somoza. Uno de ellos se protegía con el cuerpo exánime del otro mientras su pistola apuntaba al extremo opuesto de la calle. Fue suficiente.

Disparó una sola vez y se alejó antes de que su cabello comenzara a crepitar.

No podía perder más tiempo.

Resbalando sobre el líquido inflamable, el fuego había descrito un amplio semicírculo en torno a la escalera y ya ocupaba la mitad de la panadería. Los colchones ardían y las llamas acariciaban el yeso del techo, que no tardaría en desplomarse dejando a la vista las vigas de madera y la tarima del piso superior. A riesgo de sufrir alguna quemadura, podría alcanzar la puerta trasera. Pero solo había hecho la mitad del trabajo. De modo que comenzó a trepar por las escaleras de metal que daban acceso a la primera planta, convencido de que no le resultaría difícil desbloquear la entrada de la vivienda, acceder al rellano del edificio y, desde ahí, abordar la guarida de los hombres.

Segundo error.

El Volkswagen Golf irrumpió en dirección contraria en el punto donde La Ribera confluía con las calles Atxuri y Zabalbide, provocando todo tipo de insultos y bocinazos. Giró, rodeó a un camión de la basura que remoloneaba en el cruce y atravesó rugiendo el puente de San Antón, invadiendo la acera un par de veces para evitar a los vehículos que llegaban desde el otro lado. Cuatro conos y una cinta de la Ertzaintza delimitaban la mancha negra impresa en el asfalto por su Audi, pero Orna no necesitó recurrir a esa referencia. Decenas de jóvenes aferrados a sus vasos miraban al fondo de la calle con los móviles en alto para intentar captar alguna imagen con la que alimentar su morbo. Redujo, el motor aulló provocando un pequeño revuelo en la exigua multitud, y pisó a fondo al enfilar la calle Urazurrutia.

El resplandor del incendio era visible desde allí.

Osmany comprendió enseguida que había metido la pata hasta el fondo. Arrancar la puerta era imposible, no solo porque lo impedían las tres barras metálicas, sino también porque la hoja estaba sellada al marco, con silicona o algo por el estilo. Aunque la luz era muy débil, distinguió perfectamente los chorretones resecos que sobresalían de la junta.

Si lo que pretendían era construir una celda, lo habían conseguido.

Furioso consigo mismo, regresó a la verja por donde había accedido a la vivienda, pero se vio obligado a retroceder. El fuego había alcanzado la pared y, alimentado por el plástico de las garrafas vacías, envolvía la escalera vomitando grandes bocanadas de humo negro que se colaban por el hueco del primer piso. Tapándose la boca y la nariz con la parka, regresó al pasillo. El calor era insoportable. Las llamas lamían el suelo del apartamento, y no pudo evitar preguntarse cuánto tardaría en ceder para enviarlo directo al infierno. Buscó el dormitorio de las mujeres, la puerta del balcón, las rejas recortadas contra la luz del exterior, pero no tuvo tiempo de inspeccionarlas. Un estruendo de pasos hizo temblar la tarima sobre su cabeza.

Las ratas abandonaban el barco.

Respirando por debajo del abrigo, Osmany regresó a la puerta de entrada.

Shoher frenó delante de un local envuelto en llamas. El rugido del incendio se oía por toda la calle, reverberaba contra las fachadas y ahogaba cualquier otro sonido. Aquello, más que un edificio, era una pira funeraria. El fuego había hecho saltar los cristales del escaparate y trepaba por los balcones del primer piso, largas llamaradas que se asomaban fugazmente, retrocedían y volvían a salir inflamadas de hambre y rabia. Se bajó y lo primero en lo que se fijó fue en la mujer que, sobre la otra acera, abrazaba el cuerpo de un joven con el pecho empapado en sangre.

En una mano sujetaba un móvil; en la otra, una pistola.

—¡Quieta! —Parapetada detrás del coche, la encañonó con la Glock—. Tira el arma y levanta las manos. ¡Deprisa!

Miren pensó que se trataba de un error. Estuvo tentada de identificarse, de gritar que era policía, que necesitaba ayuda, que el agente a quien protegía se estaba muriendo. Pero supo que sería inútil. De modo que hizo rodar su arma por el suelo y alzó la mano libre.

De una patada, Orna mandó la pistola unos metros calle arriba y corrió hacia el edificio en llamas. Miren la vio acercarse a la tahona, escudriñar por encima de las llamas y dirigirse al portal anexo, cuya puerta reventó de una patada a la altura de la cerradura. Dentro, la luz estaba encendida. La mujer retrocedió de un salto, se agazapó contra el marco, recostó el hombro en la madera y alineó la pistola con su mirada.

Una profesional.

Los golpes se repitieron en la escalera. Primero fue el estruendo de un portazo, luego los pasos que bajaban al trote, saltando de escalón en escalón, huyendo de un incendio que pronto reduciría a escombros todo el edificio. Procedían del segundo piso, no había error posible. Osmany se preguntó qué habría en las plantas superiores, la tercera y la cuarta, desde donde no llegaba sonido alguno. ¿Estarían abandonadas? ¿Viviría algún anciano incapaz de valerse por sí mismo? ¿Quizá una familia dormía apaciblemente sin saber que la más horrible de las muertes reptaba por la fachada? Era tarde para eso. Tarde para ayudar a nadie, tarde para arrepentirse de las consecuencias de su furia vengativa. Pensó en Maider. La imaginó en su piso de Somera, encerrada bajo llave mientras la vieja estructura de madera se deshacía pasto de las llamas. Pero esa imagen falsa pronto dejó lugar a la real, a su cuerpo caliente estrechado contra el suyo, a su garganta seccionada y los ojos abiertos llamando a un abuelo que no supo protegerla.

Lo único de lo que estaba seguro era de que las pisadas en desbandada que oía por encima de su cabeza pertenecían a los responsables de su muerte.

Se asomó a la mirilla, apretó los dientes y pegó la pistola a la plancha de la puerta.

Los pasos se acercaban a toda velocidad. Alguien escapaba de la trampa en la que se había convertido el edificio. Agazapada contra la entrada, Orna estudió el escenario desde la mira de su Glock. El portal era corto y muy estrecho. Un largo tramo de escaleras ascendía en línea recta hasta el rellano del primer piso, hasta la puerta que se distinguía a su izquierda; ahí giraban a la derecha y desaparecían de su vista. Pero ese primer tramo era más que suficiente para diferenciar entre una familia huyendo del fuego y un grupo de asesinos en estampida. Tomó aire, confirmó que, como siempre, su muñeca no temblaba lo más mínimo, y se concentró en la parte alta de la escalera.

Desde algún lugar a su espalda le llegó el aullido de una sirena.

En cuanto comenzó a cruzar el puente, Larralde fue consciente de que nada parecía normal. Los jóvenes de la taberna más cercana a Urazurrutia miraban hacia la calle, vociferaban a sus móviles y señalaban algo que no tardó en reconocer.

El resplandor de un incendio proyectado sobre los tejados.

—¡Puto loco!

Por encima de los gritos de los chavales pudo oír la voz ronca de las llamas devorando vigas y esperanzas. Pero otro sonido, más agudo y reconocible, comenzó a imponerse al tétrico crepitar del incendio. Sirenas. Decenas de sirenas, todavía lejanas, que se aproximaban desde todas las direcciones.

Osmany los vio llegar a través de la mirilla. A pesar de la humareda que se filtraba por las paredes, pudo distinguir el color oscuro de sus rostros y el movimiento de las pistolas, que empuñaban con menos decisión de la debida. Esperó a que alcanzaran el rellano, hizo resbalar la Heckler & Koch por encima de la puerta y disparó.

Eran dos. Dos sombras que se movían con torpeza, diluidas casi en la niebla negra de ceniza. Pero la escasa luz del portal le bastó a Orna para confirmar que eran más altos y robustos que Arechabala.

Y que iban armados.

Entonces oyó los tiros. Uno de los hombres rodó escaleras abajo sin emitir un solo gemido. El otro saltó sobre su cuerpo para alejarse del descansillo, se giró hacia la puerta, agujereada por las balas que acababan de atravesarla, y alzó la pistola.

Orna apretó el gatillo.

Osmany disparó y se encogió contra la pared para protegerse de las balas de sus oponentes. Pero no sucedió nada.

Oyó un único disparo procedente de la calle o la planta baja, no estaba seguro, y un cuerpo rodando escaleras abajo. Acto seguido, pasos furtivos que subían, dos cautelosos golpes contra la madera y una voz conocida que no debería estar allí.

—¡Osmany! Osmany, contesta. Sé que eres tú, viejo cabrón. ¿Estás bien?

—¿Shoher? Pero ¿qué carajo haces acá?

—Déjate de preguntas y abre la puerta. Tenemos que salir antes de que esto se derrumbe.

—Imposible. Está pegada. No hay forma de escapar.

Orna estuvo tentada de preguntarle cómo diablos había entrado, pero no había tiempo para eso. El calor y el humo traspasaban las paredes. El edificio estaba a punto de convertirse en una gigantesca antorcha.

Eso si no se hundía antes.

—¿Ventanas? ¿No puedes saltar por una?

—Hay un balcón donde las chicas. —Osmany se asomó a la mirilla y le sorprendió darse cuenta de que, en el rostro de la mujer, en la angustia de sus grandes ojos oscuros y en la decisión de sus labios apretados, podría encontrar una razón para seguir luchando—. Quizá... ¡Al suelo!

Orna no dudó. Se dejó caer en el rellano y la ráfaga de metralleta trazó una diagonal por encima de su cuerpo, sobre la barandilla, la puerta y la pared. A ciegas, abrió fuego en dirección al ruido de los disparos, rodó sobre los cadáveres palpitantes de los sicarios y, sin dejar de disparar por encima de su cabeza, bajó a la carrera hasta el portal, salió a la calle y se parapetó contra el lateral de la entrada. Ahora era ella quien tenía la ventaja. Revisó la munición de la Glock, se llevó una mano al bolsillo trasero del pantalón y dejó escapar un grito de frustración.

Estaba vacío.

Los cargadores seguían en la guantera del Golf.

Maldiciendo en voz baja, echó un vistazo en derredor. El coche seguía ocupando el centro de la estrecha calzada. Detrás de él se había detenido una destartalada furgoneta y, desde la distancia, Orna pudo sentir la incomprensión y el temor del viejo que la conducía. Sobre la acera, dos cadáveres. Al otro lado, la mujer que parecía policía la estudiaba con una expresión rota en la mirada, y el joven desangrándose en su regazo. El edificio ardía por los cuatro costados y las llamas asomaban ya a los balcones del primer piso. Justo donde se encontraba el cubano.

«Hay un balcón donde las chicas».

Recordó las palabras de Blessing, difusas, diluidas entre el cansancio y la desconfianza. Lo único que se veía desde su habitación, dijo, era la ría. De modo que el balcón al que se refería Osmany no podía ser uno de los que daban a la calle.

Corrió hasta el coche, pero no para coger los cargadores de la guantera, sino para arrancar el motor y acelerar a fondo. No había ido hasta allí para eliminar a ningún mafioso, sino para buscar a Arechabala. En algún lugar de aquella calleja angosta debía de haber un cruce, una travesía que la permitiera girar y regresar por el muelle para situarse debajo de aquel balcón. Estaba segura.

Confiaba en que a Osmany le diera tiempo a hacer su parte.

A duras penas, apoyándose en una pared que abrasaba, Osmany consiguió incorporarse. Una de las balas que acababan de atravesar la puerta le había dado en la parte superior del muslo, y su pierna derecha era un colgajo que se negaba a cumplir las órdenes de su cerebro. A pesar de que el dolor era intenso, no parecía que hubiera tocado la femoral. No moriría desangrado. Aunque, si lo pensaba fría-

mente, esa era una opción mejor que abrasarse vivo. El humo
se filtraba por el suelo de madera, ascendía al techo y volvía
a descender, como si aquella bestia inane estuviera preparando una emboscada de la que no lograría escapar. Osmany
sabía que le quedaba poco tiempo. Ahí abajo, formando
una montaña de plástico y líquido inflamable, decenas de
botellas de acetona esperaban el momento de estallar. Cojeando sobre la pierna buena, alcanzó el dormitorio de las
mujeres, donde el humo era menos denso, abrió la puerta
del balcón y aspiró una larga bocanada de aire frío.

Aferrado a los barrotes que transformaban la alcoba en
una celda, echó un último vistazo al perfil de la ciudad que
le había robado a su familia.

La maldita calle no tenía salidas. Ninguna.

Las casas se encogían las unas contra las otras como
viejos avarientos peleando por cada metro cuadrado de
terreno. Tan estrecha que casi no quedaba sitio para el
coche, Urazurrutia se extendía a lo largo de la ría como
una trinchera de paredes imposibles. Orna conducía a más
de cien por hora sin dejar de buscar el final de aquella
pesadilla de edificios alineados como los escudos en formación de una legión romana. A lo lejos percibió un cambio en la disposición de las sombras. La calle se abría y la
luna comenzaba a intuirse más allá de aquel desfiladero
de cemento. Aceleró y pronto alcanzó un espacio diáfano,
sin más construcciones que la propia carretera y el muelle
que, unos metros por delante, confluía en ella. Frenó, giró
haciendo chirriar los neumáticos sobre el asfalto y salió al
muelle temiendo haber perdido mucho más tiempo del debido.

A su espalda, la luna se reflejaba contra el monstruoso
arco del viaducto que saltaba sobre el barrio.

Hugo Laiseka había muerto.

Incapaz de contener las lágrimas, Ruiz de Heredia le cerró los párpados y, muy despacio, se desprendió del peso de su cuerpo. Dejó caer su cabeza con cuidado sobre la acera, acarició tímidamente su mejilla y alzó la mirada.

Entonces comprendió que ella también iba a morir.

Del mismo portal por donde habían salido los asesinos de su compañero emergió un tipo de unos dos metros de altura, una monstruosa silueta recortada sobre el brillo de las llamas, envuelta en humo y ecos de destrucción. Gritaba de rabia mientras el subfusil que empuñaba con ambas manos barría la calle buscando enemigos a los que aniquilar.

Miren no hizo nada. No pudo hacer nada. Desarmada, derrumbada sobre la acera junto al cadáver de un muchacho al que había conducido a la muerte, fue incapaz incluso de emitir un alarido de angustia. El gigante la vio, y a sus ojos inyectados de odio afloró la furia de la certeza. Encañonó a la oficial con el Star, dijo algo ininteligible y llevó un dedo al gatillo.

Miren escuchó el sonido de los disparos, una sucesión de minúsculas explosiones restallando junto a su cabeza como la banda sonora de una película, como si estuviera fuera de su cuerpo y la escena que contemplaba no le perteneciera. Pero no sintió nada. Ni el impacto de los proyectiles, ni el dolor ni la inminencia del final. Por el contrario, fue su agresor quien dejó caer el arma y, después de dar un par de pasos vacilantes, se desplomó contra el asfalto haciendo temblar la ciudad con su peso muerto.

Pero no era la ciudad la que temblaba, sino ella misma. Temblaba tanto que no reaccionó cuando una mano se cerró sobre su hombro. Inspiró con todas sus fuerzas, y, muy despacio, logró girar un poco la cabeza. A su espalda vio un rostro surcado de pequeñas arrugas que cincelaban el gesto de la boca, una barba descuidada, el cabello enmarañado y el cañón de una Heckler & Koch apuntando todavía al otro lado de la calle. Y algo en aquel rostro la trasladó al pasado, a sus primeros años en la Ertzaintza, a los cursos eternos y las reuniones con compañeros de otras comisarías.

—¿Larralde?

Uno de los barrotes se movía.

Osmany tiró de todos ellos, de los cinco travesaños metálicos que, dispuestos en vertical, dibujaban una prisión en lo que debería ser un dormitorio. El más cercano al marco bailaba. Alguno de los tirafondos que lo unían a la parte superior se había aflojado, o quizá el agujero del yeso era más ancho que el taco. La cuestión era que se movía. Si conseguía arrancarlo, tal vez pudiera colarse por el hueco y salir al balcón.

Tal vez.

Se aferró a la barra con ambas manos y tiró con todas sus fuerzas. Pero no consiguió nada. La pierna herida no le permitía apoyarse bien y a los sesenta y siete años sus músculos no eran los de antes. Las rejas permanecieron en su sitio, una frontera que separaba la vida de la muerte, el viento frío de invierno y el fuego que devoraba el edificio. Osmany retrocedió un par de pasos y embistió contra ellas con la torpeza de un tullido. Sin éxito.

Una explosión sacudió toda la planta. Las vigas gimieron, alguna se partió con un chasquido y el tabique de la alcoba se vino abajo. Los ladrillos cayeron sobre la tarima levantando una polvareda que tiñó las tinieblas de gris cemento, y el suelo del pasillo se hundió bajo su peso. Las luces se apagaron, el fuego rugió, inflamado por la corriente que llegaba desde la ventana abierta, y el humo anegó cada rincón de la vivienda. Desesperado, Osmany se abalanzó contra el barrote y, haciendo acopio de toda su rabia, lo zarandeó de uno a otro lado. Intuyó que habían estallado los garrafones que los narcos guardaban debajo de su mesa de trabajo. Cuatro o cinco envases de cinco litros cada uno. Nada más. Cuando reventaran los cientos que se amontonaban en la esquina trasera, justo debajo del dormitorio donde se encontraba, el edificio quedaría reducido a escombros. Y no podía faltar mucho para ese momento. De modo que siguió empujando, sin olvidar que cada mililitro de sangre que perdía, cada decímetro cúbico de humo que aspiraba, menguaba sus fuerzas, y la sombra de la muerte se iba convirtiendo en la única certeza.

Perdió el control en la primera curva, y el retrovisor derecho reventó contra uno de los vehículos aparcados. Orna no se inmutó. Pisó el acelerador hasta que su pie chocó con la alfombrilla, angustiada por el tiempo perdido por culpa de la maldita distribución de la calle. Los autos estacionados a ambos lados solo eran manchas multicolor que emitían destellos anaranjados a su paso; la ría, trazos de una serpiente que la acompañaba en su carrera, y la aguja del velocímetro, un rival al que doblegar. El motor gimió cuando redujo para enfilar la siguiente curva. Volvió a cambiar en el momento de salir y entonces la vio. Recortada contra el lienzo de la noche, una larga columna de humo negro señalaba el emplazamiento del edificio. Calculó que se encontraría a unos quinientos metros de distancia, menos de medio minuto a esa velocidad. Aun así, aceleró.

Y entonces explotó.

Un gigantesco fogonazo brotó de la parte baja, un resplandor que, como un amanecer de medianoche, iluminó el muelle y el puente de San Antón un segundo antes de que un formidable estallido destrozara los cristales de los edificios anexos y los de los coches alineados junto a la barandilla de la ría. Orna pisó el freno con todas sus fuerzas y el Golf se detuvo rozando los vehículos y los contenedores de basura que la onda expansiva empujó al centro de la calzada. Atónita, incapaz de aceptar lo que estaba sucediendo, vio cómo el tejado se hundía con un largo estertor, vio cómo cedían las paredes y el edificio entero sucumbía a la voracidad de unas llamas cada vez más altas, más brillantes y más crueles.

Y solo alcanzó a preguntarse por la desconcertante humedad que anegaba sus pupilas.

EPÍLOGO

Morirse en Bilbao,
no hay nada mejor.

Doctor Deseo,
«De nuevo en tus brazos»

SEMANAS MÁS TARDE

48

El Boeing 737 llegó hasta el final de la pista, se detuvo un momento, como si necesitara tomar aliento tras un largo viaje, y se acercó sin prisa al edificio de la terminal. Katy Díaz lo siguió con los ojos entornados, preguntándose una vez más qué pintaba un avión aterrizando a solo unos metros del cementerio donde un grupo de desconocidos guardaba silencio frente a una hilera de nichos excavados en la tierra. Preguntándose si aquello era real o el último coletazo de un mal sueño, una pesadilla donde se ahogaba cada vez que intentaba tomar aire.

Preguntándose cómo era posible que Osmany Arechabala estuviera muerto.

Borja Maruri le tomó una mano y apretó con fuerza. Katy le dedicó una sonrisa de gratitud, le dio un beso fugaz y se apresuró a deshacer el nudo de sus dedos a fin de que el abogado volviera a apoyarse en las dos muletas. Maruri sintió la tentación de enlazarla por la cintura para que el tiempo transcurriera siempre así, pegado a esa mujer que Arechabala introdujo en su vida. Pero no se atrevió. Si soltaba los bastones podía dar con sus huesos en el suelo.

La ceremonia, homenaje o lo que fuera aquel acto finalizó con la lectura de un breve escrito enviado por Antonio Arzamendi desde Venezuela. Jon Larralde terminó de leer, se guardó el papel en el bolsillo y recuperó su lugar junto a Hiba Drissi y Nekane Gordobil antes de dedicar un último vistazo a las tres sencillas losas alineadas sobre la tierra: Nerea Goiri. Maider Valdés Goiri. Osmany Valdés «Arechabala».

Sabino Lasa fue el primero en romper el impreciso semicírculo formado frente a los sepulcros. Acompañado por Susana Herralde, comenzó el lento regreso hacia la entrada principal en busca de los coches, la calle y el olvido. Poco a poco, los demás siguieron su estela, demorándose unos más que otros, conscientes todos de que aquella despedida era definitiva. Drissi y otro agente, los únicos uniformes entre tantos chaquetones oscuros y rostros cenicientos, mantenían la distancia, intrusos en un acto donde no conocían al finado. Larralde acompañó a Gordobil, incapaz aún de adecuar el ritmo de sus pasos al de la respiración. No tenía prisa. De modo extraoficial, la jueza acababa de confirmarle que no se abriría ninguna diligencia contra él por el tiroteo que acabó con el líder de Ona To Arewa. Su arma estaba en regla. Y Miren Ruiz de Heredia había testificado que, a pesar de los cuatro proyectiles que el forense extrajo del cadáver del africano, la intervención fue proporcionada a la magnitud del peligro. Borja y Katy, por su parte, permanecieron todavía unos minutos frente a la línea que marcaban los nichos que la dominicana se empeñó en sufragar, frente a la pequeña lápida donde era imposible resumir quién fue aquel cubano a quien llamaban Arechabala.

—Imagino que han tardado tanto en permitirnos enterrarlo porque necesitaban confirmar su identidad, ¿verdad?

Borja asintió sin separar los labios, dejó caer una de las muletas y la envolvió en un torpe abrazo. Las lágrimas resbalaban por su rostro azabache, de modo que el abogado prefirió no decir nada. No era el mejor momento para explicarle que las llamas duraron tanto tiempo que, a pesar de la presencia de los bomberos, hubo varios edificios afectados. Que las repetidas explosiones impidieron acercarse a los servicios de extinción hasta bien entrada la madrugada, cuando entre las ruinas solo quedaban trozos dispersos de esqueletos ennegrecidos, huesos huecos, cráneos partidos y miembros amputados. Que incluso las balas, plomo informe y derretido, habían rodado bajo los escombros cuando la carne que horadaron, los órganos que perforaron y detuvieron para siempre, se consumieron bajo el empuje del incendio. Que las pruebas de ADN se dilataron durante semanas, laboratorios especializados triturando huesos y piezas dentales en busca de ese pasaporte genético incuestionable. Hasta que dieron con él. En una muestra hallaron una equivalencia del cincuenta por ciento con el ADN de Maider que guardaban en el Anatómico Forense. Otra se correspondía al cien por cien con el de Salvador Somoza, obtenido del cabello de un peine aportado por su viuda. La identidad del resto de los cadáveres seguía siendo una incógnita.

—¿Sabes cómo deberíamos recordarlo? —Katy alzó la cabeza y buscó su rostro entre la bruma que velaba su mirada. Borja sonreía—. Tengamos un hijo. Un niño tan bonito como tú. Lo llamaremos Osmany. ¿Qué te parece?

Para su sorpresa, la carcajada que se le escapó a Katy rebosó sinceridad.

—Pero, mi amor, ¿y si es una niña? ¿Qué haremos entonces?

Maruri se unió a su risa, tan extraña en aquel entorno de muerte y recogimiento que sonó como una bienvenida.

—Pues la llamaremos Osmane.

Habían cubierto la cuarta parte del trayecto que separaba los nichos, ubicados al fondo del camposanto, de la entrada cuando el comisario carraspeó un par de veces de forma poco natural, buscó de soslayo la silueta de la jueza y volvió a carraspear.

—¿Qué pasa, Sabino?

—Vera, señoría…

—¿Señoría? —Herralde se detuvo para estudiar con atención el rostro de Lasa—. ¿Se trata de algo grave?

—Me temo que sí.

El comisario siguió andando sin mirar atrás, y la jueza debió acelerar para volver a colocarse a su lado.

—¿Qué?

—¿Te acuerdas de que Méndez se puso muy pesado con Toni Kroos? Quiero decir, con el fiscal Galdós.

—Me acuerdo. También me acuerdo de que no tenía ningún argumento para ello.

—Cierto. —Lasa volvió a carraspear y Herralde se preguntó si estaba constipado o bien exageraba una preocupación que no se animaba a explicitar—. Yo le dije lo mismo, que dejara de darle vueltas al tema. Pero el caso es que Méndez era un buen policía, y a mí no me gusta pasar por alto las corazonadas de mis oficiales. De modo que pedí a un agente que siguiera a Galdós.

La jueza agarró al comisario por el brazo y le obligó a girarse hacia ella. Su rostro trataba de reflejar seriedad, determinación, tal vez malestar, pero a Lasa no le costó gran cosa intuir un temor muy mal disimulado.

—¿Ordenaste seguir a un fiscal sin comunicárselo al juzgado?

—Sí. —Cruzó los brazos y clavó sus ojos en los de ella; sin embargo, la jueza comprendió enseguida que no le estaba retando: en sus pupilas brillaba algo que, en un principio, fue incapaz de identificar—. La noche en que Arechabala montó ese puto infierno, uno de mis hombres siguió a Toni Kroos.

—Entonces ¿la investigación está cerrada?

Por toda respuesta, Drissi se encogió de hombros y siguió caminando, pendiente de la estela de la jueza y el comisario.

—Quiero decir... —el agente no dio su brazo a torcer, aunque Hiba tenía la sensación de que solo deseaba romper el incómodo silencio que los rodeaba—, que hay algún fleco suelto por ahí, ¿no? La mujer misteriosa, por ejemplo. Esa que solo vio la oficial de Balmaseda.

—Lo dices como si se lo hubiera inventado. —Él comenzó a negar con la cabeza, pero Drissi no estaba mirando—. La vio ella, y la vieron todos los vecinos que se asomaron a las ventanas después de las primeras explosiones. Pero tienes razón. Es un misterio. Por la descripción, parece la misma que acompañaba a Arechabala cuando se cargaron al proxeneta de la calle de Las Cortes. Ruiz de Heredia no estaba en condiciones de fijarse en la matrícula, y lo último que sabemos es que un vecino del otro lado de la ría vio cómo un Volkswagen Golf retrocedía marcha atrás por el muelle después de que el edificio se viniera abajo. Hombre, seguir de frente era imposible. Pero le llamó la atención la velocidad a la que retrocedía. Según él, parecía un conductor profesional.

—¿Y eso es todo?

—No. —Hiba notó el bufido de fastidio de su compañero y disimuló un amago de sonrisa. Era cierto, se estaba divirtiendo—. Días más tarde nos llegó la denuncia de una empresa de alquiler de coches. Uno de sus vehículos había desaparecido. Se trataba de un Volkswagen Golf alquilado en efectivo por una mujer de nacionalidad británica. Según el pasaporte que nos hicieron llegar, se llamaba Mia Baker. El documento era falso, no tardamos nada en comprobarlo. Pero la persona de la foto es la que vio Ruiz de Heredia aquella noche. La misma que captaron las cámaras de Las Cortes en compañía del cubano.

—¿Y?

El agente seguía empeñado en empujarla, en obligarla a revelar unos datos que Drissi no parecía dispuesta a compartir. Pero ella negó con la cabeza.

—Y ahí termina todo. No sabemos nada de la supuesta Baker, ni del coche ni de nada. Como disponíamos de la matrícula, revisamos las cámaras de los peajes, tanto de la AP8 como de la AP68, pero el resultado nos dejó como estábamos. El coche atravesó el peaje de Durango en dirección a Donostia a las doce menos siete minutos, y dos minutos más tarde volvió a atravesarlo en dirección Bilbao. Los radares de Malmasín lo cazaron poco después, pero nada de eso nos sirve. En todo caso, podemos suponer que regresó de forma inesperada, pero no tenemos ni idea de qué hizo después de la explosión. No volvió a aparecer en ningún peaje, no lo captó ninguna cámara. Fuera a donde fuese, no lo hizo por la autopista.

—O sea, que no sabemos nada.

Hiba volvió a negar.

—Sabemos que conocía a Arechabala. Sabemos que trató de ayudarlo. Sabemos que no lo consiguió.

A Larralde le costaba seguir el paso de Gordobil. La suboficial caminaba tan despacio, preocupada por el ritmo de su respiración, que Jon tenía que detenerse para no dejarla atrás. El pulmón y medio que le quedaba todavía no era capaz de bombear la cantidad de oxígeno que su cuerpo reclamaba ante el más mínimo esfuerzo, de modo que cada movimiento que hacía era lento, muy lento.

Desesperadamente lento para Larralde, quien, sin embargo, se cuidó mucho de hacer ningún comentario al respecto.

Casi ninguno.

—¿Crees que te reincorporarás al servicio?

Nekane se detuvo para responder. Era otra de sus constantes desde que salió del hospital: no podía hablar y hacer otra cosa al mismo tiempo.

—No. El sindicato ya está tramitando la invalidez. A partir de ahora, mis únicas peleas serán con Izaro. —Torció los labios y dejó escapar una risita carente de alegría—. Casi prefiero seguir corriendo detrás de los camellos.

—Bueno, tú preocúpate solo de recuperarte. No sé si a estas alturas te importará mucho o nada, pero, en mi opinión, la Ertzaintza pierde a una de sus mejores oficiales.

—Suboficial, Jon. —Nekane dio un par de pasos y volvió a detenerse. En el largo sendero flanqueado de cruces y grandes mausoleos de mármol y granito, los uniformes rojos de los agentes que les precedían parecían brillar bajo el sol de primavera—. Te diré que me da pena jubilarme así. Sobre todo, por este último caso. Hay cosas que tendría que haber aclarado.

—No le des más vueltas. —Jon acarició su hombro antes de reemprender el lento camino hacia la salida—. El hijoputa que mató a José está muerto. No sé si se lo cargó Osmany, Ruiz de Heredia o yo mismo. Pero no queda nadie de Arewa a quien juzgar. Al único que no estaba en el edificio lo detuvo la *munipa* esa misma noche. Casi tuvieron que rescatarlo, porque las chicas a las que liberó Osmany le estaban dando una buena paliza. Pero parece seguro que no fue él quien mató a Méndez.

—Lo sé. Pero no me refería a eso. Lo que me jode es que Ruiz de Heredia se echara atrás y testificara que Hugo y ella seguían a Somoza en relación con la muerte de Artaraz por un viejo asunto de drogas. Me jode, y mucho, que el subcomisario Laiseka y Peio Zabalbeitia hayan quedado como dos héroes, dos policías muertos en acto de servicio mientras intentaban rescatar a una mujer secuestrada. Sabiendo lo que sabemos, lo que me contó Osmany, lo que me confirmó la propia Miren, me jode, sí. Pero no puedo hacer nada. O no quiero hacer nada. Paso de ser yo quien ensucie el nombre de la Ertzaintza. Lo otro, lo de José, lo tengo muy claro. —Volvió a detenerse, esperó a que Larralde hiciera lo mismo y clavó en sus ojos una mirada turbia de rabia y odio—. Fuiste tú, Jon. Tú mataste a Méndez.

Lasa notó que la jueza palidecía, pero no tenía alternativa.

—Esa noche, el fiscal Galdós salió de su casa a las once y se dirigió al Campo Volantín. Muy cerca, en la avenida de las Universidades, vivía Itziar Moreno, la abogada del BCM que blanqueaba el dinero de Ona To Arewa. Y sobre esa hora, quizá en torno a las once y media, fue asesinada de un tiro en la cabeza.

Aunque el comisario interrumpió un momento su narración, Herralde no dijo nada, no desvió la mirada ni alteró el rígido rictus de sus labios. Siguió a la espera, como un reo tras la deliberación del tribunal.

—Pero Galdós no llegó tan lejos. Se detuvo poco antes, en la puerta del hotel ese que tiene las ventanas de colores. Ahí le esperaba una mujer. Una mujer casada. Mi agente los vio besarse, los vio abrazarse y subir muy acaramelados a una de las habitaciones.

—¿Estás intentando juzgarme?

—No, Susana. Para nada. Lo que hagas en tu vida privada no es asunto mío. Y, por supuesto, nadie sabrá nunca lo que te estoy contando. Pero te aprecio, y sé que Kroos es un miserable. De modo que, por pura curiosidad, yo mismo le he estado siguiendo los últimos fines de semana. —El rostro de la jueza estaba cada vez más lívido, pero ninguna otra señal delataba la tormenta que comenzaba a formarse en su interior—. Sobre vuestras cuatro citas en el mismo hotel no hace falta que te diga nada. Pero en este periodo de tiempo ha hecho lo mismo con otras tres mujeres en tres sitios diferentes. Pensé que debías saberlo.

La voz de la jueza sonó a escarcha cuando respondió:

—Tienes razón. No es asunto tuyo.

Larralde sujetó a Gordobil por un brazo.

—¿Estás pirada o qué te pasa?

Nekane se lo quitó de encima de un manotazo y retomó su lento caminar en dirección a la salida. Pero ahora que las emociones la embargaban, que afloraba la furia contenida durante el desarrollo de las investigaciones, siguió hablando sin necesidad de medir sus pasos, sin verse obligada a adecuar a ellos su respiración.

Y ni siquiera se dio cuenta.

—Osmany me llamó la noche de su muerte. Estaba dormida, no me enteré. Pero tengo un mensaje a las doce menos cinco. Un mensaje bastante largo. Me dijo que eras el topo de Arewa en el cuerpo. Lo comenzó a sospechar cuando atacaron la casa de Maruri. Arzamendi y tú erais los únicos que sabíais lo cerca que estaba Borja de llegar al origen de la red de blanqueo de capitales.

—Maruri se metió él solito en la boca del lobo. Fue tan capullo que habló con un amigo que trabajaba donde Aritzazeta. Yo se lo dije a Méndez, como era mi deber. Y doy por hecho que Méndez lo contaría por ahí. Así funcionan las investigaciones. Compartiendo datos.

—Ya. Méndez nunca podrá testificar lo contrario, por supuesto. Pero ninguno de sus compañeros sabía nada de Maruri. Nadie le oyó mencionarlo. Ni Drissi, ni Lasa ni, por supuesto, jueces ni fiscales. También hemos hablado con el amigo de Borja en Aritzazeta, el tal Martiartu. No lo comentó con nadie porque no dio ninguna importancia a su llamada. «Curiosidades fiscales antediluvianas», lo llamó él.

—Chorradas. Un montón de chorradas. ¿Cómo puedes acusarme de algo así, Nekane?

Gordobil dejó escapar un suspiro y, para sorpresa de Larralde, aceleró el paso.

—¿Llegaste a trabajar con Hiba Drissi? Supongo que no. Se incorporó cuando faltaba muy poco para que te jubilaras, una simple patrullera, invisible para los oficiales. Pero José vio algo en ella y pidió que cubriera mi baja. No se equivocó. Es una chica muy lista. Fue ella quien comprendió que, cuando José salió de comisaría por última vez, iba en busca del chivato.

—Ya. Y el chivato lo mató. Eso ya lo sabíamos. Vaya deducción de los cojones.

—Pero acabas de decir que su asesino fue uno de los muertos de Arewa, ¿no? —Larralde no vio la mueca de desprecio que le dedicó Gordobil. Miraba hacia delante en busca de la salida—. Méndez averiguó cómo consiguieron la llave del piso de Ondarroa. Hicieron un molde con una de las cajas de silicona que guardaba en un cajón de su mesa. Drissi lo descubrió. Lo que pasa es que eso le hizo sospechar de todo el mundo. En comisaría, cualquiera pudo entrar en su despacho. Por eso no dijo nada. Y por eso, cuando las aguas se calmaron un poco, se dirigió a mí.

—¿A ti?

—Yo era la compañera de Méndez. Y no pude copiar la llave. Estaba en mi casa, medio inválida. Volvió a acertar.

—Qué lista.

—Pues sí. —Nekane obvió la ironía en el tono de Larralde—. Porque, en su último mensaje, Osmany me dijo que, cuando fuiste con él al despacho de Méndez, a José se le escapó que Usman estaba en Ondarroa. Solo tenemos un piso en Ondarroa, Jon. Y tú lo conoces perfectamente. También sabes dónde se suele guardar el material para recoger pruebas.

—Y tú me conoces perfectamente a mí. Y me sigues acusando de haber matado a un compañero.

—Te quedaste solo en el despacho de Méndez. —Nekane no hizo ningún caso a la protesta de Larralde—. José salió con Osmany y tú te quedaste dentro. Solo. Me lo dijo el propio Osmany. Y Drissi me confirmó que los vio salir a ellos dos, pero no te vio a ti. Te sobró tiempo para hacer el molde.

—Sabes que eso no significa nada.

—Puede que no… o puede que sí. El caso es que comenzamos a darle vueltas a una pregunta: ¿quién haría una llave a partir de un molde de silicona? Un cerrajero no, de eso estoy segura. Y me acordé de Misho.

En el silencio que siguió, Gordobil tuvo la impresión de que Larralde bajaba los brazos. Pero no podía ser tan fácil.

—A Misho lo detuviste hace cinco años. Un falsificador de poca monta, un chapucillas con una impresora 3D. Pasó muy poco tiempo en prisión, en parte gracias a ti. Fuiste tan benevolente durante el juicio que le cayó la mínima. Estoy segura de que él no tendría ningún problema moral en imprimir una llave si le llevabas el molde. De modo que me fui con Drissi a hacerle una visita.

—¿Y?

Larralde ya no la miraba. Buscaba algo situado más allá de la capilla del cementerio, algo que podía ser su coche o la puerta de salida, pasaportes a una libertad en entredicho.

—Lo sabes de sobra, Jon. Méndez había llegado a la misma conclusión que nosotras, de modo que lo primero que hizo al salir de comisaría fue buscar a Misho. Y le confirmó que sí, que le llevaste el molde de una llave para que te sacara una copia. —Miró de reojo a Larralde, que seguía pendiente del infinito, el rostro cada vez más blanco, las manos escondidas en los bolsillos de la chaqueta—. Y de ahí se fue a tu casa. Fue solo. No dijo nada a nadie, no pidió ayuda en comisaría. Fue solo por lealtad, tal vez incluso para intentar comprenderte. ¿Sabes lo que más me jode, gilipollas? Que conociendo a José tan bien como le conocía, creo que le importó una mierda que hubieras entregado a Usman a sus colegas. Por eso no te denunció de entrada. Te quiso dar la oportunidad de explicarte, ¿no es cierto? Pero le mataste, hijo de puta. Le golpeaste por la espalda, le quitaste su pistola y le pegaste un tiro.

Ahora sí. El mutismo del *ertzaina* era una confesión en toda regla. Una confesión sin valor alguno en los tribunales.

—Cuando hemos llegado, os he pedido a todos que, por respeto a Osmany y a la pequeña ceremonia que habíamos organizado, apagarais los móviles. Ya puedes conectarlo. —Larralde se apresuró a buscar su teléfono, pero la mano le temblaba tanto que tardó en acertar con el botón de encendido—. Imagino que tendrás un montón de llamadas y mensajes de tu esposa. Los chicos de la Científica llevan más de una hora en tu casa. Y me han confirmado —le enseñó la pantalla de su propio teléfono— que han encontrado restos orgánicos. Limpiar el piso no te habrá resultado tan sencillo como llevar el todoterreno a un taller para que le hicieran un barrido a fondo. Tenías muy poco tiempo, no sabías a qué hora regresaría tu mujer. Y supongo que el piso no podía apestar a lejía cuando ella llegara. ¿Querías pruebas? En cuanto el ADN demuestre que la sangre es de Méndez, las tendremos.

Jon fue incapaz de responder. Siguió caminando en paralelo a la suboficial mientras repasaba los wasaps, la confirmación escrita de que no tenía escapatoria. El sendero bordeaba las galerías anexas a la cripta y giraba hacia la entrada, hacia los coches aparcados frente a la valla donde el comisario, la jueza y dos agentes esperaban su llegada.

—Confirmado lo de Méndez, lo de Itziar Moreno fue coser y cantar. Otra jugadita de Osmany. —Larralde giró un momento la cabeza, pero enseguida regresó a su hermetismo—. Le pidió a Arzamendi que te contara lo que había hablado con ella. Pero no fue para que presionaras a la Ertzaintza, como pensó Antonio. Fue su forma de condenar a una mafiosa a quien la justicia habría impuesto unas penas de vergüenza por delitos tan graves como los de Ona To Arewa. Así termina el mensaje que me dejó. No voy a defender lo que hizo. Aunque, en realidad, no hizo nada. Tú la mataste. La mataste con la pistola de Méndez, que, por cierto, hemos recuperado del fondo de la ría. No te alejaste demasiado de su portal para tirarla.

—Salvé la vida de Ruiz de Heredia. Impedí que ese asesino cometiera una masacre con el subfusil.

Más que una protesta o un alegato en su defensa, parecía la pataleta de un niño al borde del llanto.

—No, qué va. Salvaste a Miren, sí, pero de rebote. Osmany te avisó de lo que pensaba hacer. Por si acaso. Por si se había equivocado contigo, por si corrías a dar aviso a comisaría. ¿Te das cuenta? Todo el mundo te ha ofrecido una segunda oportunidad. Todos menos yo. —Escupió un gesto de desprecio en dirección al oficial jubilado antes de seguir hablando—: Yo he seguido cada uno de tus pasos hasta darte caza. Decidiste aprovechar el momento para borrar tus huellas y librarte de todos los que podrían denunciarte. Creo que no estabas seguro sobre Itziar Moreno. No sabías si te conocía, si podría delatarte, pero acabar con ese problemilla era muy sencillo. Total, solo era una mujer que vivía sola. —Calló como si necesitara recuperar el resuello, aunque su mente viajaba a las montañas nevadas de

Karrantza, a los caseríos decrépitos y las mujeres desaparecidas—. Después necesitabas confirmar que Osmany acababa él solito con todos tus problemas. Y estar atento, por si acaso te tocaba intervenir. Los chavales que siguieron el incendio desde la entrada de Urazurrutia te vieron pasar minutos antes de la última andanada de disparos. De hecho, la mitad de ellos lo estaban grabando con el móvil. Se te ve perfectamente. Desde ese punto no deberías haber tardado más de treinta segundos en llegar junto a Ruiz de Heredia, pero pasaron casi cinco minutos hasta que disparaste sobre el hijoputa ese. No es mucho tiempo, Jon, pero es suficiente para saber que tu intención no era ayudar. No fuiste a socorrer a Osmany, sino a asegurarte de que no habría detenidos, que ningún mafioso podría involucrarte. Te escondiste a mirar y solo actuaste cuando viste aparecer al que te pagaba para traicionarnos. Le habrías acribillado incluso aunque se estuviera entregando.

—Tú no lo entiendes.

—Ya estamos.

—No, en serio. No puedes entenderlo. —Larralde se detuvo y obligó a Gordobil a mirarle a la cara, aunque el desprecio de sus ojos le hizo cambiar de opinión—. Tenía miedo, joder, tenía un miedo de la hostia. Sí, al principio todo fue por dinero. Universidades privadas en el extranjero, residencias de lujo... ¡Joder! Con mi sueldo no podía permitírmelo.

—Un BMW X5.

—Sí, yo también caí. Pero cuando me enteré de la operación del Carlton, me entró el pánico. ¡Entiéndelo, joder! Apenas me jubilo y dejan de pasarme pasta, la Ertzaintza detiene a sus líderes internacionales. No hace falta ser muy listo para saber a qué conclusión habrían llegado. Y eran unos putos sádicos, de verdad. No te imaginas lo que nos habrían hecho, lo que habrían hecho a mi esposa, a mi hijo.

Una vez, antes de llegar a Bilbao, metieron a un tío en un barril de aceite hirviendo. Me enseñaron el vídeo para que no se me olvidara la clase de tipos con los que estaba tratando. Por eso volví a llamarlos. Para que supieran que no era cosa mía. Les expliqué que había sido Usman, les entregué la llave para que fueran a por él. ¿Tú no habrías hecho lo mismo? ¿A quién le importa ese hijo de puta? Se cargó a la nieta de Osmany, joder. ¿Por qué iba a protegerlo? ¿Eh? ¿Por qué?

—¿Y Maruri? ¿Acaso no era amigo tuyo? Les diste sus datos, su dirección. Les dijiste que estaba a punto de desmontar su tinglado. ¿También él merecía morir?

—No, joder. —No era un grito de protesta. Ya no había lugar para los gritos, solo para los sollozos—. Me tenían cogido por los huevos. Me dijeron que si había alguna otra investigación, si alguien se acercaba a ellos, por poco que fuera, me encontraría los trocitos de Alicia desperdigados por toda la casa. Me acojoné. Me acojoné la hostia. Y entonces me llama el puto abogado y me suelta que estaba a un paso de pillarlos. Me cagué encima, joder. Tú no lo entiendes. No puedes entenderlo.

Gordobil no respondió. No tuvo fuerzas, no tuvo ánimo. Tampoco necesitó hacerlo. Larralde seguía escupiendo justificaciones que nada le importaban cuando llegaron a la altura del comisario, la jueza y los dos agentes. Hiba Drissi sacó unas esposas, pero fue Sabino Lasa quien habló:

—Jon Larralde, quedas detenido por los asesinatos de José Méndez e Itziar Moreno. Drissi, léele sus derechos. Y aléjalo de mi vista.

49

La azafata guardó la tarjeta de embarque dentro del pasaporte y lo cerró antes de devolvérselo esbozando una amplia sonrisa prefabricada.

—Aquí tiene. Le deseo un buen viaje, señorita Anderssen.

La mujer recogió la documentación, respondió al saludo con una inclinación de cabeza y se dirigió al avión. El *finger* estaba lleno de familias embutidas en bermudas horribles y camisas aún más horteras. De pie en medio de la manada, soportó pacientemente los gritos de los niños, los nerviosos alaridos de las madres y la mirada de algún varón descarriado que, sin disimulo, saltaba de su cabello rubio platino a la ajustada curva de la falda y las sandalias de tacón. Dentro del avión se repetía el mismo barullo, grupos colapsando los pasillos con sus equipajes, peleas entre hermanos por ocupar el mismo asiento, disculpas musitadas entre dientes e ilusión en la mirada de los más jóvenes. Buscó su sitio, dejó la maleta de mano en el compartimento superior y sonrió al sentarse junto a la ventana.

Poco a poco, el flujo de viajeros que haraganeaban en el pasillo se levantaban una y otra vez a coger cosas de sus maletas o a preguntar obviedades al personal de vuelo se fue reduciendo hasta que por la megafonía anunciaron que las puertas estaban cerradas y que desde ese momento, y hasta terminar la maniobra de despegue, el uso del cinturón de seguridad era obligatorio. Sorprendida, comprobó que en el Boeing viajaba menos gente de lo que le pareció en un principio. Nadie se sentaba a su lado. Satisfecha, se acomodó en el respaldo, apoyó la cabeza en la pared y, como hacía siempre que tomaba un avión, se dedicó a mirar por la ventanilla, fascinada por la sencillez con la que aquel monstruo de acero se separaba de la tierra, y la ciudad inmensa se iba haciendo cada vez más pequeña y menos luminosa.

Al sobrevolar la periferia de París, la mujer en cuyo pasaporte figuraba el nombre de Sophie Anderssen aprovechó para despedirse de esas barriadas humildes, esos bloques baratos de apartamentos que constituían un crisol en sí mismos, un universo multicolor de mayoría árabe que, una vez más, había acudido en auxilio de una asesina a sueldo israelí.

Las nubes comenzaron a interponerse en su campo de visión, pero Orna Shoher ya no miraba por la ventanilla. Con los ojos cerrados, recordaba la angustia que la ahogaba cuando llegó a París huyendo de ese Bilbao que había cambiado su destino. Conducía un coche del que tenía que deshacerse lo antes posible, y su identidad, la de Mia Baker, ya no le servía, porque la había utilizado para alquilar ese vehículo que la policía debería estar buscando.

Sin embargo, disponía de casi cincuenta mil euros. Y en Saint-Denis no le costaría dar con Ahmed. Y Ahmed sabría ofrecerle lo que necesitaba a un precio más bien módico.

Como esperaba, Ahmed hizo desaparecer el Volkswagen Golf, le proporcionó la documentación precisa para hacerse invisible, se ocupó de la intendencia e, incluso, le permitió alojarse en uno de sus pisos el tiempo que fuera necesario.

Llegar a París fue alcanzar el lugar que llevaba buscando

desde siempre, ese sitio, o ese estado de ánimo, donde sentirse a salvo. Atrás quedó el interminable viaje por la carretera que la llevaba a Francia, la necesidad de evitar peajes y radares, y la urgencia que la obligaba a pisar a fondo el acelerador. La salida de Bilbao, la opresión en el pecho mientras el coche derrapaba marcha atrás a lo largo del muelle y ella rogaba que las ambulancias, la policía, los bomberos cuyas sirenas rasgaban el silencio de la noche se demoraran un poco más, el tiempo que necesitó para regresar al cruce, girar y buscar el acceso a la autovía. Y el momento de la explosión, el fuego que disfrazó de volcán el edificio, los cascotes volando en todas direcciones, los vehículos propulsados al centro de la calzada, los contenedores volcados por la onda expansiva justo delante del guardabarros del Golf.

La señal luminosa que recordaba la obligatoriedad de llevar puesto el cinturón de seguridad se apagó con un pitido, y Orna regresó al presente, al vuelo con destino a La Habana que simbolizaba el comienzo de una vida nueva, una vida sin armas ni asesinatos, una vida sin la amenaza permanente del Mossad.

La vida que le debía a Osmany Arechabala.

—Disculpe, ¿está libre?

Asintió, y el recién llegado tomó asiento. Orna le estudió con curiosidad y una sonrisa de picardía. Era un negro calvo y correctamente afeitado, con surcos de tiempo labrados en las mejillas y algo extraño asomado a las pupilas, algo limpio y turbio a un tiempo. Llevaba un bastón que acomodó con torpeza antes de responder a su mudo interrogatorio.

—Me duele al andar. No mucho, pero me duele. Estoy hecho un trasto.

La carcajada de Shoher sobrevoló la cabina provocando miradas de sorpresa entre los veraneantes de las filas delanteras.

—No creas. —Orna encogió las piernas bajo su cuerpo, cruzó los brazos y recostó la cabeza en el asiento. Se sentía incapaz de arrancarse la sonrisa de la cara—. Para haberte encontrado en un contenedor de basura, no estás tan mal.

El hombre se llevó una mano a la parte superior del muslo, a la cicatriz que le dejaron los amigos de Ahmed cuando extrajeron la bala con la profesionalidad de un hospital de campaña angoleño, y casi pudo palpar el dolor del largo viaje entre Bilbao y París, su palma taponando la herida como aprendió a hacer en el Congo, Namibia y Nicaragua.

Cuando respondió, en su tono vibraba un lejano matiz de melancolía.

—Un poco averiado sí estoy. Lo justo para dedicarme a disfrutar de mi jubilación, con mi poquito de son y mi poquito de ron. Las batallas se acabaron para mí.

—¿Seguro?

Osmany se giró hacia Orna y le dedicó una de esas miradas que la israelí nunca supo interpretar, una mirada donde brillaban por igual la tristeza y la esperanza.

—Bueno, uno nunca está seguro de nada, ya tú sabes, compay.

Agradecimientos

Gracias por haber llegado hasta aquí.

Lo que en un principio iba a ser un relato corto, la historia de un recién llegado a Bilbao que presenciaba un asesinato, se ha convertido en una trilogía de casi mil quinientas páginas. Y todo gracias a vosotras, gracias a vosotros que, leyendo, me habéis animado a seguir con Osmany Arechabala.

Quiero dedicar un agradecimiento especial a todas las personas que trabajan en librerías y bibliotecas. Sin ellas, sin las libreras, sin los bibliotecarios, los escritores no existiríamos.

Desde el principio, desde que publiqué *Correr a ciegas* hace ya unos años, he recibido el apoyo y el cariño de mucha gente, tanta que no puedo citarlos aquí a todos (ya lo siento). Pero me gustaría recordar a Maria Dolors Sàrries y Jordi Fernando, los primeros que apostaron por mí, y a Javier Abasolo, el mejor entre los escritores vascos de novela negra, cuya talla humana era aún mayor que la literaria. Nunca dejaremos de extrañarte, *maisu*.

Quizá no debería citar más nombres para evitar dejarme a alguien en el tintero, pero no puedo dejar pasar la ocasión sin mencionar a Juanjo Arranz, Juan Mari Barasorda, Asier Muniategi, Noelia Lorenzo y a Javier y Santiago.

Sé que me dejo a mucha gente. Perdonadme por eso.

Si esta serie de libros ha llegado a vuestras manos es gracias al trabajo (extraordinario) de cuatro mujeres a las que debo mucho: Ángela Reynolds, Alicia González Sterling, Cristina Castro y Ana Caballero. Sin ellas, y sin el fantástico equipo de Grijalbo y Penguin Random House, Osmany seguiría siendo un fantasma atrapado en las tripas de mi ordenador.

Y como las últimas serán las primeras, gracias, Ane, gracias, Alma, por vuestra paciencia y vuestro apoyo.

Nos vemos en la próxima.